Lucas Bahl, geboren 1951 in Bergisch-Gladbach, lebt seit 1980 in der Nähe von Erlangen und Forchheim. Er schreibt Science Fiction und Fantasy sowie historische Romane und Krimis. Zuletzt erschienen von ihm der Fußballthriller »Abseits!« und »Wenn der Berg ruft!«, der erste Fall von Ernst Pier und Nero Kaiser. www.luc-bahl.de

LUCAS BAHL

Das Jakobs-Tarot

FRANKEN KRIMI

emons:

© Hermann-Josef Emons Verlag
Alle Rechte vorbehalten
Abbildung Seite 6: British Museum, London
Umschlagzeichnung: Heribert Stragholz
Druck und Bindung: CPI – Clausen & Bosse, Leck
Printed in Germany 2009
ISBN 978-3-89705-685-5
Franken Krimi 4
Originalausgabe

Unser Newsletter informiert Sie
regelmäßig über Neues von emons:
Kostenlos bestellen unter
www.emons-verlag.de

Inhalt

Vorspiel

XVIII: Pierrot Lunaire

Wie der Anflug einer fernen Erinnerung lag der Duft eines Kräutergartens in der Luft. Rosmarin, Liebstöckel und Thymian stiegen ihm in die Nase, als er sanft durch den schwarz gelockten Rasen ihrer Schamhaare pflügte. Er spürte, wie die Erregung wuchs. Ihre und seine.

1.

Der Orgasmus des Schmetterlings

XVI: Obwohl die Worte musikgewordener Balsam waren, wollte der Eingeweihte nichts davon wissen, denn Sprachmelodie und Inhalt bildeten eine Dissonanz, wie sie größer kaum sein konnte. Dessen ungeachtet träufelte ihm der Mörder mit einer sanften, leisen, einschmeichelnden und unter anderen Umständen zweifellos betörenden Stimme das tödliche Geheimnis ins Ohr. Kochend heißem Wachs gleich floss es in seine Gehörgänge, wo es erstarrte.

Entsetzt weitete der Eingeweihte die Augen, als ihm der Mörder die Binde, die ihn in einem schwarzen ausdehnungslosen Raum gefangen gehalten hatte, mit einem raschen Ruck vom Gesicht riss und gleichzeitig den Knebel aus dem Mund zog. Doch bevor er auch nur einen Laut auszustoßen vermochte, wurden seine Lippen schon wieder mit einem weißen Lederhandschuh verschlossen.

»Noch nicht, noch nicht!«, flüsterte der Mörder. »Gleich, gleich!«

In diesem Moment zerfetzte ein greller Blitz das Dunkel der Nacht, und das Wenige, das der Eingeweihte hatte wahrnehmen können, brannte sich als ein weiß-roter Schatten auf seine Netzhaut. Wieder war er einige hektische Atemzüge lang blind. »Eine erregende Erfahrung«, flüsterte eine Stimme in seinem Kopf. Seine Stimme? »Zwei Mal kurz hintereinander den Zustand der Blindheit zu durchleben ist schon schockierend genug. Dann aber auch noch erfahren zu müssen, dass sich dieser Zustand jedes Mal anders anfühlt und aus*sieht*, das zeigt doch nur, auf welch grotesk tönernen Füßen unsere Wahrnehmung steht. Nicht wahr?«

Schließlich murmelte der Mörder etwas in der Sprache der Verfluchten. Zu anderer Gelegenheit hätte der Eingeweihte die Worte vielleicht sogar verstanden, aber jetzt war er so aufgeregt, dass der letzte Teil des großen Geheimnisses ohne Sinn an ihm vorüberfloss. Die Blume der Erkenntnis sollte nicht blühen. Nicht für ihn. Dann geschah etwas Merkwürdiges. Etwas, das ebenso dissonant war wie die Stimme des Mörders und ihre Botschaft. Tief in seinem angstgepeinigten Inneren spürte der Halb-Eingeweihte, dass er sich über das Versäumnis ärgerte. Er wusste genau, dass er gerade seine letzte Chance verpasst hatte, etwas zu begreifen. Endgültig. Eben noch hatte er sich als vollgültiger Adept gefühlt, doch jetzt – nur einen kurzen Lidschlag später –, was war er da noch?

Deshalb entging ihm ein weiteres entscheidendes Detail. Auf einmal konnte er seine Arme wieder frei bewegen! Er hatte nicht gespürt, wie die Stricke gelöst worden waren, die tief in seine Handgelenke eingeschnitten hatten, aber nun war es zu spät. Seine Beine schienen zu versagen. Kein Wunder nach dem schier endlosen Aufstieg in vollkommener Dunkelheit.

»Jetzt, jetzt!«, säuselte ihm die Stimme hinterher.

Er gehorchte und befand sich in der nächsten Sekunde in freiem Fall.

Ein lauter Schrei gellte durch die Nacht.

Noch ein letztes Mal konnte man den Mörder hören. Zusammen mit dem dumpf-matschenden Aufschlag des Körpers auf dem Pflaster, der den Schrei jäh erstickte, erklang ein zartes, kaum noch zu vernehmendes »Ja! Ja!«, gefolgt von leisen, unverständlichen Lauten in der Sprache der Verfluchten.

Dann war alles still. Kein Nachtfalter wagte mehr, mit den Flügeln zu flattern. Allem und jedem hatte es den Atem verschlagen. Für eine Sekunde oder zwei stand das Räderwerk der Wirklichkeit still. Kein einziges Auto ließ sich in diesem magischen Moment auf der sonst so stark frequentierten Durchgangsstraße blicken, und auch das Flüstern des Windes war plötzlich verstummt. Selbst der Schein der Sterne schien wie das banale Licht der Straßenlaternen in diesem Augenblick innezuhalten.

Als der Puls der Nacht wieder einsetzte, war das große Werk vollbracht, der Mörder verschwunden und der Eingeweihte tot.

***

Und es geschah am ZWEITEN Tag:

Mit quietschenden Reifen zog Ernst Pier den Opel rüber auf die rechte Spur. Lichthupen blitzten wütend in seinem Rückspiegel auf.

»Ja, ja, habt euch nicht so!«, zischte er genervt. Die hatten sie ja nicht mehr alle, frühmorgens, mitten im Berufsverkehr fahren wie der Henker von nebenan. Obwohl die Seitenfenster seines Wagens verschlossen waren, glaubte er, die »Rowdy!«- und »Arschloch«-Rufe deutlich hören zu können. Nur wenige Autos vor und hinter ihm bogen bei der ersten Auffahrt Richtung Würzburg ab, die meisten wollten in die Gegenrichtung. Die Kreuzung der A 76 mit der A 3 war ein neuralgischer Verkehrsknotenpunkt.

»Scheibenkleister!«, schrie er, als ihm bewusst wurde, dass er gerade – wieder einmal – nur wegen eines Anrufs und seines lausigen Jobs beinahe einen Unfall provoziert hatte. »Das ist es doch alles nicht wert«, murmelte er, doch die Verbitterung hielt sich in Grenzen. Schließlich war nichts passiert. »Uehlfeld? Das ist doch irgendwo hinter Höchstadt/Aisch an der B 470.« Natürlich hätte er das brandneue Navi aktivieren können, das den Wert seiner betagten Schrottlaube wieder in den dreistelligen Bereich katapultiert hatte, wollte aber nicht schon wieder eine brenzlige Situation provozieren. Schließlich kannte er sich mit dem Teil noch nicht richtig aus, um es, während er mit gut hundert unterwegs war, auf sein neues Ziel zu programmieren.

Das hämisch feixende Gesicht des Kollegen vom Verkehrsfunk tauchte vor seinem inneren Auge auf: »Dreißig Kilometer Stau auf der A 3 zwischen Kreuz Erlangen und Höchstadt/Ost, verursacht durch das dämliche Fahrverhalten unseres rasenden Reporters Ernst Pier. Wir sind jetzt live mit unserem Kollegen verbunden. Ernst, wie viele Tote gehen diesmal auf dein Konto? Kannst du schon etwas über den Sachschaden sagen, und – was unsere Hörer in ihren Fahrzeugen wahrscheinlich am meisten interessiert – wie lange werden die Aufräumarbeiten dauern? Kannst du eine Umleitung empfehlen, oder sollen sich die Reisenden, die noch nicht ins Stauende gerauscht sind und noch eine Abfahrt vor sich haben, direkt ein Hotel suchen?«

»Ruhe!«, knurrte Ernst durch zusammengebissene Zähne. Wie er es hasste! Kaum geschah etwas Unvorhergesehenes, schon begannen sich die Synapsen in seinem Gehirn auf eine geheimnisvolle Weise zu verschalten und Blödsinn zu produzieren, sodass es ihn alle Mühe kostete, um sich nicht völlig in den fantastischen Gefilden seiner kranken Einbildung zu verlieren. Und krank waren sie in der Tat, die bunten bewegten Bilder, die sich immer wieder zu allen erdenklichen Gelegenheiten in seinem Kopf bildeten und die Alltagswahrnehmung verdrängten. Zum Glück war es noch nicht so weit, dass er dabei den Blick auf die Wirklichkeit tatsächlich verlor: In einem Film hätte der Regisseur diesen seltsamen Geisteszustand wahrscheinlich mittels einer Splitscreen-Darstellung verdeutlicht: linke Hirnhälfte normal eingefärbt für die Abbildung der Realität, rechte Seite ein verschwommenes monochromes Tableau für die Innensicht. Die meisten würden so einen Zustand als experimentell und gewagt einschätzen, doch für Ernst war er wenig aufregend, konventionell und fast schon normal, wobei er tief in seinem Inneren wusste, dass er sich damit in die eigene Tasche log. Vor einigen Jahren hatte ihm Nero Kaiser, sein bester, aber leider heterosexueller Freund erzählt, er würde manchmal unter ganz ähnlichen »Erscheinungen« leiden. Wenn der Druck zu groß, der Stress zu unerträglich sei, projiziere ihm sein überreizter Verstand die unmöglichsten Szenen in den Schädel. Seit diesem Geständnis war Ernst klar, dass diese bis dahin unausgesprochene Gemeinsamkeit eines der ganz besonders verbindenden Elemente war, die das Fundament ihrer Freundschaft bildeten. Dennoch ...

»Du bist langsam wirklich reif für die Couch!« Wie die meisten in ihren Blechkabinen eingesperrten und unter Einsamkeit leidenden Autofahrer dieser Welt führte Ernst beim Fahren intensive Selbstgespräche und war felsenfest davon überzeugt, sein Zustand, sein Mangel und seine Macken seien absolut einmalig. Von Neros ähnlichen Ausprägungen einmal abgesehen. So einmalig sogar, dass für jemanden wie ihn nur die »Hupfla«, wie man seit jeher die Nervenklinik in Erlangen bezeichnete, in Frage kam.

Dessen ungeachtet schimpfte er weiter vor sich hin, bis er endlich die Ausfahrt Höchstadt/Ost erreichte. Die unvorhergesehene Kursänderung zwang ihn ins Aischtal statt nach Nürnberg, in die heiligen Hallen des Bayerischen Rundfunks/Studio Franken, zu denen er ursprünglich auf dem Weg gewesen war.

»Als Lokalreporter muss man nun mal flexibel sein«, sprach er sich Mut zu, während er abbremsen musste, weil auf Höhe der INA in Höchstadt einige Lkws unschlüssig waren, ob sie nun rechts, links oder geradeaus weiterfahren wollten.

Flexibel sein. Das war noch äußerst milde und nachsichtig formuliert. Früher hatten ihn die Redakteure bevorzugt mit jenen Reportagen beauftragt, die ihn von einem Volksfest zum nächsten durch ganz Franken führten.

»Unser Reborder Ernsd Bier is laif bein Anschdich derbei. Wie ist die Stimmung, Ernsd?«

Die Umstände hatten es jedoch mit sich gebracht, dass man ihm jetzt schon seit zwei Jahren sämtliche Fälle zuschob, die mit Mord und Totschlag zu tun hatten.

Das war zwar auch nicht viel besser, aber immerhin kursierte die Rede von ihm als Leichen-Spezi nur senderintern und wurde nicht öffentlich über den Äther verbreitet wie zuvor die hunderttausendste Auflage jener müden Scherze gelangweilter Moderatoren, die mit seinem sprechenden Namen Unheil trieben. Genauer gesagt war Ernst nur in der hiesigen Region mit einem sprechenden Namen gesegnet, denn wo sonst in Deutschland spricht man ein »haddes B« genauso aus wie ein »wahches B« und sagt »Bier« anstelle von »Pier«?

»Habe ich mich wirklich hochgearbeitet? Ist es tatsächlich ein Fortschritt, über echte Leichen statt über alkoholisierte zu berichten?«

Schon mehr als ein Mal hatte er diese Frage seinem Freund Nero Kaiser gestellt, der ebenfalls mit einem sprechenden Namen gesegnet oder geschlagen war. Je nachdem, wie man es sah. Von außen oder von innen. Oder ob man nun Ernst Pier oder Kaiser Komma Nero hieß, denn das machte in den Augen des Lokalreporters schon einen riesigen Unterschied.

Jetzt war es also im beschaulichen mittelfränkischen Markt Uehlfeld passiert. Manfred Siebenhaar – noch so ein komischer Name, über den sich aber seltsamerweise niemand lustig machte! –, der stellvertretende Chefredakteur, war dort aufgewachsen und besaß in einem eingemeindeten Nachbardörfchen am Rande von Karpfenteichen und saftigen Wiesen noch immer ein zauberhaftes kleines Fachwerkhäuschen. Das Erdgeschoss hatte er vermietet, die Dachwohnung für sich selbst ausgebaut, obwohl er sich nach Ernsts Kenntnissen so gut wie nie dort aufhielt. Wie Siebenhaar ihm einmal in der BR-Kantine anvertraut hatte, wollte er die Wohnung nutzen, »sobald ich mich aus dem Tagesgeschäft zurückziehe und endlich die Zeit finde, Romane und Theaterstücke zu schreiben«. Hoffentlich bist du dann noch fit genug für die Hühnerleiter, die man in solchen Häusern gerne als Treppen benutzt, hatte Ernst nach diesem Geständnis gedacht, seine Überlegung aber klugerweise für sich behalten. Zum Thema schriftstellernder Rentner, Journalist zumal, hätte er noch so einiges zu sagen gehabt, doch die Vernunft gebot ihm zu schweigen und seinem Gegenüber mit einem freundlichen Kopfnicken, gepaart mit einem kaum ehrlicheren Lächeln, Aufmerksamkeit und grenzenloses Verständnis zu heucheln.

Siebenhaar hatte ihn heute früh im Wagen angerufen und seiner Fahrt ein neues Ziel gegeben. In seinem für Außenstehende kaum zu überblickenden Familienclan gab es einen Schwippschwager, angeheirateten Cousin oder Neffen linker Hand – die genauen Verwandtschaftsverhältnisse konnte sich Ernst nie merken –, der bei der Polizei arbeitete. In Neustadt oder in Höchstadt? Selbst das fiel ihm in diesem Moment nicht ein. Jedenfalls hatte dieser durch undurchsichtige familiäre Bande verpflichtete Informant Siebenhaar über den Toten in Uehlfeld informiert.

»Auch im Aischtal sterben halt die Leut«, maulte Ernst schlecht gelaunt wie jeden Morgen, an dem er seiner Meinung nach zu früh aus den Federn kriechen musste. »Und manchmal verlassen sie ihr irdisches Dasein sogar unter tragischen Umständen. Müssen wir denn wirklich über jeden ...« Unglücksfall berichten, wollte er noch sagen, doch so weit kam er nicht mehr.

»Wenn sich die Ansbacher einschalten, ist es wahrscheinlich kein Unfall!«, wurde er von Siebenhaar barsch unterbrochen. »Du fährst sofort dorthin und kommst mit ein paar O-Tönen zurück, die mindestens die zusätzlichen Spritkosten rechtfertigen.« Der Chef hatte recht. Den weiten Weg von Ansbach nach Uehlfeld würden sich die Beamten, die für Tötungsdelikte zuständig waren, nur dann gemacht haben, wenn man sie angefordert hatte. Was wiederum bedeutete, dass sich der Tote möglicherweise nicht auf natürlichem Weg zum langen Marsch ins Jenseits aufgemacht oder sich ein simpler Unfall ereignet hatte.

»Jawoll, Scheffe«, knurrte Ernst und versuchte wenig später, auf der Autobahn zu wenden. Zum Glück nur in seiner Vorstellung, wodurch denn auch die erste »mentale Verkehrsmeldung« dieses Morgens entstanden war: »Geisterfahrer Pier bringt den Verkehr in Nordbayern zum Erliegen.« Im realen Leben bog er stattdessen im letzten Moment in die Auffahrt zur A3, dann war er endlich wach genug, um erst nachzudenken und anschließend zu handeln.

⁂

Jahreswechsel 1507/1508

»Mögen die Bauern des Dorfes den Beginn des neuen Jahres erst in drei Monaten feiern«, sagte Johann Schöner im besten Chorherrenlatein, »oder die Patrizier zu Nürnberg das Jahr mit der Nacht vor der Geburt unseres Herrn beschließen«, er bedachte Dürer und Pirckheimer mit einem maliziösen Lächeln, bevor er fortfuhr, »so wissen wir selbst ernannten Römer es doch besser.«*

»Auch wenn die römische Tradition, auf die du, werter Bruder, anspielst, eine wahrhaft heidnische ist, so geht sie doch letztlich auf eine Zeit zurück, in der die Erkenntnisse manch großer Männer den unsrigen weit überlegen waren«, erwiderte der zweite Bamberger Chorherr der illustren Runde, die sich unstandesgemäß in der engen und überheizten Kammer des schlichten Pfarrhauses in Kirchehrenbach versammelt hatte.

»Ich weiß schon, worauf du hinauswillst, Bruder Lorenz«, entgegnete der Angesprochene. »Du bist und bleibst eben ein von der Franzosenseuche geplagter alter Hurenbock, dem es höllischen Spaß bereitet, einen armen Zahlendreher und Sternengucker in das Labyrinth der Paradoxie zu locken, um sich dann daran zu ergötzen, wie der arme Tropf – ich, wohlgemerkt! – darin umherirrt und sich um Kopf und Kragen schwätzt. Und anschließend, nachdem man Seiner Eminenz von den neuerlichen Verfehlungen des ihm anvertrauten Schäfchens berichtet hat, wird man sich im hohen Hause bemüßigt fühlen, den Tropf zum Prediger der Treideloch-

---

* Im Heiligen Römischen Reich Deutscher Nationen gab es zu Beginn des 16. Jahrhunderts kein einheitliches Datum für den Jahreswechsel. Lediglich die an den Lehren des klassischen Altertums interessierten Humanisten kannten den seit circa 150 v. Chr. in Rom gepflegten Brauch, das Ende des alten und den Beginn des neuen Jahres auf die Nacht vom 31. Dezember zum 1. Januar zu legen.

sen zu ernennen, die schließlich auch eines Beichtvaters bedürfen, wenn sie ihren letzten Odem ausrülpsen.«

»Du übertreibst, wie du es immer und gerne tust«, mischte sich jetzt Pirckheimer in das Gespräch ein. »Du solltest bedenken, dass schon Größere und Wichtigere als unsereins in Ställen gehaust haben. Das, was du als Degradierung ansiehst, kommt in Wirklichkeit einer Erhöhung gleich, die weder du noch einer von uns verdient hat. Was unser guter und wehrhafter Lorenzo Beheim zu bedenken gab, war lediglich der Hinweis darauf, dass wir in unserer ach so glaubensfesten Zeit weniger wissen als jene großen Geister längst vergangener Tage, die ihren Verstand ausgiebiger zum Nachdenken benutzten, als dies heute üblich ist.«

»Eben. Mehr Zeit zum Nachdenken, weniger zum Glauben«, unterbrach ihn Schöner. »Genau das ist es doch, was dieser hinterlistige Hundsfott aus meinem Munde hören will. Aber wenn ihn dann wieder die Spitze seines verderbten Schwengels juckt, wird er schnellstmöglich seinen Boten in dieses verlauste Kaff schicken, in das man mich abgeschoben hat, damit ich für ihn in den Nachthimmel glotze und die besten Konjugationen errechne, wann es am günstigsten ist, sein Gemächt mit der *hydor argyros* einzureiben.«

»Sprecht lateinisch, Freunde«, murmelte Dürer, der auf einem bereits vollgeschmierten Blatt gedankenverloren an einer Skizze von der Neujahrsrunde kritzelte. »Ihr wisst doch, dass mein wohlgemuter Meister mich beim Griechischlernen immer in eine Truhe zu stecken pflegte, auf dass mein armer Verstand von dieser Sprache nicht noch mehr verwirrt wurde, als er es ohnehin schon war.«

»Unter Hydrargyrum«, übersetzte Pirckheimer für seinen Freund, »versteht man wässriges Silber. Dankt Gott, dass ihr nicht mit dieser Plage gestraft seid, und du bedenke, wem du dies zu verdanken hast.« Er blickte Dürer an, der nicht von dem Papier aufsah, sodass sich stattdessen sein Blick mit dem des in dieses armselige Dorf verbannten Mathematikers und Astronomen traf. Schließlich richteten sich seine Augen auch noch auf den Fünften in der Runde: Er war bartlos und schmächtig, hatte eine spitze Nase, schmale Lippen und schüttere, halblange, lockige Haare. Sein etwas dunklerer Teint hob sich von der blassen Hautfarbe der übrigen Anwesenden deutlich ab. Es handelte sich bei ihm um den einzigen echten Römer der Gruppe, der die letzten Jahre allerdings in Florenz und Venedig verbracht hatte. Es war zwar ein gebildeter Kreis, der sich hier zusammengefunden hatte, doch vor allem sprachen sie wegen ihm Latein, der vor ein paar Monaten seine Florentiner Heimat verlassen hatte und über die Alpen nach Norden gereist war.

»Rom ist nicht mehr das, was es einmal war«, bemerkte Giacomo Sujad knapp und verzichtete auf eine Erläuterung, was genau er damit meinte. Doch die Anwesenden verstanden ihn auch so. Vor allem Lorenz Beheim, der aufgrund seines langen Aufenthalts in Italien auch Lorenzo genannt wurde, nickte zustimmend. Sujads Feststellung zielte nicht auf die heidnischen Zeiten ab, als Rom noch eine Macht war, die fast die ganze damals bekannte Welt beherrscht hatte, sondern auf die jüngere Vergangenheit. Mit dem Tod von Papst Alexander VI. hatte es viele Veränderungen gegeben, die weit über den Verlust von Stellung, Einfluss und Positionen einzelner ehemaliger Günstlinge des Borgia-Papstes hinausgingen. Beheim, einer von vielen Günstlingen, war eilends in seine alte Heimat zurückgekehrt, um in sicherer Entfernung zu den neuen kirchlichen Machthabern in Rom wenigstens noch seine Pfründe als Bamberger Chorherr zu genießen. Er wusste nur zu gut, dass man ihm hierzulande nicht so schnell ans Leder konnte. Abgesehen von solchen persönlichen Einbußen an Macht und Reichtum hatte der Kurswechsel in Rom jedoch auch zur Folge gehabt, dass jene, die sich den schönen Künsten der Wissenschaft verschrieben hatten, von nun an sehr viel vorsichtiger arbeiten mussten.

Eine Magd betrat das Zimmer, sah im Kamin nach dem Feuer, das noch munter prasselte, und schenkte dann frischen Wein in die leeren Becher nach.

»Was kann sie denn noch, außer dem werten Herrn Johann das Haus bestellen?«, fragte Beheim auf Deutsch. Die Angesprochene blickte scheu zur Seite und zupfte nervös an ihrer Haube, unter der einige blonde Strähnen hervorschauten.

»Lass sie in Ruhe, Bruder«, fuhr ihn Schöner auf Latein an. »Du sichst doch, dass sie bereits vergeben ist.«

»Umso besser«, erwiderte Beheim schnell in der gleichen Sprache. »Die verheirateten Weibsbilder zieren sich nicht so. Das müsstest du doch am besten wissen.«

»Ich bin nicht so ein Lump wie du, Lorenzo!«

»Ach was, die Heimlichtuer sind viel schlimmer als ich, Johann. Sie missbrauchen das Vertrauen ihrer Leute. Aber wenn ich will, dass mir eine die Eier krault, dann frag ich sie direkt!« Er grinste den Gastgeber kampflustig an. »Also, was kannst du noch?«, wiederholte er seine Frage auf Deutsch, hatte aber nicht mitbekommen, dass die junge Frau nach einem dezenten Wink ihres Herrn das Zimmer schon wieder verlassen hatte.

»Lass mal sehen, was unser berühmter Maler da zu Papier gebracht hat«, sagte der Gast aus Italien, um die Aufmerksamkeit der beiden Streithähne auf ein anderes Thema zu lenken. Mit einem Schulterzucken schob Dürer die Skizze über den Tisch. »Trefflich. Selbst im Herzen der Welt gibt es nicht viele, die diesem Meister das Wasser reichen können. Schon der flüchtigste Strich beweist es.«

»Zu viel der Ehre«, wehrte Dürer ab. »Im Übrigen kommt niemand an die Klasse des ehrenwerten Meisters Leonardo oder die vom göttlichen Bellini heran. Solche Blätter dienen nur dazu, meiner Hand die Zeit zu vertreiben, während mein Ohr Euren gelehrten Disputen lauscht.«

»Manchmal gibt er sich gerne bescheiden«, warf Pirckheimer ein. »Allein, dass er unsere von Zoten und Anzüglichkeiten durchwirkte Unterhaltung als gelehrten Disput verklärt! Aber in Wirklichkeit weiß er ganz genau, was seine Arbeit wert ist.«

»Da tust du mir Unrecht, alter Freund«, erwiderte Dürer, »vor allem hierin: Solch eine hingeworfene Skizze würde ich niemals mit meinem Monogramm adeln. Ich würde sie noch nicht einmal verschenken, denn jeder von euch hat Besseres verdient.«

»Nun, gutes Handwerk kostet seinen Preis – auch unter Freunden«, sagte Sujad. »Brüder, ich werde müde. Wahrscheinlich die rauen Lüfte des Nordens.«

»Und der saure Wein, den Johann uns auftischt«, beendete Beheim den Gedankengang.

»Meister, der du dich im Haus deines Freundes auskennst, zeig mir, wo er uns heute Nacht schlafen lässt, auf dass wir in einem neuen Jahr erwachen.«

»Bleib sitzen und streite weiter mit Lorenzo«, sagte Dürer zu Schöner, der ebenfalls aufgesprungen war, um Giacomo Sujad eine der Kammern zu zeigen, in der er seine Gäste zu beherbergen pflegte, dann griff er nach einem Leuchter und entzündete die Kerze mit einem am Kamin bereitliegenden Span.

»Ich hoffe sehr, dass es den Mäusen, Wanzen und Flöhen zu kalt ist, um dich zu plagen«, sagte er zu Giacomo Sujad, als sie den winzigen Raum betraten.

»Solange mir die Ratten nicht die Zehen abknabbern, soll mir die kleinste Schlafstatt recht sein. Setz dich einen Moment zu mir, Meister. Ich möchte dir etwas zeigen.« Mit diesen Worten warf sich Sujad eine der bereitliegenden Decken über die Schultern und reichte eine zweite an Dürer weiter. Im Gegensatz zum gut geheizten Wohnraum, den sie gerade erst verlassen hatten, war es in der Kammer zugig und kalt. Sujad holte ein dünnes, schmales Büchlein aus seiner Tasche und schlug es auf.

»Wenn ich mir deine Zeichnungen ansehen und ein Urteil darüber abgeben soll, dann ist dies hier der falsche Ort, Bruder«, gab Dürer zu bedenken. »Das Licht ist zu schlecht.«

»Mitnichten will ich, dass du meine stümperhaften Skizzen unter den Strahlen deines Könnens beurteilst«, sagte Sujad. »Ich weiß selbst, wie schlecht sie sind. Nein, vielmehr möchte ich dir einen Auftrag erteilen, den ich gut zu entlohnen gedenke. So gut, dass selbst ein Meister deines Ranges zufrieden sein wird.«

Als er sah, dass Albrecht etwas einwenden wollte, hob er die Hand. »Mir ist bekannt, dass du bereits für die mächtigsten Fürsten gearbeitet hast, und es ist mir ebenso geläufig, dass du die weniger gut bezahlten Aufträge durch deine Gesellen erledigen lässt.«

Wieder setzte Dürer an, etwas zu erwidern, und wieder gab ihm Sujad mit einer Geste zu verstehen, sich noch zu gedulden. »Du gehörst nicht zu denen, die sich vom äußeren schönen Schein trügen lassen. Wäre es anders, würdest du nicht Gast in diesem bescheidenen Haus sein, und auch deine Freunde, von denen ein jeder über Geld und Einfluss verfügt, wären in einer kalten Nacht wie dieser nicht hierher, in einen solch verlassenen Winkel gekommen, um dem guten Johann am Ort seiner Verbannung Gesellschaft zu leisten. Deshalb wird es dich auch nicht erstaunen, wenn ich dir für diesen Auftrag eine angemessene Entlohnung in Aussicht stelle, die der eines Kaisers in nichts nachsteht.«

Bei diesen Worten dachte Dürer an die deutschen Kaufleute in

Venedig, für die er vor Kurzem während seiner Reise nach Oberitalien das opulente Bild einer Marienkrönung gemalt hatte, das sogar die Aufmerksamkeit und das Lob des Dogen errungen hatte. Auch das schmeichelhafte, mit einer üppigen Leibrente von zweihundert jährlich zu zahlenden Dukaten garnierte Angebot des venezianischen Rates kam ihm in den Sinn, sollte er sich dauerhaft in der Stadt an der Lagune niederlassen. Andererseits hatte er seinem Freund Pirckheimer und nebenbei auch seiner Agnes schon vor seiner Reise versprochen, nach Nürnberg zurückzukehren, sobald er im Besitz der Steine war. Beide begehrten sie so sehr – wenn auch aus gänzlich unterschiedlichen Gründen –, dass sie dafür bereit waren, sich über die Gesetze der Stadt hinwegzusetzen.[*]

»Kaufleute, Räte, ja sogar Dogen«, sagte Dürer, »haben bereits für meine Kunstfertigkeit gezahlt. Doch ob ich es jemals schaffe, die Gunst Maximilians zu gewinnen und tatsächlich für eine königliche Hoheit arbeiten zu dürfen, daran denkt nur der Hochmütige und darauf wagt nur der Narr zu hoffen.«

»So ungewohnt bescheiden kann nur sprechen, wer sich selbst als Imitatio Christi malt«, erwiderte Sujad mit einem Lächeln. »Du siehst, dein Ruf eilt dir voraus!«

»In Italien vielleicht«, antwortete Dürer, der wusste, dass sein Gesprächspartner auf jenes unerhörte Selbstbildnis anspielte, das er vor nun bald acht Jahren von sich angefertigt hatte. »In deiner Heimat gelte ich als Meister, hier hingegen nur als Schmarotzer. Frag Pirckheimer oder Koberger oder meinen alten Lehrmeister Wolgemut, bei allen stehe ich in der Schuld, die sich auf weit mehr als nur einen Batzen beläuft.«

»Doch jeder hier weiß, dass du nicht nur ein geschickter Handwerker, sondern auch ein sparsamer Geschäftsmann bist«, warf Sujad ein. »Sollst du nicht sogar in den großen Rat Nürnbergs aufgenommen werden? Das wird deine Arbeit sicherlich befördern. Doch nun zu dem, was ich von dir erbitte.« Er öffnete das Buch. »Schau her. Kennst du dich mit diesen Symbolen und Zeichen aus?«

---

[*] Albrecht Dürer schmuggelte damals Smaragde nach Nürnberg, deren Einfuhr streng verboten war.

Dürer nahm die Aufzeichnungen entgegen und neigte das Buch etwas zur Seite, um alles im flackernden Licht der Kerze besser erkennen zu können.

***

Des Weiteren geschah am ZWEITEN Tag:

Ernst Pier näherte sich dem Tatort zweimal kurz hintereinander – jeweils im Schritttempo. Beim ersten Mal zockelte er eingekeilt zwischen zwei Lkws an der Kirche vorbei, während die sich stauende Autoschlange rechts von einem älteren Fahrradfahrer überholt wurde.

Die ohnehin stark befahrene und mitten durch den Marktflecken führende B 470 wurde von einem ganzen Fuhrpark von Einsatzfahrzeugen blockiert. Da der Verkehr nur einspurig daran vorbeigeleitet werden konnte, hatte sich am Ortseingang bereits der unvermeidliche Stau gebildet, sodass Ernst von seinem Auto aus in aller Ruhe jenes alte Torhaus bewundern konnte, durch das eine der beiden Fahrbahnen führte. Wer aus der Gegenrichtung kam, fuhr seitlich daran vorbei. Im Geist sah Ernst schon den Sattelschlepper vor sich gegen das ein wenig heruntergekommen wirkende Gebäude krachen, doch der Fahrer schien die Strecke und ihre möglichen Hindernisse gut zu kennen. Als es beim Stop-and-go-Verkehr endlich mal wieder ein Stück weiterging, bretterte er mit einer faszinierenden Unbekümmertheit – oben, rechts und links nur wenige Zentimeter von den Mauern entfernt – durch das Torhaus hindurch, sodass Pier unwillkürlich auf die Bremse trat, um den Abstand zu ihm zu vergrößern.

Dort, wo die Fahrzeuge von der Polizei und den übrigen Einsatzkräften den Stau verursachten, wurde der Verkehr von einem Polizisten geregelt, der seinem Milchgesicht nach keine zwanzig Jahre alt sein konnte. Die kleine, nach links abzweigende Straße gegenüber der Kirche war, soweit Pier sie einsehen konnte, ebenfalls zugeparkt, sodass er erst ein paar hundert Meter später aus der Blechkarawane, die sich durch Uehlfeld quälte, ausscherte, um seinen Wagen abzustellen. Dann näherte er sich zum zweiten Mal dem Tatort – diesmal zu Fuß. Als er ankam, konnte er den roten Rücklichtern des Leichenwagens noch hinterherschauen.

»Knapp verfehlt ist auch daneben«, knurrte Pier.

»Halt, Sie können hier nicht durch«, raunzte ihn ein Polizist an. »Nehmen Sie die andere Straßenseite.«

»Witzbold«, zischte Ernst kaum verständlich, während er seinen Presseausweis zückte. »Wie sollte ich denn bei diesem Verkehr die Straße überqueren? Mal abgesehen davon, dass ich das gar nicht will.«

Der Beamte, der ihn aufgehalten hatte, war mindestens anderthalb Köpfe größer als er und von einer Figur, die man freundlich als kräftig und weniger freundlich als ausufernd oder massig bezeichnen konnte.

Ob der sich nach Feierabend als Türsteher wohl noch etwas dazuverdient?, überlegte der Reporter. Laut sagte er: »Pier, Bayerischer Rundfunk. Ich habe eine Verabredung mit Hauptkommissar …« Der Rest ging im Straßenlärm unter, und das war durchaus beabsichtigt, denn Siebenhaar hatte ihm keinen Ansprechpartner vor Ort nennen können.

»Aber nur bis zur Absperrung«, warnte ihn der Berg von Beamte, bevor er den Bauch einzog, um Pier vorbeizulassen. Und da der Blick des uniformierten Türstehers währenddessen starr über die halblangen dunklen Haare des Reporters hinweg in eine unbestimmte Ferne schweifte, entging ihm auch die ungläubige Miene, zu der sich Ernsts Gesicht angesichts der Tatsache verzog, dass sein billiger Trick tatsächlich funktioniert hatte.

Die sogenannte Absperrung entpuppte sich als nächster Witz in der Inszenierung dieses mittelfränkischen Stügglas.* Der Kirchhof wurde von einer halbhohen Mauer umgeben, dessen metallenes Gittertor verschlossen war. Durch die Stäbe hatte ein pflichtbewusster Ordnungshüter beinahe kunstvoll eines jener Absperrbänder geflochten, mit der die Polizei hierzulande Tatorte absichert. Die Funktion der Schlaufe in dem Plastikband, das in der Mitte bis zum Boden durchhing, erschloss sich Pier erst, als ein nicht uniformierter Mann mittleren Alters das Tor von innen öffnete, dann das Band – an der Schlaufe – anhob und darunter hinweg nach draußen schlüpfte. Wortlos ging er an Ernst vorbei.

---

* Die Lektorin ist der Meinung, man müsse diesen Begriff für Nichtfranken erklären. Mit *Stüggla* werden Theaterstücke bezeichnet, die auf fränkischen Mundartbühnen aufgeführt werden. Zudem kann dieses Wort in Bäckereien eingesetzt werden, um Gebäck oder Teilchen, wie man andernorts zu sagen pflegt, zu kaufen.

Am Tatort selbst, unmittelbar vor dem wuchtigen Kirchturm, waren bereits Beamte der Spurensicherung beschäftigt. Etwas abseits stand eine junge Frau, wie der Mann zuvor in Zivil, und telefonierte. Mit einem Metallkoffer drängelte sich jemand an Pier vorbei, öffnete das Tor, bückte sich unter dem Absperrband hindurch und ging mit großen Schritten zielgerichtet auf die Frau zu. Während sie weitertelefonierte, wies sie mit ihrem Arm nach rechts, vom Tatort weg. Der Mann mit dem Koffer nickte und hielt kurz vor der Kirchentür inne. Jetzt konnte auch Pier den Zettel erkennen, den der Mann aufmerksam las, bevor er weiterging und um die Ecke des Kirchenschiffs bog, wo er das Gebäude wahrscheinlich durch einen zweiten Eingang betrat.

Pier sah nach oben. Im Verhältnis zur eigentlichen Kirche kam ihm der Turm zu groß und wuchtig vor. Unwillkürlich musste er bei dem Anblick an den Polizisten von gerade eben denken, der ihm nach dem kurzen Intermezzo den Weg freigegeben hatte. Ziemlich nah der Kirchturmspitze, dort, wo sich die weithin sichtbare Uhr befand, erblickte er eine große Öffnung, die mit Holzlamellen verschlossen war. Dahinter hängt sicherlich das Geläut, dachte er. Direkt daneben befand sich eine fast identische zweite Öffnung, die sich von der anderen nur in einem nicht unwesentlichen Detail unterschied: Hier fehlte die Holzkonstruktion.

Wäre es dort oben heller, könnte man möglicherweise die Glocken sehen. Er war wirklich ein zutiefst verdorbener Charakter, dass ihm selbst simpelste Feststellungen immer zweideutig vorkamen. Ernst musste über sich selbst grinsen.

Die Frau telefonierte noch immer, als der schweigsame Mann zurückkam, der vor wenigen Minuten erst den Kirchhof verlassen hatte. Er bückte sich, um unter der Absperrung durchzuschlüpfen, dann hielt er inne, richtete sich wieder auf und blickte Pier mit ausdrucksloser Miene an.

»Und?«, fragte er.

»Äh – Pier, Bayerischer Rundfunk«, stammelte der Reporter. »Wissen Sie schon Genaueres? Ich meine, wer ist der Tote? Wie ist er denn …?«

Sein Gegenüber wedelte ungeduldig mit der Hand. »Kein Kommentar«, blaffte er, dann wandte er sich ab. In diesem Moment fiel es Ernst auf: Um ihn herum wimmelte es zwar von zivilen und uniformierten Einsatzkräften, aber von seinen Kollegen war niemand zu sehen. Normalerweise traf er an Tatorten immer wieder auf die gleichen Gesichter. Entweder sind Siebenhaars Kontakte wirklich extrem gut, überlegte er, oder alle anderen Kollegen stecken noch im Stau. »Hören Sie!«, rief Ernst laut. »Wollen Sie wirklich …?«

Der Mann richtete sich hinter der Absperrung auf und blickte über die Schulter zurück. »Wenden Sie sich an unsere Pressestelle«, unterbrach er Pier knurrend. »In Nürnberg«, fügte er noch hinzu. »Von dort werden Sie alle relevanten …« Diesmal war er es, der seinen Satz nicht beendete. Die telefonierende Frau machte eine beschwichtigende Handbewegung in seine Richtung, woraufhin er mit den Schultern zuckte und schweigend weiterging. Nach wenigen Schritten war auch er im Inneren der Kirche verschwunden.

Scheint interessanter als draußen zu sein, auf jeden Fall kühler, dachte Ernst. Der Tag versprach, ziemlich heiß zu werden. Und das in mehrerer Hinsicht.

»Hi, Ernst!«, begrüßte ihn die Frau. Sie hatte ihr Endlosgespräch beendet und war zum Tor und der Absperrung herübergekommen. Dem Reporter fiel es wie Schuppen von den Augen.

»B… Bir… Birgit?«, stotterte er.

»Betty«, berichtigte sie und strich sich eine schwarze, leicht gewellte Strähne aus dem Gesicht.

»Stimmt, Betty. Entschuldige.«

»Egal, kein Problem«, erwiderte sie und kroch unter dem Band durch.

»So ein Scheiß«, sagte sie. Irritiert blickte Ernst sie an. Jetzt erkannte er sie wieder. Wie nannte man noch mal solche Frisuren? Vokuhila? Nein, umgekehrt, vorne lang und hinten kurz. Die Stoppeln an ihrem Hinterkopf waren ihm schon vor zwei Wochen in Köln aufgefallen. »Ich habe noch nicht gefrühstückt«, bemerkte sie. »Die Kneipe schräg gegenüber hat, glaube ich, bereits auf. Vielleicht bekommt man dort auch was anderes als Schäufela oder Teichschwein?«

»Das ist hier zwar 'ne Karpfengegend«, murmelte Ernst, »aber es ist definitiv keine Karpfensaison.« Doch Betty hatte sich längst durch die abgestellten Wagen hindurchgeschlängelt und ließ sich von dem den Verkehr regelnden Milchgesicht über die Straße winken. Rasch eilte er hinterher.

»Das war eigentlich keine Einladung«, sagte sie, als er sich an ihrem Tisch im Schankraum niederließ. Außer ihnen waren weit und breit keine Gäste zu erblicken.

»Habe ich auch nicht so verstanden«, erwiderte Ernst. »Aber in punkto Frühstück beziehungsweise dem Mangel daran haben wir etwas gemeinsam.«

»Immer noch so umständlich«, sagte Betty. »Bist du noch mit diesem süßen, knackigen Knaben zusammen?«

Ernst spürte, wie ihm das Blut ins Gesicht schoss. »Das war doch nur eine zufällige und leider auch sehr kurzfristige Bekanntschaft«, brachte er schließlich hervor.

»Ich verstehe. Man nennt die Gegend um das ›Ex-Corners‹ in Köln ja auch nicht umsonst das Bermudadreieck«, sagte sie. Dann fügte sie hinzu: »Schade. Ich hätte es dir gegönnt.«

»Danke. Und du?«

»Ich war ja mit Sylvie in Köln und bin trotz CSD und vielen sich bietenden Gelegenheiten auch mit ihr zusammen wieder nach Hause gefahren. Wir sind nach wie vor ein Paar. Und solange sie mich liebt und es mit meinem Job aushält, soll sich daran auch nichts ändern.« Eine treue Seele, dachte Pier und seufzte hörbar.

Inzwischen war ein junger Mann in den Schankraum gekommen und fragte nach ihren Wünschen.

»Frühstück«, sagte Betty.

»Frühstück«, bestätigte Ernst.

»Irgendwas Besonderes?«

»Ein hart gekochtes Ei«, sagte Betty.

»Ein weich gekochtes Ei«, sagte Ernst.

»Das lässt sich machen«, erwiderte der Wirt. »Kaffee oder Tee?«

»Kaffee, stark und schwarz.«

»Für mich dasselbe.«

Der junge Mann verschwand in der Küche.

»So ein Zufall«, wunderte sich Ernst.

»Ja, vor zwei Wochen«, sagte Betty, »inmitten von mindestens einer Million Menschen, die alle Straßen verstopften, das war in der Tat Zufall. Ausgerechnet dort jemanden aus der verschnarchten fränkischen Provinz zu treffen. Aber dass wir uns hier wiederbegegnen, ist absolut kein Zufall.«

»Ich hatte überhaupt nicht mehr daran gedacht, dass du bei der Polizei bist«, gestand Ernst.

»Es sei dir verziehen«, erwiderte Betty. »Der CSD, Köln, das fantastische Wetter, der Trubel, der Alkohol und nicht zuletzt die süße Schnitte an deiner Seite, alles zusammen war wohl etwas viel für dich. Immerhin habe ich mir sehr wohl merken können, dass du für den BR arbeitest, und vor allem, welches deine Spezial-Themen sind. Da war es eigentlich nur eine Frage der Zeit, dass wir uns über den Weg laufen würden. Statistische Wahrscheinlichkeit.«

Ernst nickte, während er krampfhaft überlegte, ob sich Betty vor zwei Wochen auch mit Nachnamen vorgestellt hatte. Er kam zu dem Schluss, dass das im schwul-lesbischen Taumel wohl doch eher unwahrscheinlich gewesen war, und zog eine Visitenkarte aus der Tasche.

»Hab ich schon«, lächelte Betty und schob das Kärtchen zurück. »Im Bermudadreieck hast du mit diesen Dingern nur so um dich geworfen.«

Oh, Gott!, dachte Ernst. Es musste alles noch viel peinlicher gewesen sein, als er bisher gedacht hatte.

»Hast du auch eine Karte?«, fragte er mit einem Kloß im Hals. Wortlos, aber noch immer mit einem geheimnisvollen Lächeln auf den Lippen, reichte ihm Betty ihre Visitenkarte, die er verlegen einsteckte, ohne einen weiteren Blick darauf zu werfen. Der Wirt näherte sich mit einem großen Tablett.

»Was ist denn drüben passiert?«, ging Ernst zur Arbeit über, nachdem er den ersten Bissen seiner Semmel hinuntergeschluckt hatte.

»Unbekanntes männliches Mordopfer«, sagte Betty kauend und mit leiser Stimme.

»Kein Unfall? Oder Suizid?«

Betty schüttelte ihre dunklen Haarsträhnen, die ihr immer wieder ins Gesicht fielen. Mit einem raschem Blick sah sie sich um, obwohl sie allein im Gastraum waren, dann zog sie einen flachen Gegenstand aus der Tasche ihres Blazers, den sie über die Stuhllehne gehängt hatte. Draußen in der Hitze läuft sie mit der Jacke rum, dachte Ernst, und hier drinnen, wo es kühler ist, zieht sie das Teil aus. Betty schaltete die Digitalkamera ein und klickte sich durch einige der Bilder, die auf dem Display erschienen. Dann hatte sie gefunden, was sie suchte, und hielt ihm wortlos eine der Aufnahme hin.

»Was … was ist das?«, fragte Ernst, der insgeheim froh darüber war, dass er die Leiche nicht mehr zu Gesicht bekommen hatte.

»Das andere Handgelenk sieht ähnlich aus«, überging Betty seine Frage. »Eindeutig Fesselspuren. Dem Mann waren die Hände gebunden worden, bevor der oder die Täter ihn aus dem Turmfenster gestoßen haben. Erst kurz vorher müssen sie ihm die Stricke abgenommen haben.«

»Stricke?«

»Ja, wir haben sie oben im Glockenstuhl gefunden. Nennt man das überhaupt so?« Mit fragendem Gesichtsausdruck schaltete sie die Kamera aus und steckte sie wieder weg.

Bevor Ernst begriff, was sie überhaupt meinte, und überlegen konnte, was er darauf erwidern sollte, klingelte Bettys Handy. Nach einem kurzen Blick aufs Display nahm sie den Anruf entgegen. Wenn das wieder so ein Dauergespräch wird, überlegte Ernst, bin ich mit dem Frühstück fertig, bevor sie auch nur ihre erste Tasse Kaffee ausgetrunken hat. Doch nach einem kurzen, nur von einem einzigen »Ja« unterbrochenen Schweigen, beendete sie das Gespräch und stand gleichzeitig auf.

»Tut mir leid«, sagte sie. »Lass dich nicht weiter beim Essen stören, aber ich muss rüber.«

»Wa… was?«, fragte Ernst mampfend.

»Mein Kollege hat oben im Turm noch etwas gefunden. So ein Mist, schon wieder da hoch.« Und mit diesen Worten verschwand sie durch die Tür.

»Haben Sie noch einen Wunsch?«, fragte der Wirt in diesem Moment.

»Ja, die Rechnung!«, knurrte Ernst.

***

Und es geschah am VIERZEHNTEN Tag:

Zwei Wochen später begriff Nero Kaiser, was man gemeinhin unter einem Schmetterlingsorgasmus versteht.

Sie war nicht die erste Klientin, mit der er im Verlauf eines Auftrags geschlafen hatte. Und streng genommen war es ja noch nicht einmal die Auftraggeberin, sondern nur ihr Sprachrohr, also diejenige, die den Fall federführend betreute, mit der er vor wenigen Minuten noch lebhafte Matratzengymnastik betrieben hatte. Seine temporäre Chefin gewissermaßen. Aber – und das war für ihn das Entscheidende bei der Sache – diese Frau war eindeutig die hinreißendste Schönheit von allen Eroberungen, die er bisher in sein Album hatte kleben können. Eine Bildersammlung, die freilich nur in seiner Erinnerung existierte, dort aber sorgfältig gepflegt, auf den neuesten Stand gebracht und mit niemandem geteilt wurde. Schließlich wollte er für seinen heimlichen, aber unausrottbaren Machismo nicht noch mehr Prügel kassieren, als er von der Damenwelt ohnehin schon erhielt.

Astrid Arantaña, eine schwarzhaarige Peruanerin, die kaum verhüllt von einem dünnen Laken in der Hitze der Sommernacht neben ihm auf seinem Bett lag und nun selig lächelnd eingeschlummert war, vereinte in sich einige der hervorragendsten Eigenschaften, die sich bevorzugt bei jenen Menschen zeigen, die nicht nur in einer Kultur aufgewachsen sind. Schon Astrids Mutter war, wie Nero den Fotos hatte entnehmen können, die sie ihm gezeigt hatte, eine ungewöhnlich attraktive Frau gewesen. Wegen ihrer exzellenten Sprachkenntnisse hatte sie als Dolmetscherin im diplomatischen Korps der Bundesrepublik Deutschland Karriere gemacht und war Ende der siebziger Jahre nach Lima versetzt worden, wo sie Astrids Vater kennengelernt hatte. Bei ihm hatte es sich um einen jungen, reichen Emporkömmling gehandelt, der sich einen Spaß daraus zu machen pflegte, jedem, egal ob dieser jemand es hören wollte oder nicht, die fantastische Geschichte seines Stammbaums zu erzählen. Neugierig hatte Nero so lange nachgebohrt, bis Astrid sich bereit erklärte, den Familienepos zu wiederholen, wobei sie immer wieder betonte, wie peinlich ihr diese ahistorische Mixtur schon als junges Mädchen gewesen sei.

Eine Linie der Familie lasse sich nach den Worten ihres Vaters direkt auf Simón Bolivar zurückführen, während es sich beim prominentesten Vorfahren eines anderen Familienzweiges um keinen Geringeren als José Gabriel Condorcanqui handeln sollte.

Nero blickte Astrid verständnislos an. Wenn er tief in seinem Gedächtnis grub, dann sagte ihm Ersterer auf vage, unbestimmte Weise zwar etwas, aber mit dem zweiten konnte er partout nichts anfangen. »Kondor... was?«, fragte er und brachte Astrid mit seinem einfältigen Blick zum Lachen.

»Ganz recht«, sagte sie. »Condorcanqui – das ist Quechua und heißt: ›Du bist ein Kondor.‹«

»Ketchup – häh ...?«

»Quechua«, wiederholte sie, jetzt wieder ernst. »Eine Inkasprache ...«

»... die du natürlich sprichst?«, ergänzte Nero.

»Mehr schlecht als recht, aber falls auch nur ein einziger Funken Wahrheit an den Erzählungen meines Vaters dran sein sollte ...«

»... dann solltest du dich schämen. Ja, das finde ich auch!«

So hatte Nero erfahren, dass der Inka-Kazike bereits ein Mestize gewesen war, seines Zeichens Sprössling einer Verbindung zwischen Urmina, einer indigenen Prinzessin, und dem polnischen Abenteurer Sebastian Berzeviczy.

»Condorcanqui«, erklärte Astrid, »führte im Jahr 1780 einen Aufstand der eingeborenen Bevölkerung gegen die Spanier an.« In der Geschichte Perus ein ebenso heroisches wie blutiges Kapitel, das mit dem Verrat und der grausamen Hinrichtung des Rebellen geendet hatte.

»In den Jahren der Revolte legte er seinen alten Namen ab und nannte sich fortan Tupac Amaru II.«, fuhr Astrid fort.

»Der zweite?«, wiederholte Nero fragend. »Und wer war der erste?«

»Der letzte Inkaherrscher, der in der zweiten Hälfte des 16. Jahrhunderts gegen die Spanier gekämpft hat.«

»Ich vermute mal, mit ähnlich viel Erfolg wie sein Namensvetter zweihundert Jahre später?« Allmählich begann Nero, sein Insistieren zu bereuen. Statt eines Crashkurses in peruanischer Geschichte hätte er sich viel lieber wieder der handfesten Gegenwart in Gestalt seiner schönen Gesprächspartnerin zugewandt, wozu es eigentlich egal war, ob sie nun eine verkappte Inkaprinzessin war oder nicht. Doch einmal angepiekst, ließ Astrid sich nicht mehr so leicht stoppen. Da war sie ganz Vollblutwissenschaftlerin.

»Mit nur fünfhundert Mann kämpfte der erste Tupac Amaru gegen die spanische Übermacht. Natürlich war er absolut chancenlos, und auch in seinem Fall war es letztlich ein schändlicher Verrat, der sein Schicksal besiegelte.« Nero hatte nun beschlossen, eine andere Taktik zu verfolgen. Statt Astrids Ausführungen zu kommentieren, schaute er so interessiert wie möglich, blieb aber stumm.

»Im Grunde war es sogar ein doppelter Verrat. Zuerst hatte er es einem seiner eigenen Leute zu verdanken, dass er in die Hände seiner Feinde fiel. Dann sicherten ihm die Anführer seiner Widersacher, General Hurtado und Hauptmann Martin Garcia de Onaz de Loyola, bei der Gefangennahme zu, dass man ihn nicht töten würde.« Nero staunte, mit welcher Leichtigkeit ihr der lange Name über die Lippen kam. Oder erfand sie etwa solche charmanten Details? Unterhielt sie ihn jetzt als eine Art indianische Scheherezade, die aus dem Stegreif Geschichten zusammenreimt?

»Mit goldenen Ketten gefesselt brachten sie ihn nach Cuzco«, fuhr sie fort. Neros plötzlich aufgekeimter Verdacht erhärtete sich nach der Erwähnung dieses an das mythische Eldorado mahnende Details. »Dort befahl der Vizekönig dann seine Hinrichtung.«

»Der zweite Verrat«, murmelte Nero, der ja eigentlich schweigen wollte.

Astrid nickte. »Er wurde geköpft. Übrigens am gleichen Ort, an dem später auch Tupac Amaru II. geviertelt wurde.« Mit der Eleganz einer professionellen Märchenerzählerin schwenkte Astrid vom grausamen Ende des Kondormanns und seines Vorläufers auf die sprachliche Bedeutung ihres wenig glückbringenden Namens um.

»Tupac Amaru heißt ›Erhabene Schlange‹«, sagte sie mit einer Stimme, die von unterschwelliger Erotik nur so vibrierte. Das Stichwort kam Nero gerade recht, um dem Gespräch eine Wendung in die Richtung zu geben, die seinen Ambitionen mehr entsprach und verhindern würde, dass Astrid zu weiteren Erläuterungen ansetzen konnte. Beispielsweise in der Art, dass sich die berühmt-berüchtigten Stadtguerillas in der zweiten Hälfte des 20. Jahrhunderts erneut dieses Namens bedient hatten.

In Astrids Adern floss also laut der väterlichen Abstammungsfabel nicht nur eine aufregende Mischung aus europäischem und indigen-südamerikanischem Blut, sondern auch die Erinnerung an Bürgerkrieg, Rebellion und Freiheitskämpfe, von denen man ihr im Alltag allerdings nichts anmerkte. Ihre fantastische Seite, die er jetzt mit wachsendem Erstaunen kennenlernte, hätte er so niemals vermutet. Von Anfang an hatte er zwar die Ahnung gehegt, dass es sich bei ihr um eine Frau handeln könnte, die für manche Überraschung gut sei, doch auf das, womit sie letztlich bei ihm aufwartete, hatte es keine Vorbereitung gegeben. Die Erfahrung traf ihn unerwartet. Unerwartet heftig. Er konnte sich nicht erinnern, in seinem an Erlebnissen nicht gerade armen Liebesleben bisher mit derartiger Wucht aus der Bahn geworfen worden zu sein.

In allen Angelegenheiten, die mit ihrem gemeinsamen Auftrag zusammenhingen, hatte sie immer kühl, zurückhaltend und betont sachlich gewirkt. Sie schien sich für nichts anderes als für ihr Fachgebiet und ihre Arbeit zu interessieren.

Während des gemeinsamen Jobs war schon des Öfteren der Begriff der Initiation gefallen. Gewissermaßen ein Schlüsselwort für das, was im Zentrum ihres Auftrags stand, doch auf einmal hatte es eine neue, elementar andere Bedeutung bekommen. Denn das, was zwischen Astrid und ihm in dieser Nacht geschehen war, war in seinen Augen nichts anderes als die Einweihung in ein ihm bisher unbekanntes Mysterium gewesen. Nero schüttelte den Kopf. Alles kam ihm so unwirklich vor. Er sah sich wie in einem Spiegel, seltsam entrückt, nur noch ein Abbild seiner selbst. Erstaunlich, dass er – ausgerechnet er – zu solch abgehobenen Gedanken fähig war! Als würde sie ihm jemand einflüstern. Doch es gab nur eine einzige Person auf der Welt, die ihm seine Überlegungen diktieren konnte, und das war er selbst. Sonst niemand. Mit diesem Erlebnis hatte er eine weitere neue Seite an sich selbst entdeckt.

Astrids intellektueller Tschador, unter dem sie ihr geheimes Ich, ihr wirkliches Gesicht verbarg, bestand nicht nur aus einer mehrsprachigen, polyglotten Gewandtheit und einem Selbstsicherheit und freundlich-distanzierte Überlegenheit ausstrahlenden Auftreten, sondern vor allem auch aus ihrer wissenschaftlichen Reputation, die sie sich als international anerkannte Kunsthistorikerin und Expertin für die Grafik der Renaissance erarbeitet hatte.

Nero betrachtete die schlafende Frau an seiner Seite mit einem Gefühl von Zärtlichkeit, das ihn einerseits überwältigte, andererseits aber auch zutiefst erschreckte. In der Tat hatte er sich bereits mit vielen Frauen Matratzengefechte geliefert, und einige von seinen weiblichen Gegnern waren in vielerlei Hinsicht außerordentlich gewesen. Außerordentlich schön, außerordentlich erfolgreich, außerordentlich klug und nicht zuletzt außerordentlich sexy. Aber noch nie hatte er das erlebt, was in der letzten Nacht über ihn hereingebrochen war. Über reinen Sex und körperliche Befriedigung war das weit hinausgegangen. Es war auf eine gewisse Art magisch gewesen.

Normalerweise hielten ihn die meisten Leute, die ihm begegneten, für einen ruppigen, bestenfalls rudimentär-charmanten Kotzbrocken, dessen harte äußere Schale nicht selten den Eindruck erweckte, dass auch unter ihr nur wenig Platz für Gefühle existierte. Gefühle, die er selbst gerne als unwichtige Gefühligkeiten oder Sentimentalitäten abtat.

Doch diese Frau hatte es geschafft, etwas Neues in ihm zum Klingen zu bringen. Etwas verstörend Religiöses. Wieder zuckte er innerlich zusammen. Emotion, Initiation, Religion, Magie: Dies alles waren Begriffe, die er bisher weit von sich geschoben hatte. Die bestenfalls mit einem ironischen Unterton über seine Lippen kamen und die eigentlich keinen Platz in seinem Leben haben durften. Auf einmal glaubte er, sich selbst nicht mehr zu kennen.

Ich bin ein Alien, sagte er zu sich, ein Außerirdischer! Ich vergöttere ein Weib!

Obwohl ihm der Gedanke im selben Augenblick höchst unangenehm war, ließ er sich doch nicht so leicht vertreiben, wie er gekommen war. Denn kaum spürte Nero, dass sein seelisches Gleichgewicht in eine bedrohliche Schieflage geraten war, da tauchte vor seinem geistigen Auge das Bild seiner eigentlichen Auftraggeberin, ihrer aller Geldgeberin auf. Genauer gesagt das Bild des weiblichen Drittels ihrer Auftrags- und Geldgeberschar. Die Erkenntnis drängte sich in sein Bewusstsein, dass er, um dem Klischee eines ordentlichen Privatdetektivs gerecht zu werden, mit ihr statt mit Astrid ins Bett hätte gehen müssen.

Ingrid Straubner war etwas älter als Astrid und damit auch etwas älter als er. Dessen ungeachtet war sie noch immer eine sehr ansehnliche, attraktive, schlanke Frau mit langem, lockigem und rotblondem Haar, wasserblauen Augen und einer hellen, fast durchscheinenden Haut, die – wie man nur aus der Nähe erkennen konnte – mit einer Vielzahl blasser Sommersprossen übersät war. Mochten Frauen ihres Typs auch nicht unbedingt jedermanns Fall sein, so umgab sie doch unleugbar eine Art unterschwellige erotische Aura, die natürlich in nichts mit dem vergleichbar war, was Nero beim ersten Anblick von Astrid empfunden hatte. Wenngleich er auch bei ihr bis vor wenigen Stunden nicht im Traum geahnt hatte, was sie in dieser Hinsicht tatsächlich zu bieten hatte.

Männer, die nicht wussten, wer Ingrid Straubner war, nahmen die verborgenen sexuellen Signale, die sie aussandte, sofort wahr. Männer, die ihre Herkunft kannten, bemerkten sie zwar auch, versuchten aber, sie nach Kräften zu unterdrücken.

Es gab nur wenige Frauen in Deutschland, die mit mehr Geld und Einfluss gesegnet waren als Ingrid Straubner, und genau darin besteht auch im 21. Jahrhundert ein fundamentaler Unterschied zwischen den Geschlechtern: Während man bereitwillig in Bezug auf hässliche, alte Männer sagt, dass Macht sexy macht, trifft dies bei Frauen nur bedingt zu. Viel eher jagen Exemplare wie Ingrid Straubner dem sonst so starken Geschlecht Angst ein, und eine Person, vor der sich Männer fürchten, kann auf sie nicht sexy wirken. Eine Ausnahme bilden in solchen Fällen nur echte Kerle, deren Ego vor Selbstbewusstsein nur so trieft wie eine Auberginenscheibe, die man kurz zuvor aus einem mit Öl gefüllten Topf genommen hat.

Natürlich zählte sich Nero ohne das geringste Quäntchen an Selbstzweifeln zum Prototyp solcher Kerle. Vorbehalte, die sich an Geld, Einfluss und Macht orientierten, stritt er lässig ab und verbannte sie in die Spalten einschlägiger Männermagazine.

Dennoch war es ihm unsagbar peinlich, gerade jetzt, nach einem sexuellen Ausnahmeerlebnis ganz besonderer Art, ausgerechnet jetzt an jene Frau denken zu müssen, die Astrid und ihn erst zusammengebracht hatte. Noch schlimmer: Er konnte die Frage einfach nicht aus seinem Schädel verbannen, wie es gewesen wäre, hätte er mit ihr, einer echten Euro-Milliardärin, statt mit Astrid die Laken zerwühlt.

Doch auch das war noch steigerungsfähig. Was ja nicht ist, kann ja noch werden, überlegte er. Und sofort danach: Es ist unglaublich! Du bist und bleibst, was früher, in den Comics von Crumb, die streitbaren Feministinnen als *male-chauvinist-pig* beschimpft haben.

Doch selbst diese überaus selbstkritische Einschätzung, die zweifellos nicht völlig aus der Luft gegriffen war, stellte bei genauerer Betrachtung nur so etwas wie Tünche dar, mit der irgendeine Regung seines Unbewussten zu verstehen gab: »Hallo! Ich bin auch noch da! Das, was du jetzt erlebst, ist nur ein vorübergehender Zustand. Ein veritabler Rausch, der jetzt schon mit einem bösen Kater dräut. Lass den gefühlsbesoffenen Weichling in dir ruhig noch ein Weilchen von Initiation und Religion, Vergötterung und Mysterium des Weiblichen schwafeln, aber ich verspreche dir: Die Phase wird vorübergehen!«

Nero zwang seine frei florierenden Gedanken in eine unverfänglichere Richtung. Ingrid Straubner war ja nur das eine, das weibliche Drittel seiner Auftraggeber. Viel wichtiger in dem Trio waren die beiden Straubner-Brüder Gisbert und Hilmar, die die eigentliche, die treibende Kraft hinter der Geldmaschine des Straubner-Konzerns bildeten. Mit Ende fünfzig beziehungsweise Anfang sechzig bestimmten sie die Geschäfte, während ihre Schwester, das später geborene Nesthäkchen der Dynastie, zum medialen Aushängeschild des Familienclans geworden war und seit Jahren kontinuierlich mit ihren mal schrillen, mal extravaganten, mal skandalumwitterten Auftritten in der Yellow Press für Schlagzeilen sorgte.

Und so begriff Nero schnell, dass Ingrid Straubner innerhalb des Unternehmens eine wichtige Funktion übernahm, die zwar im Einzelfall die Missbilligung ihrer Brüder provozieren konnte, generell aber dazu diente, die Aufmerksamkeit von den geschäftlichen Aktivitäten des Konzerns abzulenken.

So unterschiedlich die Interessen der drei Geschwister auch sein mochten, in mindestens zwei Punkten gab es eine ausreichende Übereinstimmung, die sie enger miteinander verband, als dies ihre Familienzugehörigkeit vermocht hätte. Zum einen war da der unbedingte Wille, das ohnehin kaum überschaubare gemeinsame Vermögen weiterhin zu mehren, ein Spiel, in dem jeder von ihnen seine Rolle kannte, während sich der zweite Punkt – fast im Gegensatz dazu – in ihrer gemeinsamen Leidenschaft für bildende Kunst ausdrückte. Hier waren ihre Interessen breit gefächert und reichten von Bildern aus vergangenen Epochen bis hin zu zeitgenössischen Werken. Mit dem Andauern ihrer Sammlerleidenschaft waren die Straubners zu kenntnisreichen Experten geworden. Der internationale Kunstmarkt, die Welt der Auktionshäuser, Messen, Ateliers und Galerien, alles zusammen bildete das Parkett, auf dem sie sich bald so selbstverständlich bewegten wie in den Büros ihrer

Investmentbanker oder den Logen des Wiener Opernballs. Bei ihren Käufen agierten sie höchst diskret, auf Auktionen boten sie selten selbst, sondern nur anonym durch Stellvertreter. Und, nicht zu unterschätzen, sie kannten ihre fachlichen und finanziellen Grenzen, mithin, wann sie auf die Hilfe von Spezialisten wie Astrid Arantaña angewiesen waren. Auf diese Weise hatten sie es verstanden, über die Jahre und Jahrzehnte hinweg in aller Stille eine der bedeutendsten privaten Gemälde- und Grafiksammlungen anzulegen, die es in Europa gab und die den größten und wichtigsten Museen der Welt zur Ehre gereicht hätte.

Nur Ingrid Straubner tanzte bei diesem Spiel gelegentlich aus der Reihe. Dann und wann präsentierte sie sich in aller Öffentlichkeit als generöse Mäzenin junger, erfolgversprechender Malertalente, denen sie sich, wie in solchen Fällen genüsslich kolportiert wurde, nicht nur finanziell zuwendete.

Obwohl Zeichnung und Malerei nicht unbedingt zu Nero Kaisers Spezialgebieten gehörten, gab es dennoch gute Gründe, weshalb die Straubners auf seine Mitarbeit in jener ungewöhnlichen Angelegenheit bestanden hatten. Für Nero waren allein der bereits bezahlte Vorschuss und erst recht das Honorar, das nach Abschluss seiner Recherchen fällig sein würde, Anreiz genug gewesen, den Auftrag zu übernehmen. Dass er diesmal nicht selbstständig arbeiten konnte, bereitete ihm keinerlei Schwierigkeiten. Anfangs war er zwar skeptisch gewesen, von jemandem wie Astrid Arantaña bei der Arbeit angeleitet und überwacht zu werden, doch schon bald war er ausgesprochen froh über dieses Arrangement gewesen.

Nero grinste. Die Art und Weise, in der ihre Kooperation an diesem Abend zu einem ersten, mit Worten kaum zu beschreibenden Höhepunkt geführt hatte, war ganz nach seinem Geschmack gewesen.

»Hier wächst zusammen, was zusammengehört«, murmelte er leise vor sich hin, während er sich wieder der stummen Betrachtung seiner hinreißenden Eroberung widmete.

Was das Gesicht der Kunstexpertin unter anderem so verführerisch machte, waren ihre extrem langen, sanft gebogenen Wimpern, die sie beim Orgasmus des Schmetterlings auf eine sinnesbetörende Weise einzusetzen gewusst hatte.

Doch wieder konnte Nero nicht lange in der angenehmen Erinnerung schwelgen. Erneut drängten sich andere, störende Gedanken in den Vordergrund, die sich diesmal um seinen besten Freund Ernst Pier drehten. Während in Neros Leben in den vergangenen vierzehn Tagen die angenehmen Seiten langsam, aber unaufhaltsam die Oberhand gewonnen hatten, schien der bedauernswerte Reporter vierundzwanzig Stunden am Tag im Stress zu sein. Nach jenem brutalen Verbrechen in Uehlfeld waren noch drei weitere Morde in der Metropolregion Nürnberg geschehen, einer grausamer als der andere. Plötzlich häuften sich in ihrer fränkischen Heimat die Gewaltexzesse dermaßen, als befänden sie sich nicht in einer landschaftlich reizvollen, Touristen aus aller Welt anziehenden Gegend, sondern in einem außer Kontrolle geratenen Ghetto einer Dritte-Welt-Metropole, in die sich staatliche Ordnungsmächte nur noch in Divisionsstärke hineinwagten. Aber das wirklich Fatale an diesen Fällen bestand darin, dass es weder Spuren noch Verdächtige zu geben schien. Zudem glich keine der Taten im Kern der anderen, sodass die Ermittler noch nicht einmal mit Sicherheit sagen konnten, ob die Delikte von einem einzelnen oder mehreren unabhängig voneinander agierenden Tätern verübt worden waren. Zwar gab es eine Gemeinsamkeit, aber das, was gemeinhin als die Handschrift des Mörders bezeichnet wurde, fehlte. Sollte es sich um einen einzelnen Serienkiller handeln, so verwendete er bei jedem Mord andere Methoden und Waffen, demzufolge es sich um einen extrem wandlungsfähigen Mörder handeln musste. Einzig die Orte, an denen die Verbrechen geschahen, blieben gleich beziehungsweise ähnelten sich. Handelte es sich jedoch um mehrere Täter, so war dem oder den Trittbrettfahrern zu konstatieren, dass sie das Vorbild, dem sie nacheiferten, in Bezug auf Kaltblütigkeit, Brutalität sowie Aufwand an Planung und Fantasie mit jeder Durchführung weiter in den Schatten stellten.

Doch egal, wer und wie viele Mörder auch immer dahinterstecken mochten, Franken hatte seit Jahrzehnten keine Verbrechensserie solchen Ausmaßes erlebt.

Zwischenspiel

0: Narrenreigen

Einige Monate zuvor:

Er besaß viele Spitznamen. Ein Phänomen, das in seinem Beruf nicht ausblieb. Beim täglichen Umgang mit zahllosen Menschen, Würdenträgern, Parteimitgliedern, Beamten und Verwaltungsangestellten, Leuten aus seinem Wahlbezirk, Mitarbeitern seines Büros, Beschäftigten der Fraktionskollegen, Bittstellern, Menschen in den Institutionen und Firmen, zu denen er eingeladen wurde, fiel es schnell auf, dass sie alle ihn höchst selten, wenn sie über ihn sprachen, beim vollen Namen nannten. »Doppel-G«, »G-zwo« und »GG« waren die allgemein gebräuchlichen Kürzel, an die er sich im Grunde schon in seinen Kindertagen gewöhnt hatte. Manche, die sich besonders schlau wähnten, riefen ihn »G-4«, weil sowohl sein Vorname Gregor als auch sein Nachname Gannengießer über zwei Gs verfügte.

Der Wagen war pünktlich wie immer, und auch der Treffpunkt war gut gewählt. Im Parkhaus am Nürnberger Flughafen fiel sein eigener BMW nicht weiter auf, und sollte doch ein Bekannter, Mitarbeiter oder Stadtratskollege, der sein N-GG-Kennzeichen kannte, zufällig auf den Wagen stoßen, so sollte dies niemanden verwundern: Schließlich hatte er sich für die drei kommenden Tage freigenommen. Ein verlängertes Golfwochenende in Norddeutschland, hatte er seiner Familie unter dem Siegel der Verschwiegenheit anvertraut; einige Tage im Kloster, angefüllt mit Gebet, Meditation, Schweigen und geistiger Reinigung: Diese Nachricht hatte er im Rathaus hinterlassen. Beide Erklärungen waren gelogen und wahr zugleich. Es handelte sich um die übliche Auszeit, die er sich, von der regulären Urlaubszeit abgesehen, ein- bis zweimal im Jahr gönnte.

Für seine Leute in Nürnberg bedeutete dies vor allem eins: In den nächsten Tagen wäre er für jedermann absolut unerreichbar, da er sein Handy abschalten und sich erst recht keinem Computer auf

Schrittweite nähern würde, um seine E-Mails abzurufen. Nur Mechthild und Elvira waren im Besitz einer Notnummer, unter der man ihn erreichen konnte, sollte etwas wirklich katastrophal Schlimmes geschehen, etwa ein Unglück, in das eines seiner Kinder verwickelt war, ein Todesfall im engsten Familienkreis, das Verscheiden des Parteivorsitzenden oder eine Naturkatastrophe.

Die Nummer hatte er in zwei Briefumschläge gesteckt, die er anschließend sorgfältig zugeklebt hatte, um sie später seiner Sekretärin wie auch seiner Frau Elvira zu übergeben und ihnen einzuschärfen, den Umschlag nur dann zu öffnen, wenn es sich als unumgänglich herausstellen sollte. Das sagte er ihnen jedes Mal, und wie immer nickten sie brav, dachten sich ihren Teil und würden ihm nach seiner Rückkehr die ungeöffneten Umschläge zurückgeben. Pro forma würde er sie hinsichtlich Manipulationen überprüfen, aber da er über eine gute Menschenkenntnis verfügte, konnte er getrost davon ausgehen, dass keine der beiden Frauen es wagen würde, sein Vertrauen zu missbrauchen, um eine schlichte Telefonnummer ausfindig zu machen und damit Rückschlüsse auf seinen wahren Aufenthaltsort zu ziehen.

In der Tat verhielt es sich zwar so, dass eine Golfanlage zu den Angeboten des Ortes gehörte, zu dem er jetzt gebracht wurde, dennoch war es so gut wie sicher, dass keiner von den Anwesenden Zeit und Muße finden würde, in den wenigen Tagen sein Handicap zu verbessern. Zudem entsprach es der Wahrheit, dass es sich bei dem Gebäudekomplex um ein Kloster handelte, genauer gesagt um ein ehemaliges Kloster, das sich nun schon seit mehr als zwei Jahrhunderten erst in Privat-, dann in Staats- und seit ein paar Jahren wieder in Privatbesitz befand.

Bei dem Orden, der diese Örtlichkeit im Laufe der kommenden Tage zu nutzen gedachte, handelte es sich allerdings mitnichten um eine von der katholischen Kirche anerkannte Vereinigung, und vielleicht war genau dies die verblüffendste Abweichung von der Wahrheit, die »Doppel-G« so sorgfältig vor aller Welt verbarg.

Der ultrakonservative Stadtrat, der selbst in der eigenen Partei, der CSU, als umstritten galt, war gemeinhin für seine im protestantisch dominierten Mittelfranken besonders auffällige und dessen ungeachtet unerschütterliche wie hingebungsvolle Nähe zur katholischen Kirche bekannt.

Da es auch unter den Kritikern des Zweiten Vatikanischen Konzils verschiedene Lager gibt, die sich von nur mäßig radikal bis hin zu rigide reaktionär erstrecken, wunderte sich niemand sonderlich darüber, dass Gregor Gannengießer bevorzugt bei jenen Gruppierungen anzutreffen war, die als besonders rückschrittlich und fortschrittsfeindlich galten. Anders als eines seiner Vorbilder, der 1991 verstorbene Erzbischof Marcel Lefebvre, der von Papst Johannes Paul II. aufgrund verbotener Bischofsweihen aus dem Schoß der Kirche entfernt worden war, hatte Gannengießer es aber stets verstanden, trotz manch begangenen *latae sententiae,* also abweichlerischen Positionen, Sanktionen wie die Exkommunikation zu vermeiden.

Neben seiner Eigenschaft als Sympathisant der Priesterbruderschaft St. Pius X. gehörte er auch zu den Unterstützern des OSA, *Opus Sanctorum Angelorum,* das zuletzt durch eine strikte Ablehnung der Sexualaufklärung in der Schule in die öffentliche Kritik geraten war. Eine Reihe der unterrichtenden Schwestern hatten alle inkriminierten Seiten aus den in der Schule verwendeten Biologiebüchern herausgetrennt. Zudem setzte sich das Engelswerk für die Vermittlung eines kreationistischen Weltbilds ein, das die Erkenntnisse der anthropologischen Wissenschaften, insbesondere die von der Entstehung und Entwicklung der Arten, für Teufelslehre und pure Ketzerei hielt.

Darüber hinaus war Gannengießer Familiar beim *Ordo fratrum domus hospitalis Sanctae Mariae Teutonicorum in Jerusalem,* einer bis ins Jahr 1190 und, wie es der Name schon deutlich macht, ins Heilige Land zurückreichenden Bruderschaft, die gemeinhin als Deutscher Orden bekannt ist und zu deren prominenten Anhängern in der Nachkriegszeit auch Persönlichkeiten wie Franz-Josef Strauß gehörten.

Zu den kaum noch bekannten Vereinigungen, denen Gannengießer ebenfalls angehörte, zählte etwa die Einhorngesellschaft, ein ins Hochmittelalter zurückreichender, ursprünglich im Oberfränkischen gegründeter Ritterorden, dessen Mitglieder unter anderem aus den Geschlechtern derer zu Schaumberg, Redwitz, Marschalk von Schney, Aufseß und Guttenberg stammten. Mitte des 19. Jahrhunderts war die ehemalige Turniergesellschaft zunächst von Studenten niederen Adels wiederbelebt worden, bevor sie in der schlagenden Verbindung des Corps Baruthia, den Bayreuthern, aufging. In der Baruthia, der Gannengießer während seines Studiums in Erlangen beigetreten war, wurde die Einhorngesellschaft als eine Art innerer Kreis weitergeführt. Bei den Bayreuthern absolvierte er auch seine fünf Pflicht-Mensuren, wobei ihm die früher üblichen Schmisse im Gesicht jedoch erspart blieben. Die studentischen Fechtkämpfe waren eine zwingende Voraussetzung, um nach dem Abschluss des Studiums in der Einhorngesellschaft aufgenommen zu werden, der außerdem nur die Senior-Mitglieder, wie man die alten Herren bei der Baruthia nannte, beitreten konnten.

Der Orden allerdings, der von all diesen Clubs und Vereinigungen am unauffälligsten wirkte und zu dessen Versammlung Gregor Gannengießer nun chauffiert wurde, war die SNL, die *Sodalitas numen lectisternium*. Gegen die nur noch als paranoid zu bezeichnenden Maßnahmen, mit denen sich die SNL vor unliebsamer Beobachtung abzuschotten pflegte, verblassten die gebündelten klandestinen Aktivitäten sämtlicher Geheimgesellschaften der letzten dreitausend Jahre und wirkten wie Kinderkram. Gannengießer teilte die Empfindung, dennoch hatte genau dieser Umstand zu den ausschlaggebenden Gründen gehört, weshalb er sich der SNL angeschlossen hatte, als man ihn einlud. Die Rigidität, mit der sie sich von der Öffentlichkeit und dem Alltag abschottete, faszinierte ihn. Hinter der *Sodalitas numen lectisternium* verbarg sich eine gänzlich andere Welt mit eigenen Regeln und Gesetzen.

In dem leutselig als »Doppel-G« oder »G-4« bezeichneten Mann steckte eine vielschichtige Persönlichkeit, von der selbst seine engste Umgebung jeweils nur einzelne Facetten kannte. Die, je nach Belieben, zwei oder vier Gs standen in gewisser Weise also auch für die unterschiedlichen Identitäten, die Gannengießer sorgfältig hinter seiner Fassade verbarg.

Der Umstieg in den Fond des Mercedes mit den abgedunkelten Scheiben ging reibungslos vonstatten. Wie sich Gannengießer vergewisserte, hatte der Fahrer dafür wohlüberlegt einen toten Winkel der allgegenwärtigen Überwachungskameras ausgewählt. Anschließend ging die Fahrt fast durchgehend in hohem Tempo auf der linken Spur Richtung Osten. Während der viereinhalbstündigen Reise fiel zwischen ihm und dem Chauffeur kein einziges

Wort, denn wie immer begannen die Exerzitien bereits mit der An-
reise.

In den folgenden Tagen würde Gannengießers Beitrag zu der
Versammlung des Ordens in nahezu absolutem Schweigen bestehen, und er, der Mann, dessen Geschäft es war, beinahe täglich Reden zu halten, freute sich darauf.

Schweigen, den lästigen Strom der Gedanken abschalten. Für
eine kurze Zeit konnte er sein normales Leben hinter sich lassen:
Entscheidungen treffen, Verantwortung übernehmen, sich in kom-
plexe Sachverhalte einarbeiten, von einer Sekunde zur nächsten
seine Aufmerksamkeit auf neue Gegebenheiten richten, und das
war noch längst nicht alles.

In einem geschützten Raum, in dem er sich geborgen fühlte, bot
ihm die SNL die Gelegenheit, sich völlig fallen zu lassen. Hinter der
Maske absoluter Anonymität würde er während der nächsten Tage
seinen Namen, ja sogar Schicht für Schicht auch seine Persönlichkeit
von sich abstreifen. Gannengießer würde sich auf einen Prozess der
Häutung einlassen und die geheime Essenz des Ordens noch stärker
verinnerlichen. Er würde die verborgenen Weisheiten, die man ihm
offenbarte, und die während dieser Zeit in ihm aufkeimende Selbst-
erkenntnis wie ein Schwamm in sich aufsaugen und anschließend
wie neugeboren in den Alltag zurückkehren. Dass viele der Lehren
weit über die christliche Botschaft hinausgingen und den Dogmen
der Kirche widersprachen, störte ihn dabei nicht. Die Sodalitas stellte als Orden eine seit Jahrtausenden immer sorgfältig getarnte Kraft-
quelle dar, der, von der tiefsten Vergangenheit bis heute, immer nur
die bedeutendsten Männer und Frauen angehört hatten, diejenigen,
die der Geschichte, der Kirche und der Welt ihren Stempel aufge-
drückt hatten. Die Tatsache, dass unter den Brüdern und Schwestern
der Sodalitas im Verlauf ihrer langen Geschichte immer auch führende Mitglieder der Kirche gewesen waren, wirkte beruhigend, auch
wenn man, wie in diesem Orden üblich, erst von ihnen erfuhr, wenn
sie bereits gestorben waren. Ein unauffälliges Symbol, das in der Trau-
eranzeige auftauchte, konnte der entscheidende Hinweis sein, oder
man erfuhr während einer Versammlung davon, bei der dem jüngst
Verstorbenen gedacht wurde. Zu ihren Lebzeiten galt für alle Mit-
brüder und Mitschwestern die strikte Observanz, sich in das Gebot
absoluter Anonymität zu fügen.

Geheime Rituale ließen sich verborgen unter der Oberfläche der sattsam bekannten Traditionen praktizieren. Zudem gab es verborgene Lehren, die nichts mit der offiziellen Lehrmeinung der katholischen Kirche zu tun hatten, sie aber letztlich dennoch unterstützten. Gannengießer konnte es zwar nicht beweisen, aber er war davon überzeugt, dass letztlich nur praktizierende Katholiken Mitglieder der SNL werden konnten. Auf einer spirituellen Ebene fungierte die Sodalitas also als die Avantgarde der Kirche, und wie in jeder Avantgarde wich das geheime, nur im engsten Kreis verbreitete Wissen von den in der Öffentlichkeit propagierten Prinzipien mitunter stark ab.

Als der Mercedes nach viereinhalbstündiger Fahrt durch die Einfahrt rollte und hinter ihm die surrenden Elektromotoren das Gittertor wieder verschlossen, verließ nicht mehr Gregor Gannengießer den Wagen, sondern ein Mann namens Frater Jucundus, von dem niemand hier wusste, wer sich im bürgerlichen Leben hinter ihm verbarg. Auch seine äußere Erscheinung machte die Wandlung deutlich. Statt des leichten Anzugs, den er noch im Parkhaus am Nürnberger Flughafen getragen hatte, war er jetzt in eine schlichte, lange schneeweiße Kutte mit weiten Ärmeln gewandet, deren spitz zulaufende Kapuze er sich, wie es Vorschrift war, tief in die Stirn gezogen hatte. Die Augen wurden von einer ordenseigenen, großen Sonnenbrille verborgen, die er ebenso wie die Kutte im Fond vorgefunden hatte, sein Mund verdeckte als Zeichen der Demut und des Gelübdes, Stillschweigen zu bewahren, ein hauchdünnes dunkles Tuch, das im Innern der Kapuze, etwa auf Höhe der Ohren, angeknöpft werden konnte.

Gannengießer liebte diese Form der Anonymisierung, die nicht nur ihn, sondern, da war er sich sicher, auch alle anderen Ordensmitglieder an die Verschleierung orientalischer Frauen erinnerte. Während er im normalen, bürgerlichen Alltag eine klare, altmodische Rollenverteilung zwischen Mann und Frau predigte und sich deshalb mehr als einmal schon den Spott von Emanzen und Linken zugezogen hatte, warf er während der Exerzitien bei der SNL die Haltung mit einer Leichtigkeit von sich ab, als gelte es, nur ein benutztes Papiertaschentuch zu entsorgen. Hier – und nur hier – konnte er zu den weiblichen Seiten seiner eigenen Persönlichkeit stehen, und nur hier war es ihm möglich, die Dualität von Mann und Frau zugunsten von etwas Höherem aufzugeben. An ihre Stelle trat das Wort.

Ein an und für sich nebensächliches Detail verstärkte bei ihm das wohlige Gefühl der Erwartung: Unter der Kutte war er nackt. Eine Trennscheibe hatte während der Fahrt die Geräusche des Verkehrs gedämpft. Hätte er mit dem Fahrer reden wollen, etwa weil er um eine Pause bitten musste, wäre er gezwungen gewesen, an die Scheibe zu klopfen. Aber dies war nicht der Fall gewesen, und irgendwann hatte Gannengießer den Vorhang der Trennscheibe geschlossen, sich komplett umgezogen und seine Alltagskleidung einschließlich Unterwäsche, Socken und Schuhe in den dafür vorgesehenen Korb gelegt. Als er nun den Wagen verlassen hatte und nur noch ein Paar bequeme flache Sandalen trug, konnte er die leichte Frühsommerbrise spüren, die unter sein kuttenartiges Gewand fuhr. An den Innenseiten seiner Oberschenkel verursachte ihm die Kühle eine angenehme Gänsehaut.

Er wusste, dass, sollte es kalt werden, in der für ihn vorgesehenen Zelle weitere wärmende Kleidungsstücke und Decken bereitliegen würden, doch er hoffte, dass sich das überraschend warme Wetter hielt und er darauf verzichten konnte.

Neben den Geist und Seele reinigenden Ritualen freute sich Frater Jucundus aber genauso sehr auf die zwei, vielleicht sogar drei, nur ihm allein gewährten Unterredungen mit dem *Sacerdos summus*, der obersten und führenden Autorität des Ordens.

***

Die Hausaufgaben, die Frater Jucundus nach den überstandenen Tagen voller Exerzitien mitbekam, waren ganz und gar auf die Leitfigur abgestimmt, die für ihn ausgewählt worden war. Der berühmte Sänger hatte lange am Hofe von Herzog Friedrich dem Streitbaren gewirkt und gehörte zu den führenden Gestalten des Sängerkrieges auf der Wartburg. Dort war er zusammen mit Walther von der Vogelweide, Wolfram von Eschenbach, Reinmar von Zweter und dem Nigromanten Klingsor aufgetreten und hatte einige derb-burschikose Tanzleichs hinterlassen, die Gannengießer an das Liedgut erinnerten, das in der Baruthia gepflegt wurde. Als Deutschordensritter und Kreuzfahrer hatte der Sänger sich nach einer inneren

Umkehr von allen Anzüglichkeiten losgesagt, die er zuvor gedichtet hatte, doch trotzdem war Papst Urban IV. nicht willens gewesen, ihm seine Sünden zu verzeihen. Das Oberhaupt der katholischen Christen ließ ihm ausrichten, ebenso wenig, wie der Bischofsstab in seiner Hand zu grünen beginne, könne Jucundus auf die Vergebung und die Gnade Gottes hoffen. Dermaßen abgefertigt war er in den Schoß der Venus zurückgekehrt, und die Boten des Vatikans hatten ihn auch dann nicht mehr erreicht, als aus dem Bischofsstab auf einmal Blätter zu sprießen begannen.

Die Hausaufgaben führten Frater Jucundus alias Gannengießer auf die Spuren des Sängers. Glücklich staunte er, wie gut die Dinge zueinanderzupassen schienen. Wieder einmal hatte sich der leichtfertige Spruch, alle Wege führten nach Rom, nur als dummes Geschwätz erwiesen. Eine seiner auferlegten Tagesreisen würde ihn bald zu einer Burg bei Neumarkt in der Oberpfalz führen; eine andere in ein Dorf zwischen Dinkelsbühl und Nördlingen. Die letzte und wichtigste Station aber befand sich zu seiner freudigen Überraschung nur wenige Minuten von seiner Haustür entfernt, direkt im Zentrum Nürnbergs, wo man des Sängers Grab vermutete.

2.

Engelsgeflüster

III: Mit dem Ende des Geschlechts begann das wahre Geschlecht. Die riesigen Flügel am Rücken sahen wundervoll aus.

»Gefallen sie dir?«, fragte der Mörder und lächelte freundlich.

»Oh, sehr ... Sie sind einfach bezaubernd!«, flüsterte Sier.

»Bezaubernd ... ganz recht«, sagte der Mörder. »Hier, zieh das über! Die letzten Schritte musst du in völliger Dunkelheit zurücklegen.« Damit reichte er dem geflügelten Wesen, das sich gerade anschickte, die Grenzen zu überschreiten, eine schwarze Halbmaske aus Samt. Die Augenöffnungen waren mit goldenen Fäden zugenäht, kein Lichtstrahl würde mehr den Sehnerv treffen. Sier zog sich die Kopfbedeckung über, die sich perfekt an seine Gesichtskonturen schmiegte. Von einem Augenblick auf den anderen schien undurchdringliche Nacht zu herrschen.

»Nie hätte ich gedacht, dass ...«, begann der maskierte Engel.

»Scht ...!«, befahl der Mörder. Das geflügelte Wesen musste ruhig sein. »Ab sofort gelten nur noch die Gesetze des Rituals. Du schweigst und sprichst nur noch die erlaubten Worte.«

Der Engel schluckte und nickte beflissen. Auch dies gehörte zur Wandlung. Zum Kind zu werden! Befehlen zu gehorchen. Der Mörder löschte das Licht in dem Gemeinderaum und beschloss, den Spiegel zurückzulassen. Eine kleine Sachspende ist doch immer willkommen, oder?, dachte er.

Wie üblich trug er dünne weiße Lederhandschuhe, um andere Spuren kümmerte er sich nicht. Sie sind immer so verblüfft, wenn sie mich sehen, überlegte er amüsiert, während er nach Siers Hand griff und ihn aus dem Gemeindebereich in den Vorraum führte.

»Hier entlang, mein Schöner!«, flüsterte er und zog den Engel vorsichtig an den Stuhlreihen und dem modernen Taufbecken vorbei, bevor er links abbog, wo sich eine schlichte Betonkanzel vor den Bänken erhob. Dann wandte er sich zu der Stirnseite, an deren Wand über dem Hagelsheimer Altar die Anna-Selbdritt-Figurengruppe von Veit Stoß hing. Sanft, fast zärtlich, bog der Mörder den

Kopf des Engels in dessen Nacken und hob für einen Moment die Maske an.

»Und? Siehst du sie?«

Der Kopf des Opfers zuckte leicht. Trotz ihrer Behutsamkeit ließen die unnachgiebigen Hände des Mörders kaum eine Kopfbewegung zu, sei sie nun bejahend oder verneinend.

»Luna!«, stöhnte Sier durch die zusammengepressten Lippen. Natürlich kannte er das majestätische Werk, trotzdem durchströmte ihn bei dessen Anblick ein ungewohntes Glücksgefühl. Zum ersten Mal hatte er jenes verborgene Detail bemerkt, von dem er zuvor immer nur in den Erörterungen während der gelehrten Versammlungen des Ordens gehört hatte.

»Gut«, erwiderte der Mörder knapp und zog ihm die Maske wieder über seine Augen. »Wir treten jetzt in den alten Bereich ein, über den sie den Chorraum errichtet haben.«

Durch die hohen Fenster fielen die Reflexe von Scheinwerfern und Straßenlaternen, die den Innenraum der Kirche in ein fahles, kaltes Dämmerlicht tauchten.

»Knie nieder«, befahl der Mörder.

Sier gehorchte. Er spürte, wie die Spitzen der Flügel den Boden berührten. Seine Kniescheiben schmerzten auf der blanken Härte des Gesteins, der dünne Stoff des Gewands konnte den Druck nicht mindern. Um die schönen goldgefärbten Federn nicht allzu sehr zu knicken, streckte Sier, der die Herrschaft der Geschlechter zu überwinden trachtete, seinen Rücken so gerade durch wie möglich. Ein schier unerträglicher Schmerz ließ ihn zusammenzucken. Vom glatten, kühlen Boden ausgehend schoss er durch die angespannten Oberschenkel bis in seine Hüften.

Doch selbst das gehörte zu den leichteren Übungen, die Sier willens war, ohne einen Laut der Klage zu erdulden. Beherzt griff der Mörder unter das Kinn des Knienden. Wohltuend, kräftig, Halt spendend. Als die altbekannte Litanei in der Sprache der Verfluchten durch den Chorraum hallte und sich im leeren Kirchenschiff brach, vergaß Sier jede Unbequemlichkeit.

Diese Stimme!, durchfuhr es den Engel, und ein Schauer aus Erregung und Freude lief ihm den Rücken hinab. Wie so oft hatte sich der erste Schmerz in reine Wohltat gewandelt. Während des Rituals glitten die Blicke des Mörders über die im Dämmerlicht kaum zu erkennenden Aufschwörschilder, die zu beiden Seiten des Chorraumes an den Wänden hingen.

»Du weißt, dass du dich genau über unserem Tanhûser befindest?«, fragte ihn der Mörder auf Deutsch.

»Hier also?«

»Ja, hier. Und gleich darfst du singen. Doch vorher öffne deine Lippen und empfange den Segen und das geweihte Brot, das wir der *Mater clarissima* verdanken. Und vergiss nicht, was ich dir gesagt habe. Lass deinen Speichel nicht die heilige Gabe verunreinigen. Zerteile den Bissen nicht mit deinen Zähnen, sondern schlucke die Frucht des gesegneten Leibes in einem Stück hinunter! Als Ganzes wird sie in deine Mitte sinken, auf dass sich die Macht des schwarzen Weges ungehindert in dir ausbreiten kann.«

Auf den leichten Druck der Finger des Mörders hin, die sein Kinn noch immer umschlossen hielten, öffnete Sier den Mund und spürte, wie ihm eine kleine, scharfkantige Hostie auf die Zunge gelegt wurde. Wieder ertönten die beruhigenden Worte in der Sprache der Verfluchten, sodass Sier die Gabe der Mutter ungeachtet des unangenehmen Kratzens in der Speiseröhre in einem Stück hinabwürgte.

Das stechende Schneiden im Hals und eine Empfindung, die er nicht zu deuten wusste, verursachten ihm große Schmerzen. Es war, als lodere eine jähe Stichflamme in seiner Brust empor, fast so, als hätte jemand Benzin in ein offenes Feuer geschüttet.

»Darf ich jetzt singen?«, krächzte der Engel ungeachtet des Schmerzes. Eine Hand verkrampfte sich vor seiner Brust – Oh, wie weich und fremd sie sich anfühlt! –, während die andere tastend durch die Luft fuhr, um sich irgendwo abzustützen. Vergeblich.

»Gleich, gleich«, flüsterte der Mörder. »Gleich darfst du singen. Zusammen mit Tanhûser …«

In diesem Moment trat der Schmerz ähnlich abrupt, wie er aufgeflammt war, in den Hintergrund. Er flaute ab und verlor seine Wirksamkeit, bis Sier nichts mehr von ihm spürte.

Hätte nicht die erstaunlich kräftige, von weichem Leder umhüllte Hand ihn in seiner Position gehalten, so wäre der Engel längst zu Boden gesunken.

»Du kannst mich noch hören, nicht wahr?«, fragte der Mörder, und zum ersten Mal umspielte ein leichtes Lächeln seine Mundwinkel. »Aber du bist jetzt nicht mehr in der Lage zu antworten. Das Betäubungsmittel war notwendig, weil wir uns mitten in der Stadt befinden. Niemand weiß, wie viele Leute selbst um diese Uhrzeit noch unterwegs sind. Darüber hinaus wird das Mittel dir den Schmerz der Wandlung nehmen, der für dich sonst unerträglich wäre.«

Oh, wie schade! Dumpfe Gedanken waberten durch den Kopf des Engels.

Langsam ließ der Mörder das geflügelte Wesen ganz zu Boden gleiten. Inzwischen hatten die Krämpfe des Opfers so weit nachgelassen, dass er mit dem wichtigsten und bedeutendsten Teil des Rituals beginnen konnte. Auf die weiße Decke des Hochaltars, von dessen Zentrum aus der Schmerzensmann stumm auf die Ereignisse hinabblickte, legte er ein flaches, rechteckiges Kästchen, das in weiches Leder gehüllt war.

»Sieh nur, wie eh und je leidet er für dich! Bald wirst du Seite an Seite mit den Engeln jubilieren, die ihn umfliegen«, flüsterte er nach einem raschen Blick auf die zentrale Figur, die unter dem so überladen wirkenden, vergoldeten neugotischen Turm stand, obwohl das Opfer ihn wahrscheinlich schon nicht mehr hören konnte.

Mit einer schnellen Bewegung schlug der Mörder die Lederumhüllung zur Seite, öffnete den Deckel und blickte auf den sich darin befindenden Gegenstand, der in der Dunkelheit kaum auszumachen war. Aber das war ihm egal, er kannte ihn nur allzu gut.

Er ging zurück zu seinem Engel und beugte sich über ihn, um das Werk zu vollenden.

»Jetzt darfst du singen«, forderte er ihn mit säuselnder Stimme auf, nachdem er ihm die Maske vom Kopf gerissen hatte. Dann spreizte er die Beine des Engels und schob das wallende Gewand bis über dessen Bauchnabel hinauf.

»Sing!«, ächzte er, während er dem Opfer die Lanze in den After schob. »Sing!« Aus den Augenwinkeln sah er, wie sich die Lippen des Engels in stummen Schreien öffneten und schlossen. Wie bei einem Karpfen.

Wenig später musste der Mörder überrascht feststellen, dass er von der anstrengenden, blutigen Arbeit Hunger bekommen hatte.

***

Und es geschah am SECHSTEN Tag:

»Haben Sie eine Ahnung, wie viele Menschen jeden Tag hier rein-
und rausgehen?« Die Stimme übersprang mühelos eine Oktave und
klang unangenehm schrill.

Zusammen mit einem Dutzend weiterer Reporter drängelte sich
Ernst Pier an der Absperrung, die von der Polizei in Windeseile
rings um die Kirche und deren Vorplatz aufgebaut worden war.
Dieses Mal handelte es sich um ein transportables Absperrgitter,
wie man es bei Demonstrationen einsetzte, nicht um jene im Wind
flatternden Plastikbänder, die normalerweise zur Sicherung eines
Tatortes eingesetzt wurden. Aber der Andrang war auch enorm.
Neben der Journalistenmeute hatten sich bereits zahllose Schau-
lustige eingefunden. Es war kurz vor acht Uhr morgens, und neben
den Berufstätigen, die zu ihren Arbeitsstellen eilten, begann sich
die Nürnberger Innenstadt ganz allmählich auch mit ihrer täglichen Schar an Touristen, Vertretern, Schülern, Hausfrauen, Rent-
nern, Arbeitslosen und Müßiggängern zu füllen. Der veritable Men-
schenauflauf, die blinkenden Blaulichter und nicht zuletzt der Ü-
Wagen des Bayerischen Rundfunks hatte den dichten Verkehr um
den Jakobsplatz nahe des Weißen Turms fast vollständig zum Erliegen gebracht.

»Ernst. Du musst zurück zum Wagen, die Redaktion erwartet
eine Live-Schalte von dir.« Jonas Klemmbichl zog den Reporter
am Ärmel, der den übereifrigen Volontär, den ihm Siebenhaar aufs
Auge gedrückt hatte, unwillig abschüttelte.

»Kompletter Blödsinn, das mit dem Ü-Wagen«, knurrte Ernst.
»Keine Ahnung, wer diese beknackte Entscheidung getroffen hat.
Bisher weiß ich nicht ein Jota mehr als alle anderen hier!« Mit aus-
gestrecktem Arm zeigte er wütend auf das Absperrgitter, meinte
aber die Menschen dahinter.

»Wir müssen Präsenz zeigen«, zischte Klemmbichl mit einem
Blick auf die Kollegen von den privaten Sendern. Streber, dachte
Ernst, doch bevor er antworten konnte, begann der Mann, der gerade aus der Kirche herauskam, erneut in ohrenbetäubender Laut-
stärke zu schreien.

»Haben Sie eine Ahnung, wie viele Menschen jeden Tag hier rein-
und rausgehen?« Erbost drehte er sich um. Sein Kopf hatte eine knall-

rote Färbung angenommen, die sich vom Weiß seines Overalls abhob und weithin sichtbar war. Trotz der Entfernung und des Verkehrslärms hatte man seinen Wutausbruch gut verstehen können, die dann folgende Auseinandersetzung mit dem aus der Kirche kommenden Weißkittel blieb dagegen weitestgehend ungehört.

Die armen, immer überlasteten Mitarbeiter vom Kommissariat 33, dachte Ernst voller Mitgefühl. Es war nicht das erste Mal, dass er einen Spurensicherer etwas heftiger reagieren sah. Tatsächlich waren sie angesichts eines Tatorts, der jeden Tag von Hunderten von Menschen besucht wurde, wahrhaftig nicht zu beneiden. Der Tod jeder vernünftigen Ermittlungsarbeit ist häufig nicht dem Fehlen von Spuren zu verdanken, sondern ihrer unübersehbaren und nicht zuzuweisenden Anzahl. Jetzt rannte der Weißkittel im Laufschritt zu dem Mercedes Sprinter, der als Lagerraum für die Ausrüstung der Spusi diente. Der Arme.

Eben noch wollte Ernst dem penetranten Anhängsel, das seit Kurzem an seinem Rockzipfel hing, gehörig den Kopf waschen, doch seine Haltung änderte sich von einem Augenblick zum nächsten. Ihm war eine Idee gekommen. Freundlich lächelnd drehte er sich zu Klemmbichl um und legte ihm die Hand auf die Schulter, wofür er sich auf die Zehenspitzen stellen musste, da der junge Mann ihn um mehr als einen Kopf überragte.

»*Carpe diem*, mein Junge!«, sagte er zuckersüß. »Beziehungsweise *hora*, nutze die Gunst der *Stunde*.« Dann wedelte er mit der Hand. In vergangenen Jahrhunderten hatte ein Bittsteller dies sofort als Geste verstanden, dass es höchste Zeit war, sich zu verziehen.

»Wie, was? Ich kapier nix.«

Endlich mal ein wahres Wort, Bürschchen, grinste Ernst in sich hinein, während er laut sagte: »Aber das ist doch ganz einfach! *Du* darfst die Schalte übernehmen, Klemmi. Husch, husch, nun mach schon! Und sag den Kollegen, Onkel Ernst hat's dir erlaubt.« Damit drehte er den Volontär in die Richtung des Ü-Wagens und gab ihm einen kräftigen Klaps auf den Rücken. Als sich der Jungreporter noch einmal nach ihm umwandte, war Ernst schon längst im Gedränge untergetaucht, sodass Klemmbichl nichts anderes übrig blieb, als sich schulterzuckend durch die Menschenmenge zu drängeln.

***

Und es geschah am ACHTEN Tag:

»Blutig«, sagte Nero versonnen.

In seiner Miene spiegelte sich im Licht der Abendsonne ein genießerisch verträumter Ausdruck voller Vorfreude wider, während sich das Gesicht seines Freundes Ernst im selben Moment in einer Mischung aus Schmerz und Ekel verzog.

»Äh, blutig. Sehr wohl, der Herr.« Die Kellnerin wiederholte ungerührt Neros Wunsch in punkto Zubereitung der Rinderbrust. Ernst konnte sich lebhaft vorstellen, wie sie – kaum außer Sichtweite – heftig ihren Kopf schütteln und tief Luft holen würde, um dem hochgepriesenen Küchenchef das sonderbare Ansinnen mitzuteilen.

»Das ist doch kein Steak«, knurrte Ernst.

»Die Kuh muss bluten«, raunzte Nero zurück. »Und außerdem: Was kümmert's dich? Schließlich habe *ich* dich eingeladen und nicht umgekehrt. Also mach mir keine Essensvorschriften!«

Abwehrend hob sein Freund beide Hände. »Himmel bewahre! Dir Vorschriften machen zu wollen, das wäre ja ein ähnlich aussichtsloses Unterfangen, als verlange man von einem Clubberer, ein Hohelied auf die Bayern zu singen. Oder von einem Erlanger, ein Paulaner zu ordern …«

»Die Lokalität scheint auf deinen Verstand abzufärben«, erwiderte Nero und wies auf den Burgberg, an dessen Hang sie saßen. Genauer gesagt hatten sie im »Bärengarten« Platz genommen. »Im Grunde ist mein vielleicht etwas ausgefallen klingender Wunsch ausschließlich ästhetischer Natur. Es gibt nicht viel, das sich mit dem Anblick von flüssigem Blut in einer schneeweißen Kren-Soße messen kann.« Ein sardonisches Lächeln erhellte Neros Gesicht.

»Es ist heiß, der Sommer hat begonnen, und du denkst an Schneeweißchen und Rosenrot?«, fragte Ernst stirnrunzelnd und musste schlucken. »Weißt du, in letzter Zeit bin ich etwas empfindlich, was Blut anbelangt … Du verstehst, das bringt mein Job gerade so mit sich.«

»Tut mir wirklich leid.« Nero grinste noch eine Spur breiter, vor allem aber noch selbstgefälliger, und demonstrierte damit überdeutlich, wie ernst es ihm mit seiner Entschuldigung tatsächlich war.

»Du siehst aus wie eine vollgefressene Python«, kommentierte Ernst den Anblick. Wie üblich hatte sich der Privatdetektiv in Schale geschmissen und nach allen Unregeln der Kunst herausgeputzt. Eine schrille rot-grün karierte Karottenjeans wurde mit einem bis zum Bauchnabel aufgeknöpften Hemd kombiniert, das mit psychedelisch blauen Kreisen verziert war, die wirkten, als habe sich der Designer des Stoffes zu oft »Das Dschungelbuch« und davon insbesondere die Szene mit der Schlange Kaa angeschaut. Mit anderen Worten: Nero hatte mal wieder seine Phase, in der er seine Liebe für bestimmte Tapetenmuster der frühen siebziger Jahre des 20. Jahrhunderts durch seinen Kleidungsstil auslebte. Das kanariengelbe Jackett, das lässig über der Stuhllehne hing, kannte Ernst bereits.

»Hättest du eine ordentlich behaarte Brust, dann könnte ich deine offenherzige Kluft ja vielleicht noch akzeptieren«, maulte Ernst, verschwieg aber wohlweislich, dass ihn der Anblick von Neros durchtrainiertem und muskulösem Oberkörper durchaus zu reizen vermochte. Obwohl er mit schöner Regelmäßigkeit rumrennt wie eine Testosteron-Tucke, hat er doch nur Augen für die holde Weiblichkeit, ermahnte er sich in Gedanken und das wahrhaftig nicht zum ersten Mal, seit sie sich kannten. Allerdings hatte Nero gleich zu Beginn ihrer ungleichen Freundschaft unmissverständlich und in aller Deutlichkeit klargestellt: Was ihre jeweiligen erotischen Präferenzen anging, so würden sie auf immer und ewig strikt getrennte Wege beschreiten. Nero auf der ständigen Pirsch nach attraktiven Frauen, Ernst in seinem meist vergeblichen Sehnen nach kräftigen, gut proportionierten Kerlen, ab und an abgelöst vom Begehren nach zarteren Jungs, denen gegenüber er sich als eine Art väterlicher Freund aufspielen konnte. Wie in so vielen Dingen war Ernst auch in dieser Hinsicht uneins mit sich selbst. Ein Umstand, der irgendwann in grauer Vorzeit sogar schon einmal in einer kurzen, aber umso heftigeren Beziehung mit einer Frau gemündet war, die nicht folgenlos blieb. So gehörte er nun zur gar nicht mal so kleinen Schar jener schwulen Väter, die letztlich aufgrund ihrer Beziehungsunfähigkeit, insbesondere im Rahmen einer sogenannten normalen, heterosexuell orientierten Familie, irgendwo tief in ihrem Innern ein gehöriges Maß an Schuldbewusstsein mit sich herumschleppten, das sich zwar gelegentlich verdrängen, auf Dauer aber nicht eliminieren ließ.

»Eine Python mit behaarter Brust?«, fasste Nero die Einwürfe seines Freundes auf die ihm eigene, wie so oft arg verkürzende Weise zusammen. »Also, wenn du mich fragst, dann spricht das für den extremen Notstand, unter dem du leidest, mein Bester.« Er blickte ihn mit spöttischem Bedauern an. »In den Eiern …«, fügte er überflüssigerweise noch hinzu, weil er den zwischen Frage und Empörung schwankenden Ausdruck im Gesicht seines Gegenübers nicht recht zu deuten wusste.

»Warum sprichst du eigentlich immer mit mir, als hättest du es mit jemandem zu tun, dessen IQ irgendwo zwischen Kakerlake und Silberfischchen rangiert?«, blaffte Ernst zurück, als ihre Getränke serviert wurden.

»Ruhig, ruhig. Du bist hungrig. Ich bin hungrig. Und wie in jeder guten Küche dauert es ein bisschen länger.« Obwohl der letzte Halbsatz um einige Phon lauter war, war nicht auszumachen, ob die sich rasch entfernende Bedienung die Bemerkung noch mitbekommen hatte. »Wir sollten uns deshalb nicht gleich an die Gurgel gehen. Denk dran, dass ich dich in diesen noblen Schuppen eingeladen habe und es etwas zu feiern gibt. Du solltest mich also zumindest so lange nicht umbringen, bis ich die Rechnung bezahlt habe.«

Ernst verdrehte die Augen. In der Tat kam es nicht gerade häufig vor, dass sich Nero als spendabler Gastgeber zeigte. Immerhin ging es ihm nicht mehr so schlecht wie noch vor zwei Jahren, als ihm sein winziges, vollgemülltes Büro in einem Hinterhaus in der Schiffstraße auch als Wohnung gedient und er kaum Geld genug gemacht hatte, um sich regelmäßig Nudeln, Ketchup, Margarine und Brot kaufen zu können.

»Also, was gibt's zu feiern? Los, spuck schon aus!«

Nero wand sich auf seinem Stuhl.

»Wie? Du lädst mich ein, und dann willst du mir noch nicht mal den Anlass verraten?«

»Hab einen guten Auftrag an Land gezogen«, nuschelte Nero.

»Und?«

»Nix und. Wir haben uns schon länger nicht mehr gesehen, und ich dachte, da wäre es mal wieder an der Zeit, was zusammen zu unternehmen.«

»Da muss ich dir recht geben«, sagte Ernst, dann wurde das Essen serviert und sie schwiegen. »Wenn du mir nichts weiter zu erzählen hast, dann lass es dir gut schmecken.« Eine weitere Pause entstand. »Ich wünsche dir jedenfalls einen raschen und erfolgreichen Abschluss deiner Arbeit«, schob er schließlich noch hinterher.

»Hm, nein, mph, blosch nisch«, mümmelte Nero mit vollem Mund. Angewidert blickte Ernst auf den Teller seines Freundes. Tatsächlich zog sich eine blutrote Spur durch die weiße Meerrettichsoße. Schließlich gelang es Nero doch noch, den Bissen hinunterzuschlucken, und er spülte mit einem großen Schluck Rotling nach.

Unmöglich! Dieser unkultivierte Kerl, seufzte Ernst in Gedanken, als er sah, wie Nero den Wein auch noch in seiner Mundhöhle wie beim Ausspülen nach dem Zähneputzen herumschleuderte. Hoffentlich fing er jetzt nicht auch noch an, lauthals zu gurgeln!

»Je länger, desto besser!«, sagte Nero schließlich, stopfte sich das nächste Stück Fleisch in den Mund und stocherte mit der Gabel seitlich an Ernst vorbei.

»Bezieht sich die Aussage auf den Audi, mit dem du gekommen bist?«, rätselte Ernst. Neros Ankunft war in der Tat ungewöhnlich gewesen. Während Ernst, nachdem er von Nürnberg nach Hause gekommen war und seine Karre in der Garage geparkt hatte, vom Bohlenplatz aus zu Fuß in den »Bärengarten« gegangen war, hatte er Nero dort in einem schicken Cabrio getroffen, das dieser ungeniert im Halteverbot abstellte, obwohl nur ein paar Meter weiter eine ausreichende Anzahl von Parkplätzen zur Verfügung stand. Hinzu kam, dass die Entfernung von der Schiffstraße, in der sich noch immer Neros Büro befand, bis zum Restaurant am Fuße des Burgbergs kürzer war, als der Weg, den Ernst gerade eben erst zurückgelegt hatte. Früher war Nero stets mit dem Rad unterwegs gewesen – und zwar im gesamten Erlanger Stadtgebiet.

»Musste vorhin noch nach Bamberg«, erklärte er.

»Wegen deines neuen Jobs?«

»Hm«, bestätigte Nero. »Die Kiste steht mir während der Zeit des Auftrags zur Verfügung. Geiles Teil. Geht ab wie Nachbars Lumpi.«

»Das heißt, du wirst diesmal nicht nach Erfolg, sondern nach

Zeit bezahlt?« Nero nickte. Inzwischen war ein weiterer gewaltiger und triefender Brocken Rinderbrust in seiner Kauluke verschwunden.

Obwohl Ernst bei der Erwähnung von Nachbars Lumpi einen neurotischen, alle Welt kniefickenden Kläffer vor Augen hatte, nickte er bestätigend, als begreife er den Vergleich voll und ganz.

»Ist doch schön, dass du endlich mal keine Niete gezogen hast«, sagte er nun seinerseits genüsslich kauend. Die fränkische Bauernente schmeckte hervorragend. »Bei mir sieht es gerade weniger rosig aus. Dank meiner guten Kontakte erfahre ich zwar ein paar Dinge, die bisher weder in der Zeitung standen noch gesendet wurden, aber bei manchen Details wünsche ich mir wirklich, ich hätte sie nie gehört.«

»Was für Kontakte? Und was für Details?«, fragte Nero um größtmögliche Beiläufigkeit bemüht.

»Na ja. Die Details sind einfach widerlich. Wirklich kein Thema, das man während des Essens erörtern sollte.«

»Du weißt doch, dass mich so leicht nichts erschüttern kann«, warf Nero ein. »Also komm, erzähl schon!«

Da hast du wohl recht, dachte Ernst, und er grinste innerlich. Die einfachen Tricks funktionieren doch immer noch am besten, dachte er mit einem Gefühl der Befriedigung. Ein einziger Satz, und sein Gegenüber hatte die Frage nach den Kontakten bereits vergessen und den Köder geschluckt. Vielleicht hätte ich doch das Zanderfilet nehmen sollen?

»Ich habe dich aber gewarnt«, begann Ernst.

»Ja, ja. Kein Problem! Also?«

»Zwei Morde im Abstand von einer Woche. Während der erste in Uehlfeld ...«

»Bitte wo?«

»Uehlfeld – das liegt in der Nähe von Höchstadt / Aisch.«

»Ah, ja«, sagte Nero kauend mit einem Ausdruck, der darauf schließen ließ, dass er von dem Ort noch nie etwas gehört hatte, sein Unwissen aber nicht zugeben wollte.

»Also, der erste Mord sah anfangs gar nicht wie einer aus. Zuerst dachte man, dass sich ein Lebensmüder auf zugegeben ziemlich spektakuläre Weise umgebracht hat.«

»Der Kerl, der vom Kirchturm gestürzt ist?«

»Genau. Ein gewisser Helmut Härsching. Aber pscht, der Name des Opfers ist bisher nicht an die Öffentlichkeit gedrungen, und das soll auch so bleiben.«

»Moment mal«, warf Nero ein und fixierte Ernst. »Du meinst *den* Helmut Härsching?«

Ernst zuckte mit den Schultern.

»Geschäftsführer von Bessinger & Rupold?«

»Geschäftsführer und Inhaber«, bestätigte Ernst. Eigentlich wunderte es ihn nicht, dass Nero das Opfer aus Uehlfeld kannte. Als mittlerweile von vielen mittelständischen Unternehmen angefragter Privatdetektiv war es nicht unwahrscheinlich, dass ihm Härsching schon einmal begegnet war. Zumindest, dass er dessen Namen kannte, war zu vermuten gewesen, schließlich handelte es sich bei der Firma Bessinger & Rupold um einen Spezialisten für Sicherheitstechnik.

»Ist klar, dass weder die Familie noch das Unternehmen gesteigerten Wert darauf legen, die gesamte Metropolregion über Härsching als Mordopfer zu informieren. Scheint irgendwie nicht sehr imagefördernd zu sein.«

»Wie gesagt, lange sah es nach Selbstmord aus, bis die Polizei eindeutige Hinweise darauf fand, dass der Mann seinen finalen Flug nicht freiwillig angetreten hat.«

»Verstehe«, warf Nero ein und blickte mit Kennermiene auf das rot-weiße Schlachtfeld auf seinem Teller. »Und wenn jemand aus solcher Höhe aufschlägt, kann man hinterher wahrscheinlich nicht mehr von einem schönen Anblick sprechen.«

»Ach!« Ernst machte eine wegwerfende Handbewegung und verlor keinen Ton darüber, dass ihm der Anblick zum Glück erspart geblieben war. »Das meinte ich gar nicht, aber wirklich unappetitlich war die zweite Leiche. Gregor Gannengießer. Der Tote in der Jakobs-Kirche in Nürnberg. Du hast sicher davon gehört?«

»Ja, aber nur am Rande. Bin ja gerade ziemlich beschäftigt.« Nero beugte sich wieder über seine Essensreste und stocherte unschlüssig in dem Chaos herum, so als könne er damit noch winzig kleine, schmackhafte Tierchen aufscheuchen, die sich aus Angst vor ihm unter ein paar Restfetzen Salat versteckt hielten. Plötzlich fuhr er abrupt hoch und starrte Ernst an. »Äh – sagtest du zwei Morde in zwei Kirchen?«

Ernst versuchte, ebenso lässig wie sonst Nero mit den Schultern zu zucken. »Ja«, beschied er knapp, ergänzte dann aber noch: »Noch dazu zwei Jakobs-Kirchen, aber die gibt es hier in Franken ja bekanntlich wie Sand am Meer.«

»Der fränkische Jakobsweg«, murmelte Nero.

»Tja, aber damit enden leider Gottes auch schon die Gemeinsamkeiten.«

»Leider Gottes?«, wiederholte Nero, doch Ernst ging nicht auf die versteckte Frotzelei ein.

»Die Handschrift der Morde ist zu unterschiedlich, als dass man von einem einzigen Täter ausgehen kann, obwohl es die Polizei natürlich auch lieber sähe, wenn sie sich bei ihren Ermittlungen auf eine einzige Person konzentrieren könnte. Stattdessen sieht es so aus, als wäre das mit den Kirchen reiner Zufall. Bei Gannengießer deutet alles auf einen ziemlich brutalen und gleichzeitig kaltblütigen Ritualmord hin.«

»Brutal, kaltblütig, Ritualmord«, echote Nero im Stakkato und winkte nach der Kellnerin, um sich noch einmal die Karte bringen zu lassen und sich über das Angebot an Nachspeisen zu informieren. »Du bist ja schon ganz zum Experten mutiert. Als ob es weniger brutal wäre, jemanden vom Kirchturm zu schubsen!«

»Du kannst dir deinen Spott sonst wo hinstecken, mein Lieber. Bisher weiß die Öffentlichkeit lediglich, *dass* der nicht gerade unumstrittene CSU-Rechtsaußen, der ehrenwerte Stadtrat Gregor Gannengießer, umgebracht wurde. Zwar ließ es sich nicht verheimlichen, wo er unbegreiflicherweise sein Leben aushauchte, aber dafür, unter welchen Umständen es geschah.«

»Die Teller sind abgeräumt«, sagte Nero. »Tu dir also keinen Zwang an.« Er klappte die Karte zu und orderte nur noch einen Espresso, während Ernst die Gunst der Stunde nutzte und sich einen Cognac bestellte, von dem ein Glas so teuer war wie seine ganze vorherige Mahlzeit. Doch Nero zuckte nicht einmal mit der Wimper.

»Bei dem Täter handelt es sich offensichtlich um einen komplett Wahnsinnigen. Einen Geistesgestörten mit – wie soll ich sagen? – künstlerischen Ambitionen?« Fragend ließ Nero die Augenbrauen hochschnellen.

»Jeder kleinsten Kleinigkeit scheint in diesem Fall eine ganz besondere Bedeutung zuzukommen.« Ernst senkte die Stimme zu einem Flüstern. »Die Lage der Leiche im Chorraum. Das, was Gannengießer an – äh – Kleidung trug. Die Schmierereien, die der Mörder mit dem Blut des Opfers auf dem Boden hinterlassen hat. Und nicht zuletzt die Mordwaffe. Aber vielleicht sollte man besser von Waffen im Plural sprechen.«

»Klingt ja alles ziemlich dramatisch. Aber weißt du Näheres? Details? Was waren das für Waffen?«

Jetzt hörte er sich schon wie alle hechelnden Süchtigen an, die von der Boulevardpresse angefixt werden. »Die rechtsmedizinischen Untersuchungen sind noch nicht abgeschlossen, und ich habe keine Ahnung, ob die Öffentlichkeit je alle Einzelheiten erfahren wird, schließlich zieht sich das bis … äh … tief in die Intimsphäre des Politikers.« Im wahrsten Sinne des Wortes, wurde Ernst im gleichen Moment bewusst, in dem er den letzten Satz ausgesprochen hatte. »Mit anderen Worten: Bisher weiß man nicht, welche der Verletzungen letztlich tödlich war, aber das ist eigentlich ja auch nur für die Spezialisten interessant.«

»Was für Waffen?«, wiederholte Nero ungerührt seine Frage.

»Unter anderem eine Art Speer oder Lanze …«

»Hm, in der heutigen Zeit in der Tat ungewöhnlich.«

»Noch ungewöhnlicher ist, dass Gannengießer nicht etwa einfach damit aufgespießt wurde.«

»Wie ist es dann passiert?«

»Nun, aufgespießt wurde er schon, aber …« Ernst druckste herum, sodass Nero den Kopf schieflegte und ihn fragend ansah. »Der Mörder hat ihm das Ding in den Hintern geschoben.«

»Oh, là, là! Jetzt versteh ich auch, warum dir das Thema etwas unheimlich ist.«

Ernst spürte, wie ihm, weniger vor Scham, denn vor Wut, das Blut schlagartig in den Kopf schoss. Seine Augen verengten sich zu winzigen Schlitzen, bevor er sich abrupt vom Stuhl abstieß.

»Sorry!«, ächzte Nero. »Entschuldigung! War nicht so gemeint, Ernst, bitte …!« Er legte ihm die Hand auf den Arm. »Das war wirklich eine saudumme Bemerkung von mir. Entschuldige, ist mir einfach so rausgerutscht. Bitte, krieg dich wieder ein.« Inzwischen hatte auch Nero sich erhoben. »Komm, setz dich und erzähl weiter.« Einen Augenblick lang standen sie sich schweigend gegenüber, und wahrscheinlich hätte sich niemand der anderen Gäste gewundert, wenn jetzt beide zeitgleich großkalibrige Revolver aus ihren nicht vorhandenen Gürtelholstern gezogen hätten.

»Was muss ich denn noch tun, um mich zu entschuldigen?«, flüsterte Nero. »Soll ich vor dir auf die Knie sinken und um Verzeihung bitten?«

»Zur Abwechslung wäre das tatsächlich mal nicht schlecht, aber ich würde mir für immer und ewig Vorwürfe machen, wenn der kostbare Zwirn deiner Jeans darunter leiden würde.« Der kostbare und trotzdem so geschmacklose Zwirn, präzisierte Ernst in Gedanken. Erleichtert nahmen sie Platz, während die Köpfe der anderen Restaurantbesucher sich enttäuscht von ihnen ab- und wieder ihrem Essen zuwandten.

»Also, erzähl weiter. Ich verspreche auch hoch und heilig, dass ich mir auf die Zunge beiße, bevor mir die nächste dumme Bemerkung rausrutscht«, versicherte Nero.

»Nur unter einer weiteren Bedingung«, erwiderte Ernst.

»Was auch immer … na, ja, du weißt schon … Okay!«

»Im Gegenzug weihst du mich in die Geheimnisse deines neuen Jobs ein.«

»Was?« Nero schluckte, sodass sein Adamsapfel auf und ab hüpfte. Dann beugte er sich vor und flüsterte: »Aber das ist alles *top secret*! Wenn auch nur ein einziger Außenstehender etwas davon erfährt, kann mich das meinen Kopf kosten! Ich musste sogar eine Geheimhaltungsklausel unterschreiben. Und du weißt sicherlich, was das bedeutet.«

»Genauso weißt du, dass ich schweigen kann wie ein Grab!«

Nero seufzte. »Ganz ehrlich, Ernst. Du darfst nichts davon weitererzählen, nicht einmal die kleinste Andeutung machen! Verstehst du? Das ganze schöne Geld wäre ratzfatz wieder futsch.«

»Hast du dich etwa auf kriminelle Machenschaften eingelassen?«, fragte sein Freund leise und sah sich vorsichtig um. Doch er musste sich nicht sorgen: Die übrigen Gäste waren alle wieder mit sich selbst, ihrem Essen und ihren Gesprächen beschäftigt. Außerdem unterhielten sie sich mittlerweile so leise, dass man schon direkt neben ihnen stehen musste, wollte man etwas verstehen.

»Nein, natürlich nicht. Du wirst alles kapieren, wenn ich es dir erkläre. Aber erst mal bist du dran. Also, wie war das mit dem grausamen Ende einer vielversprechenden Karriere im rechten Flügel einer ohnehin nicht gerade als links bekannten Partei?«

»Ich habe keine Ahnung«, erwiderte Ernst, »inwieweit die ganze Angelegenheit tatsächlich etwas mit Gannengießers politischen Aktivitäten zu tun hat. Viel eher könnte ich mir vorstellen, dass die Hintergründe sehr privater und intimer Art sind. Obwohl die Auswirkungen, wenn ein Mann wie er ermordet wird, natürlich letztlich immer politisch einzuschätzen sind.«

»Jetzt werd halt mal konkret«, unterbrach ihn Nero. »Der Mörder hat ihm also den Arsch aufgeschlitzt?«

»Wenn's nur das gewesen wäre«, seufzte Ernst. »Aber die sexuellen Komponenten dieser Tat gehen noch viel weiter.« Wieder machte Ernst eine Pause, in der Nero zunehmend nervöser wurde. Dem Rundfunk-Reporter war anzusehen, dass es ihm schwerfiel, über das Geschehen zu reden.

»Neben der Tatsache, dass der Mann gepfählt wurde«, fuhr er schließlich fort, »hat ihn die Bestie, die ihn abgeschlachtet hat, auch noch komplett entmannt.« Ernst betonte das vorletzte Wort.

»Autsch«, entwich es Nero. Zum ersten Mal schien auch er aufrichtig erschüttert zu sein. »Du sagtest – komplett?«

»Komplett. Sein Gemächt samt Hoden hat man später im Taufbecken gefunden.«

Nero starrte Ernst mit weit aufgerissenen Augen ungläubig an. »Und von all dem ist noch nichts an die Öffentlichkeit durchgesickert?«, fragte er schließlich. »Aber du bist doch Journalist. Das ist doch ... doch ... äh ...«

»Pass jetzt auf, was du sagst«, zischte Ernst.

»Aber das ist doch ein regelrechtes Festessen für jemanden wie dich«, plapperte Nero schon drauflos. »Ich meine, gewissermaßen«, schränkte er nach einer kurzen Pause ein.

»Gewissermaßen, ja«, knurrte Ernst mit unterdrücktem Zorn. »Aber vielleicht bist du an diesem Tisch nicht der Einzige, der sich zum Stillschweigen verpflichtet hat!« Und trotzdem seine Fresse nicht halten kann, ergänzte er stumm.

Nero nickte verstehend.

***

Vor seinem geistigen Auge sah Ernst Betty Schuckert erneut aus der Jakobs-Kirche herauskommen. Schon wieder sie, war sein erster Gedanke gewesen. War sie nicht eigentlich für das Umland zuständig? Nürnberg verfügte doch über ein eigenes Morddezernat?

Nach dem verunglückten Frühstück in Uehlfeld hatte er Betty am darauffolgenden Nachmittag noch einmal angerufen, doch am Telefon war sie wesentlich zugeknöpfter gewesen als während ihrer kurzen morgendlichen Unterhaltung. Als er sie wiedersah, hatte Ernst sich beeilt, Jonas Klemmbichl mit einem unfeinen Schachzug loszuwerden und das vor einer Woche so abrupt beendete Gespräch mit einem Unterschied wieder aufzunehmen: Dieses Mal würde er sich nicht abwimmeln lassen. Allerdings war das leichter gedacht als getan. Als er ihr über die Absperrung hinweg einen Gruß zurief, um auf sich aufmerksam zu machen, verzog sich zwar für den Bruchteil einer Sekunde ihr Gesicht zu einem freundlichen Lächeln, wedelte aber gleichzeitig energisch mit der rechten Hand, um ihm zu bedeuten, dass sie jetzt keine Zeit habe, und machte gleichzeitig mit der linken Hand das Zeichen zum Telefonieren.

Die guten Vorsätze verflogen also genauso schnell, wie sie gekommen waren, und Ernst musste resigniert mit den Schultern zucken. Zugleich verspürte er nicht die geringste Lust, den Volontär aus den Klauen der zweifellos recht erbosten Techniker im Ü-Wagen zu befreien, denen wiederum die Redaktion in der Wallensteinstraße wegen des Live-Beitrags im Nacken saß. Schließlich war es ein Ding der Unmöglichkeit, einen unerfahrenen Volontär ohne jede Vorbereitung auf Sendung gehen zu lassen! Doch Ernst setzte unbeeindruckt seinen Weg fort und verscheuchte die unwillkommenen Gedanken aus seinem Schädel. Genauso wie Betty ihn eben weggewedelt hatte. Als ob ich ein lästiges Insekt bin, dachte er empört und entfernte sich von der Menschenansammlung rings um die Kirche. Ebenso ziel- wie planlos, vor allem aber zutiefst frustriert, schlenderte er durch die Fußgängerzone.

Irgendwie fühlte er in diesem Moment nichts als Trotz in sich aufsteigen, und da er wusste, dass mit an Sicherheit grenzender Wahrscheinlichkeit in Kürze sein Handy klingeln würde, schaltete er es kurzerhand aus. Er rechnete nicht mit Betty, die ihr wortloses Versprechen einlösen würde, vielmehr befürchtete er Anrufe von zornigen Kollegen, die ihn mal mehr, mal weniger unverblümt zur Rede stellen und wissen wollten, was ihm, um alles in der Welt, denn einfiele, sie allesamt hängen zu lassen und mit einem Volontär abzuspeisen. Und nicht nur das, nein, darüber hinaus hatte er sie noch nicht einmal über seinen Entschluss informiert. Um die Beschreibung seines inneren Zustands abzukürzen: Ernst war es leid, den Leichenspezialisten zu geben.

Andererseits ahnte er, dass er sich mit seinem Verhalten, wie Nero es formulieren würde, gründlich in die Scheiße ritt. Egal! Lassen wir's drauf ankommen!, sagte er sich. Testen wir doch mal die Grenzen aus. Sollen sie mich eben abmahnen oder, schlimmer noch, vor die Tür setzen, dann weiß ich zumindest ein für alle Mal, dass ich ihnen nicht mehr wert bin als ein feuchter Furz, um noch einmal in Neros unverblümter Art die Fakten so zu benennen, wie sie sind.

Als er es wenig später nicht mehr aushielt, sein Handy wieder aktivierte und seine Mailbox abhörte, staunte er nicht schlecht: drei Anrufe!

Nur drei! Und davon lediglich zwei von Kollegen. Ein Redakteur bat ihn, sich baldmöglichst zu melden, wobei er weder unfreundlich noch besorgt und auch nicht so klang, als wolle er ihm fernmündlich die Papiere geben und ihm nahelegen, sich sonst wohin zu verziehen. Der nächste Anruf stammte von dem notorischen Karl-Egon Sauer aus der Unterfranken-Redaktion, der wusste, dass Ernst einen der Bosse des Motorsport-Clubs Nürnberg kannte, der seit Jahrzehnten die Norisrennen ausrichtete. Sauer wollte nun seine einschlägigen Beziehungen zu potenziellen Freikarten pflegen, da der DTM-begeisterte Würzburger die Frist zur Akkreditierung der Journaille mal wieder verpasst hatte. Das hatte Ernst gerade noch gefehlt! Er wusste schon so nicht, wo ihm eigentlich der Kopf stand, und dann sollte er auch noch für einen Kollegen den Weihnachtsmann spielen – noch dazu im Frühsommer. Dabei wusste Sauer doch genauso gut wie er, dass die Akkreditierung seit Urzeiten bei der DTM selbst erledigt werden musste! Was bildete sich dieser Depp eigentlich ein?

Der dritte Anruf hellte im Gegensatz zu den zwei ersten seine Laune schlagartig auf, auch wenn er letztendlich nichts anderes bedeutete, als dass er seine Rolle als Leichen-Spezi doch irgendwie akzeptieren und weiterspielen würde.

»Betty hier. Ich nehme mir ab Mittag frei und wollte eigentlich noch ein, zwei Stündchen in Nürnberg bleiben. Wenn's dir passt, ruf mich doch zurück, dann können wir uns irgendwo treffen.«

Dass die schaurigsten Details immer beim Essen zur Sprache kommen müssen, überlegte Ernst, als er Nero jetzt von ihrem Treffen auf der Terrasse des »Provenza« am Hauptmarkt erzählte.

Wie schon in Uehlfeld hatte sie ihm auf dem Display ihrer Digitalkamera – natürlich unter der Hand, streng vertraulich und erst nach der wiederholten Ableistung diverser Schweigegelübde – einige Bilder gezeigt, die ihre volle Wirkung erst in ihrer Summe entfalteten.

Beispielsweise war da die im Tageslicht kaum erkennbare Aufnahme eines sogenannten Aufschwörschildes, auf dem unter anderem ein Einhorn zu sehen war. Das wie gedrechselt wirkende lange Horn des Fabeltiers fand seine reale Entsprechung in der Lanze, mit welcher der Mörder das Opfer aufgespießt hatte. Horn und Mordwaffe zeichneten sich durch eine sich über die ganze Länge erstreckende, spiralförmige Verzierung aus.

»Mit mittelalterlichen Waffen kenne ich mich nicht besonders gut aus«, sagte Ernst.

»Die Lanze ist auch eher ein Produkt unserer Zeit«, warf Betty ein.

»Die Tatsache, dass ihr Ende genau auf das Schild mit dem Einhorn an der Wand weist, ist bestimmt auch kein Zufall. Im Gegenteil …«, überlegte Ernst.

»Ich denke auch, dass der Mörder das Aufschwörschild mit dem Einhorn kannte und sich zumindest davon inspirieren hat lassen«, stimmte ihm Betty zu. »Wenn er uns mit dieser Szenerie nicht sogar noch mehr sagen wollte …«

So unangenehm und entwürdigend der Anblick des gepfählten Stadtrats auch war, viel stärker berührte Ernst die Maskerade, die Gannengießer, aus welchen Gründen auch immer, über sich ergehen hatte lassen.

»In einem der Nebenräume in der Kirche haben wir ein reichhaltiges Arsenal an Schminkutensilien gefunden, bei dessen Anblick jede Drag-Queen vor Neid erblassen würde«, sagte Betty. Es war offensichtlich, dass dieses Verbrechen auch sie trotz aller berufsbedingten Abgebrühtheit nicht kaltließ. Ernst konnte – obwohl langjähriger Szenegänger – nicht behaupten, sich im schwul-lesbischen Milieu Nürnbergs besonders gut auszukennen, aber falls man hier etwas von Gannengießers heimlichen Neigungen geahnt oder gewusst hatte, dann wären die Gerüchte auch bis zu ihm durchgedrungen.

Jetzt begriff er auch, warum Betty sich mit ihm hatte treffen wollen. Sie lebte in Ansbach in einer langjährigen festen Beziehung. Zwar in bequemer Nachbarschaft zu Nürnberg, aber letztendlich doch zu weit weg, um das Ohr am einschlägigen Geschehen zu haben. Die Nürnberger Kollegen hatten sie wahrscheinlich nur hinzugezogen, weil irgendeinem hellen Kopf die Uehlfelder Tat, genauer gesagt die Parallele bei der Wahl des Tatorts aufgefallen war.

»Was den Hetero-Kommissaren aber nur schwer zu vermitteln ist«, fuhr Betty fort, »ist das, was wir beide sofort spüren, ohne auch nur ein Wort darüber verlieren zu müssen.«

»Du meinst, das extrem schwulenfeindliche Motiv der Tat?«, vermutete Ernst.

Sie nickte. »Genau. Gannengießer hatte nicht den Schimmer einer Ahnung von dem, was ihn erwartete. Er vertraute seinem Mörder in jeder Hinsicht. Ganz anders als das Opfer in Uehlfeld. Das wurde von dem oder den Killern gefesselt und mit mehr oder weniger starker Gewaltanwendung den Kirchturm hochgezerrt, um dann hinuntergestoßen zu werden. Mit den Gedanken im Hinterkopf schau dir mal Gannengießers Gesicht an.« Sie klickte sich durch die gespeicherten Bilder der Kamera und hielt dann inne. »Hier. Es wirkt völlig entspannt. Trotz der ganzen Sauerei scheint er nicht gelitten zu haben.«

»Unfassbar«, staunte Ernst. »Aber wie ist das möglich?«

»Ich kann der rechtsmedizinischen Untersuchung natürlich nicht vorgreifen«, antwortete Betty, »aber ich gehe jede Wette ein, dass er vorher mit einer fetten Dosis irgendeines Narkotikums betäubt wurde.« Sie ging zum nächsten Bild über. »Kannst du was mit diesen Symbolen hier anfangen?«

Ernst schüttelte verneinend den Kopf. »Sieht irgendwie esoterisch aus«, sagte er. »Tut mir leid, aber ich hab mich nie mit derartigen Dingen beschäftigt. Ihr werdet doch sicherlich Spezialisten für so etwas haben.« Er tippte auf die Kamera, ehe er fortfuhr: »Es ist nur so ein Gefühl, aber …« Er stockte.

»Was? Jetzt sag schon! In einem so bizarren Fall kann sich der größte Blödsinn als wichtiger Hinweis erweisen. Also keine falsche Scheu!«

»Auf mich macht das fast den Eindruck, als habe sich Gannengießer auf die ganze Maskerade gefreut. Sich zu schminken, diese riesigen Flügel, das Gewand, die Perücke … Ich meine, vielleicht steckt doch noch mehr dahinter als nur ein sorgfältig vertuschtes und vor der Öffentlichkeit verborgenes schwules Geheimnis.«

»Woran denkst du?«

»Vielleicht gibt es ja eine kindliche Komponente? Wer weiß, vielleicht wollte er einen alten Kindertraum verwirklichen?«

Betty lachte kurz auf. »Dir schwebt doch nicht das Nürnberger Christkind vor, oder?«

»Warum denn nicht?« Ernst verzog das Gesicht.

»In dieser Hitze fällt es zwar schwer, sich eine weihnachtliche Stimmung auch nur ansatzweise vorzustellen, aber ich will deine Überlegung mal nicht so einfach vom Tisch wischen.«

»Das kann für ihn auch nur ein zusätzliches Motiv gewesen sein«, meinte Ernst. »Nichts, was den, wie auch immer gearteten, schwulen Antrieb ersetzen würde. Auf jeden Fall ist es eindeutig, dass er sich nicht das erste Mal geschminkt hat.«

»Oder aber der Mörder hat ihm dabei geholfen«, warf Betty ein.

»Und wenn schon – ich bin mir sicher, Gannengießer hat mit Freude, Begeisterung und Überzeugung bei der ganzen Verwandlung mitgemacht. Auch wenn er natürlich nicht ahnte, was sein Gegenüber tatsächlich im Schilde führte.«

»Im Schilde – wie wahr!«

»Wie sind die überhaupt in die Kirche reingekommen?«

»Bis jetzt hat die Spurensicherung keine Hinweise auf Gewaltanwendung gefunden. Übrigens auch ein Unterschied zu der Tat in Uehlfeld. Dort wurde der Eingang mit einem groben Werkzeug aufgestemmt.«

»Grobes Werkzeug? Das ist wohl eine Umschreibung für Stemmeisen oder so?«

»Oder so«, wiederholte Betty seine letzten beiden Worte kryptisch.

»Apropos Uehlfeld«, sagte Ernst, »was oder wer hat dich eigentlich so schnell von unserer heimeligen Frühstückstafel weggelockt?«

»Heimelige Frühstückstafel in einer leeren Kneipe, die noch nach den Besäufnissen der letzten Nacht roch? Witzbold.« Sie blickte ihn nachdenklich an, aber nicht wegen des müden Gags, den er soeben fallen gelassen hatte. »Die Spurensicherung hat im Kirchturm noch eine interessante Entdeckung gemacht ...«, sagte sie gedehnt.

»... über die du aus ermittlungstaktischen Gründen natürlich nichts sagen kannst?«

»Das ist tatsächlich etwas heikel, weil wir hier gegenüber der Öffentlichkeit einen Wissensvorsprung haben, der uns noch nützlich sein könnte.« Dann zuckte sie mit den Schultern. »Sag mal, fotografierst du eigentlich auch?«

Ernst verzog das Gesicht zu einer demonstrativ genervten Grimasse, weil er davon überzeugt war, dass sie den Themenwechsel nur herbeigeführt hatte, um keine weiteren Informationen mehr ausplaudern zu müssen. Er schüttelte den Kopf.

»Mit dem Handy, klar. Ab und an. Aber denke bloß nicht, ich wäre bis heute auch nur ein einziges Mal dazu gekommen, mir die Bilder auf den Rechner zu überspielen, vom Ausdrucken mal ganz zu schweigen. Bin halt doch eher ein Mann des Wortes.« Er kam ins Schwadronieren. »Deshalb reizt es mich auch nicht sonderlich, fürs Fernsehen zu arbeiten. Klänge, Wörter, Radio, das ist das einzig Wahre! Tievieh«, er sprach es genauso aus, »igitt!«

»Weißt du, was Thorium, Zirkon, Cer und Magnesium sind?«

»Äh, klar – chemische Stoffe, Elemente. Willst du mir Nachhilfe in Chemie geben?«

»Nein. Aber oben im Turm hat man Reste von diesem Zeug gefunden. Abgefackelte Reste, in kleinsten Mengen. Klingelt es da bei dir?«

»Nicht wirklich, aber ich hoffe mal, du lässt mich nicht dumm sterben.«

»Solche Mischungen haben die Fotografen früher für den Blitz benutzt«, klärte sie ihn auf. »Die Substanzen befanden sich in kleinen Papierbeutelchen und wurden angezündet. Es würde mich nicht wundern, wenn unser Mörder vor oder nach der Tat auf höchst altmodische Weise Härsching fotografiert hätte.«

»Das ist wirklich ungewöhnlich, um nicht zu sagen: höchst irritierend.« Ernst schüttelte verwundert den Kopf, dann fragte er lebhaft: »Könnte es nicht sein, dass die Rückstände des Blitzbeutels alt sind? Wäre doch naheliegend, oder? Vielleicht hat vor achtzig oder hundert Jahren mal jemand dort oben fotografiert. Die Aussicht, die Glocken oder was weiß ich. Ich vermute mal, dass sich eine Putzfrau dort oben nur eher selten blicken lässt!«

Betty verzog die Lippen zu einem dünnen Lächeln. »Damit liegst du leider falsch. So gut sind unsere Spusis schon, dass sie eingrenzen können, ob das Zeug vor Kurzem oder vor vielen Jahren abgefackelt wurde!« Ernst wusste bereits, dass sie mit der liebevollen Bezeichnung die Beamten der Spurensicherung meinte.

Anschließend hatte er sich vorgenommen, diese Informationen unter allen Umständen vertraulich zu behandeln. Laut hatte er sein Stillschweigen unter der Bedingung gelobt, dass Betty ihn bevorzugt von der Aufhebung der Nachrichtensperre in Kenntnis setzen würde. »Du bekommst einen bequemen Vorsprung, um die Story als Erster bringen zu können«, hatte sie ihm versprochen.

**

»Jetzt bist du dran«, fuhr Ernst fort. Die Schatten im »Bärengarten« waren länger geworden. »Und erzähl mir ja was Schönes! Etwas, das mich auf andere Gedanken bringt. Verrate mir dein Geheimnis!«

Nero verdrehte die Augen. Offensichtlich konnte er die Erzählung von Ernst noch nicht richtig einordnen.

»Lass uns lieber fahren«, sagte er in einem leicht abwesenden Tonfall, »und uns bei dir oder mir noch einen Absacker genehmigen. Dann erzähl ich dir auch alles. Aber ich warne dich schon mal vor, dass das, was ich zu berichten habe, höchstens halb so aufregend ist wie deine Story.«

**

1508, Narrenmond*

Von Arndt Beucker, einem nach Forchheim verheirateten Verwandten des Bamberger Chorherren Lorenz Beheim, eiligst aus seiner

---

* Mittelalterliche Bezeichnung für den Februar, den zweiten Monat des Jahres, der gelegentlich auch als Tau- oder Schmelzmonat bezeichnet wurde.

Nürnberger Werkstatt in den Kirchehrenbacher Sprengel geleitet, ritt Albrecht Dürer inmitten eines halben Dutzend gut bewaffneter Männer einen schmalen, von dunklen Bäumen gesäumten Pfad hinauf. Der Weg führte zu den Ruinen jener vor vielen Jahrhunderten durch das Geschlecht derer von Reifenberg errichteten Burg, die schon bald in den Besitz des St. Jakob-Stiftes in Bamberg übergegangen und schließlich, wenige Jahre, bevor Dürer selbst die Bühne der Welt betreten hatte, von brandschatzenden Hussitenhorden erobert worden war.

Arndt hatte ihm alles zu erklären versucht, aber Dürer wollte sich mit eigenen Augen ein Bild von der Tragödie machen. Er war es gewohnt, immer, zu jeder Zeit und mit höchstem Kunstverstand und der Geschicklichkeit seiner Hände Bilder anzufertigen, und vertraute demzufolge nur dem, was er mit eigenen Augen wahrnehmen, mit den eigenen Händen begreifen und dem eigenen Kopf verstehen konnte.

Die Notwendigkeit, sich von der kleinen, aber offenkundig wehrbereiten und rechtschaffen finster blickenden Schar beschützen lassen zu müssen, stellte er nicht in Frage. Zwar hatte er manche seiner viel längeren Reisen ohne solche Begleitung überstanden, aber die Zeiten waren immer unsicherer geworden, die Herren in ihren Sitzen kriegerisch gestimmt, und gerade in diesem Grenzgebiet, in dem der Nürnberger auf den Bamberger Einfluss traf und in das auch noch die Hand der Ansbacher reichte, hier, wo es Dörfer gab, die zwei oder gar drei verschiedenen Herren zu gehorchen und ihnen zu zahlen hatten, empfahl es sich doch, lieber zu viel Aufwand für die eigene Unversehrtheit aufzuwenden als zu wenig.

Und noch ein weiterer Grund ließ ihn nach so kurzer Frist erneut die wahrhaft unangenehme Reise in diesen Winkel unternehmen. Giacomo Sujad hatte ihm zwar, ohne mit der Wimper zu zucken, eine fürstliche Anzahlung übergeben, doch mittlerweile hatte Albrecht, da er rasches Arbeiten gewohnt war, die ersten drei Entwürfe so weit fertiggestellt, wie er es nach den Angaben, die ihm der Messer in der Neujahrsnacht übergeben hatte, überhaupt vermochte. Jede der Zeichnungen stammte wie verlangt allein aus seiner Hand. Kein Gehilfe hatte mitgewirkt, und niemand hatte sie bisher zu Gesicht bekommen, selbst seine umtriebige Agnes nicht.

Jetzt war es an der Zeit, Sujad die Arbeiten vorzulegen, den künftigen Fortgang samt Änderungen zu bereden und nicht zuletzt eine weitere Zahlung, wie sie verabredet war, einzufordern.

Sollte allerdings der Wahrheit entsprechen, was ihm Beheim über Arndt Beucker hatte bestellen lassen, dann säße er jetzt mit einem bereits zu Beginn der Arbeit unterbrochenen Auftrag da und müsste auch auf die in Aussicht gestellte Entlohnung verzichten. Dies allein wäre für Dürer bereits ein ausreichender Grund gewesen, den mühseligen Ritt von Nürnberg nach Forchheim und von dort über Weilersbach bis hinauf zu den Reifenberg'schen Ruinen zu unternehmen, doch darüber hinaus erschütterte ihn seit Arndt Beuckers Ankunft in Nürnberg ein ebenso jäher wie hartnäckiger Schmerz, der ihn nicht mehr losließ. Die grausige Tat, von der ihm der junge Mann berichtet hatte, hatte ihn innerlich erstarren lassen und ihn dazu bewogen, sich dem scheußlich pfeifenden Wind, dem Gemisch aus Regen und Schnee und der jeden Stoff durchdringenden Kälte auszusetzen, statt daheim in der warmen Stube oder der kaum weniger geheizten Werkstatt zu hocken und es sich gut gehen zu lassen.

Der Schmerz wütete auch jetzt noch unvermindert in ihm, als er und seine Begleiter sich den Resten der ehemaligen Befestigungsanlage näherten, die den umliegenden Weilern und Höfen seit vielen Jahren als eine Art Steinbruch für ihre Häuser diente. Wie eindrucksvoll die Burg früher auch ausgesehen haben mochte, jetzt war kaum noch etwas von ihrer einstigen Pracht und der ehernen Uneinnehmbarkeit auszumachen. Dort, wo einstmals Türme, Kammern, Mauern und Zinnen das Tal überblickt hatten, wucherten jetzt Hecken, Gestrüpp und Büsche. Längst hatte sich der Wald den größten Teil der Veste zurückerobert. Wo noch zur Jugendzeit seiner Eltern die Menschen am Kamin gehockt und mächtige Holzstämme verfeuert hatten, wuchsen jetzt wieder Bäume.

Auch die alte Burgkapelle, von der an manchen Stellen noch mannshohe Mauern übrig waren, hatte den Hussitensturm nicht unversehrt überstanden. Dort, wo früher der Priester die Wandlung vollzogen hatte, wölbte sich über den ehemaligen Altarraum sogar noch ein Stück Dach, dessen Ziegel bislang den Stürmen der Jahreszeiten wie auch dem Zugriff der Bauern getrotzt hatten. Diese empfanden wohl nichts dabei, sich die Steine der vertriebenen

Burgherren anzueignen, hatten aber anscheinend davor zurückgescheut, sich genauso unverfroren an den Relikten eines Gotteshauses zu vergreifen.

Der Anblick der Burgkapelle, begleitet von den niedrigen, dunklen und vom Sturm gepeitschten Wolken, entsprach so vollständig Dürers düsteren inneren Stimmung, dass es nichts zu geben schien, das ihn wieder aufzumuntern vermochte. Hinzu kamen noch Pirckheimers unheilvolle und unverständliche Warnungen, die er kurz vor Dürers überstürzter Abreise aus Nürnberg hatte verlauten lassen. Auch ihn hatte die überraschende Mitteilung, die Beucker ihnen überbracht hatte, zutiefst getroffen, sodass es er war, dem Dürer den Begleitschutz zu verdanken hatte.

Der vordringliche Grund aber, sich auf diesen in jeglicher Hinsicht unangenehmen Weg zu machen, bestand in der als zwingend empfundenen Verpflichtung, sich von einem Freund zu verabschieden, und zwar ungeachtet dessen, ob der durch ihn erteilte Auftrag nun vollendet oder gar in toto bezahlt werden würde. Er kannte Giacomo Sujad erst seit wenigen Monaten, aber die überschaubaren Begegnungen hatten ausgereicht, um zwischen den beiden ein Gefühl tiefen Verständnisses entstehen zu lassen, das stärker war als mit vielen anderen Männern, mit denen er schon seit Jahren Umgang pflegte. Obwohl sie in verschiedenen Ländern und mit verschiedenen Muttersprachen aufgewachsen waren, hatte zwischen ihnen von Anfang an eine Art wortlose Einigkeit geherrscht, die keine langen Dispute benötigte. Jeder kannte des anderen Persönlichkeit, seine Stärken und Schwächen und die Bereiche, in denen sie sich zu ergänzen vermochten. Zwischen ihnen war eine Form geistiger Verbundenheit entstanden, von der Dürer wusste, dass es sie nur höchst selten gab, und die deshalb umso kostbarer war. Er verglich ihre Verbindung mit der zu Pirckheimer, obwohl diese Freundschaft über viele Jahre gewachsen war, während Giacomo Sujad und ihm alles in allem nur ein paar gemeinsame Tage vergönnt gewesen waren.

Sie wurden bereits erwartet. Unter den Überresten des Daches hatte sich eine Handvoll schweigender, gelegentlich hustender Männer zusammengedrängt, um sich halbwegs vor dem peitschenden Regen zu schützen. Ihre Pferde waren unter den nahen Bäumen nur noch als schattenhafte Schemen auszumachen.

Das Feuer, das sie wohl gerade erst entfacht hatten, qualmte fürchterlich, und Albrecht bezweifelte, dass es viel Wärme spendete.

Von Lorenz Beheim hatte er erfahren, dass, so er denn Beucker begleitete, damit rechnen müsse, in der Wildnis des ehemaligen Reifenberg'schen Besitzes Vertretern Roms zu begegnen. Insbesondere hatte er dabei einen gewissen Simon Angelus genannt, der erst vor Kurzem in Bamberg eingetroffen war.

Auf der steinernen Altarplatte, die zwischen den Trümmern und im Schlamm unterzugehen schien, lag der mit Schmutz verschmierte Tote auf dem Bauch. Seine Arme hingen rechts und links über den Rand, in den schütteren, dunklen, leicht gewellten Haaren hatten sich getrocknetes Laub und Erde verfangen. Erst auf den zweiten Blick erkannte Dürer, der rasch über den aufgeweichten Boden lief, dass seine Kleidung an so vielen Stellen aufgeschlitzt worden war, als sei ein krallenbewehrtes Ungeheuer über Sujad hergefallen. Doch bei näherer Betrachtung zeigte sich, dass die Risse im Stoff alles andere als willkürlich waren, sondern stets entlang der Nähte verliefen.

Der Wortführer der Männer, die bei der Leiche gewacht hatten, war ein alle um Haupteslänge überragender, stoisch dreinblickender, dürrer, ausgemergelter Dominikanerpater, der, kaum dass Dürer herangetreten war, einen Arm des Toten anhob und auf Lateinisch fragte: »Du erkennst ihn wieder?«

»Wie sollte ich, Pater, da ich sein Gesicht nicht sehe?« Dürer vermutete, dass es sich bei dem Fremden um jenen Simon Angelus handeln musste, von dem Arndt Beucker im Auftrag seines Onkels mit offenkundiger Scheu gesprochen hatte.

»Die kostbare Kleidung ... ist sie nicht ebenso unverwechselbar wie dieser Ring? Schau ihn dir ruhig genau an!«

Der Dominikaner hatte recht. Schon während ihrer ersten Begegnung bei Johann Schöner im nicht weit entfernten Kirchehrenbach war ihm das feine Muster aufgefallen, das Sujads Wams und Beinkleider verziert hatte. Dünne goldene und silberne Fäden bildeten auf den ersten Blick florale, rankenförmige Ornamente, in denen beim zweiten Hinsehen hebräische Zeichen und alchemistische Symbole zu erkennen waren. Jetzt quoll das Futter aus den Rissen hervor, und unter dem Dreck des aufgeweichten Bodens, auf dem der Tote gelegen hatte, waren große Teile der kostbaren Stickerei nicht mehr auszumachen. Mindestens genauso auffällig aber war der wuchtige goldene Ring, in dessen Mitte ein fünfeckiger dunkelroter Stein eingefasst war, der wiederum von kleinen grünen Splittern umrahmt wurde.

»Nun? Was sagst du dazu, Meister Ajitos?« Es klang spöttisch. Verblüfft sah Dürer den Pater an. Er musste sich genau über ihn erkundigt haben, sonst wüsste er nicht, dass sein Vater im ungarischen Ajitos zur Welt gekommen war. Als junger Mann hatte er sich in Nürnberg niedergelassen und war dort schließlich ein erfolgreicher und wohlhabender Goldschmied geworden. Da Ajitos im Ungarischen der Plural von »Tür« war, nannte sich Albrecht der Ältere in seiner neuen Heimat Dürer. »Oder bist du etwa ein Anhänger des Thomas, der seinen Finger in jede Wunde legen muss?« Der Dominikaner wartete die Antwort gar nicht ab, sondern befahl seinen Begleitern mit einem Kopfnicken, die Leiche auf den Rücken zu drehen.

Mit einem Schrei wich Albrecht zurück. Er spürte nicht mehr, wie der Regen weiter auf ihn einprasselte und sein volles Haar durchnässte. Unschlüssig drehte er in den Händen sein Barett, das er sich zuvor beim Nähertreten vom Kopf gezogen hatte.

»Also ist er es? Dein Freund, der sich Giacomo Sujad nannte und der bei Papst Julius II. ein so großes Interesse geweckt hat, dass der Heilige Vater mich über die Alpen schickte, um ihn zu suchen, ihn zu finden und ihn letztlich davon zu überzeugen, nach Rom zurückzukehren? Nach Rom, in den Schoß der heiligen Mutter Kirche …« Simon Angelus starrte Dürer aus dunkel umschatteten, tief liegenden Augen an. »Niemand bedauert es mehr als ich«, fuhr er fort, »dass ich den ausdrücklichen Wunsch seiner Heiligkeit, Giacomo vor seinen Thron zu bringen, nun leider nicht mehr erfüllen kann. Kannst du mir sagen, werter Meister, wer zu solch einer Tat fähig ist?«

»Ich? Ich weiß es nicht«, stammelte Dürer, fasste sich ein Herz und trat dann wieder unter das Dach. Nein, auch bei näherer Betrachtung waren keine Hinweise zu erkennen. Die Mörder, indem sie ihm hinterrücks aufgelauert, ihn überfallen und hingeschlachtet hatten, waren mehr als gründlich vorgegangen. Dutzende von Schlägen hatten sein Gesicht zerstört, kein Knochen war heil geblieben, von seiner freundlichen Miene und seinem intelligenten Blick war kaum mehr etwas übrig, das man noch erkennen konnte.

»Aber ... aber«, immer noch hatte Dürer Schwierigkeiten, seiner Aufregung Herr zu werden. Er konnte kaum einen vollständigen Satz formulieren.

Immer wieder wurden Regenschwaden von heftigen Windböen unter das Dach der zerstörten Kapelle getrieben.

»Was meinst du, Meister? Sprich!«

»Es können ... keine ...« Erneut brach er ab.

»Keine was?« In die abgemagerten Züge des Dominikaners schlich sich der Hauch eines Lächelns ein, das aber so schnell wieder verschwand, wie es aufgetaucht war. Indes war es kein freundliches, aufmunterndes Lächeln gewesen, sondern eher dessen Karikatur: der vorgebliche Versuch, Wärme auszustrahlen, wenn doch nur Kälte herrschte.

»Es können keine Räuber gewesen sein, Pater«, sagte Dürer jetzt mit fester Stimme.

»Da gebe ich dir recht«, erwiderte Angelus. »Kein Räuber würde einem reichen Opfer solch kostbare Kleider und einen so wertvollen Ring lassen.«

Der Dominikaner ging mit keinem Wort darauf ein, dass die Kleidung nur noch aus verdreckten Fetzen bestand. Dürers Blick glitt vom Altar und dem so grausam zugerichteten Toten zur Seite. In der einzigen windgeschützten Ecke der Ruine stapelten sich als ungeordneter Haufen Gepäckstücke, Kleider und andere Reiseutensilien, von denen er einige wiedererkannte. Sie hatten Giacomo gehört.

»Hat man ihn hier ...?« Ein Würgen schnürte ihm den Hals zu.

»Nein, wenige Schritte entfernt unter den Bäumen«, antwortete der Pater und deutete mit einer Kopfbewegung in die Richtung.

Die Mörder hatten also einen anderen Grund gehabt, Giacomo Sujad umzubringen. Es war offensichtlich, dass sie etwas gesucht, aber nicht gefunden hatten. Keine einzige von Giacomos Sachen war unberührt geblieben. Selbst seinen Leibbeutel hatten sie umgestülpt, um zu sehen, ob darin neben seinen Goldstücken noch andere Dinge verborgen waren. Die Münzen lagen noch immer achtlos auf dem Boden verstreut, als hätte sie jemand wie wertlosen Abfall fortgeworfen. In dem Haufen der Gegenstände konnte

Dürer auch die teilweise zerfledderten Kreditbriefe und Passier-scheine erkennen, die Sujad mit sich geführt hatte.

»Du kanntest ihn also, diesen bedauernswerten Mann?«, fragte Angelus.

»Ja, natürlich«, fast hätte er noch hinzugefügt, dass sie Freunde gewesen waren, verkniff sich aber diesen Zusatz.

»Woher?«

Musste er ihm antworten? Warum wollte der Pater das über-haupt wissen? Doch Dürer wollte sich nicht allzu aufmüpfig ge-ben. »Er ... er hat mich vor einigen Wochen in meiner Werkstatt in Nürnberg besucht.«

»Und warum?«

»Er bat mich, einen Auftrag für ihn zu erfüllen.«

Im Gesicht des Dominikaners zuckte es kurz auf, bevor er seine Mimik wieder unter Kontrolle hatte und Dürer mit kaltem, ab-schätzigem Blick musterte. »Und worin bestand dieser Auftrag? Sprich!«

»Er hat ein Porträt bestellt. Er wollte, dass ich ihn male, wenn er auf dem Rückweg wieder vorbeikäme, und begehrte zu wissen, was ihn die Arbeit kosten möge.«

Der Pater runzelte die Stirn, ließ sich aber ansonsten nicht anmer-ken, ob ihm die Antwort behagte. »Seid ihr euch einig geworden?«

»Oh ja. Bevor er weiterzog, hatte ich bereits ein paar Skizzen von ihm angefertigt, mit denen er ganz zufrieden war.«

»Ein paar Skizzen also«, wiederholte der Pater. »Ich vermute, dass du sie nicht mit dir führst, sondern in deiner Werkstatt aufbe-wahrst?«

»Bei diesem Wetter wäre es wirklich nicht ratsam ...«

»Gut, gut. Vielleicht werde ich dich in der nächsten Zeit in Nürnberg aufsuchen, um mir deine Arbeiten und besonders diese Skizzen anzusehen, Meister der Pforte.« Was hatte Simon Angelus nur mit seinem Namen? Warum betonte er so angelegentlich des-sen Bedeutung? Meister der Pforte. Türen waren Grenzen, die man überschreiten musste, um von innen nach außen oder umge-kehrt von einer Seite zur anderen zu gelangen. Aber so, wie der Pater es aussprach, hörte es sich an, als erwarte einen jenseits der Pforte etwas Schlimmes, das endgültig sein würde. Der Tod, die Hölle.

»Vielleicht können uns die Zeichnungen ja helfen«, fuhr Simon Angelus ungerührt fort, »die scheußliche Bluttat an diesem bedauernswerten Mann aufzuklären. Aber falls dir schon jetzt etwas auf der Seele liegt, das du in deiner Heimatstadt niemandem anzuvertrauen wagst, dann bin ich gerne bereit, dir zuzuhören – auch unter vier Augen. Vielleicht verspürst du das Bedürfnis zu beichten?« Als er einen Blick zur Seite warf, bemerkte Albrecht, dass einer der Bewaffneten nicht von der Seite des Paters wich. Der Mann fiel durch seine unruhigen Augen und die nervösen Bewegungen auf. Seine Waffen, den Helm und den Harnisch trug er nicht mit der Selbstverständlichkeit der übrigen Schergen.

Dürer schüttelte den Kopf.

»Ein Wort von dir, und ich schicke meine Männer fort, sodass wir gänzlich ungestört reden können.« Sofort trat Angelus' unruhiger Begleiter einige Schritte zurück, doch Albrecht winkte ab.

»Schade. Aber falls dich später das Bedürfnis überkommen sollte, dich zu erleichtern, bist du herzlich eingeladen, mich in Bamberg aufzusuchen. Ich habe im Stift meiner Ordensbrüder Quartier bezogen.«

Egal, von welcher Seite es Albrecht auch betrachtete, alles, was der Dominikaner sagte, klang eher wie eine Drohung als eine freundliche Einladung. Dürer mochte einfach nicht daran glauben, dass die Heilige Inquisition, deren Beauftragter Angelus nach Beheims Informationen war, tatsächlich daran interessiert war, den Mörder Sujads zu finden.

»Wir kümmern uns darum, dass der Leib dieser armen Seele in geweihter Erde bestattet wird«, sagte Angelus, nachdem Dürer nichts erwidert hatte. Dann wandte er sich grußlos ab und unterhielt sich flüsternd mit einem der Männer, die sich in seiner Begleitung befanden. Kaum hatten sie ihre Unterredung beendet, zog sich der Mann mit einem servilen Kopfnicken zurück und winkte einem Kameraden zu, ihm zu folgen. Wenig später ertönte das Getrappel von zwei Pferden, das sich rasch entfernte.

Unschlüssig stand Dürer halb im Trockenen, halb im Regen. »Wir sollten aufbrechen, Meister«, hörte er Arndt Beucker leise sagen. Dürer nickte. Einer der Männer der Nürnberger Stadtwache, die sich trotz des Unwetters geduldig im Hintergrund aufgehalten hatten, reichte ihm wie auf Befehl die Zügel seines Pferds. Als er einen Fuß in den Steigbügel schob, um sich in den Sattel zu schwingen, streifte sein Blick noch einmal die Ruine der Kapelle. Zwei der Männer hoben gerade die Leiche an, um sie in eine Decke zu wickeln, die schon ausgebreitet auf dem Boden lag. Bei der Bewegung verrutschte eines der aufgeschlitzten Hosenbeine des Toten und entblößte dessen Wade. Dürer stutzte. Erst als sein Pferd nervös wieherte, erinnerte er sich daran, was er gerade im Begriff war zu tun, und schwang sich in den Sattel. Jetzt hatte er tatsächlich genug gesehen.

**

Wenig später verabschiedete sich Albrecht von Arndt Beucker, der seinen Ritt nach Forchheim fortsetzte, und kehrte zusammen mit den Männern der Stadtwache nach Nürnberg zurück.

Es war bereits tief in der Nacht, als sie in der Stadt eintrafen. Wäre Albrecht allein unterwegs gewesen, hätte er der Torwache einen ordentlichen Batzen zahlen müssen, um zu dieser Unzeit noch eingelassen zu werden, so aber bewiesen seine Begleiter ihren Nutzen und bewirkten, dass ihnen auch ohne den obligatorischen Obolus geöffnet wurde.

Am nächsten Morgen betrat er ungeachtet der Tatsache, dass er kein Auge zugetan hatte, als Erster seine Werkstatt. Kaum hatte er den Fuß über die Türschwelle gesetzt, stieß er einen Schrei des Entsetzens aus, der nach einer Sekunde in seiner Kehle stecken blieb, sodass Albrecht einem Ertrinkenden glich, der panisch nach Luft rang. Jemand hatte in der vergangenen Nacht mit großem Geschick das rückwärtige Fenster geöffnet und sich durch die schmale Öffnung gezwängt. Im Schutz der Dunkelheit schien niemand etwas bemerkt zu haben.

Seine Bilder, Skizzen und Entwürfe lagen wild verstreut auf dem Boden. Hastig und mit Tränen in den Augen hob Albrecht die Blätter auf, ordnete sie schweigend, sah, wie der rüde Umgang mit ihnen hier zu Rissen und dort zu Knicken geführt hatte, und stellte anschließend fest, dass nur drei Zeichnungen fehlten: Es waren die ersten Entwürfe, die er für Giacomo Sujad angefertigt hatte. Er spürte, wie sein Herz heftig schlug und sein Puls bis in die Schläfen pochte. Die Truhen standen offen, alle Schlösser waren aufgebro-

chen worden, die Schubladen hatten die Diebe aus den Schrank-
kästen gerissen. Sorgfältiger als alles andere untersuchte er den ebenfalls aufgestemmten Deckel einer kleinen, unscheinbaren Truhe und
atmete schließlich erleichtert auf. Eines der dünnen Brettchen, die
auf der Innenseite den Truhendeckel auskleideten, ließ sich verschie-
ben. In dem kaum fingerbreiten Hohlraum darunter befanden sich
die Aufzeichnungen des Freundes. Das »*liber de rota veritatis*« war
den Einbrechern nicht in die Hände gefallen.

***

Und es geschah am ERSTEN Tag:

Das Treffen mit den Geschwistern Straubner sollte in Nürnberg
stattfinden. Als Ort war ein schmuckloser Zweckbau am Westtor-
graben vereinbart worden, gegenüber der alten Stadtbefestigung,
in der Nähe des Plärrers, in dessen oberstem Stockwerk sich die Büros der F&FM, Finance and Facility-Managment, Germany GmbH
befanden, in der einige der administrativen Fäden der Straubner-
Gruppe in Deutschland zusammenliefen.

Nero wartete schon etwa zehn Minuten allein in einem riesigen
Besprechungsraum, an dessen langen Tisch gut und gerne vierzig
Leute Platz gefunden hätten. An der Stirnwand waren Vorrichtungen angebracht, um eine Leinwand hinabzulassen. Auf dem vorderen Bereich des Tisches stand ein großes Tablett mit zwei silbern
schimmernden Thermoskannen, einem halben Dutzend Perrier-
Fläschchen, Gläsern, Tassen und Untertassen sowie einer Schale
mit kleinen Portionen von Kondensmilch, Süßstoff und Würfelzu-
cker. Dazu gab es einen Teller mit staubig anmutendem Gebäck,
neben dem ein Stromkabel verlief, das einen leise vor sich hin surrenden Beamer mit einer Steckdose verband. Alles in allem wirkte
der Raum trotz seiner Größe – und nicht zuletzt aufgrund seiner
schlichten Möblierung – bieder, um nicht zu sagen fast ein wenig
schäbig. Es erschien Nero vollkommen unangemessen, sich hier mit
den Vertretern einer Familie zu treffen, die mit ihren Firmen mehr
Geld in der Welt umsetzte, als der jährliche Staatshaushalt von
manchem Schwellenland betrug.

Angesichts der Bedeutung der Zusammenkunft hatte er sich für sein bestes Paar White Bucks, eine helle Segelhose mit marineblau abgesetzten Nähten und Taschenaufsätzen in der gleichen Farbe, ein für seine Verhältnisse dezentes T-Shirt mit einem Graffiti-Motiv des Münchener Sprayers WON sowie für ein leichtes hellgrünes Sommerjackett von Boss entschieden. Während er wartete, spürte er eine leise Enttäuschung in sich aufkeimen. Rein gar nichts hatte beim Betreten der Firmenräume darauf hingewiesen, dass es sich bei ihnen um die Niederlassung eines Weltkonzerns handelte. Im Gegenteil: Alles verströmte den leicht abgegriffenen Eindruck einer Behörde, der schon seit Jahren jede Investition in neue Einrichtungsgegenstände verwehrt worden war, oder eines mittelständischen Unternehmens, das sich in diesen Zeiten schlichtweg keinen besseren Auftritt leisten konnte.

Aus den großen Fenstern sah Nero auf den in Richtung Plärrer rollenden Verkehr hinab, und wenn er seinen Kopf hob und nach links schaute, erkannte er die vertrauten Umrisse der Nürnberger Burg, die sich vor dem strahlend blauen Himmel abzeichneten. Wenigstens das.

Ein Gedanke durchzuckte ihn. Er erschrak. Hatte er sich vielleicht in der Adresse geirrt? Hatte die ältere Dame am Empfang vielleicht, um das Unglück perfekt zu machen, seinen Namen falsch verstanden und ihn mit jemandem verwechselt? Mit jemandem, der eigentlich etwas später von jemandem ganz anderen erwartet wurde? Mit einem Vertreter, den der Leiter der Einkaufsabteilung im Grunde gar nicht sehen wollte? Das wäre eine typische Verkettung unglücklicher, ja beinahe grotesker Umstände, die Nero bereits aus früheren Phasen seines Lebens kannte. Damals war es ihm mitunter richtig dreckig gegangen, und er hatte sich von Pech und Erfolglosigkeit verfolgt gefühlt wie einst Orest von den Erinnyen.

In diesem Moment öffnete sich die Tür, und er wurde von seinen Zweifeln erlöst. Mit schnellen Schritten kam ihm leibhaftig jener Mann entgegen, dessen Antlitz regelmäßig die Titelblätter wichtiger Wirtschaftsmagazine zierte – und zwar in aller Welt. Es war Gisbert Straubner, dicht gefolgt von seiner Schwester Ingrid und dem jüngeren Bruder Hilmar.

Während Gisbert Straubner schon rein äußerlich den Firmenpatriarchen gab, wirkte seine Schwester auf den ersten Blick ganz anders, als Nero es aufgrund der Bilder in der Klatschpresse und den People-Magazinen erwartet hatte, die in schöner Regelmäßigkeit über sie zu berichten pflegten. Dann begriff er auch, warum ihn ihre unmittelbare Erscheinung so überraschte. Im Gegensatz zu der Haute Couture, die sie bei ihren öffentlichen, von der Yellow Press dokumentierten Auftritten präsentierte, trug sie jetzt einen schlichten grauen Business-Anzug und war zudem kaum geschminkt.

Hilmar Straubner war einen Kopf kleiner als sein älterer Bruder und uneitel genug, zu der Halbglatze zu stehen, die ihn schon als jungen Mann hatten aussehen lassen wie den Beamten hinter dem Schreibtisch jener städtischen Behörde, die für die Entrichtung der Hundesteuer zuständig war. Stets korrekt, aber unauffällig gekleidet war er derjenige des Straubner-Trios, der es problemlos wagen konnte, in allen Großstädten dieser Welt durch die Fußgängerzonen oder über die Märkte zu spazieren, und dabei nicht erkannt wurde.

Ein Ding der Unmöglichkeit für seine Schwester und in gewisser Hinsicht auch für Gisbert Straubner, der eindeutig die markantere Persönlichkeit der beiden Brüder zu sein schien. Groß, in gewisser Hinsicht beinahe schon wuchtig, ohne allerdings dick zu wirken, besaß er ein kantiges Gesicht, in dem buschige weiße Augenbrauen dominierten, die den forschenden Blick aus seinen blaugrauen Augen betonten. Er war mit Abstand der Älteste der Geschwister. Einzig sein volles graues, immer makellos frisiertes und leicht welliges Haar verlieh ihm eine eher weiche Note und minderte die harten Züge seines viereckigen Kinns, das er gelegentlich trotzig nach vorne schob, um Durchsetzungskraft und Willensstärke zu demonstrieren. Die Fotografen – und nicht zuletzt die Karikaturisten – liebten sein Profil, da aus ihm nicht nur Energie und Tatkraft sprach, sondern es auch unverwechselbar war. Wie wichtig die an rein äußerlichen Dingen festgemachten Eigenschaften waren, zeigte sich an den regelmäßig kolportierten Gerüchten, in dieser oder jener Regierung sei ihm ein Ministerposten angetragen worden. Das mochte vielleicht sogar noch stimmen, in Erwägung gezogen hatte er ein solches Amt jedoch bisher nie, sodass die Tuscheleien von der Pressestelle des Konzerns mit schöner Regelmäßigkeit dementiert wurden.

Später begriff Nero, dass die drei Geschwister ihre jeweiligen öffentlichen Rollen sorgfältig aufeinander abgestimmt hatten und dass diese Einteilung nichts mit ihren tatsächlichen Tätigkeiten zu tun hatte. Während Gisbert Straubner nach außen hin die internationalen Geschäfte wie ein *elder statesman* führte und in dieser ihm zugeschriebenen Funktion immer wieder zu weltbewegenden ökonomischen Fragen Stellung nahm, bediente Ingrid, die Jüngste der Straubner-Geschwister, das Bedürfnis der Menschen nach Klatsch und Tratsch und lenkte so des Öfteren geschickt von den eigentlichen Geschäften des Konzerns ab. Gedeckt von dieser in der Öffentlichkeit präsenten Doppelspitze konnte Hilmar, der Mittlere, unbeobachtet schalten und walten.

Direkt neben ihm betrat den Raum noch eine dunkelhaarige Schönheit, von der Nero zuerst glaubte, es handele sich um eine Sekretärin, bis sie ihm als die Kunsthistorikerin Astrid Arantaña vorgestellt wurde.

Auf einmal kam ihm das Ambiente längst nicht mehr so provinziell vor wie noch vor einigen Minuten, als er noch allein gewartet hatte. Wie doch der Glanz aus der Kombination berühmter und schöner Menschen selbst auf die schäbigste Umgebung abfärbte!

Nach einer kurzen Begrüßung setzten sie sich an jenes Ende des Besprechungstisches, wo Kaffee und Beamer bereitstanden. Astrid Arantaña versorgte jeden von ihnen mit Getränken und stöpselte dann den Laptop, den sie mitgebracht hatte, an den Projektor.

»Sie müssen entschuldigen, Herr Kaiser«, sagte Gisbert Straubner. »Der Termin kam etwas überstürzt zustande. Da Sie bereits im Vorfeld so freundlich waren, unsere Stillschweigen-Vereinbarung zu unterzeichnen, dachten wir, es wäre unnötig, um diese erste Begegnung viel Aufheben zu machen.« Mit einer flüchtigen Geste wies er auf die Räumlichkeit.

»Wenn ein Privatdetektiv sich auch nur auf eins verstehen sollte, dann ist es Diskretion«, sagte Nero, der nach einem Schluck von dem schwarzen ungesüßten Kaffee bereits bedauerte, kein Wasser genommen zu haben.

»Ah, ja …?«, räusperte sich Ingrid Straubner skeptisch, wobei sie einen vielsagenden Blick Nero zuwarf, der für sich in diesem Moment beschloss, die versteckte Anspielung auf seine Neigung zu einem wenig dezenten Äußeren zu ignorieren.

»Zudem ist es nicht nur diskreter, sich hier zu treffen, sondern auch kostengünstiger«, warf Hilmar mit spitzen Lippen ein. »Warum also eine teure Suite in einem Hotel anmieten, wenn wir hier in Nürnberg über eigene Büros verfügen.«

Oha, dachte Nero. Hilmar, die Kostenbremse.

»Was mein Bruder damit ausdrücken will, ist, dass wir drei uns darüber einig waren, zumindest unser erstes Treffen hier in Nürnberg stattfinden zu lassen«, ergänzte Gisbert Straubner mit seiner sonoren Stimme. »Vielleicht ist Ihnen ja bekannt, dass ich mich hauptsächlich in der Schweiz aufhalte, während mein Bruder sich die größte Zeit des Jahres um unsere Geschäfte in Asien kümmert?«

Nein, das war Nero nicht bekannt. Trotzdem nickte er brav, als gehöre er längst zu der großen Straubner-Familie, als die sich der Konzern offenbar empfand.

»Die Einzige von uns, die häufig hier in Franken zu tun hat, ist unsere Schwester«, fuhr Gisbert Straubner fort. »Ihr Bamberger Büro wäre auch Ihre erste Anlaufstelle, wenn es erforderlich sein sollte, persönlich mit uns Kontakt aufzunehmen. Neben Frau Arantaña natürlich, die von uns mit der Federführung in diesem Projekt beauftragt wurde und mit der wir bereits in der Vergangenheit bei ähnlichen Fällen erfolgreich zusammengearbeitet haben. Sie genießt unser vollstes Vertrauen.« Freundlich lächelnd nickte er in ihre Richtung.

Die Angesprochene hatte sich jetzt eine streng und etwas abweisend wirkende Brille mit einem dicken schwarzen Gestell aufgesetzt und erwiderte das Lächeln mit einem schüchternen Augenaufschlag. Obwohl die kleine Geste nicht ihm, sondern Gisbert Straubner galt, löste sie bei Nero dennoch einen wohlig-warmen Schauer aus, der ihm mit einer Intensität über den Rücken lief, als bearbeite Astrid Arantaña ihn höchstpersönlich mit ihren zarten, sinnlichen Händen. Für den Bruchteil einer Sekunde vermischten sich Wunsch und Wirklichkeit, Realität und Einbildung.

Nero wollte sich schon innerlich ermahnen, keinesfalls die Zügel seiner überbordenden Fantasie locker zu lassen, doch darüber hätte er sich keine Sorgen machen müssen, denn Ingrid Straubner holte ihn jäh wieder auf den Boden der Tatsachen zurück. Ihr älterer Bruder schien gerade mit seinen Erklärungen fortfahren zu wollen, als sie sachte die Hand hob.

»Bevor wir in *medias res* gehen, Gisbert. Ich bin es gewohnt, die Dinge offen auszusprechen, Herr Kaiser, deshalb möchte ich Ihnen sagen, dass Sie meiner Meinung nach nicht gerade den Eindruck erwecken, den man von einer Person Ihrer Branche in puncto Unauffälligkeit erwartet.«

Aha, jetzt war es also raus. Interessant, mit welch kleinen Gesten sie es schafft, die Kontrolle an sich zu reißen, staunte Nero, und wie geschickt sie bereits im Vorfeld der Verhandlung Zweifel an meiner Professionalität sät. Nun denn, mit solchen Einwänden musste er rechnen, und er kannte sie ja von früheren Auftraggebern auch zur Genüge.

»Gehe ich recht in der Annahme, dass Sie meine äußere Erscheinung irritiert?«, fragte er steif, während er sie mit einem Ausdruck zwischen Erstaunen und Neugier anschaute.

»Äh, ja, in der Tat.«

»Ich danke Ihnen für Ihre offene Antwort. Jetzt könnte ich natürlich den beleidigten Max spielen, aufstehen, sagen, es hätte mich gefreut, und dann gehen, aber so eine Reaktion wäre übertrieben und der Situation unangemessen. Und das, obwohl ich mich zur Zeit in der glücklichen Lage befinde, genug Arbeit zu haben und ordentliches Geld zu verdienen.«

Die Höflichkeit, so dachte Nero, gebietet es jetzt, dass sie den Ball zurückspielt und mir ebenfalls für die offenen Worte dankt. Doch nichts geschah. Alle Anwesenden sahen ihn stumm und aufmerksam an und schienen darauf zu warten, was er noch vorzubringen hatte.

»Sehen Sie«, fuhr er schließlich schulterzuckend fort, »auch Sie sind ja nicht aus heiterem Himmel auf mich zugekommen. Sie haben bestimmt nicht in den Gelben Seiten unter der Rubrik ›Detekteien‹ nachgesehen und zufällig meine Telefonnummer gefunden. Im Gegenteil: Ich bin Ihnen empfohlen worden. Ich weiß nicht von wem, und das ist auch egal. Wichtig aber ist, dass jeder meiner bisherigen Kunden mit meiner Arbeit zufrieden war.« Wobei es sich nicht empfiehlt, diesen Punkt allzu sehr zu vertiefen, fügte er noch in Gedanken hinzu. Schließlich sind Schießereien und Gewaltexzesse, die meine Klienten und ich nur knapp überstanden haben, nicht gerade das, was man unter einer positiven Referenz versteht. Ich bin ja kein Söldner.

»Ich gebe zu, dass es mir Spaß macht, mich etwas ausgefallener zu kleiden, als dies die Mehrheit der Menschen hierzulande tut, und dass diese Vorliebe nicht unbedingt mit dem Klischee eines Privatdetektivs harmoniert.« Dabei hatte er sich mit seinem heutigen Outfit extra zurückgehalten! »Aber«, er nahm die Kaffeetasse und trank einen kleinen Schluck, »ich versichere Ihnen eins: Ich kann mich unauffälliger als die meisten meiner Kollegen und mit Sicherheit unauffälliger als Sie durch die Welt bewegen und meine Arbeit tun.« Während der letzten Worte hatte er nacheinander alle drei Straubners fixiert.

»Ich will Ihnen ein kleines Geheimnis verraten, Frau Straubner.« Erst jetzt löste Nero seine Augen von ihrem Bruder und wandte sich ihr zu. »Natürlich falle ich auf. Zudem bin ich von einer Körpergröße, die es einem nicht einfach macht, sich zu verstecken. Aber das, was die Leute von mir in Erinnerung behalten, ist weder mein Gesicht noch meine Augen- oder Haarfarbe, sondern das sind meine Hemden, Jacken, Hosen, mitunter sogar meine Sonnenbrille oder meine Schuhe.«

Er drehte den Freischwinger, auf dem er saß, ein Stück zur Seite und hob in einer provozierenden Geste ein Bein so weit über die Tischplatte, dass jeder der Anwesenden die edel verarbeiteten White Bucks sehen konnte – und dass er es angesichts des warmen Tages nicht für nötig befunden hatte, Socken anzuziehen.

»Muss ich Ihnen denn wirklich den Inhalt meines Kleiderschranks zeigen, um Ihnen zu beweisen, dass ich auch noch sogenannte normale und absolut unauffällige Klamotten besitze, die ich, wenn es die Situation erfordert, sogar trage? Arbeitskleidung sozusagen?«

»Ich glaube, die Frage meiner Schwester war rein rhetorisch gemeint«, beschwichtigte Hilmar. »Wir sollten jetzt lieber umgehend zur Sache kommen!« Der blitzschnell abgeschossene virtuelle Giftpfeil, den Ingrid mit einer kurzen Verfinsterung ihres Blicks ihrem Bruder zuwarf, prallte an ihm ab, ohne dass er ihn sonderlich zu beachten schien. Nero seinerseits ließ sich nicht anmerken, dass er die unterschwellige Spannung zwischen den Geschwistern bemerkt hatte.

»Sie haben mich voll und ganz überzeugt«, sagte Ingrid, und das beinahe liebevolle Lächeln, das sich plötzlich auf ihrem sommersprossigen Gesicht ausbreitete, strafte die nur einen Augenblick zuvor zum Ausdruck gebrachte Stimmung Lügen. »Du hast natürlich vollkommen recht, Hilmar. Niemand von uns will seine Zeit vertrödeln. Also, Herr Kaiser, wie Gisbert bereits andeutete, wollen wir Ihnen eine ziemlich delikate Aufgabe übertragen, die ein hohes Maß an Diskretion verlangt – und zwar in allen Bereichen!«

»Wie Sie wissen«, ergriff Gisbert wieder das Wort, »gehört unsere private Kunstsammlung jetzt schon zu den bedeutendsten in Deutschland, man kann sogar ohne Übertreibung sagen, wahrscheinlich zu den bedeutendsten in ganz Europa. Das Lebensziel unserer Familie, namentlich von unserer Generation, besteht nicht nur in dem Erhalten und Ausbauen eines gesunden und überall anerkannten Wirtschaftsunternehmens, in dessen Tochterunternehmen Zigtausende von Menschen Arbeit und Lohn finden, mit dem sie das Leben ihrer Familien absichern, sondern darüber hinaus auch darin, der Welt ein bedeutendes kulturelles Erbe zu hinterlassen. Eines Tages wird es irgendwo in Europa, möglicherweise in Deutschland, vielleicht sogar in der fränkischen Region, ein Straubner-Museum geben, das aufgrund seiner ausgestellten Werke über internationale Strahlkraft verfügt.«

Mit Kunst hatte Nero nun wirklich nicht gerechnet. War das jetzt nur eine Marginalie, die mit seinem Auftrag nichts zu tun hatte? Wohl eher nicht. Einerseits neigte der Älteste des Straubner-Clans, wie bereits mehrmals deutlich geworden war, zu weitschweifigen Ausführungen und hörte sich am liebsten selbst reden, andererseits hätte Hilmar, der Ungeduldigste von ihnen, ihn mit Sicherheit sofort unterbrochen, sollte das Gesagte nichts mit ihrem Anliegen zu tun haben.

»Ähm, damit wir uns nicht missverstehen«, wollte Nero sich absichern, »ich bin nicht gerade das, was man unter einem Fachmann für bildende Kunst versteht. Zwar traue ich mir zu, einen Picasso von einem Dali zu unterscheiden, aber viel weiter reichen meine Kenntnisse nicht.«

»Seien Sie beruhigt. Darum geht es uns auch nicht. Für alles, was mit kunsthistorischen Fragen zusammenhängt, ist unsere Expertin zuständig«, beschwichtigte Hilmar Straubner.

»Das, was wir uns von Ihnen erwarten, ist eine diskrete Überprüfung einer bestimmten Person und ihres Umfelds. Bitte Astrid,

Sie haben doch eine kurze Einführung vorbereitet«, ergänzte sein Bruder.

Die, wie Nero wenig später erfahren sollte, aus Peru stammende Kunsthistorikerin, klappte auf das Zeichen hin ihr Notebook auf. Gleichzeitig ging der Beamer an und übertrug das, was auf dem Monitor zu sehen war, auf die Leinwand. Als sie eine Datei öffnete, erwartete Nero, jetzt ein Foto der fraglichen Person zu sehen, doch stattdessen erschien eine hochformatige schwarz-weiße Zeichnung, die eine weibliche Figur zeigte, die den Blick des Betrachters stolz erwiderte. Auf ihrer üppig und sanft über die Schultern herabwallenden Haarpracht saß eine Krone, in der rechten Hand hielt sie ein langes Schwert, dessen Spitze senkrecht nach oben wies. Die filigranen Finger schienen viel zu zart und zu schwach für die schwere Waffe zu sein, trotzdem hielt sie das Schwert mit einer Eleganz und Leichtigkeit, als verfüge sie über die Fähigkeit, noch wesentlich gewichtigere Dinge schweben zu lassen. Ihr nur mit wenigen Strichen angedeuteter Gesichtsausdruck machte gleichzeitig unmissverständlich klar, dass sie zudem in der Lage war, das Schwert mit aller Entschlossenheit gegen jeden Feind zu führen, der es wagen sollte, gegen sie aufzubegehren.

Dies alles erfuhr Nero in nahezu akzentfreiem Deutsch von Astrid Arantaña. Ihre südamerikanische Herkunft war ihr nicht anzuhören. Aus ihrem nüchtern-sachlichen Tonfall schloss Nero, dass sie Vorträge dieser Art schon des Öfteren gehalten hatte und es gewohnt war, ein je nach Publikum und Thema mehr oder weniger anspruchsvolles Repertoire abzuspulen.

»Achten Sie in diesem Zusammenhang auch auf ihre linke Hand, die ganz lässig und wie nebenbei den bodenlangen Umhang, der um ihre Schultern liegt, ein Stück weit rafft. Fällt Ihnen an dieser Geste etwas auf?«

Oh, Gott! Gymnasium, Kunstunterricht, Bildbetrachtung. Was will uns der Maler mit den beiden Kreisen vor dem Dreieck sagen?, überlegte Nero. Er schüttelte denselben mit einem säuerlich-verlegenen Grinsen und wünschte sich insgeheim, dass Ernst hier an seiner Stelle säße. Der würde mit Sicherheit eine hyperschlaue Bemerkung zu Komposition und Linienführung aus dem Ärmel schütteln.

Doch dann bemerkte Nero doch noch etwas. »Hm, es sieht so

aus, als schütze sie ihren ... äh, ihren Schoß«, sagte er mit einem unverschämten Grinsen.

»Ha?«, erwiderte die Kunsthistorikerin, und zum ersten Mal hatte Nero den Eindruck, sie ein wenig aus der Fassung gebracht zu haben. Aber das Lächeln, das Astrid Arantañas Lippen während eines Lidschlags umspielte, verflog so rasch, wie es erschienen war. »Das erscheint mir ziemlich unwahrscheinlich. Ich denke, um für ihren Schutz zu garantieren, wäre das Schwert in der anderen Hand sehr viel besser geeignet. Nein, Albrecht Dürer hat sie aus ganz anderen Gründen genau so dargestellt.«

Dürer! Jetzt begriff Nero auch, warum die Straubners auf Nürnberg als Treffpunkt bestanden hatten.

»Die Frau tritt fast aus der Zeichnung heraus«, fuhr Astrid Arantaña fort. »Gemessenen Schrittes bewegt sie sich direkt auf den Betrachter zu. Fällt Ihnen noch etwas auf?«

Legte sie es wirklich darauf an, Nero hier vor der geballten Präsenz des geldschweren Straubner-Trios in die Mangel zu nehmen? Aber warum nur?

»Wollen Sie auf die beiden kleinen Engelchen neben ihr hinaus?«, beschloss er, das Spiel mitzuspielen.

»Putzig, nicht wahr? Tja, über die beiden Putti könnte man tatsächlich das eine oder andere sagen, aber ich muss Sie leider enttäuschen. Nein, die meine ich nicht!« Sie nickte ihm mit unbewegter Miene noch einmal auffordernd zu.

»Was ich nicht verstehe: Warum sollte ich mir jetzt darüber den Kopf zerbrechen?«, erwiderte Nero schulterzuckend. »Sie sind doch die Expertin. Weihen Sie mich doch endlich in die kunstgeschichtlichen Geheimnisse ein, wenn es für meinen Auftrag so wichtig ist!«

Astrid Arantaña ließ sich nicht aus der Ruhe bringen. »Verborgene Details zu erkennen, könnte auch für Sie in Ihrem Arbeitsbereich hilfreich sein, ganz prinzipiell«, sagte sie mit sanfter Stimme. »Vor allem, wenn es sich, wie in diesem Fall, um gar nicht wirklich versteckte, sondern um im Grunde ganz offensichtliche Details handelt. Das erst einmal zum einen. Zum anderen bilden diese und weitere Zeichnungen, die Dürer zugeschrieben werden, den Background des Auftrags. Sie werden sich wohl oder übel etwas intensiver damit auseinandersetzen müssen, Herr Kaiser.«

Der eine sagt, um die Kunst brauche ich mich nicht zu kümmern, die andere behauptet keine Minute später das Gegenteil … Also, was denn nun? Nero behielt die Gedanken für sich. »Dann helfen Sie doch bitte«, sagte er stattdessen, »einem in Kunstdingen ungebildeten Verstand auf die Sprünge.« Mit einem spöttischen Grinsen fügte er noch hinzu: »Wenn's denn der Wahrheitsfindung dienlich ist.«

»Obwohl die von Dürer zu Papier gebrachte Dame«, fuhr die Kunsthistorikerin nun tatsächlich ungerührt fort, »reich und kostbar gekleidet und ihr Haupt gekrönt ist, trägt sie keine Schuhe. Sie ist barfuß.«

Tatsächlich, das war ihm entgangen. Von ihrem Fuß war zwar nicht viel zu sehen, aber an der Darstellung der Zehen konnte man deutlich erkennen, dass die Frau gerade im Begriff war, ohne Schuhe einen Schritt nach vorne zu tun.

»Gut beobachtet«, knurrte Nero widerwillig.

»Das ist bloßes Handwerk, Erstsemesterstoff«, sagte sie abwertend. »Aber dennoch interessant, denn dieses kleine Detail wirft zwangsläufig die Frage auf, warum die Dame unbeschuht ist.«

»Ich vermute mal, dass es dafür ganz unterschiedliche Erklärungen gibt«, sagte Nero mit übertriebener Ernsthaftigkeit. »Wahrscheinlich ruhen in den Tiefen deutscher Universitätsbibliotheken ganze Regalmeter voller Dissertationen und Magisterarbeiten, die sich mit dieser Frage bereits auseinandergesetzt haben.«

»Da muss ich Sie leider enttäuschen«, erwiderte Astrid. »Diese Dame hier symbolisiert die Rhetorik, aber das ist nur eine vordergründige Zuschreibung. Genauso wie die spätere Bezeichnung *»L'imperatrice«* auch nur eine vordergründige Zuschreibung ist, hinter der die eigentlichen Bedeutungen verborgen sind. Es handelt sich hierbei um die Herrscherin, die sich schließlich auch bei anderen Tarot-Karten durchsetzte.«

»Äh, Tarot?«, fragte Nero verblüfft. Das war doch irgend so ein Esoterikkram, mit dem sich überspannte Gurus und Möchtegern-Wahrsagerinnen abgaben, oder etwa nicht? Was, bitte sehr, hatte Nürnbergs Aushängeschild und Vorzeigekünstler Nummer eins, der Mann, der die berühmten »Betenden Hände« und das possierliche Häschen geschaffen hatte, mit diesem okkulten Zeug zu tun? Andererseits: Warum sollte sich Dürer nicht auch mit etwas beschäftigt haben, das heutzutage von Menschen vereinnahmt wird, deren Weltbild vom Hang nach Übersinnlichem und Spirituellem geprägt wird?

Wie bei einem Steinschlag purzelten weitere Bilder durch Neros Gedanken. Dürer, das war doch dieser lockige Schönling, der von seiner alten Mutter ein wenig schmeichelhaftes Porträt der Nachwelt hinterlassen hatte. Hässlich wie die Nacht. Für diese Frau konnte man nur Mitleid empfinden. Ritter, Tod und Teufel, Apokalypse, dreimal schwarzer Kater … Ihm begann, der Kopf zu schwirren.

»Tarot«, bestätigte Astrid Arantaña. »Kennen Sie sich damit aus?«

»Ich weiß nur, dass es so etwas gibt. Wahrscheinlich habe ich in meinem Leben schon einmal Tarot-Karten gesehen, ohne dass ich mich jetzt genau daran erinnern kann. So wie jemand, der seinen Lebtag lang nur gepokert hat, möglicherweise auch schon mal Karten aus einem Auto-Quartett zu Gesicht bekommen hat.« Der Vergleich hinkte etwas, aber das störte Nero nicht.

»Das hier ist eine von drei Tarot-Karten Dürers, die sich heute im Besitz vom British Museum in London befinden. Nur ein Entwurf, so wie die zwei anderen Zeichnungen.«

»Und das Museum ist aufgrund der Finanzkrise in Geldnot und will die Blätter verkaufen?«, spekulierte Nero ins Blaue hinein.

»Nein«, lachte Gisbert laut auf, »das wäre viel zu einfach.«

»Dann bräuchten wir Sie auch nicht«, sagte Ingrid.

»Normalerweise besteht ein Tarot-Deck aus insgesamt achtundsiebzig Karten.« Astrid Arantaña wollte anscheinend ganz von vorne beginnen.

»Verstehe«, winkte Nero ab, »dann gibt es also noch mehr Zeichnungen von Dürers Hand.«

»So simpel ist das nicht«, widersprach Astrid. »Vermutet hat man zwar schon immer, dass Dürer neben diesen drei Zeichnungen noch weitere Entwürfe für ein Tarot-Set angefertigt hat, aber gefunden hat man sie bisher nicht. Sie gelten seit Langem als verschollen. Es gibt jedoch Hinweise darauf, dass er sich ohnehin nur mit dem Großen Arcanum beschäftigt hat.«

»Dem großen Ar… Wie bitte?«

»Arcanum. Geheimnis«, warf Ingrid Straubner leicht gereizt ein.

»Das Tarot-Deck, wie wir es heute kennen, besteht aus zwei Teilen: dem Großen und dem Kleinen Arcanum«, fuhr Astrid Arantaña fort. »Das Große umfasst zweiundzwanzig, das Kleine hingegen sechsundfünfzig Karten.«

Eine Handvoll Karten für das große Geheimnis und mehr als doppelt so viele für das kleine?, rätselte Nero über die seltsame Logik, mit der er es hier auf einmal zu tun bekam.

»Das Kleine Arcanum, manche sprechen auch im Plural von Arcana, weil ja nicht nur ein Geheimnis in diesen Karten verborgen liegt, sondern mehrere, das Kleine Arcanum also ist ganz ähnlich wie viele andere Kartenspiele aufgebaut. Anstelle von Pik, Herz, Kreuz und Karo gibt es hier jedoch Münzen, Kelche, Stäbe und Schwerter. Alle sind in Werten von eins bis zehn vertreten.«

Interessant! Aus einem kleinen Geheimnis werden derer viele.

»Dazu kommen noch die Hofkarten der einzelnen Farben: Knappe, Ritter, Königin und König.«

»Wahrscheinlich steckt das große Geheimnis dann sozusagen im Joker«, vermutete Nero, ohne seinen eigenen Einwurf sonderlich ernst zu meinen. Doch ganz unerwartet schenkte ihm Astrid Arantaña ein freundliches Lächeln, das ihn bis in sein Inneres erwärmte.

»Ganz recht. Beim heutigen Tarot gibt es zweiundzwanzig Trumpfkarten, die ebenfalls durchgezählt werden. Jedoch von null bis einundzwanzig.«

»Null bis einundzwanzig«, echote Nero.

»Genau. Sie sehen, das große Geheimnis macht auch vor der Nummerierung der Karten nicht halt«, sagte Astrid.

»Und die hier«, er wies auf die blasse Beamer-Projektion der schwerttragenden Rhetorik, »welche Nummer verkörpert sie?«

»Weil Dürer die Zeichnung nicht mit einer römischen Ziffer versehen hat, streiten sich die Gelehrten. Aber ich will davon absehen, Sie mit Einzelheiten und unterschiedlichen Lehrmeinungen zu behelligen. Wir hier«, sie wies auf das Straubner-Trio und schloss sich mit ein, »haben gute Gründe anzunehmen, dass es sich um die Nummer III handelt, dahinter verbirgt sich die Herrscherin im Großen Arcanum.«

»Und das Schwert?«, sagte Nero, dem es auf einmal Spaß machte, sich spitzfindig zu geben. »Sie sagten doch gerade, dass es auch kleine Geheimnisse wie Schwerter, Münzen, Kelche und so weiter gibt – oder hab ich mich da verhört? Könnte es sich dann hierbei nicht auch um eine Hofkarte des Kleinen Arcanums handeln?«

Die Kunsthistorikerin brachte das Kunststück fertig, gleichzeitig die Stirn zu runzeln und strahlend zu lächeln. »Hervorragend«, sagte sie. »Ich sehe schon, Sie finden sich schneller als erwartet in die Thematik ein. Sie haben ganz recht, tatsächlich ist es eine der gängigen Interpretationen, dass Dürer hier die Königin der Schwerter gezeichnet hat. Uns hingegen liegen Informationen vor, die gegen eine solche Deutung sprechen.«

»Gut, gut«, winkte Nero ab. »Es handelt sich also um die Nummer römisch drei. Wissen wir, wer die Null ist?«

Das Bild auf der Leinwand wechselte. Statt einer schwarz-weißen Zeichnung sah Nero nun die unnummerierte, zart kolorierte Darstellung eines Wanderers mit einem Stab und einem über die Schulter geworfenen Beutel, dem ein Hund in den Hintern biss. Die holzschnittartige, mittelalterlich wirkende Figur schien von der Attacke nicht sonderlich beeindruckt zu sein, und sie stammte, das erkannte sogar Nero auf Anhieb – da viel einfacher gezeichnet –, jedenfalls nicht von Dürer.

»Das Tarot de Marseille vom Ende des 15. Jahrhunderts«, kommentierte Astrid Arantaña und ließ neben dieser Karte ein weiteres Bild erscheinen, das etwas moderner wirkte und eine Null trug.

»Das Deck aus dem Jahr 1910 von Rider Waite«, erläuterte Ingrid Straubner.

Auf dieser Darstellung schien der Hund zwar zu bellen, sich aber ansonsten zurückzuhalten, während der Blick des Wanderers, wie Nero jetzt auffiel, auf beiden Karten in den Himmel gerichtet war.

»Hanns Guck-in-die-Luft«, kommentierte er.

»So kann man das auch ausdrücken«, erwiderte Astrid. »Die Null, das ist der Narr.« Damit blendete sie die komplette Karte ein, die mit »The Fool« untertitelt war.

»Der Kerl stiefelt ja direkt in den Abgrund!«, sagte Nero. »*The Fool on the Hill …*«

Niemand der Straubners grinste, nur Astrid Arantaña nickte bestätigend.

»Bezieht sich der Beatles-Song eigentlich tatsächlich auf diese Karte?«

»Wir beschäftigen uns hier nicht mit den popkulturellen Auswüchsen des Tarots«, warf Ingrid Straubner ein.

Schade, dachte Nero, das wäre immerhin interessant!, hielt aber seine Klappe.

»Ich denke, Frau Arantaña wird in der nächsten Zeit sicher noch die eine oder andere Minute finden, Sie noch weiter mit der Thematik vertraut zu machen«, sagte Hilmar. Obwohl er unbewegt und ruhig dasaß, sprach aus jedem seiner Worte eine verborgene Unruhe; eine Ungeduld, die auch der Kunstexpertin nicht entging. Sie bewegte die an den Laptop angeschlossene Maus, die Bilder verschwanden, und stattdessen war wieder die Dürer-Zeichnung zu sehen. Kurz darauf erschien direkt daneben eine weitere, die der ersten sehr ähnlich sah, dann blendete sie in kleinerem Format weitere Beispiele der Herrscherin aus anderen Tarot-Spielen ein.

»Ein zweiter Entwurf Dürers des gleichen Motivs«, sagte sie knapp. Ein Laserpointer tanzte über die große Zeichnung. »Und eine echte Sensation«, sie holte tief Luft, »falls sich herausstellen sollte, dass die Zeichnung echt ist.«

»Die Engelchen fehlen«, bemerkte Nero ironisch, aber allmählich dämmerte ihm, was das Straubner-Trio tatsächlich von ihm wollte.

»Stattdessen besitzt die Dame jetzt Flügel, und an ihrer Seite steht ein Schild mit einem Wappen«, ergänzte Astrid Arantaña. »Sie ist mit der Figur der Herrscherin aus anderen Tarot-Sets vergleichbar, etwa dem Marseille-Deck, unterscheidet sich aber hauptsächlich durch das Schwert, auf das Dürer, wenn er denn der Schöpfer ist, auch in diesem Entwurf nicht verzichtet hat.«

»Eigentlich wird das Schwert ja auch eher mit einem König in Verbindung gebracht«, warf Nero ein. »Das Zepter, das die Dame in den anderen Darstellungen trägt, erscheint mir passender.«

»Dabei dürfte es sich um die Anpassung an eine Konvention handeln«, sagte Astrid Arantaña. »Diese Figur hier braucht kein Zepter, sondern tatsächlich ein Schwert. Schauen Sie mal genau hin!«

Verwirrt kam Nero der Aufforderung nach. »Das Gesicht wirkt irgendwie anders«, sagte er nach kurzer Überlegung.

»Stimmt. Und nicht nur das Gesicht, sondern die ganze Figur.«

»Klar, durch die Flügel und das strenger dreinblickende Gesicht. Es liegt nicht mehr viel Weibliches in den Zügen der Herrscherin.« Zudem war ihm aufgefallen, dass der Künstler im zweiten Entwurf die schon zuvor nur zarte Andeutung des Busens etwas zurückgenommen hatte, doch auf dieses Detail wollte er in dieser Runde nicht extra hinweisen, schließlich spürte er deutlich, dass er gerade dabei war, sich Sympathiepunkte bei der schönen Kunsthistorikerin zu sichern. Mehr noch allerdings wollte er es sich nicht mit seiner eigentlichen Auftraggeberin, mit Ingrid Straubner, verscherzen, die selbst nicht über eine sonderlich üppige Oberweite verfügte und ihn immer noch mit kritischem Blick beäugte.

»Richtig«, erwiderte Astrid. »Engel sind nun einmal androgyn. Sie fungieren als Mittler zwischen Himmel und Erde. Diese Figur hier ist barfuß, um den direkten, unmittelbaren Kontakt zur Erde herzustellen. Die sogenannte ›L'imperatrice‹ ist also der verbindende Faktor zwischen den Elementen, zwischen den Geschlechtern, zwischen Gott und den Menschen. Sie beherrscht diesen Raum.«

»Wir wollen die Angelegenheit doch auf den Punkt bringen«, unterbrach Ingrid Straubner jetzt leicht genervt. »Wenn Sie es für nötig erachten, Herrn Kaiser noch weitere Details –«

»Das hier sind bei Weitem keine Details«, wischte Astrid den Einwurf ihrer Chefin beiseite. »Würde ich mich hier wirklich auf die zahllosen und allesamt relevanten Einzelheiten konzentrieren, dann müsste ich mich über die Wappendarstellung ebenso auslassen wie über die Tatsache, dass in vielen Fällen die Herrscherin mit einem Fuß auf einer Mondsichel steht, über die Anzahl der Sterne, die sie manchmal als Krone trägt, all das wäre bedeutend und –«

»Um es kurz zu machen, Herr Kaiser«, warf Hilmar jetzt mit allem Nachdruck ein, »ein Schweizer Kunsthändler bietet uns diese und noch eine Reihe weiterer Zeichnungen zum Kauf an.«

»Ihre Aufgabe wird es *nicht* sein zu überprüfen, ob die Blätter echt oder Fälschungen sind, ob sie von Dürers eigener Hand stammen oder nur aus seiner Werkstatt«, ergänzte Ingrid Straubner. »Dafür ist Frau Arantaña zuständig. Vielmehr sollen Sie alles über den Händler selbst in Erfahrung bringen. Wir wollen über jede noch so kleine und entlegene Einzelheit seines Lebens, seiner Karriere und seines Werdegangs Bescheid wissen, damit wir den Mann und seine Geschäftstätigkeit besser einschätzen können.«

»Auch schmutzige Wäsche?«

»Gerade die schmutzigen Details sind von Interesse«, bestätigte Gisbert und lächelte Nero mit seinem strahlend weißen, rundum erneuerten Gebiss an wie ein hungriger Haifisch.

»Allerdings nur solche, die hieb- und stichfest belegbar sind«, präzisierte Hilmar. »Niemandem ist an haltlosen Gerüchten gelegen.«

»Sie müssen unsere Position verstehen«, sagte Gisbert. »Wir dürfen keinerlei Risiko eingehen. Jedem ist klar, dass mit dem Erwerb dieser Zeichnungen, sollte sich ihre Echtheit herausstellen, unsere Sammlung enorm aufgewertet werden würde. Unsere Verhandlungsposition, was den Bau und den späteren Unterhalt eines Museums anbelangt, würde sich mit einem Schlag um ein Vielfaches verbessern. Ich meine, in Bezug auf öffentliche Mittel cetera pp.«

Allmählich kapiere ich, dachte Nero, das Beste, was ich für die Straubners erreichen kann, wäre, wenn ich tatsächlich einen dunklen Fleck auf der Weste dieses Kunsthändlers entdecke und Astrid Arantaña gleichzeitig zweifelsfrei nachweisen kann, dass die Zeichnungen von des Meisters Hand stammen. Dann hätte das Straubner-Trio ein Druckmittel in der Hand, um die sicherlich nicht gerade bescheidene Summe, die diese Bilder kosten werden, herunterzuhandeln.

»Apropos Verhandlung«, fuhr Nero laut fort, »warum reicht dieser ominöse Schweizer Händler die Bilder nicht einfach bei Christie's oder Sotheby's ein und lässt sie meistbietend versteigern? Könnte er da nicht wesentlich mehr herausholen als bei einem privaten Geschäft?«

Als wäre Nero gegen einen Bienenkorb getreten, begannen alle Anwesenden gleichzeitig zu reden. Trotzdem gelang es ihm in dem Aufruhr, einige der Einwürfe und Widersprüche auszumachen.

»Das ist nicht unbedingt gesagt«, merkte die Kunstexpertin an. »Viele große Museen leiden unter einem viel zu kleinen Ankaufbudget. Somit bleiben nur die Privatsammler, von denen etliche seit der Finanzkrise den Gürtel deutlich enger schnallen müssen und nicht mehr über die finanziellen Mittel verfügen wie vor einigen Jahren. Hinzu kommt die Gefahr, dass das Konvolut aufgeteilt werden müsste. Das bedeutet, die eigentlich zusammengehörigen

Zeichnungen würden in alle Winde verstreut werden. Etwas, was der Verkäufer möglicherweise vermeiden will. Auf jeden Fall aber weiß er, dass selbst große Häuser wie Sotheby's in ihren Auktionen längst nicht mehr die Ergebnisse erzielen wie noch vor der Krise.«

Hilmar Straubner sagte: »Das ist eine der Fragen, die Sie mit Ihren Nachforschungen vielleicht beantworten können.«

»Ich denke, dass es gute Gründe gibt, jedes Aufsehen zu vermeiden«, warf sein Bruder gleichzeitig ein. »Und das wäre garantiert, tauchte auf dem Kunstmarkt plötzlich ein Packen Dürer-Zeichnungen auf«

Ingrid Straubner gab währenddessen zu bedenken: »Ich glaube, Sie sollten sich allein auf Ihren Auftrag konzentrieren. Für Sie geht es ausschließlich darum, eine Person und ihren Hintergrund so gründlich wie möglich zu durchleuchten.«

***

Und es geschah am ACHTEN Tag:

»Mit anderen Worten«, fasste Ernst den Schluss von Neros Bericht zusammen, »die drei verwöhnten Milliardäre sind sich in ganz wesentlichen Dingen des Auftrags ziemlich uneinig.«

»So kann man es sagen«, nickte Nero und griff nach dem Rotweinglas. Aus einem Absacker waren derer viele geworden. Gemeinsam genossen sie die laue Sommernacht auf der Terrasse, die von Ernsts Hinterhauswohnung am Bohlenplatz in den kleinen Garten führte.

»Und wer versteckt sich nun hinter diesem ominösen Schweizer Kunstdealer?«, wollte Ernst wissen.

»Der Mann heißt Titus Helm.«

Zwischenspiel

X: Liber de rota veritatis

Und es geschah am FÜNFTEN Tag:

»Ich hatte es Ihnen doch schon am Telefon gesagt! Deshalb verstehe ich auch nicht, warum Sie sich so einfach auf den Weg gemacht haben. Ihre Reise war vollkommen umsonst!«

Der Bibliothekar sprach in jenem schweizerdeutsch eingefärbten Tonfall, der für die meisten Eidgenossen typisch ist, wenn sie sich aufregen und am liebsten im ureigenen Idiom reden würden, aber nicht können. Auch dieser Mann musste sich trotz seines emotionalen Ausnahmezustands um ein verständliches Hochdeutsch bemühen, damit das, was er dem vor ihm stehenden beschränkten Menschen zum wiederholten Mal beizubringen versuchte, endlich auch bei diesem ankam.

Bei dem Ignoranten handelte es sich um Nero Kaiser, der auf der Rückreise von einem Besuch bei Titus Helm nach Deutschland in St. Gallen einen Zwischenstopp eingelegt hatte, um noch einmal direkt vor Ort sein Glück zu versuchen. Doch trotz seiner Hartnäckigkeit und dem abwechselnden Einsatz von Charme und unterschwelligen Drohungen biss er bei dem wissenschaftlichen Mitarbeiter der weltberühmten Stiftsbibliothek noch immer auf Granit. »Urs Tauser« war auf dem Namensschildchen neben der Bürotür zu lesen, die der eher zur Breite als zur Höhe neigende Mann verteidigte, als müsse er den Eingang zu den Tresorräumen einer Bank beschützen.

»Was soll's«, würde Nero später zu Ernst sagen, »eigentlich ist diese Handschrift für meine Arbeit ja total unwichtig.« Trotzdem wurmte es ihn, dass es ihm – wie nebenbei gesagt etlichen Generationen von Interessenten vor ihm – nicht vergönnt gewesen war, einen Blick auf, geschweige denn in jenes mit unbeholfenen Zeichnungen illustrierte Büchlein zu werfen, in dem der geheimnisvolle Giacomo Sujad in winziger Schrift und einem gewöhnungsbedürftigen Latein seine Überlegungen und Anweisungen für die Zeichnungen der Tarot-Karten niedergeschrieben hatte. Das Dokument wurde seit vielen Jahrhunderten in St. Gallen aufbewahrt, genauer gesagt wurde es unter Verschluss gehalten, denn abgesehen von seiner Existenz war nur wenig darüber bekannt.

»Aus konservatorischen Gründen! Ganz genau«, bestätigte ihm der Bibliothekar. Zur Abwechslung hatte es Nero bei Tauser mal wieder mit verständnisheuchelnden und beschwörenden Worten versucht, nur um letztlich zu verhindern, dass ihm der Mann die Bürotür vor der Nase zuschlug. »Inkunabeln können nicht ausgeliehen werden und Handschriften schon prinzipiell nicht.«

»Aber in Ihrem Lesesaal unter Aufsicht? Ich meine, im Ausnahmefall für die Forschung?«, versuchte es Nero weiter.

»Sie haben es selbst gesagt: Ausnahmefall. Das Papier des ›liber rota‹ ist derart dünn und brüchig, das es bei der kleinsten Berührung zerfallen würde. Jeder Lichtstrahl ist pures Gift für die Tinte. Unter seinem schädlichen Einfluss würden die ohnehin schon undeutlichen Linien noch weiter verschwinden.«

Nero wollte noch etwas erwidern, doch Tauser gebot ihm mit einer beschwichtigenden Geste und einem breiten Lächeln zu schweigen. »Versuchen Sie es lieber mit Geduld! Seit Jahren arbeiten wir schon daran, unsere wertvollsten Schriften und Inkunabeln zu digitalisieren. Sobald das geschehen ist, werden die Werke kostenlos und frei für jedermann im Internet zur Verfügung stehen.«

»Na, prima! Und wann wird das sein? Also, ich meine, gibt es für das ›liber rota‹ bereits einen Termin?«

Tauser schüttelte mit dem Ausdruck übertriebenen Bedauerns den Kopf. »Da kann ich Ihnen nicht weiterhelfen. Ich sagte ja schon, das dünne, anfällige Papier ist extrem diffizil. Im Moment ist die Digitalisierungstechnik leider noch auf Lichtgeber mit viel zu viel Lux angewiesen. Würde man diese Technik anwenden, so könnte man zugucken, wie das Papier des ›liber rota‹ weiterzerbröselt und die Tinte noch mehr verblasst.«

»Glaubt man Ihren Worten, so gibt es das Buch überhaupt nicht mehr«, schwenkte Nero kurzerhand auf Provokation um. »Wahrscheinlich hat es sich längst in Staub und Wohlgefallen aufgelöst, und Sie und Ihre Vorgesetzten trauen sich nur nicht, damit an die Öffentlichkeit zu gehen, weil Sie sich vor dem Gerücht fürchten, dass in Ihrem Haus wertvolles Kulturgut, Dokumente eines Dürer-Zeitgenossen und Dürer-Freundes, dem Zerfall preisgegeben wurde.«

»Jetzt machen Sie mal halblang!« Wie bei einem Tenor sprang Tausers Stimme mühelos eine Oktave höher, nur konnte sie im Gegensatz zu der eines ausgebildeten Sängers als alles andere als wohlklingend bezeichnet werden. »Wie ich Ihnen bereits sagte, bleibt die Schrift bis auf Weiteres unter Verschluss.«

Insgeheim sah Nero ein, dass sein Strategiewechsel mehr als unklug gewesen war. Durch den schmalen Spalt, den die Bürotür offen stand, fielen Sonnenstrahlen, in denen fröhlich Staubteilchen tanzten, als würden sie sich über den ungehobelten Klotz lustig machen, der gerade auf dem Flur abgefertigt wurde.

»Sie haben ja noch nicht einmal einen wissenschaftlichen Auftrag!«, schimpfte der Bibliothekar jetzt völlig ungebremst weiter. »Wo kämen wir denn da hin, wenn wir jedem dahergelaufenen –«

»Ruhe! Kein Wort mehr!«, knurrte Nero bedrohlich leise. Irgendwo in seinem Kopf hatte sich ein Hebel umgelegt, und er rückte nahe an Tauser heran. Kaum noch ein Zentimeter war zwischen ihnen Platz. Das eben noch puterrote Gesicht des kleinen, beleibten Mannes, der stramm auf das Pensionsalter zuging, wurde schlagartig bleich, als er begriff, dass seine Wut und die des ungebetenen Besuchers sich zu einer explosiven Mischung vermengt hatten.

Hektisch versuchte er, in sein Büro zu fliehen und die Tür vor Neros Nase zuzuschlagen. Dumm nur, dass er von dessen langem linkem Arm daran gehindert wurde. Während Nero die Tür festhielt, fand sich Tauser zwischen ihr, dem aufdringlichen Gast und besagtem Arm in einer mehr als unerfreulichen Situation gefangen. Vergeblich versuchte er, die Tür nach hinten aufzudrücken. Mit aller Macht stemmte er seinen Hintern dagegen, doch Nero hielt das Türblatt eisern fest und würde sich später von Ernst fragen lassen müssen, welcher Teufel ihn in diesem Moment geritten hatte.

»Ich hatte in keinem Augenblick vor, ihm wehzutun, wirklich nicht!«, beteuerte er später, doch das war die grundlegend falsche Antwort, denn der untersetzte Bibliothekar schien trotz seiner offensichtlichen körperlichen Unterlegenheit auf die Situation geistig besser reagieren zu können als der Privatdetektiv, der den Rüpel-Modus eingeschaltet hatte. Mit einem Schnaufen, in das sich ein Seufzer mischte, zog Tauser abrupt seinen Bauch und – sofern das möglich war – auch den Hintern ein und tauchte seitlich unter Neros bis zum Äußersten angespannten Arm hindurch.

»So wie einem eine nasse Seife aus der Hand flutscht?«, fragte Ernst später nach, um sich die Situation besser vorstellen zu können.

Kaum war der vakuumähnliche Zustand zwischen ihm und Tauser entstanden, verzerrte sich Neros Miene vor Schmerz, und seinen Lippen entwich ein von schrillem Pfeifen begleiteter Laut, der irgendwo zwischen einem Stöhnen und einem Schrei anzusiedeln war. Jetzt war es an ihm, mehrfach hintereinander in kurzer Abfolge die Gesichtsfarbe zu wechseln. Wie Nero es später beschrieb, musste er dabei ausgesehen haben wie der von Jack Hannah gezeichnete Kater Tom, dem eine von Jerry ersonnene Falle einen Amboss auf seine gierig nach der Maus ausgestreckte Pfote fallen ließ.

Nero rieb sich die linke Hand, die er sich mit voller Wucht im Türstock eingequetscht hatte. Innerhalb von Sekunden schwoll sie auf ihre doppelte Größe an.

»Selber schuld«, ertönte es seitlich hinter ihm. Das Schweizer Büchermännchen feixte.

»Recht hat er«, würde Ernst später weiteres Salz in Neros Wunde reiben.

»Es tut mir leid, dass Sie die lange Fahrt völlig umsonst gemacht haben«, sagte der Bibliothekar nach ein paar Momenten in ruhigem, fast schon wieder versöhnlichem Tonfall, der ihm nicht schwerzufallen schien, da er unverletzt das Schlachtfeld verlassen konnte. »Obwohl es nicht ganz umsonst ist. Schauen Sie sich einfach St. Gallen an, eine wirklich schöne und sehenswerte Stadt, und besuchen Sie unsere Bibliothek zu den normalen Öffnungszeiten. Die Führungen, die wir anbieten, sind sehr beliebt!« Wobei er selbstredend unerwähnt ließ, dass Sujads »liber rota« nicht zu den Schriften gehörte, die in den heiligen Hallen ausgestellt wurden. Das verstand sich nach der vorangegangenen Unterhaltung wohl von selbst.

»Sehr freundlich«, ächzte Nero und humpelte nach draußen.

***

Und es geschah am ACHTEN Tag:

»Warum das denn?«, fragte Ernst später nach, als Nero in seiner Erzählung zu der Stelle kam. »Ich denke, du hast dir nur die Hand gequetscht?«

»Schon, aber das war so ein höllischer Schmerz, dass mir in diesem Moment einfach alles wehgetan hat: die Hände, die Füße, sogar die Eier.«

»Und der Kopf?« Auf die letzte Frage erwartete Ernst keine ernsthafte Antwort und erhielt sie auch nicht. »Was ich immer noch nicht verstehe«, fuhr er nach einer kurzen Pause fort, »warum sind die Aufzeichnungen von diesem Giacomo Sujad so ungemein wichtig? Solltest du dich nicht ausschließlich um Titus Helm kümmern? Ich dachte, der ganze wissenschaftliche Kram ist Sache deiner Kunstexpertin?«

»Ist er ja auch«, erwiderte Nero, machte aber gleichzeitig eine Miene, als habe er auf eine Zitrone gebissen.

»Und?«

»Sie hat mir von dem ›liber rota‹ erzählt und davon, dass das Original unter Verschluss in der St. Gallener Stiftsbibliothek aufbewahrt wird. Niemand bekommt das Teil zu Gesicht.«

»Das habe ich inzwischen auch begriffen«, sagte Ernst.

»Selbst Anfragen von den renommiertesten Wissenschaftlern werden seit mehr als hundert Jahren abgelehnt«, fuhr Nero dessen ungeachtet fort.

»Was? Seit dem Ende des 19. Jahrhunderts?«

Nero nickte. »Zwar weiß man auszugsweise, was in der Handschrift steht, weil sich in den Jahren vor dieser Abschottungspolitik der ein oder andere von manchen Seiten Abschriften gemacht hat –«

»– aber man kennt das Buch nicht komplett.«

»Genau.«

»Trotzdem beantwortet das noch nicht meine vorhin gestellte Frage. Hat dich die Dürer-Expertin darum gebeten, Einblick in das Buch zu nehmen?«

»Nö«, murmelte Nero einsilbig.

»Verstehe«, grinste Ernst. »Ich kann mich dunkel an deinen verklärten Blick erinnern, als du sie mir beschrieben hast. Muss eine hinreißend schöne Frau sein!«

»Und?«

»Nix und. Du wolltest ihr mit der Aktion einen Gefallen tun. Sie beeindrucken. Oder, um es etwas deutlicher zu formulieren: Du wolltest dich bei ihr einschleimen.«

»Wo denkst du hin! Du spinnst ja!«, blaffte Nero.

»Widersprich mir nicht!«, sagte Ernst weiterhin freundlich. »Versuch's lieber mal mit Rosen! Funktioniert eigentlich immer! Lass dir das von einem erfahrenen Frauenversteher gesagt sein.« Er grinste süffisant.

»Hab ich schon«, maulte Nero mit zerknirschter Miene.

3.

Der Heilige und die Liebenden

Nürnberg, Brachet* 1508

Noch immer war Dürer mit den Tafeln des Heller-Altars beschäftigt. Die Arbeiten gingen langsamer voran, als ihm und vor allem seinem Auftraggeber Jakob Heller, einem reichen Kaufmann aus Frankfurt am Main, recht war. Erst gestern war wieder ein mahnender Brief bei ihm eingetroffen. Heller fühlte sich krank und matt und befürchtete, der Altar würde erst lange nach seinem Tod zum Abschluss gelangen. Dürers Bilder sollten seine Grablege in der Dominikaner-Klosterkirche schmücken, in der sich auch der ebenso wohlhabende wie einflussreiche Bürgermeister Frankfurts bestatten lassen wollte.

»Mit meiner aignen hand fleisig mallen« wollte Dürer, anstatt seine Zeit damit zu vertun, auf die ständigen Nachfragen des Tuchhändlers antworten zu müssen, doch diesen Nachsatz behielt er lieber für sich.

»Mit befrembdung«, schrieb er allerdings noch am gleichen Tag zurück, habe er in Hellers Brief gelesen, dass sein Auftraggeber darüber nachdenke, vielleicht doch alle Tafeln des Altars von Matthias Neidhard, genannt Grünewald, anfertigen zu lassen.

Unter diesen Umständen erschien es Dürer notwendig, ungeachtet der angegriffenen Gesundheit des Kaufmanns, deutliche Worte zu finden. So beließ er es in seiner neuerlichen Antwort nicht bei den üblichen Entschuldigungen für die ständigen Verzögerungen, sondern forderte angesichts des gewaltigen Arbeitsaufwands, den die Bilder erforderten, zuerst einmal ein höheres Honorar. Ein deutlich höheres Honorar. Dreimal mehr als die ursprünglich vereinbarten hundertdreißig Gulden. Und obwohl er wusste, dass seine Forderung dreist war, fühlte er sich im Recht.

---

* Alte deutsche Bezeichnung für den Juni, auch als Brachmond, Weidemaent oder Johannismond bekannt. Der Name stammt von der Dreifelderwirtschaft, da im Juni mit der Bearbeitung der Brache begonnen wurde.

Allein das Ultramarin, das er verwendete, schlug bei den Ausgaben, mit denen er in Vorleistung ging, mit über zwanzig Dukaten zu Buche. Doch mit der Sorgfalt, der Kostbarkeit des verwendeten Materials und vor allem aufgrund der künstlerischen Einzigartigkeit der Ausführung, so schloss Dürer den Brief, würde sich Heller als Auftraggeber die Hochachtung eines jeden erwerben – sei er nun arm oder reich, Kaiser oder Knecht, mit Kunstsinn gesegnet oder nicht. Jeder, der das fertige Werk zu Gesicht bekäme, würde Hellers Namen preisen. Es vergehe, so schrieb der Künstler, kein Tag, an dem ihn nicht Interessenten in seiner Werkstatt besuchten, die ihm die Tafeln »gleichsam myd gewald« entreißen wollten, obwohl er die Malerei doch noch gar nicht beendet habe.

Als klug kalkulierte Geste der Versöhnung legte er dem Schreiben eine kleine Entwurfszeichnung bei, die zwei zum Gebet erhobene Hände zeigte. Damit wollte er Heller von der Sorgfalt überzeugen, mit der er jedes Detail des Altars zuerst als *carta azzura* ausarbeitete, bevor es auf das Bild übertragen wurde.

Zugleich versicherte er dem Kaufmann, dass die Fertigstellung zwar langsam, aber stetig voranginge, da er »sonst kein andere arbeit vnder handen gehabt«. Doch Letzteres war eine glatte Lüge. Parallel zum Heller-Altar war er dabei, die Ausstattung der Landauerkapelle am Laufer Tor zu planen. Zwar wurde er dabei von Hans Suess von Kulmbach unterstützt, doch auch hier drängte die Zeit. Insbesondere die Anfertigung der Glasfenster, die nach Dürers Entwürfen in der Werkstatt Veit Hirsvogels hergestellt werden sollten, musste vorangetrieben werden. Obwohl der Sommer gerade erst begonnen hatte, wusste doch jeder, wie schnell die warme Zeit vorübergehen würde, und vor Einbruch des Winters mitsamt seiner Wetterunbilden musste der Innenraum der Kapelle, komme, was wolle, vor Wind und Regen, Hagel und Schnee geschützt sein.

Dürer arbeitete also voller Fleiß und unermüdlich von früh bis spät in seiner Werkstatt und fand trotzdem noch die Zeit, an jenen kleinen Entwürfen weiterzuzeichnen, deren Beschreibungen, Motive und unbeholfene Vorlagen er aus Giacomo Sujads Büchlein entnahm. Trotz des so scheinbar feigen Mordes an seinem Auftraggeber und des anschließenden Einbruchs in seiner Werkstatt vor einigen Monaten hatte er die Arbeit nicht aufgegeben. Nicht aufgeben können. Ein innerer Zwang und eine Hoffnung trieben ihn an, sich weiter mit dem außergewöhnlichen Vorhaben zu beschäftigen. Von der Straße her ertönte die Stimme seines Bruders Hans. Sie wurde kurz lauter, dann verstummte sie jäh. Da manchmal eine plötzlich eintretende Stille mehr zu bedeuten hat als lautes Geschrei, öffnete Dürer die Truhe, legte das Büchlein zusammen mit dem Blatt, an dem er gerade gearbeitet hatte, hinein und trat vor die Tür.

»Wenn ich es doch sage, der Meister ist beschäftigt und kann recht ungehalten werden, wenn man ihn stört!«

»Lass gut sein, Hans.« Erstaunt drehte sich sein Bruder nach ihm um und verschwand dann schulterzuckend im Innern des Hauses.

»Danke, der Herr.« Ein barfüßiger Junge von vielleicht zehn Jahren stand vor ihm und trat verlegen von einem Bein aufs andere. Seine mehrfach geflickte Kleidung und die verfilzten Haare, die wohl noch nie mit einem Kamm in Berührung gekommen waren, verrieten Albrecht, dass es sich um einen Bauernjungen handeln musste. Vielleicht der Sprössling einer Magd, die mit ihm und der Bäuerin zum Nürnberger Wochenmarkt gekommen war. Einzig der knorrige Wanderstab, den der Knabe gegen die Mauer gelehnt hatte, passte nicht recht zu diesem Eindruck.

»Was willst du?«, fragte Dürer. Der Junge gehörte schwerlich zu den vermögenden Leuten, die seiner Agnes Kupferstiche oder Holzschnitte abkaufen konnten.

»Bist du …?« Er hielt inne und streckte Dürer stattdessen seine Faust entgegen. Als er sie öffnete, kam ein verschmiertes, klein gefaltetes Stück Papier zum Vorschein, das er offensichtlich schon lange in der Hand gehabt hatte. Nicht nur war es vollkommen zerknittert, auch hatte manch eine Flüssigkeit ihre Spuren darauf hinterlassen. Die kleine Hand war nicht nur verschwitzt, sondern auch klebrig, und aus den roten Flecken schlussfolgerte Albrecht, dass der Junge erst kürzlich ein paar Kirschen gegessen haben musste. Dennoch waren auf dem Papier drei Worte deutlich zu erkennen: »ALBERTUS DURERUS NORICUS«.

»Ja, der bin ich«, sagte er und wollte schon nach dem zusammengefalteten Blatt greifen, als der Junge schnell seine Hand wieder zurückzog und sie hinter seinem Rücken verbarg.

»Ist diese Nachricht denn nicht für mich bestimmt?«, fragte Dürer stirnrunzelnd.

»Doch«, erwiderte der Junge.

»Dann übergib sie mir!«

»Aber ich habe Hunger und Durst«, sagte der Junge, und Albrecht musste sich ein Grinsen verkneifen.

»Nun gut«, sagte er. »Dann komm mit. Mal sehen, ob es frische Milch gibt und was die Vorratskammer noch so zu bieten hat.« Mit diesen Worten ging er voraus und erklärte Agnes, auf die er in der Küche traf, dass sie einen Boten zu versorgen hätten. Als wenig später Speis und Trank auf dem Tisch standen, übergab der Junge ihm endlich wortlos den Zettel, woraufhin sich Albrecht hinters Haus zurückzog und dort mit spitzen Fingern das klebrige Papier auseinanderfaltete. Er verdächtigte als Absender Pirckheimer, der dann und wann zu solch ausgefallenen Scherzen neigte.

Doch weder war es dessen Schrift, noch schien die Nachricht ein Scherz zu sein. Schnell eilte Albrecht in die Küche zurück. Noch bevor er die Tür aufstieß, rief er: »Seit wann bist du im Besitz des Briefes?« Doch außer Agnes und der Magd war der Raum leer. »Wo ist er hin?«, fragte er verblüfft.

»Dein junger Freund hat die Milch in sich hineingeschüttet, als müsse er für seine ganze Sippschaft mitsaufen. Gleichzeitig hat er sich den Laib Brot gegriffen, bevor ich ihm auch nur ein Stück abschneiden konnte, und dann ist rausgerannt, als sei der Leibhaftige hinter ihm her«, sagte Agnes kopfschüttelnd.

»Ich muss fort!«

»Kannst du mir wenigstens sagen, wohin du gehst und wann ich dich zurückerwarten darf?«, rief ihm Agnes noch hinterher, doch da hatte Dürer bereits die Küche und das Haus hinter sich gelassen.

***

Am Valzner Weiher vorbei folgte er auf seinem Pferd dem Pfad, der längs des Fischbachs bis zum Zeidelschloss des Michael Beheim führte. Die Bezeichnung adelte das Anwesen, hinter dem sich in Wirklichkeit nichts anderes als ein größerer Bauernhof verbarg, der zum Landsitz eines Nürnberger Patriziers gemacht worden war und in dessen unmittelbarer Nachbarschaft sich noch einige windschiefe, ärmlich wirkende Häuser von Teichwirten befanden. Im Hof selbst wirkte noch ein Imker, der die althergebrachte Bienenzucht beherrschte.

Auf der fast parallel verlaufenden Straße, die eher einem etwas breiteren staubigen und mit unzähligen Schlaglöchern übersäten Weg gleichkam, waren zu viele Ochsenkarren, Fußgänger sowie Hirten mit ihrem Viehzeug unterwegs, sodass sich Dürer ausrechnete, auf dem schmalen, an manchen Stellen kaum zwei Ellen breiten Pfad schneller voranzukommen. Tatsächlich traf er bereits nach rund einer Stunde ein, ohne dass er das Pferd hatte überanstrengen müssen. Das gute Wetter war ein Segen, ansonsten wäre auf beiden Wegen, der Straße wie dem Pfad, das Vorwärtskommen ungleich schwieriger gewesen.

Vor dem Zeidleranwesen erwartete ihn indes nicht der Hausherr, sondern der junge Koberger, der wie sein Vater den Vornamen Anton trug.

»Du bist also nicht nach Lyon gereist?«, fragte ihn Dürer. Es waren schon einige Jahre ins Land gegangen, seit Antons Vater, ein geschäftstüchtiger Verleger und Buchhändler, eins von Albrechts Werken in seiner Offizin am Egidienplatz gedruckt hatte.

»Nein, mein Vater wünscht, dass ich in einigen Monaten die Herbstmesse in Frankfurt besuche. Solange gehe ich ihm mit der Führung der Lagerbücher zur Hand.«

»Und hier draußen erholst du dich von der staubigen Arbeit?«

»Schön wär's«, lachte Koberger. »Aber der Aufenthalt auf dem Land war nicht meine Idee, sondern geht auf deinen Freund zurück! Dabei kam es ihm zupass, dass mein Vater derzeit mit Michael Beheim über den Verkauf des Schlösschens verhandelt. Gib mir dein Pferd, Albrecht, ich werde einen Knecht finden, der dafür sorgt.«

Dürer, der inzwischen abgestiegen war, reichte ihm die Zügel, als sich in einem der Gebäude eine Tür öffnete und ein schmächtiger Mann in der Kutte eines Franziskaners ins Sonnenlicht trat. Ein kurzer lockiger Haarkranz in dunklem Schwarz umstand die sorgfältig ausrasierte Tonsur, die untere Gesichtshälfte wurde von einem üppig wuchernden Bart verdeckt. Seine spitze Nase, die knapp oberhalb des Gestrüpps hervorragte, wirkte wie eine zierliche Felsnadel inmitten einer anbrandenden Flut. Trotz des veränderten Aussehens erkannte ihn Albrecht auf Anhieb.

»Giaco ...!«, rief er.

Schnell hob der Angesprochene die Hand und hieß ihn schweigen. »Ab sofort nur noch Frater Abel«, flüsterte er. Dürer runzelte die Stirn. Waren der Name und die Verkleidung eine gute Wahl? Doch dann schob er die Bedenken beiseite und umarmte den Freund herzlich.

»Der Garten ist etwas ungepflegt, aber ich finde, das macht ihn umso schöner, komm!«, sagte der als Bettelmönch Abel verkleidete Giacomo Sujad. Gemeinsam gingen sie um das Hauptgebäude herum und traten durch eine Pforte in einen ehemaligen Gemüse- und Kräutergarten, um den sich seit ein paar Jahren offensichtlich niemand mehr gekümmert hatte. Wild wucherndes Gestrüpp kämpfte mit kniehohem Gras sowie zahllosen anderen ins Kraut geschossenen Pflanzen und einigen jungen Bäumen um die Vorherrschaft. Dürer kam eine mit Wasserfarben kolorierte Zeichnung in den Sinn, die er vor einigen Jahren ziemlich genau zur gleichen Jahreszeit angefertigt hatte. Es würde sich lohnen, noch einmal mit Papier und Stift hierherzukommen, um weitere Naturstudien zu betreiben. In der Abgeschiedenheit dieses Gartens würde keiner über sein Tun spotten, so wie damals vor den Toren Nürnbergs am Wegrand zur Weidenmühle, als er sich flach auf den Boden gelegt hatte, um den Wuchs und die Gestalt der Pflanzen im direkten Gegenüber vor Augen zu haben, und nicht von einer deutlich erhöhten Perspektive aus, aus der die meisten Menschen auf das blicken, was die Erde hervorbringt.

»Du lebst also«, sagte er schließlich, als sie sich auf eine Bank im Halbschatten der hohen Mauer gesetzt hatten, die den Garten umgab.

»Ja«, antwortete Giacomo und seufzte. »Es ist so entsetzlich, was passiert ist. Seit dem Vorfall versuche ich, das Land um Bamberg weiträumig zu meiden. Zum Glück hatte ich schon immer eine gute Verbindung zu den Minderen Brüdern.« Er legte seine Hand auf das Tau-Kreuz, das den schlichten Rosenkranz schmückte, der an dem Strick hing, der ihm als Gürtel diente, und der – ein weiteres Kennzeichen des Ordens – in dem ihm eigenen Franziskanerknoten endete.

»Aber was ist geschehen? Und warum diese Maskerade?« Er hielt inne, um seiner Aufregung Herr zu werden.

»Ich habe lange genug in Venedig gelebt. Da wird einem die Maske schon fast zur zweiten Natur.« Als sich sein Bart bewegte, gewann Dürer den Eindruck, dass sich die schmalen Lippen seines Freundes zu einem leichten Lächeln verzogen.

»Weißt du denn, um wen es sich bei dem Toten gehandelt hat?« Wie selbstverständlich ging Albrecht davon aus, dass Bruder Abel von dem brutalen Mord erfahren hatte. Schließlich war der Tote in Giacomos wertvolle Kleider gewandet gewesen und hatte vor allem dessen nicht minder kostbaren Ring getragen. Trotz dieser scheinbar überzeugenden Zeichen hatte er schon vor wenigen Wochen, als der wenig vertrauenerweckende Dominikaner ihn mit der schrecklich verstümmelten Leiche konfrontierte, daran gezweifelt, dass es sich dabei tatsächlich um die sterblichen Überreste Sujads handelte. In der knapp ein halbes Jahr zurückliegenden Silvesternacht hatte er beobachten können, dass Giacomo, als dieser sich nach einem langen Gespräch zu Bett begeben wollte, von einer fast bis zum Knöchel hinabreichenden Narbe am linken Unterschenkel gezeichnet war. Da beide jedoch kaum noch ihre Augen offen halten konnten, hatte Albrecht es unterlassen, ihn darauf anzusprechen. Ursache schien eine böse Verletzung gewesen zu sein, doch er war nicht mehr dazu gekommen, Sujad zu fragen, ob es sich bei der Narbe um das Überbleibsel eines Unfalls oder eines Kampfes handelte. Als er das Bein des Toten in den Ruinen der Kapelle gesehen hatte, war von einer Narbe jedenfalls keine Spur zu entdecken gewesen.

»Der Mann, den sie erschlagen haben, hieß Silvio«, antwortete Giacomo. »Er war mein Diener. Wenn du ihn in Kirchehrenbach gesehen hast, ist dir vielleicht aufgefallen, dass er mir in gewisser Weise ähnelte. Wir waren beide gleich groß, von ähnlicher Statur und ließen uns unsere Haare nach der gleichen Mode frisieren. Ich mache mir jeden Tag Vorwürfe, dass ich …« Mitten im Satz brach er ab.

»Welche Vorwürfe glaubst du, dir machen zu müssen?«

»Es war zwar Silvios Einfall, aber das ist keine Entschuldigung. Ich allein trage die Verantwortung für seinen Tod«, sagte Frater Abel. »Nach unserer Abreise aus Kirchehrenbach machten wir uns auf den Weg nach Bamberg. Doch schon im ersten Gasthof, in dem wir einkehrten, fielen uns vier verdächtige Gestalten auf. Hätte ich doch gewartet und wäre zusammen mit Lorenzo nach Bamberg gereist!« In seiner Erregtheit warf er die Hände in die Luft. »Aber nein, das nächste Ziel schien so nah zu sein.«

»Lorenzo wollte wohl noch in Forchheim Halt machen und dort ein paar Tage verbringen?«, vermutete Dürer, der den Bamberger Chorherren, der so lange in Rom gelebt hatte, wie die meisten seiner Freunde Lorenzo nannte.

»Ja, er erzählte mir, dass sein Neffe dort lebt. Zusammen mit seiner Frau betreibt er dort eine große Apotheke und soll ein tüchtiger Alchemist sein.«

»Sein Name ist Arndt Beucker«, warf Albrecht ein. »Aber sag, weshalb fielen dir in dem Gasthof die Gestalten auf?«

»Vor allem, weil sie sich ihrerseits sehr für uns zu interessieren schienen. Ich wies Silvio auf sie hin, und wir überlegten, ob und wie wir herausbekommen könnten, ob die Kerle etwas im Schilde führten. Einer von ihnen verließ die Gruppe und tauchte nicht wieder auf. Später, es dämmerte bereits, brachen auch die übrigen drei überraschend auf, und ich sagte noch zu Silvio: ›Was gäbe ich dafür, ihnen wie ein Schatten unbemerkt hinterhereilen zu können, um zu sehen, was sie treiben.‹ In Wahrheit reizte es mich natürlich überhaupt nicht, den finsteren Gesellen zu folgen, aber meine Neugier war einfach zu groß. Ich wollte herausfinden, ob mich meine Ahnung getrogen hatte oder ob mein Eindruck richtig gewesen war. Jeder kluge Mann weiß, dass es Menschen gibt, die wie Räuber aussehen, aber keine sind, während sich hinter einem wohl kultivierten Herrn der schlimmste Beutelschneider verbergen kann.« Er räusperte sich und blickte ein paar Sekunden starr vor sich hin, bevor er fortfuhr.

»Kaum hatte ich also meiner Neugier Ausdruck verliehen, da zog mich Silvio auch schon zur Seite und drängte mich, unsere Kleider zu tauschen. ›Reite ihnen nach, Herr, und versuche dein Glück, mehr über sie in Erfahrung zu bringen. Gerne würde ich die Aufgabe für dich übernehmen, aber wie du weißt, beherrsche ich die deutsche Sprache nur sehr mangelhaft. Falls sie dich entdecken, werden sie dich für mich halten und denken, du seist ein wehrloser Knecht. Und falls sie dir trotz alledem ans Leder wollen, wirst du in der Lage sein, sie gehörig zu überraschen.‹ Was Silvio damit sagen wollte, war, dass ich mir im Gebrauch von Säbel oder Degen, Dolch oder Schwert eine gewisse Fertigkeit erworben habe, die mich keinen Zweikampf scheuen lässt. Bisher durfte ich die Orte solcher kämpferischen Auseinandersetzungen immer als Sieger verlassen. ›Und du?‹, fragte ich dann Silvio. ›Willst du dich so lange als Herr ausgeben?‹« Sujad lächelte bei der Erinnerung.

»›Ich werde schon nicht über die Stränge schlagen, dessen darfst du gewiss sein‹, erwiderte mir Silvio. Aber das war es gar nicht, was ich befürchtete, doch ich kam nicht mehr dazu, ihm meine wahren Sorgen mitzuteilen, denn er drängte zur Eile, und er hatte ja auch recht damit. Würden wir nicht schnell die Initiative ergreifen, so wäre es ein aussichtsloses Unterfangen, die Kerle noch einzuholen. Also wechselten wir kurzentschlossen die Kleider, und Silvio kehrte als nobler Herr in die Wirtsstube zurück. Ich hingegen schwang mich aufs Pferd und sah die Burschen nur deshalb noch vor mir durch die Dämmerung reiten, weil sie die kleine Ortschaft längst hinter sich gelassen hatten und die umliegenden schneebedeckten Felder mir einen weiten Blick erlaubten. Als ich die drei Männer erblickte, bogen sie gerade in den Höhenweg ein, der, wie ich wusste, nach Bamberg führt.«

»Haben die Kerle dich entdeckt?«, fragte Dürer.

»Nein. Von den Feldern ging es in den Wald, und ich hielt mich stets im Schatten der Bäume auf, welche die Straße säumten. Ich musste ihnen auch nicht allzu lange folgen, denn in einer Talsenke entdeckte ich bald einen ganzen Trupp von Männern zu Pferde, zu denen sich die drei gesellt hatten. Einige trugen Helme und Spieße, andere Laternen oder Fackeln. Ich ritt so nah wie möglich heran und führte dann mein Pferd zwischen die Bäume, wo ich es festband. Am Rande des Grabens, der neben dem Weg verlief, wuchs ein Baum, den ein Blitzschlag in zwei Teile gespalten hatte. Die eine Seite war zur Gänze verkohlt und halb umgestürzt, durch die andere schien noch der Saft des Lebens zu fließen, sodass sie gesund erschien. Durch den Baum konnte ich mir gut merken, wo ich mein Pferd versteckt hatte. Dann schritt ich abseits der Straße quer durch das Gestrüpp zu Fuß weiter und wusste anhand des immer lauter werdenden Stimmengewirrs, dass ich mich dem Trupp näherte. Stets musste ich darauf Acht geben, nicht auf die Schneeflecken zu treten, die sich allerorten hielten, da die Sonne noch zu schwach war, um sie unter den Bäumen wegzutauen. Schnee und Eis brachen an diesem Tag unter den Schritten mit derart vernehmlichem Krachen, dass man dabei kaum noch sein eigenes Wort verstand. Des Weiteren musste ich auf morsche Zweige achten. Ein einziges unbedachtes Geräusch hätte mich unweigerlich verraten, dennoch gelang es mir, getarnt von Bäumen und Gestrüpp, mich unbemerkt an die Gruppe heranzuschleichen. Umringt von geharnischten und teilweise schwer bewaffneten Männern sah ich einen Dominikaner, dessen Gestalt und Antlitz ich seitdem nicht mehr vergessen werde, obwohl er nur undeutlich vom letzten Licht des Tages und dem Flackern einiger Fackeln beleuchtet wurde.«

»Pater Simon Angelus«, flüsterte Dürer. Giacomo nickte.

»Das ist der Name, den auch ich später in Erfahrung brachte. Anscheinend war ich gerade zur rechten Zeit gekommen, denn was ich jetzt belauschen konnte, war in höchstem Maße erschreckend. Einer der drei Kerle, die ich verfolgt hatte, war gerade dabei, in aller Ausführlichkeit einen Mann zu beschreiben, und seine Worte waren eindeutig: Er meinte mich. Ich erstarrte, denn es kam mir so vor, als würde ich in einen Spiegel aus Worten blicken, so genau schilderte er meine Erscheinung anhand der prächtigen Kleider, die ich noch wenige Stunden zuvor getragen hatte. Du siehst, Albrecht, dass ich mich inzwischen derartiger Eitelkeiten entledigt habe. Aus gutem Grund. ›Er ist es! Es gibt keinen Zweifel!‹, erwiderte der Mönch. ›Giacomo Sujad.‹ Und dann fügte er etwas hinzu, das mich noch stärker als alle Worte zuvor erschütterte. Ich fühlte mich, als würde ich zwischen den Bäumen hin und her schwanken, doch in Wirklichkeit begann sich, die Welt um mich herum aufzulösen. ›Der Heilige Vater‹, fuhr Angelus fort, ›hat seine Schriften auf den Index der verbotenen Bücher gesetzt. Wo immer man seine Werke findet, müssen sie beschlagnahmt und verbrannt werden. Sujad steht mit dem Teufel im Bunde, und der Vorwurf, den die Heilige Mutter Kirche gegen ihn erhebt, ist kein minderer als der der Erzketzerei.‹ Dann winkte der Dominikaner einen der Männer heran, anscheinend der Anführer der Schergen, und flüsterte ihm etwas so leise zu, dass es niemand außer ihm in Gänze verstehen konnte. Das Einzige, was ich hören konnte, waren die Worte ›Das Buch finden …‹. Nun, ich denke, wir beide wissen, welches Buch er damit meinte.«

Dürer runzelte die Stirn. »Deine Worte legen es nahe, aber woher sollte der Mönch davon gewusst haben?«

»Vor Jahren, als die Wissenschaften und die Künste noch etwas galten, waren in Rom auch meine Arbeiten kein Geheimnis. Unter Alexanders Pontifikat war es für Männer wie mich möglich, ungehindert ihre Studien zu betreiben. Dem Papst war es egal. Er kümmerte sich nur darum, seine eigene Macht auszubauen sowie seine zahllosen Gegner in Schach zu halten und bestenfalls aus dem Weg zu räumen. Die Fragen des Geistes und die verschlungenen Wege der Erkenntnis überließ er lieber denjenigen, die etwas davon verstanden. Mit anderen Worten: Zu dieser Zeit disputierte ich in aller Offenheit über die Themen des Weges und des Rades, die den Suchenden dabei unterstützen können, einen freien, unverstellten Blick auf das Wesen Gottes und die himmlischen Prinzipien zu werfen, die unsere Welt in ihrem Innern zusammenhalten. Zu dieser Zeit begann ich auch mit meinen Arbeiten am ›*liber rota*‹. Für einen Mann wie Simon Angelus wäre es damals also nicht schwer gewesen, über mein Tun Kenntnis zu erlangen.«

»Hierzulande neigen die Menschen viel eher dazu, die Dinge mit einem geheimnisvollen Schleier zu umhüllen«, erwiderte Albrecht und erinnerte sich an die Zeit, die er jenseits der Alpen verbracht hatte. »Dagegen glaube ich, dass es weder in Mailand noch in Rom, Florenz oder Venedig auf Dauer möglich ist, etwas über eine längere Zeit wirklich geheim zu halten. Dafür ist die Arbeit der dortigen Spione, egal auf welcher Seite sie stehen, viel zu gut bezahlt.«

Giacomo lachte.

»Doch sag, wie ging es mit dir und Silvio weiter?«

Giacomo zuckte mit den Schultern. Augenblicklich war der kurze Moment der Heiterkeit wieder verflogen. »Angelus befahl seinen Männern, aufzusitzen und mich, den Erzketzer, noch in dieser Nacht gefangen zu nehmen.« Sujad blickte Dürer mit einer Mischung aus Entsetzen und Zorn an. »Was glaubst du, Albrecht? Bin ich ein Ketzer? Denkst du auch, dass ich ein Leugner der Herrlichkeit Gottes bin und dem Teufel diene? Ist das freie Denken, das deine Freunde, du und ich lernen und lehren, ist das wirklich Ketzerei? Sind die Schriften mit den großen Gedanken aus der alten, von den Griechen besiedelten Welt gotteslästerlich, nur weil zur Zeiz nicht geboren war?«

»Wärst du ein Ketzer, so wäre auch ich einer«, sagte Dürer bestimmt. »Und genauso alle unsere Freunde auf die ein oder andere Weise. Du weißt ja, dass viele von uns der Ansicht sind, dass Satan sich schon längst im Herzen der Kirche niedergelassen hat.«

Giacomos wilder Blick wurde wieder etwas milder. Noch immer fand Albrecht die ungewohnte Erscheinung des Freundes befremdlich. In seiner mönchischen Verkleidung wirkte er um einiges älter und ernster.

»Doch jetzt berichte weiter«, forderte Albrecht.

Giacomo schüttelte den Kopf, jedoch nicht, um das Ansinnen abzuwehren, sondern um die ihn belastenden, trüben Gedanken zu vertreiben. »Es gibt nicht mehr viel zu erzählen. Während die Männer von Simon Angelus aufsaßen und davonpreschten, um dem Befehl des Inquisitors nachzukommen, eilte ich durch den Wald zurück bis zu jenem vom Blitz getroffenen Baum, wo ich mein Pferd versteckt hatte. Der mühselige Weg quer durch den Wald kostete mich viel Zeit. Zu viel Zeit! Ich konnte sie nicht mehr einholen, um Silvio zu warnen. Aus sicherer Entfernung beobachtete ich den schäbigen kleinen Gasthof, sah, wie die Schergen dort ein und aus gingen, und schöpfte wieder neue Hoffnung, da sie Silvio anscheinend nicht angetroffen hatten.«

»Das bedeutet«, sagte Dürer, »er konnte fliehen?«

»Letztlich leider nicht. Silvio war schon kurz nachdem ich das Gasthaus verlassen hatte, von dort aufgebrochen. Ich kann nur vermuten, dass er gedacht hat, es wäre besser, woanders Unterschlupf zu suchen, da die Männer, die ja mit Recht unseren Verdacht erregt hatten, wussten, wo wir nächtigen wollten. Doch ...« Giacomo stockte. Geduldig wartete Albrecht, bis der Freund weitersprach. »... er wusste nicht, *wer* mir, ihm, uns auf den Fersen war. Er hatte dem Wirt aufgetragen, mir, sobald ich zurückkäme, auszurichten, wo er zu finden sei.«

»Und das hat der Schankwirt wiederum den Verfolgern verraten?«

Giacomo nickte. »Als ich mich dem Gasthaus endlich nähern konnte, war es längst zu spät.«

Dürer spürte, dass die Geschichte zu Ende war. Er beharrte

nicht darauf, noch weitere Einzelheiten zu erfahren, es lag ohnehin klar auf der Hand, was sich anschließend abgespielt haben musste, und er wollte Giacomo nicht weiter mit Erinnerungen an Geschehnisse quälen, die er, der sich jetzt Abel nannte, aber wahrscheinlich eher wie Kain fühlte, sein Leben lang nicht vergessen würde. Er konnte sich ausmalen, wie schrecklich es für ihn gewesen sein musste, den treuen Diener in die Hände der Feinde fallen zu sehen. Darüber hinaus hatte er womöglich beobachten müssen, wie Silvio von den Männern des Paters gefoltert worden war, bevor sie ihn umbrachten, während er hilflos in seinem Versteck saß und nicht eingreifen konnte. Selbst wenn er sich dem Inquisitor gestellt hätte, Silvio wäre dadurch nicht frei gekommen, und statt nur eines Opfers hätte es derer zwei gegeben. Es allein mit einer schwer bewaffneten Übermacht von rund zwei Dutzend Männern aufzunehmen, wäre sogar für einen erfahrenen Zweikämpfer wie Giacomo Selbstmord gewesen. Albrecht konnte nur ahnen, welche Vorwürfe ihn seitdem quälen mussten, wollte aber nicht so einfach das Thema wechseln. Kurz schilderte er ihm, wie er von seinem vermeintlichen Tod erfahren hatte und wie sein Treffen mit dem Dominikaner verlaufen war. Vor allem aber berichtete er ihm, was in der gleichen Nacht geschehen war: Nämlich dass es Dieben gelungen war, unerkannt in seine Werkstatt einzudringen und die ersten Zeichnungen von Giacomos Auftrag zu entwenden.

Entsetzt sprang Sujad hoch. »Und meine ... meine Aufzeichnungen ... sind sie ...?«, stammelte er.

»Dein Buch haben sie nicht gefunden. Ich verwahre es an einem besonders sicheren Ort auf«, beruhigte ihn Dürer. Frater Abel stieß einen Seufzer der Erleichterung aus, dann setzte er sich wieder.

Inzwischen bedauerte Albrecht zutiefst, die Zeichnungen, die er in der Zwischenzeit anhand von Giacomos Aufzeichnungen angefertigt hatte, in Nürnberg zurückgelassen zu haben. Sein Aufbruch war zu überstürzt gewesen. Dann fiel ihm wie aus heiterem Himmel wieder eine Nebensächlichkeit ein, die er noch nicht angesprochen hatte.

»Der Knabe, den du mir als Boten nach Nürnberg sandtest, gehörte er zu den Jakobspilgern?«, fragte er unvermittelt.

»Ja. Ich sah die Gruppe vor der Stadt lagern«, bestätigte Sujad.

»Da ich so wenig Aufsehen wie möglich erregen wollte, beschloss ich, dir auf diesem Weg eine Nachricht zukommen zu lassen, statt selber an den Torwachen vorbei in die Stadt und zu deinem Haus zu gehen. Hier draußen fühle ich mich – auch wenn es wie das Geständnis eines Narren klingt – sicherer als hinter den wehrhaften Mauern einer so stolzen Stadt wie Nürnberg.«

Albrecht teilte seine Meinung nicht. Oft genug wurden Dörfer und Höfe von der marodierenden Soldateska irgendwelcher Grafen und Fürsten überfallen, denen der Zehnte, den sie dem Volk abpressten, noch zu wenig war. Außerhalb der befestigten Städte war man schon seit Langem nicht mehr sicher. Von gemeinen Räubern, die immer wieder die Gegend unsicher machten, ganz zu schweigen. Andererseits – und in diesem Gedankengang musste Albrecht seinem Freund recht geben – konnte einem wie Giacomo auch die ansonsten so sichere Geschlossenheit einer Stadt zum Verhängnis werden. Er war hier ein Fremder, und seine Anwesenheit würde sich schnell herumsprechen. Unter Umständen würde ihn selbst die Maske des Mönchs nicht mehr schützen. Und gab es nicht – ganz allgemein gesprochen – immer wieder Beispiele dafür, dass einem das Haus, das eigentlich Unbill von einem fernhalten soll, zum Verhängnis wird? Etwa, indem ein Feuer ausbricht?

Wenn er sich hier draußen sicherer fühlt, dann ist es nicht an mir, ihm Angst zu machen, beschloss Dürer für sich. »Ungeachtet der Ereignisse habe ich an deinen Zeichnungen weitergearbeitet«, sagte er stattdessen. Giacomos Gesicht hellte sich auf, als wäre eine düstere Wolkendecke aufgerissen, durch die nun ein einzelner Sonnenstrahl auf seine Miene fiel.

»Das ist eine wirklich gute Nachricht, aber ich habe dich noch nicht dafür bezahlt.«

»Lass uns jetzt nicht vom Geld reden, sondern von der Arbeit«, erwiderte Albrecht.

»Schön. Aber nur so viel. Du brauchst nicht um deinen Lohn zu fürchten. Ich habe nach Venedig geschrieben.«

»Ich fürchte nicht darum«, unterbrach ihn Dürer. »Ich bekomme so viele Aufträge, dass ich mittlerweile so einiges ablehnen und als Entlohnung für das, was ich annehme, so viel fordern kann, wie es mir beliebt und der andere zahlen kann.«

»Ich ahnte deinen Erfolg bereits voraus, als ich das erste Bild von dir sah«, sagte Giacomo. »Und das war lange, bevor wir uns begegneten. Ich wusste sofort, dass deine Kunst die Menschen noch bewegen wird, wenn die Urenkel unserer Urenkel längst zu Schatten geworden sind. Und ich war mir sicher, dass niemand anderes als du das hermetische System verstehen würde, das ich in diesen Karten verwirklicht sehen will. Nur du besitzt die Fähigkeiten, die verborgenen Botschaften zu Papier zu bringen.«

»Aber warum kein Buch?«, fragte Dürer. »Warum ein Spiel?«

»Weil dadurch am leichtesten Erkenntnis zu gewinnen ist.«

Albrecht bemerkte mit Freude, dass der Themenwechsel seinem Freund guttat. Er blühte förmlich auf, seine Gesten, mit denen er das Gesagte untermalte, wurden lebhafter, und seine Gedanken sprudelten wie ein Gebirgsquell aus ihm hervor.

»Außerdem«, fuhr Giacomo fort, »müsste man, wollte man aus all den einzelnen Symbolen und ihren Bedeutungen ein Buch herstellen, das wie ein Kartenspiel zu gebrauchen wäre, ständig in dem Band hin und her blättern. Mal hierhin, mal dorthin. Rasch würde man begreifen, dass es einfacher ist, wenn man die Seiten heraustrennt. Dann nämlich würde man sie legen können, wie es die jeweilige Situation erfordert.«

»Ich verstehe. Es empfiehlt sich also, von Anfang an Einzelblätter anzufertigen. Und damit sie handlich sind und ein jeder sie überallhin mitnehmen kann, mache man sie so klein wie die Karten eines Kartenspiels«, ergänzte Dürer.

»Die einen, vielleicht sogar die meisten, werden ganz zwanglos mit den Karten spielen, während die anderen sich den Kopf über den Gang des Rades zerbrechen mögen. Je nachdem, wie einer das Spiel mischt, erzählen ihm die Karten eine immer wieder neue Geschichte. Und da es einem freigestellt ist, eine oder mehrere Karten zu ziehen und wie man diese wiederum einander zuordnet, ergeben sich ständig neue Kombinationen und Möglichkeiten. So viele, wie Sterne am Himmel sind oder Sandkörner am Strand.«

»Wenn du dich erst einmal dazu entschlossen hast, wie viele Karten du brauchst, wird es eine interessante Aufgabe für die Mathematiker sein, die Zahl der Möglichkeiten zu errechnen.«

»Sie wird so groß sein, dass Archimedes die helle Freude daran gehabt hätte. Vielleicht hätte er König Gelon dann noch einen zweiten Brief geschrieben. Die Karten werden durchnummeriert, bekommen also eine ursprüngliche Reihenfolge, damit man sie immer wieder in diese anfängliche Ordnung zurückversetzen kann. Aber …«, er hob den Arm und hielt einen Augenblick inne.*

»Aber wir beginnen nicht mit der Eins, sondern mit der Null.«

»Der Null?«

»Oh ja!«, bekräftigte Giacomo. »Sie ist das große Symbol für das Nichts, das uns alle schreckt. Deshalb wird auch dem Narren diese Zahl zugewiesen, denn nur er ist in seiner Unwissenheit unbefangen genug, damit herumzuspielen.«

»So wie Kinder mit dem Feuer spielen und nicht ahnen, mit welcher zerstörerischen und unberechenbaren Kraft sie es gerade zu tun haben«, warf Dürer ein.

»Zudem offenbart die Null bereits den ganzen Charakter des Spiels. Die Ziffer ist ein Kreis, der innen hohl ist. Letztlich ist sie nichts anderes als der Abdruck eines Rechensteinchens, das man entfernt hat, im Sand. Ungeachtet der Gewohnheit, dass man beim raschen Schreiben dazu neigt, den Kreis der Null elliptisch in die Länge zu ziehen, ist und bleibt die Ziffer doch ein Kreis, ein Loch. Und was ist neben dieser unheimlichen Zahl noch kreisförmig? Sag es mir, Alfred.«

Da Dürer schon geahnt hatte, worauf sein Freund hinauswollte, gab er ihm die richtige Antwort: »Das Rad.«

»Genau, das Rad des Lebens, das Rad der Erkenntnis, das Rad des Schicksals, das Rad des Zufalls und das Rad der Wahrheit, das wir Menschen nicht beeinflussen können. Wir versetzen es zwar mit unserer Kraft in Bewegung, aber wann und wo es wieder zum

---

* Archimedes war wie viele Mathematiker seiner Zeit (und auch noch viele der heutigen) von großen Zahlen fasziniert. Allerdings arbeitete er mit Zahlwörtern statt mit Ziffern, und vor allem verwendete er keine Null. Die größte der griechischen Bezeichnungen war die »Myriade«, die 10.000 entsprach. Um größere Werte zu bezeichnen, verwendete Archimedes den Begriff der »Myriade von Myriaden«, was wir heute bequem als Potenz, nämlich als »10^8« ausdrücken. Jede Zahl bis zu dieser Größe war für ihn eine Zahl erster Ordnung, mit »10^8« begannen die Zahlen zweiter Ordnung, während es sich ab »10^{16}« um Zahlen der dritten Ordnung handelte usw. Doch Archimedes ging noch weiter: Als auch die Potenzen schließlich an die Myriadengrenze stießen, entwickelte er das nächsthöhere System, das er Periode nannte. Eine leicht verständliche Zusammenfassung des Briefes, den Archimedes König Gelon schickte, samt seiner Implikationen sind in folgendem Buch zu finden: Robert Kaplan, Die Geschichte der Null, München, 2003.

Stillstand kommt, kann niemand vorausahnen. Deshalb bedient es auch der Narr, der zwar nichts weiß, aber erfüllt ist von einer unendlichen Neugierde. Und deshalb ist das ganze Spiel auch nichts anderes als ein Rad, und deshalb steht denn auch die Null an seinem Anfang.«

»Gehen wir doch eine Karte weiter«, schlug Dürer vor, der befürchtete, Giacomo würde sich zu sehr in den zahlreichen Bedeutungsebenen einer einzelnen Karte verlieren. Alfred kam es beinahe jetzt schon so vor, als hätte er sich in einem unübersichtlichen Labyrinth verlaufen. Schließlich kannte er bereits seit der Silvesternacht die Neigung seines Freundes, ausufernde Betrachtungen kleinster Einzelheiten anzustellen. Umso mehr bewunderte er die Reduktion auf einige wenige, wesentliche Symbole und Worte, mit denen Giacomo den Gehalt der Karten in seinen Aufzeichnungen verdichtet hatte.

»Gerne. Die Eins, die normalerweise für den Menschen des Alltags am Anfang steht, verkörpert der Magier. Er ist bereits einen Schritt weiter als der Narr.« Er reckte den Daumen in die Höhe, als stünde er auf einem Markt und wolle dem Händler zeigen, wie viel – und keinen Heller mehr! – er zu zahlen bereit sei. »Aber auch der Magier ist noch immer ein Suchender. Im Gegensatz zu dem Narren hat er sich jedoch bereits damit angefreundet, dass sich durch seine vielfältigen Experimente hier und da, gleich einem schüchternen Weib, der Schleier der Erkenntnis heben kann. Mit anderen Worten: Er hat schon einen ersten Blick auf die Vielfalt und die Unendlichkeit der Welt erhaschen können, weiß allerdings auch, dass es ihm niemals vergönnt sein wird, alles zu erkennen.«

»Dazu reichen ein einziges Leben und der kümmerliche Verstand, den Gott uns mit auf unseren Weg gegeben hat, bei Weitem nicht aus!«, warf Albrecht ein.

»Aber wir können es weit bringen. Während der Narr in seiner Unbekümmertheit droht, blindlings über die Klippe zu schreiten, hat sich der Magier bereits Instrumente zunutze gemacht.«

»Alles, was der Narr noch unberührt in seinem Beutel mit sich herumträgt, hat der Magier bereits vor sich ausgebreitet und untersucht es auf seine Tauglichkeit hin«, ergänzte Dürer.

»Obwohl der Magier scheinbar still und in sich gekehrt mit seinen Geräten herumhantiert, befindet er sich doch tatsächlich längst auf dem Weg«, bestätigte Giacomo. »Er ist ein Pilger. Ein echter Pilger. Keiner von der Sorte, die voller Erwartungen und unter ungezählten Entbehrungen zum Grab des heiligen Jakobus in Santiago de Compostela wandert. Es sei nichts gegen diese Menschen vorgebracht, sie sind tapfer, und auch auf sie mag Erlösung und Hilfe warten. Vielleicht spendet sie ihnen ja der Heilige, an den sie ihre Gebete richten?«

»Und wohin führt die Pilgerreise des Magiers?«

»Überallhin und nirgends. Ich weiß, das hört sich nach einer Ausrede aufgrund geringen Wissens an, nach einem undefinierten Allgemeinplatz, aber lass mich dir die Aussage erklären. Der Magier ist die Nabe des Rades. Vor sich sieht er so viele verschiedene Wege, symbolisiert durch die Speichen des Rades, und er weiß, dass er einmal hierhin, dann dorthin gehen muss, um sein Ziel zu erreichen.«

»Meinst du das, wenn du vom verborgenen Jakobsweg sprichst?«

»Nun, der geradlinige, auf ein Ziel, nämlich Santiago de Compostela, ausgerichtete Pilgerweg ist der für alle Menschen offene, weiße Weg. Doch um zu tieferen Erkenntnissen zu gelangen, reicht dem Magier kein einfacher, gerader Weg, der für alle gut sichtbar beschildert ist und an dessen Strecke in wohlfeilen Abständen Herbergen wie Kirchen auf den Wanderer warten, um ihn mit allem Notwendigen zu versorgen. Der wahrhaft Suchende trägt noch genug vom Leichtsinn und der Neugierde des Narren in sich, um nach dem dunklen, dem schwarzen, dem verborgenen Weg ins gänzlich Unbekannte zu streben.«

»Um was zu finden?«

»Um dann und wann das Glück zu erleben, dass er fündig geworden ist. Meistens aber wird er dabei nicht auf das stoßen, was er sich erträumt oder erwartet hat. Stattdessen gewinnt er die überraschende Einsicht, dass er besonders dann vom Hauch der Wahrheit gestreift wird, wenn er ganz unterschiedliche Erkenntnisse macht, die anscheinend nichts miteinander zu tun haben, und wenn es ihm trotz allem gelingt, sie miteinander in Beziehung zu setzen.«

Gedankenverloren starrte Giacomo in den wolkenlosen Winterhimmel, bevor er fortfuhr: »Derjenige, der dem schwarzen Jakobsweg folgt, geht vom Nichts aus. Er wandelt sich vom Narren zum Magier und erblickt die Unendlichkeit, immer wohl wissend, dass es nur ein Fetzen ist, den er von ihr sieht, aber selbst den wird er niemals vollständig verstehen. Deshalb trägt der Magier über seinem Kopf das Zeichen der Unendlichkeit.«

»Die sich in der besonderen Form seines Hutes zeigt«, ergänzte Dürer.

»Genau«, bestätigte Giacomo. »Sein Hut, der als Zeichen seines Willens und seiner Anstrengungen steht, besitzt die Form, mit der wir die Unendlichkeit kennzeichnen. Eine querliegende Acht …«

»Oder zwei aneinandergeschmiedete Nullen!«

»Auch in der Null ist bereits die Ahnung der Unendlichkeit enthalten. Spiegele die Null, und du gewinnst die Ewigkeit. Und damit beginnt nun das Geheimnis. Eine erste, mühevoll gewonnene Erkenntnis. Nichts, was dem Betrachter direkt ins Auge sticht. Deshalb wird dieses Zeichen auch in der Form des Hutes versteckt. Wer das Geheimnis kennt, der entdeckt es sofort, alle anderen sehen nur eine etwas seltsam geformte Kopfbedeckung. Die heiligen Laute, die allen Karten zugeordnet werden, und damit auch ihre Zahlenwerte, müssen noch weit sorgfältiger verborgen werden. Das ist die nächsthöhere Stufe des Geheimnisses. Du verstehst den Grund?«

»Du sprichst von Shin, Mem, Aleph?«

Frater Abel nickte kaum merklich und senkte die Stimme. »Weil es heute sehr gefährlich ist, sich mit der Weisheit, die von den Juden aus Ägypten mitgebracht wurde, zu beschäftigen, verschleiern wir diese Ebene der Erkenntnis mit anderen Symbolen.«

»Zum Beispiel mit denen aus der Astrologie oder Alchemie«, sagte Dürer. Da er wusste, dass er damit richtiglag, wartete er die Antwort seines Freundes gar nicht erst ab, sondern fuhr fort: »Und damit haben wir die Null und die Eins.«

»Und die doppelte Null, die Unendlichkeit«, ergänzte Giacomo. »Zusammen bilden sie ein winziges Stück, ein Sandkorn jenes großen Geheimnisses, das Gott erschaffen hat und von dem er will, dass der Mensch es erkennt!«

Bruder Abel ließ sich von seiner eigenen Begeisterung gefangen nehmen, und auch Dürer hatte den Worten seines Freundes so fasziniert gelauscht, dass er es erst jetzt bemerkte, als es zu spät war: Sie waren nicht allein.

»Schluss! Aufhören! Schweigt, sonst lasse ich euch auf der Stelle die Zunge herausschneiden!«

Eine Reihe bewaffneter Männer stürmte durch den Garten auf sie zu. Angeführt wurde die Meute von Pater Simon Angelus, der jetzt allerdings die Hand hob. Augenblicklich blieb der Trupp stehen, doch die Spitzen eines halben Dutzend blank gezogener Klingen zielten trotz allem auf Dürer und Sujad. An den Außenseiten des Halbkreises, den die Männer um sie herum gebildet hatten, stand jeweils ein Pikenträger, der seinen Spieß gesenkt hielt, als befände er sich auf einer Sauhatz.

»Es ist unerträglich, eurem blasphemischen, Gott, die Jungfrau und alle Heiligen lästernden Geschwätz zuzuhören!« Die Stimme des Dominikaners gellte durch den Garten, als sollten sie nicht nur die Angesprochenen, sondern auch noch meilenweit entfernte Zeugen hören. »Ich habe mehr als genug vernommen, um zu bezeugen, dass ihr die widerwärtigsten, ekelerregendsten und ketzerischsten Reden führt, die je an mein Ohr gedrungen sind!«

Dann wurde er leiser, als käme ihm erst jetzt zu Bewusstsein, dass er nicht zu einer unübersehbaren Menschenmasse auf einem großen Platz predigte. »Oh Herr, gib mir die Kraft, diesen Frevel, der hier unter Nennung deines Namens vor deinem Antlitz und unter deinem Himmel ausgebreitet wird, mit Feuer und Schwert auszumerzen! Ich hatte es bereits befürchtet, der Teufel kennt so vielerlei Gestalt. Sujad, der Mann, den wir töteten, weil wir glaubten, es handele sich um dich, war in Wirklichkeit jemand anderes! Du bist dir hoffentlich dessen bewusst, dass du die Schuld an seinem Tode trägst.« In gespieltem Entsetzen schüttelte er seinen Kopf.

»Und sieh, wohin es führt, uns zu täuschen! Selbst unter der Kutte unserer Minderen Brüder kannst du dich nicht vor uns verstecken. Welches Gewand du dir auch überstreifst, Giacomo Sujad, du wirst der Gerechtigkeit der Kirche nicht entkommen. Du wirst dich weder dem Arm der Kirche noch dem meinen entwinden können!«

Die Überraschung war ihm gelungen. Giacomo und Albrecht waren erschrocken aufgesprungen und standen jetzt starr vor Schreck da. Abgesehen von einem Dolch, den Dürer am Gürtel trug, waren sie unbewaffnet. Mit dieser Überzahl an Männern wäre es aussichtslos, sich auf ein Handgemenge einzulassen. Damit würden sie dem Inquisitor nur einen guten Vorwand liefern, um sie beide auf der Stelle hinschlachten zu lassen.

Wie viele Männer mochte Anton Koberger dabeihaben?, überlegte Albrecht angestrengt. War der junge Mann überhaupt noch hier? Von den Knechten und Teichbauern der umliegenden Höfe Hilfe zu erwarten, war zu vermessen. Keiner von ihnen kannte sie, während der Dominikaner dank seines stattlichen Trupps das Recht des Stärkeren auf seiner Seite wusste.

»Bindet sie! Aber fest«, befahl Angelus. »Wir nehmen sie mit nach Bamberg, wo wir das Verfahren über sie eröffnen werden.«

»Wie hast du mich gefunden?«, fragte Giacomo mit aschfahlem Gesicht.

»Fromme Leute, die sich auf dem Weg des heiligen Jakobus begeben, tun gut daran, sich von erfahrenen Pilgern begleiten zu lassen. Männer, die dafür Sorge tragen, dass niemand vom rechten Weg abkommt.« Simon Angelus verzog seine Lippen zu einem schiefen Grinsen. Direkt neben dem Inquisitor trieb sich jener unruhige Begleiter herum, der Albrecht schon in der Reifenberg'-schen Ruine aufgefallen war. Und obwohl mittlerweile etwas Zeit ins Land gegangen war, schien er sich noch immer nicht recht in die Rolle des bewaffneten Schergen des Dominikaners eingelebt zu haben. Wie ein Hund oder ein Schatten hielt er sich stets in der Nähe seines Herrn auf, wirkte allerdings eher wie jemand, der sich loszureißen wünscht. Dürer hörte, wie Giacomo direkt neben ihm resigniert aufseufzte.

»Auch du wirst uns auf unserer kleinen Reise begleiten«, zischte der Dominikaner und richtete den stechenden Blick aus seinen tief liegenden Augen auf Dürer. Vier seiner Männer, von denen zwei kräftige Stricke in den Fäusten hielten, kamen auf sie zu.

»Wenn nicht jetzt, dann nie!«, flüsterte Dürer.

»Gebt auf den falschen Franziskaner acht!«, schrie im gleichen Moment der Dominikaner. »Er ist äußerst gefährlich und ein Meister vieler Waffen!«

Die vier Schergen sprangen auf Giacomo zu und warfen ihn zu Boden. Er leistete keinerlei Gegenwehr, doch Albrecht nutzte den Augenblick ihrer Unaufmerksamkeit und hechtete zur Seite. Einer der beiden Pikenträger versuchte, mit dem Spieß nach ihm zu stoßen, aber die scharf geschliffene Pikenspitze fuhr haarscharf an ihm vorbei. Kurzentschlossen griff Dürer zu und bekam den Lanzenschaft zu fassen. Eine Drehung, ein Ruck vorwärts, dann ein

Stoß zurück, und er hatte die Waffe dem Mann entwunden, der auf einmal mit bloßen Händen dastand und erschrocken mehrere Schritte zurückwich.

Albrecht wirbelte die todbringende Spitze der erbeuteten Waffe herum, dann stürmte er dem Mann mit einem Schrei hinterher. Einer der Schwertkämpfer wollte ihm in den Weg treten, doch Dürer dachte nicht daran, sich auf einen Zweikampf einzulassen.

Blitzschnell senkte er im Lauf die Spitze der Lanze, sodass sie sich nur zwei Schritte später in den weichen Boden bohrte. Weitergetrieben vom eigenen Schwung fühlte Albrecht sich plötzlich emporgehoben, bevor er, als der Spieß unter lautem Splittern zerbrach, gegen den oberen Teil der Gartenmauer geschleudert wurde. Es gelang ihm, sich am Mauerrand festzuklammern, dann zog er sich vollends nach oben.

»Haltet ihn! Lasst ihn nicht entkommen!«, schrie Simon Angelus im Garten seinen Schergen zu.

Aus den Augenwinkeln sah Dürer, wie der zweite Pikenträger angerannt kam, um ihn mit dem spitzen Seitendorn des Lanzenblatts von der Mauer hinunterzupflücken. Wütend schleuderte er dem anstürmenden Krieger den abgesplitterten Holzschaft entgegen, den er noch immer in der Hand hielt, doch der Mann wich dem heranfliegenden Knüppel geschickt aus, der daraufhin gegen einen der Körbe hinter ihm prallte, die auf einem Holzgestell unter einer Linde standen. Ohne lange zu zögern, ließ sich Albrecht auf der rückwärtigen Seite der Mauer zu Boden fallen.

Erst später wurde ihm bewusst, dass er in diesen bangen Momenten überhaupt nicht überlegt hatte, sondern einfach seinem Instinkt gefolgt war, ähnlich einem Tier, das sich in einer aussichtslosen Lage befindet und das zuerst versucht zu fliehen oder, wenn sich die Situation als aussichtslos entpuppt, bis zum bitteren Ende kämpft.

Er schlug im hohen Gras auf und rollte ohne eigenes Zutun einen steilen Graben hinab, der hinter dem Garten begann. Zum Glück stand in ihm das Wasser kaum knöchelhoch, sodass er sich, während er sich noch in der letzten Drehung befand, aufrappeln und verdeckt durch die Böschung weitereilen konnte. Von der anderen Seite der Mauer hörte er noch wütendes Geschrei und panische Rufe und dazwischen die laute Stimme des Inquisitors.

»Bleibt weg von den Stöcken! Macht Feuer! Es muss qualmen, du Trottel! Nur Rauch schützt uns vor den Bienen!«

Albrecht konnte nicht warten, ob es Giacomo gelang, das ausbrechende Chaos, das wegen der plötzlich ausschwärmenden Bienen entstanden war, für einen eigenen Fluchtversuch zu nutzen. Geduckt rannte und rannte er und hielt erst wieder inne, als der Graben jäh nach Osten abbog. Als er vorsichtig über den Rand schaute, konnte er in der Ferne das Anwesen samt der Gartenmauer erkennen, über die er entkommen war. Gerade hatte sich ein Mann rittlings auf ihr niedergelassen und hielt forschend und Albrecht den Rücken zugewandt nach ihm Ausschau. Der Scherge fuchtelte zwar immer wieder mit den Armen, um, wie es schien, die wütenden Bienen zu vertreiben, doch ansonsten deutete nichts darauf hin, dass die Insekten über Angelus und seine Leute hergefallen waren. Wahrscheinlich hatte sich der Inquisitor mitsamt seiner Helfershelfer im Haus in Sicherheit gebracht.

Dann rief der Mann, der nach Dürer Ausschau hielt, etwas in den Garten hinunter, was Albrecht aus der Entfernung nicht verstand. Noch undeutlicher war die Antwort, die er augenblicklich erhielt, gleichwohl Albrecht die Stimme sofort erkannte. Stärker denn je jagte sie ihm einen Schauer den Rücken hinab.

Gebückt kletterte er aus dem Graben, dessen Verlauf er nicht weiter folgen mochte, da er von Nürnberg wegführte. Albrecht wünschte sich nichts sehnlicher, als endlich wieder die sicheren Mauern der Stadt zwischen sich und dem furchtbaren Simon Angelus zu wissen. Wie betäubt eilte er weiter, vermied dabei die größeren Straßen und huschte, jede Deckung, die sich ihm bot, ausnutzend, von Hecke zu Wäldchen, dann zu Gestrüpp und zu einem mit Gras überwucherten Wall. Immer wieder sah er sich ängstlich um, aber niemand folgte ihm.

Er hatte sie abgeschüttelt. War entkommen. Doch in Sicherheit war er noch lange nicht. Mit großen Schritten hastete er weiter. Erst jetzt setzte die Flut seiner Gedanken wieder ein. Wie mochte es Giacomo in diesem Moment gehen? War es ihm ebenfalls gelungen, ihren Häschern zu entkommen? Zweifel machten sich in Albrecht breit. Ihm hatte der Zufall in die Hände gespielt, aber seinem Freund war dieses Glück nicht vergönnt gewesen. Die Männer des Inquisitors hatten sich von Anfang an viel stärker auf den vermeintlichen Franziskaner als auf ihn konzentriert. Zuletzt hatte ihn Dürer bäuchlings am Boden liegen gesehen, während einer der Schergen auf ihm kniete und ein zweiter ihn fesselte.

Hoffentlich sind die wütenden Bienen nicht über den Wehrlosen hergefallen, dachte er voller Sorge. Nein, betrachtete man es realistisch, so musste er die wahnwitzige Hoffnung aufgeben, dass auch Giacomo die Flucht geglückt sein konnte. Doch während er atemlos weiter Richtung Nürnberg hastete, bohrte sich schon eine neue Frage in sein Gehirn.

Unmöglich, so überlegte er, dass der Inquisitor jede Pilgerschar durch seine Spione begleiten lässt. Angelus verfügt in Bamberg nur über einen begrenzten Rückhalt, und er ist nicht mit einem Heer über die Alpen gekommen. Zudem ist er noch nicht lange genug in dieser Gegend, um vielen Menschen vertrauen zu können. Im Gegenteil: Er weiß oder ahnt zumindest, dass er selbst unter den geistlichen Herren dieser Stadt viele Feinde hat. Dürer kam Lorenzo Beheim in den Sinn. So wie er dachten und lebten nicht wenige kirchliche Würdenträger in der Stadt bis hinauf zum Fürstbischof.

Wahrscheinlicher erschien es ihm, dass sich der Dominikaner in den letzten Tagen oder Wochen gar nicht in Bamberg aufgehalten hatte, sondern irgendwo im Nürnberger Umland. Ganz in seiner Nähe. Wie ein Blitz durchfuhr ihn die Erkenntnis, dass ihn Angelus sicherlich seit langer Zeit heimlich überwachen und beschatten ließ. Die Spione waren nicht unter den Pilgern gewesen, sondern in Nürnberg, seiner Heimatstadt. Und obwohl Albrecht sich nur auf Nebenwegen und Schleichpfaden fortbewegt hatte, musste es ihnen gelungen sein, ihm bis zum Zeidelschloss zu folgen.

Das plötzliche und schnelle Auftauchen des Inquisitors und seiner Männer ließ keine andere Schlussfolgerung zu. Wie ein böser Schatten war Angelus immer dicht bei ihm gewesen, ohne dass er ihn bemerkt hatte. So lange hatte er ausgeharrt, bis sich sein eigentliches Opfer endlich wieder aus der Deckung traute und mit Dürer Kontakt aufnahm.

Beängstigende Gedanken gingen ihm durch seinen Kopf, sodass er schließlich, vollkommen erschöpft und erst kurz bevor die Wachen die Tore schlossen, die Stadt und sein Haus erreichte. Sicher fühlte er sich hier nicht mehr, dafür verstand er auf einmal, was

Giacomo meinte, als er darauf beharrt hatte, sich außerhalb der Stadtmauern sicherer zu fühlen.

**

Und es geschah am NEUNTEN Tag:

VI: Diesmal geschah der Mord nicht nur am helllichten Tag, sondern auch vor den Augen einer Zeugin, wenngleich deren Aussage anfangs noch derart konfus klang, dass die nur Minuten nach der Tat eintreffenden Polizisten Teile davon schlichtweg als Auswirkung des Schocks abtaten.

Es wurde beschlossen zu warten, bis einer der kurz nach ihnen eingetroffenen Sanitäter Zeit fände, sich ausführlich um die Frau zu kümmern, die von der Kirchenbank aus das Geschehen mitverfolgt hatte. Jetzt saß sie wieder genau dort, von wo aus sie das Verbrechen beobachtet hatte, und starrte ins Nirgendwo. Ihre weit aufgerissenen Augen hatten jenen blicklosen Ausdruck angenommen, den man sonst nur von den Gesichtern von Blinden kennt.

Als Polizei und Rettungskräfte eingetroffen waren, hatte das Opfer zwar noch gelebt, war aber dann, allen Künsten der Notfallmedizin zum Trotz, wenig später gestorben, ohne ein einziges Wort oder gar einen Hinweis auf den Täter von sich gegeben zu haben. Vermutlich wäre eine Kommunikation mit dem Mann sowieso völlig unmöglich gewesen, denn einer der kurzschaftigen Pfeile hatte seinen Hals durchbohrt und dabei die Stimmbänder zerschnitten.

Insgesamt steckten fünf Pfeile in seinem Körper. Jeder von ihnen wäre für sich genommen mit hoher Wahrscheinlichkeit tödlich gewesen, aber alle zusammen hatten dem Opfer nicht den Hauch einer Chance gelassen. Der pfeilbespickte Tote bildete damit eine ebenso blutige wie höhnische Entsprechung des Freskos, das in etwa zweieinhalb Metern Höhe über ihm auf dem Nordpfeiler prangte. Das Bild zeigte den heiligen Sebastian, der ebenso von Pfeilen durchbohrt war wie der Mann, der ihm zu Füßen lag.

Trotzdem gab es zwischen den Männern mehr als nur einen Unterschied: Während Sebastian zumeist aufrecht an einen Baum gefesselt dargestellt wird und den Betrachter dabei höchst lebendig ansieht, lag das Opfer zusammengekrümmt auf dem Steinboden in seinem eigenen Blut und hatte die Augen angesichts des Leids, das ihm gerade erst widerfahren war, fest geschlossen.

Die Legenden des heiligen Sebastian erzählen, dass dieser sich in seiner Funktion als Hauptmann der Praetorianergarde am kaiserlichen Hof zu Rom öffentlich zum Christentum bekannte und deshalb von seinem Arbeitgeber Diokletian zum Tode verurteilt wurde. Die Hinrichtung wurde von numidischen Bogenschützen vollstreckt, doch Sebastian starb nicht an seinen Verletzungen, sondern wurde von Irene, einer Witwe, die ebenfalls Christin war, wieder gesund gepflegt. Aber anstatt sich der Gnade der Genesung zu erfreuen und Gott für das neu geschenkte Leben zu danken, wollte Sebastian nun unbedingt sterben und begab sich erneut zum Kaiser, um wiederum für sein Christentum einzustehen. Und diesmal ging Diokletian auf Nummer sicher. Er befahl, ihn mit Keulen zu erschlagen, und da Gott mit Wundern nicht immer so freizügig verfährt, sondern meistens eher knausert, überlebte der ehemalige Gardehauptmann seine zweite Hinrichtung nicht mehr.

Aufgrund dieser Geschichte legen viele Künstler in der Darstellung des Märtyrers, der zu den beliebtesten Heiligen des Christentums zählt, großen Wert darauf, ihn – obwohl nicht selten über und über von Pfeilen durchbohrt – doch so lebendig wie möglich darzustellen. In der grausamen Neuinszenierung der Leiden des Sebastian zu St. Jakob in Bamberg blieb dem Opfer schlussendlich wie auch dem Heiligen das Wunder des Überlebens versagt.

Ernst hörte von dem Mord das erste Mal im Radio. Der Hallstädter Kollege war aus naheliegenden Gründen einfach schneller gewesen.*

Da sich die Bluttat im Herzen Oberfrankens ereignet hatte, war nun auch eine andere Dienststelle zuständig. Dennoch wurde die Ansbacher Kriminalhauptkommissarin Betty Schuckert umgehend hinzugezogen, weil sich das Verbrechen wieder einmal nicht nur in einer Kirche, sondern noch dazu in einem Sakralbau, der dem heiligen Jakob geweiht war, ereignet hatte.

---

* Die Lektorin war der Ansicht, man müsse nicht ortskundigen Leserinnen und Lesern erklären, dass Hallstadt von Bamberg nur wenige Kilometer entfernt liegt und nichts mit jenem Hallstatt zu tun hat, das der gleichnamigen Epoche zu ihrer Bezeichnung verhalf, was hiermit abgehakt ist.

Leider erwies sich die Aussage der Tatzeugin, auch als diese ihren ersten Schock überwunden hatte, als wenig hilfreich. Die sofort eingeleitete Großfahndung samt Straßensperren und zahllosen Polizeikontrollen blieb zumindest in Bezug auf den Mörder ergebnislos, doch als Trostpflästerchen durften sich die Ordnungshüter darüber freuen, dass sie vierunddreißig stark alkoholisierte Jugendliche in elf Autos aus dem Verkehr ziehen konnten, die sich samt und sonders auf dem Weg zu einer privaten Geburtstagsparty befanden, zu der sie – das sei aber nur am Rande bemerkt – gar nicht eingeladen waren. Deshalb hatten sie sich bereits am frühen Nachmittag im »Schlenkerla-Biergarten«, der im weiteren Verlauf der Handlung noch eine Rolle spielen wird, Mut und den dazugehörenden Rausch angetrunken.

Außerdem fiel der Polizei bei ihren Kontrollen noch ein Fahrraddieb, ein seit Langem gesuchter Serieneinbrecher sowie ein berüchtigtes, auf Betrug spezialisiertes Duo in die Hände, das vor allem in der Boulevardpresse bereits für Schlagzeilen gesorgt hatte. Bei ihm handelte es sich um zwei ältere, aber durchaus noch flotte Damen, die unter dem Namen »Wachturm-Omas« schon längere Zeit in aller Munde waren. Seit Jahren wurden sie wegen zahlreicher Trickbetrügereien gesucht, die sie unter dem Deckmantel frommer Bekehrungsabsichten bevorzugt bei älteren, alleinstehenden Herren im Rentenalter verübt und dabei fast eine halbe Million Euro erbeutet hatten. Aber jetzt war Schluss damit.

*∗∗

Und es geschah am ZEHNTEN Tag:

Als sich Ernst Pier mit Betty Schuckert am Abend des auf den Mord folgenden Tages in bereits erwähntem »Schlenkerla-Biergarten« traf, erfuhr er von der Ansbacherin zuerst einmal, dass sie sich wegen des Falls in der nur wenige Schritte entfernten Dominikanerstraße ein Zimmer genommen hatte. Wieder einmal war der Kontakt zu Ernst auf Wunsch der Hauptkommissarin zustande gekommen, und nach allem, was er im Sender bereits über den Mord gehört hatte, glaubte er auch zu wissen, welche Absicht dahintersteckte.

Betty schien hungrig zu sein. Ohne fremde Unterstützung vertilgte sie eine komplette Bierhaxe mit Bratkartoffeln, während sich Ernst mit einem Käseteller begnügte.

»Das Bier hier ist gewöhnungsbedürftig, aber das Essen war super«, meinte Betty. »Jetzt fehlt nur noch ein ordentlicher Schnaps zur Verdauung.«

»Dann bleib beim Bier«, riet ihr Ernst.

»Du meinst, das ist stark genug für ein schwaches Weib wie mich?« Ihr Tischnachbar, der sich gerade einen Berg Schweinskopfsülze mit Bratkartoffeln einverleibte, grunzte laut, woraus nicht ganz klar wurde, ob er damit Zustimmung signalisieren wollte oder das Angebot des Hauses bestens kannte, weshalb er sich mit prallgefülltem Mund ein Kichern nicht verkneifen konnte.

»Sie brennen hier einen exzellenten Schnaps aus ihrem Rauchbier«, präzisierte Ernst seine Empfehlung.

Anfangs hatten sie noch allein an dem schattigen Tisch im Biergarten gesessen und gehofft, während einer guten Mahlzeit über Leichen, Mord und Totschlag plaudern zu können. Sie wollten ein wenig fachsimpeln, derweil sie es sich gut gehen ließen. Doch schon nach kürzester Zeit, noch bevor die Bedienung ihre Bestellung aufgenommen hatte, war daran nicht mehr zu denken gewesen.

»Eigentlich logisch«, bemerkte Betty irgendwann im Verlauf des frühen Abends, »dass ein so lauschiger und gleichzeitig zentraler Ort nicht dazu taugt, um sich über geheime Sachen zu unterhalten.«

»Lass uns ein paar Schritte laufen«, schlug Ernst deshalb vor, nachdem Betty ihren Schnaps bekommen hatte. »Tut auch der Verdauung gut.«

Sie zahlten und flanierten wenig später im leichten Zickzackkurs über die vielen teils schmalen Brücken, die rings ums Alte Rathaus wie auch durch das Tor des Rathausturmes selbst den Fuß des Domberges mit dem Inselgebiet verbanden. Erst kamen sie an dem mit bunten Bildern von Johann Anwander bemalten Prachtbau vorbei, dann schlenderten sie durch das Tor des Turms hindurch, passierten das Wehr und gelangten schlussendlich wieder hinüber auf die linke Regnitzseite. Die bürgerliche Altstadt konzentrierte sich auf das Inselgebiet, während sich am anderen Ufer die sieben Hügel Bambergs erhoben, denen die Stadt auch ihre Bezeichnung als Rom des Nordens verdankte.

Unter der ausladenden Krone einer alten Weide in unmittelbarer Ufernähe fanden sie schließlich eine freie Parkbank. Ein kleines Wunder, da an diesem lauen Abend nicht nur jeder Bamberger auf den Beinen war, sondern auch die Bevölkerung des gesamten Regierungsbezirks wegen eines unerfindlichen Anlasses in die Stadt eingefallen zu sein schien und jeden kleinsten Flecken der lauschigen Altstadt besetzt hielt. Hinzu kamen natürlich noch die unweigerlichen Scharen von Touristen. Rasch einigten sich Ernst und Betty darauf, dass es ausschließlich an den Urlaubern liegen musste, weshalb ihnen jeder Meter der Domstadt so überfüllt vorkam. Dann zeigten Rauchbier, Schnaps und die abendliche Sonne ihre Wirkung.

»Mein Freund Nero Kaiser«, sagte Ernst, »arbeitet derzeit mit einer Kunsthistorikerin zusammen.«

»Moment mal. Wer?«, fragte Betty.

»Ich hab dir doch schon von ihm erzählt«, sagte Ernst, als wäre er genervt. »Der Privatschnüffler. Nero Kaiser.«

Betty nickte.

Na ja, Schnaps, Bierhaxe und noch drei Seidla – die Frau Hauptkommissarin hat ganz nett getankt, da sind die Synapsen nur noch eingeschränkt funktionstüchtig, dachte Ernst. Natürlich war Betty über die zweite Hälfte des ungleichen Duos Ernst und Nero bereits informiert. Das gehörte gewissermaßen zu ihrem Geschäft dazu. Und während der Reporter unbeschwert drauflosplapperte, entging ihm völlig, dass er gerade im Begriff war, die Dienstgeheimnisse seines Freundes auszuplaudern, die ihm dieser unter dem Siegel absoluter Verschwiegenheit anvertraut hatte. Offensichtlich war auch Ernst nicht mehr zur Gänze zurechnungsfähig.

»Diese Kunstexpertin könnte uns wahrscheinlich noch sehr viel mehr über den pfeilgespickten Sebastian erzählen«, fuhr er fort. »Das, was wir beide wissen –«

Betty unterbrach ihn mit einer müden Handbewegung. »Was hat denn ein Privatdetektiv überhaupt mit einer Kunsthistorikerin zu schaffen? Ist das privat oder …?«

Spätestens jetzt hätten bei Ernst alle Glocken schrillen müssen.

Laut schrillen müssen. Warum sie still blieben, darüber konnte er später nur spekulieren, führte es aber auf die partielle Lähmung bestimmter Hirnregionen infolge einer erhöhten Zufuhr alkoholischer Getränke zurück. Aber das war natürlich nur eine faule Ausrede. Im Vergleich zu Betty war er eindeutig der Nüchterne von ihnen beiden, obwohl die Form der Steigerung – nüchtern, nüchterner, am nüchternsten – im Grunde wenig Aussagekraft besitzt. Schließlich geht es dabei – ganz nüchtern betrachtet – lediglich um den Grad des Betrunkenseins und den Leichtsinn, diesen Zustand zu ignorieren, den Ernst später noch bewies, als er sich in seinen Rost-Opel setzte und – Gott sei Dank! – unfallfrei und ohne kontrolliert zu werden, die rund vierzig Kilometer über die A 73 nach Hause bretterte. Dies allerdings fand erst etliche Stunden später statt, weshalb zu seinen Gunsten angeführt werden kann, dass ein großer Teil des Alkohols zu dieser Zeit bereits irgendwo zwischen Leber und Schädeldecke verdunstet war.

»Privat oder geschäftlich?«, wiederholte er Bettys Frage kichernd. »Privates wird er sicher wollen, Geschäftliches, das muss er sollen.« Wenn Ernst reimte, dann war das Ergebnis zumeist ebenso schauerlich wie spontan. »Er hat mir die Dame als äußerst attraktiv beschrieben, und da er ein unverbesserlicher Hetero ist ... Was soll das außerdem heißen? Was macht ein Kerl wie er mit einer Kunstgeschichtlerin? Ist schließlich nicht die erste Frau von Kultur in seinem Leben.« Damit spielte Ernst auf Neros ehemalige Beziehung mit der Komponistin Celia Adler an.[*] Das Allerschlimmste an seiner offenherzigen Verfassung jedoch war, dass er später, als die Reue kam und blieb, sich nicht mehr daran erinnern konnte, was und wie viel er Betty von Neros neuem Auftrag erzählt hatte, von dem Grund dafür ganz zu schweigen.

»Aber als ich hörte«, kam er schließlich leutselig und frei jeden Hintersinns auf den aktuellen Fall zurück, »dass der Mann, der oben in St. Jakob umgebracht wurde, ein unfreiwilliger Wiedergänger des heiligen Sebastian war, habe ich – wie es nun mal in meiner journalistischen Ader liegt – ein wenig recherchiert.«

»Dann weih mich mal ein«, sagte Betty und hoffte, dass sie sich

---

[*] So viel Selbstreferenz muss sein, siehe: Lucas Bahl, Wenn der Berg ruft, Cadolzburg, 2007.

trotz ihres verzögert arbeitenden Gehirns alles würde merken können.

»Ich sage dir zweifellos nichts Neues damit, aber Sebastian ist *nicht* nur der Patron der Polizisten, der Schützenvereine, der Leichenträger«, er bemerkte das Erstaunen in Bettys Gesicht, fuhr aber ungerührt weiter fort, »*nicht* nur der Sterbenden, der Bürstenbinder, der Büchsenmacher, der Gärtner, Gerber und Steinmetze, zudem ist er *nicht* nur der Schutzheilige gegen Pest und Seuchen, sondern *auch* der Heilige der Schwulen.« Jedes »nicht« hatte Ernst mit einer solchen Intensität betont, als wollte er alles zuvor Gesagte, kaum dass er es ausgesprochen hatte, schon wieder vergessen machen, um die Kernbotschaft, die nach dem »auch« folgte, besonders hervorzuheben.

»Diese ganzen Nothelferfunktionen waren mir tatsächlich fremd, aber dass die Schwulen ihren eigenen Heiligen haben, davon hatte ich schon gehört …« Betty schüttelte den Kopf. »Gott verstehe die homosexuellen Männer!«

»Der Zusammenhang ist ganz einfach«, erklärte Ernst. »Normalerweise heißt es ja, Sebastian sei Märtyrer geworden, weil er sich partout zu seinem christlichen Glauben bekennen wollte. Es gibt aber natürlich noch eine andere Variante der Geschichte: In ihr wollte der Diokletian dem hübschen jungen Mann aus seiner Garde partout an die Wäsche, und als dieser sich partout weigerte, sich des hässlichen, missgestalteten und kümmerlichen kaiserlichen Gliedes in der Weise anzunehmen, die sein Herr von ihm verlangte, da musste er eben dran glauben.«

»Partout?«

»Äh – unbedingt, wenn du so willst. Wieso?«

»Du hast es fertiggebracht, in zwei Sätzen ein Dutzend Mal hintereinander ›partout‹ zu sagen.«

»Nein.«

»Doch, aber egal. Sprich weiter.«

»Jedenfalls ist diese Variante keine moderne, von Ralf König oder einem ähnlich gestrickten Witzbold ersonnene Heiligenbildchen-Parodie, sondern fast genauso alt wie die eigentliche Legende.«

»Ach, geh …« Es war nicht auszumachen, ob Bettys Einwurf vor Ironie troff oder vielleicht doch ernst gemeint war.

»Und das war der tatsächliche Grund, weshalb ich diese Kunsthistorikerin erwähnt habe.« Jetzt wiederum war es nicht auszumachen, ob Ernst, so ihm denn gerade Bettys Spott um die Ohren geschleudert worden war, ihn auch nur ansatzweise bemerkt hatte.

»Guck dir einfach mal die Bilder an, die von den Künstlern im Verlauf der Jahrhunderte von Sebastian angefertigt worden sind!«, forderte er sie mit einer weitschweifigen Geste auf, als könne sich an diesem Abend noch ein Wunder ereignen und aus dem Nichts heraus eine Dia-Show beispielhafter Bildwerke in die laue Abendluft projiziert werden. Obwohl nichts dergleichen passierte, bekam auch Bettys Blick mit einem Mal diese verinnerlichte Leere. Fast war man versucht zu glauben, sie könne im Geiste ebenfalls das erblicken, was Ernst gerade vor seinem inneren Auge sah.

»Spätestens seit der Renaissance wird Sebastian auf den Bildern kontinuierlich jünger und schöner, und … er hat immer weniger an!«

»Ich habe es ja bereits geahnt. Eine Schwulenfantasie!«

»Das Bild eines Perugino-Schülers zeigt ihn nur noch von einem einzigen Pfeil getroffen. Und zwar genau hier!« Ernst sprang auf und zeigte auf eine Stelle knapp oberhalb des Schritts.

»Da scheint mir der Pfeil aber ganz deutlich die böse Grapsch-Hand des geilen Kaisers zu symbolisieren«, lästerte Betty.

»Genau! Aber das Beste an diesem Bild ist das Gesicht des Jünglings.«

»Das Gesicht des Jünglings?«, wiederholte sie stirnrunzelnd.

»Ja, wenn du nur einen Ausschnitt vom Antlitz der Figur betrachtest«, sagte Ernst mit leichter Irritation in der Stimme, »dann kannst du nicht eindeutig festmachen, ob es sich um Männlein oder Weiblein handelt.«

»Aha. Wie ich also schon sagte: eine schwule Fantasie mit eindeutigem Sado-Maso-Anteil.« Angesichts Ernsts kaum verhohlener Begeisterung fiel es ihr sichtlich schwer, nicht in lautes Geläch_ter auszubrechen. Doch trotz des nach wie vor in ihr arbeitenden Restalkohols gelang es ihr, die interessierte Fassade aufrechtzuerhalten.

Ernst hockte sich wieder neben sie auf die Parkbank. »Um es auf den Punkt zu bringen«, schloss er seine Ausführung, »es muss sich beim Bamberger Mord um den gleichen Täter wie beim Mord am Gannengießer in Nürnberg handeln.«

Jetzt war Betty sprachlos. Sie hatte mit weiteren Abschweifungen gerechnet, aber nicht damit, dass Ernst so plötzlich auf den eigentlichen Anlass ihres Treffens zurückkommen würde.

»Ist doch logisch«, sagte er.

»Und wieso?«

»Die Ähnlichkeit des Tatorts ist die eine Verbindung. St.-Jakobs-Kirchen! Aber noch viel ähnlicher ist das schwulenfeindliche Motiv, das hinter beiden Taten steckt. Vielleicht stellt sich irgendwann ja noch heraus, dass auch der Uehlfelder Mord einen homophoben Hintergrund hatte.«

»Also, beim Gannengießer sind wir uns einig, aber findest du es nicht etwas arg weit hergeholt, auch hier in Bamberg ein homophobes Motiv zu unterstellen?«

»Das ist für mich kaum weiter hergeholt als der ja durchaus reale Umstand, jemanden heutzutage mit Pfeilen zur Strecke zu bringen. Und denke nur mal an das Opfer aus Nürnberg.« Ernst stieß mit dem Finger so rasch in ihre Richtung, dass sie erschrocken zurückwich. »Was ist denn eine Lanze letztendlich anderes als eine Art vergrößerter Pfeil!«

»Tja, das Problem von deiner Theorie ist nur«, erwiderte Betty nachdenklich, »dass alle Opfer verheiratete Familienväter waren. Keiner der ersten beiden verkehrte in schwulen Kreisen.«

»Mein Gott, jetzt mach mal einen Punkt, Betty«, polterte Ernst. »Du weißt doch so gut wie ich, dass es Hunderte von Ehemännern und Familienvätern gibt, die insgeheim schwul sind.« Ich wäre ja fast selbst zu so einem geworden, fügte er in Gedanken an die Frau hinzu, mit der er ungewollt seine Tochter gezeugt hatte. Und was bin ich jetzt? Ein einigermaßen offener Schwuler, der seit Jahren keinen passenden Kerl findet. Im Grunde glich er sich der Landschaft an, in der er Wurzeln geschlagen hatte: Er war und blieb ein ebenso hoffnungs- wie hemmungsloser Romantiker, der sich nach einer kuschelig-spießbürgerlichen Zweisamkeit sehnte. Gerne auch verheiratet. One-Night-Stands, Sauna-, Darkroom- und Klappen-Exzesse hinterließen bei ihm zwangsläufig einen schalen Nachgeschmack und waren, um auch hier den katholischen Jargon zu bemühen, Nothelfer, die zwar über die schlimmsten Entbehrungen hinweghalfen, aber mehr auch nicht. Er musste dringend auf andere Gedanken kommen. »Was hat denn die Zeugin ausgesagt?«

»Die ... da ...« Darüber darf ich nicht reden, wollte Betty sagen, hielt aber noch rechtzeitig inne. Trotz eines gewissen alkoholschwangeren Nebels, der sich wie ein warmer Mantel um ihre Gedanken gelegt hatte, wirbelten ihr im Bruchteil einer Sekunde all die Dinge durch den Kopf, die ihr Ernst in den letzten Stunden erzählt und unter dem Siegel der Verschwiegenheit anvertraut hatte. Wenn sie ihn jetzt abblockte, würde dieser muntere Quell mit Sicherheit versiegen.

Was sie von Ernst erfahren hatte, hatte zwar nicht unmittelbar mit ihren eigenen Fällen zu tun, aber immer, wenn es um die Machenschaften der Reichen, Schönen und Mächtigen ging, erwachte neben ihrer professionellen Neugier auch ihre ganz private Lust, Blicke in eine fremde Welt zu werfen. Vor allem, wenn da ganz offensichtlich etwas in Vorbereitung war, das die Beteiligten mit viel Aufwand unter den Teppich der Verschwiegenheit kehren wollten. Was Ernst Betty erzählt hatte, fiel zwar nicht in ihr Ressort, aber solche konservativen Scheuklappen fand sie kontraproduktiv. Nicht zuletzt funktionierte die Polizeiarbeit auch innerhalb der Behörde nach dem uralten Prinzip von Geben und Nehmen. Tat sie ihren Kollegen einen Gefallen, dann fiel es denen beim nächsten Fall auch leichter, sie bei Bedarf über das Normalmaß hinaus zu unterstützen.

Außerdem gab es noch einen zweiten Grund, weshalb sie sich Ernst gegenüber nicht allzu zugeknöpft geben musste: Mit großer Wahrscheinlichkeit handelte es sich bei ihm nicht um den Mörder.

Natürlich drängte sich mittlerweile trotz aller Unterschiede der drei Taten auch ihr und ihren Kollegen der Verdacht auf, dass sie es mit einem Serienkiller zu tun hatten, einem äußerst gerissenen, umsichtigen sowie intelligenten Mörder. Und ähnlich wie Ernst konnte Betty einen mehr oder minder unterschwellig mitschwingenden schwulenfeindlichen Hintergrund nicht mehr ausschließen. Und genau darüber ließ sich mit Heteros viel schlechter diskutieren als mit Ernst, der sozusagen vom Fach war.

Trotzdem, rein professionell betrachtet besaß Ernst weder für die Tat in Uehlfeld noch für die in Nürnberg ein echtes Alibi. Selbstredend hatte sie ihn *en passant* danach gefragt, und er war Profi genug gewesen, um dergleichen nicht persönlich zu nehmen. Obwohl es sein Beruf war, der ihn in die Nähe beider Tatorte geführt hatte, rückte er damit zumindest theoretisch auf die Liste der möglichen Verdächtigen. Seine Aussage, er habe in den jeweiligen Tatnächten allein in seinem Bett gelegen und geschlafen, war im Grunde nichts wert, solange sie niemand bestätigen konnte. Wenn etwa ein Nachbar, sollte Ernst in den Fokus einer näheren Untersuchung gelangen, zumindest etwas in folgender Art aussagen könnte: »Ja, ich habe Herrn Piers durchdringendes Schnarchen aus seinem offenen Schlafzimmerfenster nicht nur in der fraglichen Nacht deutlich gehört, da es mir selbst den Schlaf geraubt hat, sondern ich habe es auch eindeutig als das Schnarchen von Herrn Pier identifizieren können, da dieses einzigartig ist: Es klingt wie der Motor eines Bulldogs, in dessen Tank irgendein Witzbold reingeschifft hat.« Allerdings kannte Betty auch Staatsanwälte, denen es stets ein grausames Vergnügen bereitete, derartige Aussagen durch den juristischen Schredder zu jagen, sodass hinterher rein gar nichts von ihnen übrig blieb.

Wenn sie allein ihrem Instinkt und ihren Erfahrungen vertraute, dann hatte Ernst für sie zu keiner Zeit wirklich zum Kreis der Verdächtigen gehört, aber seit dem Bamberger Mord war er diesem Kreis auch objektiv um einiges ferner als zuvor, da er für den gestrigen Tag ein hieb- und stichfestes Alibi besaß: In der fraglichen Zeit hatte er sich in Nürnberg im Studio befunden und war auf Sendung gewesen.

»Ihre Aussage hat eigentlich nicht viel gebracht«, ging sie wieder auf Ernsts Frage ein. »Die gute Frau ist noch immer völlig durch den Wind.«

»Was soll das heißen?«

»Ganz einfach. Wenn sich herausstellen sollte, dass die Ärmste nicht nur unter stressbedingten Halluzinationen leidet, ist es nachzuvollziehen, warum sich der Mörder traute, seine Tat am helllichten Tag und mit Zuschauerin zu verüben.«

Ernst seufzte. »Ist eine derart unpräzise Ausdrucksweise heutzutage bei euch üblich?«

»Inwiefern?«

»Was hat sie denn gesehen? Beziehungsweise was glaubt sie, gesehen zu haben?« Am liebsten hätte er jetzt ungeduldig mit den Fingernägeln auf eine nicht vorhandene Tischplatte geklopft.

»Einen Geist«, antwortete Betty, ohne eine Miene zu verziehen.

»Har, har. So besoffen bin ich leider noch nicht, dass du mich mit solchen Kinkerlitzchen verarschen kannst.«

»Keine Verarsche!«, schwor Betty und hob zum Beweis Zeige- und Mittelfinger der rechten Hand. Ernst beugte sich zurück, um zu sehen, ob sie heimlich die Finger der anderen hinter ihrem Rücken kreuzte, aber dem war nicht so. Trotzdem: In dieser erzkatholischen Stadt musste man mit allem rechnen.

»Also ein Geist«, sagte Ernst. »Dann verstehe ich auch, warum die Großfahndung nichts gebracht hat. Und was hat die Zeugin sonst noch so von sich gegeben?«

Seine Stimme klang resigniert. Unter diesen Umständen war es kein Wunder, dass Kirchgänger in Polizeikreisen als die unzuverlässigsten aller möglichen Zeugen galten. Schließlich kannte er selbst Augenzeugen aus dem oberfränkischen Heroldsbach, die seit Jahrzehnten Stein und Bein schworen, die Jungfrau Maria sei ihnen erschienen. Und das mehrfach. Dazu habe sie im Verlauf des sogenannten Großen Sonnenwunders die Einwohner vor dem Einmarsch der Russen gewarnt. Der Besuch der Gottesmutter inmitten von fränkischem Ackerland und Karpfenteichen veranlasste seitdem Jahr um Jahr Tausende von Pilgern dazu, das Dorf aufzusuchen und den Erscheinungshügel samt Birkenwäldchen und Mulde zu besichtigen.

Ein Freund, der eine Zeit lang in Heroldsbach wohnte, hatte ihm von einem der zahlreichen Wunder berichtet, durch die es dem Pilgerverein gelungen war, das Dorf immer wieder überregional als Wallfahrtsort ins Gespräch zu bringen. Das letzte dieser Ereignisse waren sorgfältig auf eine der Marienstatuen aufgebrachte Tränen gewesen. Dennoch vermochte ein längst zurückliegendes Wunder aus den achtziger Jahren die aktuellere weinende Madonna in den Schatten zu stellen. Damals hatten die Birken des nahe gelegenen Wäldchens pünktlich zum Jahrestag der Enthauptung irgendeines Heiligen geblutet. Der Bekannte von Ernst, der gerade frisch aus dem Norden zugezogen war, wollte sich das Spektakel natürlich nicht entgehen lassen und staunte nicht schlecht, als er – wegen der sommerlichen Hitze nur mit Shorts und T-Shirt bekleidet – bei den Birken ankam. Mehrere Busladungen von Gläubigen, allesamt in dunklen Anzügen und Sonntagsstaat, drängten sich um die dünnen Stämme, um mit feinsten weißen Damasttüchlein das austretende

Harz abzutupfen. An den Bäumen ringsherum informierten mehrere Zettel darüber, dass es sich um ein Wunder und um echtes Blut der seltenen Blutgruppe AB positiv handelte. Letzteres hätten zwei Labore nach Untersuchung der Proben unabhängig voneinander bestätigt. Doch woher die Proben stammten, darüber hüllten sich die Wunderverwalter in beredtes Schweigen und wollten jeden glauben machen, dass es sich dabei um das Sekret der Bäume gehandelt hatte. Wenig später stellte sich nach einer erneuten Untersuchung von Wissenschaftlern heraus, was alle Welt, nur die Wundergläubigen ausgeschlossen, schon die ganze Zeit vermutet hatte: Bei dem Sekret handelte es sich um gemeines Harz.

Zur gleichen Zeit hielt sich im kaum zwei Kilometer von Heroldsbach entfernten Dörfchen Hausen hartnäckig die Legende, dass hier vor mehr als zweitausend Jahren der römische Statthalter Pontius Pilatus zur Welt gekommen sei. Und das, obwohl Hausen erst vor wenigen Jahren sein tausendjähriges Dorfjubiläum feiern konnte! Auch das nur wenige Kilometer entfernte Forchheim wollte dieselbe zweifelhafte Ehre in Anspruch nehmen, weit jenseits vom Limes, im kalten, fernen Germanien, besagten römischen Statthalter hervorgebracht zu haben. Dabei muss kaum erwähnt werden, dass Forchheim nur unwesentlich älter als ihr Konkurrent ist. Das 1200-jährige Stadtjubiläum wurde ebenfalls erst vor wenigen Jahren begangen. Angeblich, so heißt es, sei wahlweise der rote Hut beziehungsweise die rote Hose des Pilatus noch bis ins hohe Mittelalter hinein im städtischen Zeughaus aufbewahrt worden.

Im Oberfränkischen, so beweisen diese Beispiele, kursieren also viele wunderliche Geschichten. Die Sichtung eines mörderischen Geistes – zweifellos kaum des berühmten heiligen – in einer Bamberger Kirche, die immerhin fast so alt ist wie der ehrwürdige Dom selbst, klang deshalb gar nicht so ungewöhnlich.

Nun aber wäre es im höchsten Maße ungerecht zu glauben, derartige religiöse Verirr- und Verwirrungen hätten die Katholiken Oberfrankens allein für sich gepachtet. Solche Annahme wäre weit gefehlt, denn auch im protestantischen Mittelfranken sind ähnliche Auswüchse ohne Schwierigkeiten zu finden. In Wassertrüdingen plante man kürzlich die Errichtung einer fünfundfünfzig Meter hohen Christusstatue. Hätte man sie tatsächlich verwirklicht, wäre sie ein Koloss gewesen, der seinem Gegenstück auf dem Zuckerhut in Rio de Janeiro locker auf den Kopf hätte spucken können. Kein Wunder, dass sich die Befürworter dieses Mammutprojekts davon eine enorme touristische Schubkraft für die strukturschwache Region versprachen.

Deshalb zuckte auch nicht der kleinste Muskel in Ernsts Gesicht, als Betty in Bezug auf die Zeugin und ihre Geistersichtung sagte: »Ich nehme ihre Aussage ernst.«

»Natürlich«, nickte Ernst. »Würde ich auch tun.«

»Ich habe darauf bestanden, dass der Polizeizeichner eine Skizze der Erscheinung nach der Beschreibung der Frau anfertigt!«

»Super! Darauf wäre ich nicht gekommen. Obwohl, wenn ich's mir recht überlege – ein großes weißes Blatt, viel Wasser und so gut wie keine Farbe, damit kann man einen schemenhaften Geist ohne Frage gut und schnell aufs Papier bringen.«

»Ich greife ja wirklich nur ungern etwas auf, das du vor ein paar Minuten von dir gegeben hast, aber jetzt ist es tatsächlich so weit: Har, har, har.« Betty brachte es tatsächlich fertig, wie Peg-leg Pete, hinter dem sich Kater Karlo verbirgt, zu klingen. Dann machte sie eine Pause und blickte Ernst an. »Bist du geistig noch in der Lage, dir etwas anzuhören, ohne dich zwanghaft darüber lustig zu machen?«

Ernst verzog das Gesicht zu einer säuerlichen Grimasse, nickte aber.

»Gut. Ich habe eine Aufnahme der Skizze dabei und werde sie dir gleich zeigen. Aber vorher will ich dir noch erklären, warum ich überhaupt auf die Idee gekommen bin, die Zeugin und den Zeichner in einen Raum zu sperren.«

Sperren?, dachte Ernst, brach den sich aufdrängenden Gedanken jedoch ab und hielt seine Klappe.

»Sie konnte nämlich erstaunlich präzise die Waffe beschreiben, mit der das Opfer umgebracht worden ist.«

Geist hin oder her, Pfeil und Bogen sind nichts, was sich so schnell unter einem geisterhaften Bettlaken verbergen lässt, überlegte Ernst, blieb aber weiterhin stumm.

»Der Mörder hat so etwas wie eine halbautomatische Armbrust benutzt. Nicht besonders groß, aber mit beachtlicher Durchschlagskraft.«

»Wie bitte? Eine halbautomatische Armbrust? Davon hab ich ja noch nie gehört!« Jetzt konnte Ernst seinen Mund nicht mehr halten.

»Anhand der Pfeile und der Beschreibung haben wir herausgefunden, um was für eine Waffe es sich dabei handelt.« Betty kramte in ihrer Handtasche und holte ein schickes neongrünes Netbook hervor. Sie schaltete das Gerät ein, das in einer so hohen Geschwindigkeit hochfuhr, dass Ernst einen erstaunten Laut ausstieß. »Tja, wer auf Windows verzichtet und sich mit Linux begnügt, der zahlt weniger und gewinnt mehr Zeit.« Sie klickte sich durch einige Dateien. »Hier ist es!«

Ernst starrte auf den kleinen Bildschirm. Als Betty die Armbrust erwähnte, hatte er an ein schweres, hölzernes Gerät mit einer Kurbel an der Seite gedacht, mit der sich die Sehne spannen ließ. Gewissermaßen an einen Zwitter aus Bogen und Vorderlader. Aber das Ding auf dem Foto, das er nun betrachtete, stimmte mit seiner Vorstellung bestenfalls noch rudimentär überein.

Die Waffe sah eher aus wie die weltraumtaugliche Laserpistole eines Alien und schien aus ebenso futuristischen Materialien gefertigt zu sein.

»Carbon. Die Pfeile sind aus Aluminium. In diesem länglichen Kasten unter dem Schaft befindet sich ein Magazin mit acht Pfeilen«, erklärte Betty. »Nach einem Schuss spannt der Schütze die Sehne neu, indem er, ähnlich wie bei einer Schrotflinte, diesen Schlitten zurückzieht. Damit wird gleichzeitig ein Riegel entsperrt und der nächste Pfeil aus dem Magazin nach oben gedrückt.«

»Ratsch, ratsch«, machte Ernst und konnte sich ein albernes Grinsen nicht verkneifen, während er die Ladebewegung imitierte, die er aus zahllosen Filmen kannte.

Betty verdrehte kurz die Augen, bevor sie in sachlichem Tonfall fortfuhr: »Dort rastet der Pfeil ein. Siehst du, hier!« Sie tippte mit dem Zeigefinger auf den Bildschirm. »Und hier ist noch eine Halterung, an der man ein Zielfernrohr befestigen kann. Kostet natürlich alles extra.«

»Klar«, murmelte Ernst jetzt ehrlich verblüfft.

»Laut Herstellerangaben kann man mit ein bisschen Übung und Kraft die acht Pfeile in weniger als ebenso vielen Sekunden abschießen. Anschließend lässt sich das leere Magazin ratzfatz gegen ein neues austauschen.«

»Und wie weit schießt so ein Ding?«

»Angeblich über achthundert Meter. Zielgenau aber nur bis rund zweihundert. Wenn ich an die Schussgenauigkeit meiner Dienstwaffe denke, kann ich das kaum glauben.«

Kommt vielleicht auch ein bisschen auf den Schützen an, dachte Ernst.

»Aber man soll Äpfel nicht mit Birnen vergleichen«, tat Betty ab.

»Außerdem ist der Apfel das Ziel, das du treffen musst«, sagte Ernst. »Der Bogen kommt mir übrigens nicht gerade besonders groß vor.«

»Ist er auch nicht. Der Hersteller verwendet hier das gleiche Prinzip wie bei einem Compoundbogen.«

»Kom... pau... was?«

»Compoundbogen. Dabei wird die Sehne über sogenannte Cams geführt, das sind kleine Rollen, durch die letztlich eine Hebelwirkung erzeugt wird. Die bewirkt wiederum, dass du beim Anspannen nur anfangs die volle Kraft aufbringen musst, so vielleicht achtzig Pfund. Befindet sich der Bogen dann in der Vollspannung, verringert sich der Krafteinsatz auf einen Bruchteil, was wiederum bedeutet, dass der Rückhaltehaken für die Sehne verhältnismäßig klein und leichtgängig sein kann.«

»Und mit so einem Ding wurde das Opfer umgebracht?«, brachte es Ernst auf den Punkt.

»Sieht so aus.«

»Aber dann muss es euch doch leicht fallen, über den Hersteller, Vertreiber oder Händler dieser exotischen Waffen die Käufer und damit letztlich auch den Täterkreis einzugrenzen, oder?« Betty runzelte die Stirn und musterte ihn mit dem Ausdruck größtmöglichen Mitleids.

»Was meinst du denn, womit sich meine Kollegen seit gestern ihre Zeit vertreiben?«

»Und?«

»Der Hersteller dieses Mordinstruments, für das man übrigens keinen Waffenschein benötigt, sitzt in England. Für Deutschland gibt es nur einen Importeur.«

»Na, aber das klingt doch vielversprechend.«

»Schon, aber leider hat dieser Importeur fast dreitausend Läden mit diesem Armbrusttyp beliefert. Abgesehen davon kann der Mörder die Waffe auch im Ausland gekauft haben.«

»Verstehe. Und vielleicht hat dieser Kerl, euer Geist, das Ding ja auch geklaut?«

»Vielleicht«, nickte Betty. »Die Armbrust ist zwar erst drei Jahre auf dem Markt, aber der Absatz scheint für sämtliche Beteiligten ziemlich erfreulich zu sein. Mit Ausnahme von dem Opfer und von uns. Obwohl das Teil alles andere als billig ist, sind bisher mehr als zehntausend Exemplare verkauft worden.«

»Guter Gott! Ich hätte nie gedacht, dass wir in Deutschland auf eine ganze Armee von Armbrustschützen zurückgreifen können!«

»Ich auch nicht.«

»Aber neben dieser ungewöhnlichen Waffe habt ihr ja noch die Geisterbeschreibung«, fiel Ernst ein.

Bevor sie zu der Abbildung kam, klickte sich Betty auf ihrem Netbook durch weitere Bilderfolgen des Tatorts. Wegen der verschiedenen Perspektiven, die der Fotograf beim Ablichten gewählt hatte, sah es aus, als würde das Opfer noch lebendig auf dem Boden der Kirche herumzappeln.

»Hey! Cool! Ein neues Game! Oder sind das Stills aus dem aktuellen Jason-Streifen?«

Die Köpfe von Betty und Ernst rotierten nahezu synchron nach hinten, während sie beide derart zusammenschraken, dass sie beinahe von der Parkbank geflogen wären.

»Das is nie und nimmer der neue Jason! Das sieht mir eher nach 'ner Szene aus der neuen Rob-Zombie-Produktion aus.«

»Was zum Teufel treibt ihr hier hinter unserem Rücken?« Betty klappte in einer einzigen fließenden Bewegung das Netbook zu, griff nach ihrer Handtasche, sprang auf und drehte sich dabei zu den beiden Gestalten um, die urplötzlich hinter ihnen aufgetaucht waren. Im schwachen Licht der nun leuchtenden Straßenlaternen, das kaum durch die dicht belaubten Äste der Bäume drang, waren die beiden anfangs kaum auszumachen. Ernst musste sich erst wieder an die Dunkelheit gewöhnen. Zu intensiv hatte er die letzten Minuten auf den hellen Monitor gestarrt, war absolut auf die kleinen, strahlenden Informationen konzentriert gewesen, fokussiert und gefangen in jener modernen Form des Tunnelblicks, die alle Bildschirm-Junkies irgendwann entwickeln. Die Stimmen ließen auf ein junges Pärchen schließen, doch in Wirklichkeit waren die Störenfriede sogar zu viert.

Als er alles etwas klarer sah, erkannte er, dass das kaum eins sechzig große Mädchen mit der schwarz und orange gefärbten Stachelkopffrisur einen Hund an der Leine hielt, dessen Statur man ansah, dass sein Unterhalt ein kleines Vermögen kosten musste. Umso bedenklicher erschien es Ernst, dass die Leine, mit der das monströse Wesen gebändigt werden sollte, sich streng genommen nur als eine Art Schnur entpuppte, die wiederum an einem Tuch befestigt war, das der große, wuschelige Vierbeiner um den Hals trug. Das Tier glich weniger einem Hund als einem Tanzbären, der von einer mitleidigen Touristenseele auf einem Bukarester Vorortmarkt freigekauft worden war. Noch dazu konnte das Tier, falls es in alte Gewohnheiten verfiel und sich auf die Hinterbeine stellte, der Kleinen bequem auf den Irokesen sabbern.

Hoffentlich ist zur Not, so dachte Ernst, wenigstens ihr Begleiter kräftig genug, um den gewaltigen Zottelklops im Zaum zu halten. Der junge Mann maß immerhin etwa rund zwei Meter in der Länge und nicht unwesentlich weniger in der Breite. Er war komplett in Schwarz gekleidet, und seine im gleichen Ton gefärbten, leicht lockigen Haare wallten ihm weit über die Schultern hinab. Doch anstatt sich um seine kleine Freundin zu kümmern und ihr dabei zu helfen, den Bären unter Kontrolle zu halten, fuhren seine Hände, begleitet von einem seifenähnlich-flutschigen weißen Schatten, ohne Unterbrechung an seinem eigenen massigen Körper herum. Die gleichen Bewegungen etwas tiefer gelagert, so in Schritthöhe, hätten ziemlich unanständig ausgesehen.

»Die obligatorische Laborratte«, murmelte Ernst kaum hörbar.

»Nix da«, widersprach der Riese laut. »Ist ein Geschenk von Danger!«

»Danger, so, so!«

»Ich bin Danger«, sagte das Mädchen und schaute Ernst trotzig an. »Und das hier sind Kracki«, sie zeigte auf den zweibeinigen Riesen, »und Mentos.« Der als Hund getarnte Bär. »Die Ratte heißt Rimbaud.«

Ein reizendes Pärchen, dachte Ernst und wusste nicht recht zu sagen, wer hier wen abgöttischer liebte. Aber dass es sich um ein im Moment unzertrennliches Liebespaar handelte, war mehr als offensichtlich.

»Mentos und Rimbaud?« Ernst staunte nicht schlecht.

»Na ja, er stinkt halt immer so aus dem Maul, aber er ist ein ganz Lieber, solange er nicht merkt, dass jemand Angst vor ihm hat. Das kann ihn allerdings ganz bekloppt in der Birne machen.«

Noch ehe sich Ernst weitere Gedanken darüber machen konnte, welche Welt- und Weitsicht eine junge Frau dazu bewogen hatte, einer Ratte den Namen eines französischen Dichters und Waffenhändlers zu verpassen, und ob die schwarze Knollennase von Mentos auch versteckte, geschickt überspielte Ängste zu erschnuppern vermochte, wiederholte Betty ihre eingangs gestellte Frage.

»Was, zum Teufel, habt ihr hinter unserem Rücken zu suchen?«

»Wollen hier pennen«, sagte Kracki, der offensichtlich nichts dabei fand, dass er den Namen eines Katzenfutters trug.

»Ist eine schöne, laue Nacht«, ergänzte Danger.

»Müsst ihr denn nicht nach Hause?«, fragte Betty in einem Tonfall, der davon zeugte, dass sie es zu Beginn ihrer Karriere als streifende Polizistin mehr als ein Mal mit jugendlichen Ausreißern zu tun gehabt hatte.

»Bin schon achtzehn«, knurrte Kracki. Ihm war anzuhören, dass er diese Frage schon öfter gestellt bekommen hatte.

»Und du?« Betty zeigte mit dem Zeigefinger in Richtung des Mädchens.

»Auch«, tönte es trotzig zurück.

»Na, dann wollen wir das mal flugs überprüfen«, sagte Betty und zückte ihr Handy.

»Mensch«, maulte Kracki. »Ich wollte doch nur einfach noch etwas mehr von dem geilen Splatter-Zeug sehen!«

»Das wolltest du nicht wirklich«, erwiderte Betty resolut.

»Äh, wolltest du mir nicht noch etwas zeigen?«, schaltete sich Ernst zaghaft ein. »Wenn du jetzt deine Kollegen rufst, wird sich die Versammlung hier bis in die Puppen ziehen!«

»Kollegen? Kracki, lass uns abhauen, das is 'ne Zivi-Bulette!« Danger verschwand mitsamt Bär zwischen den Bäumen.

»Scheiße!«, murmelte der Angesprochene, stopfte Rimbaud kurzerhand in seine Hosentasche und watschelte im Eilschritt seiner Freundin hinterher. Erstaunliche Menschenkenntnis entwickelten die Kids heutzutage! Noch immer hallte die Bezeichnung »Bulette« in Ernsts Ohr nach. Sollte er das jetzt beruhigend oder im Gegenteil beunruhigend finden, dass Danger ihn im Vergleich zu

Betty von vorneherein als harmlos und keinesfalls als Vertreter von Recht und Ordnung eingestuft hatte?

»Mist«, knurrte Betty.

»Wir hätten sie eh nicht festhalten können, bis deine Kollegen da gewesen wären«, sagte Ernst. »Oder hast du ernsthaft vorgehabt, dich mit einem Fleischklops *und* einem Bären anzulegen?«

»Das einzige Viech, vor dem mir gegruselt hat, war dieser Rimbaud!«

»Komm, lass uns ein Stück weitergehen.«

»Diese Danger war mit Sicherheit noch nicht achtzehn, vielleicht noch nicht einmal sechzehn, und davon abgesehen halte ich es für keine gute Idee, wenn junge Leute auf offener Straße pennen.«

»Nicht auf offener Straße. Eher am Ufer, im Park«, versuchte Ernst halbherzig zu präzisieren. »Und so lang ist es doch auch noch nicht her, dass du jung warst. Zeig halt ein bisschen Verständnis.«

»Sehr freundlich«, zischte Betty, »aber komm mir bloß nicht damit. Zur Zeit ist es angenehm warm, da kann man sich schnell dran gewöhnen, auf der Straße zu leben. Und was, wenn es in ein paar Monaten Winter wird? Dann haben sie keine Wohnung, keine Ausbildung, keinen Beruf ...«

»Du kannst dich doch nicht um alles kümmern.«

»Nein, wahrhaftig nicht. Aber darum geht es auch gar nicht.« Sie stockte. Irgendetwas in ihren Überlegungen bewog sie, die Diskussion an dieser Stelle abzubrechen.

»Also, hier«, sie holte ihr Netbook wieder hervor und klappte es auf. Inzwischen befanden sie sich wieder auf der rechten Regnitzseite und lehnten sich an die Ausfahrt einer Tiefgarage. Endlich bekam Ernst die versprochene Phantomskizze zu sehen.

»Ein Imker?«, staunte er.

»Genau«, bestätigte Betty. »Die Zeugin hat ausgesagt, dass er sich in einem der Beichtstühle versteckt gehalten hat, bis das Opfer die Kirche betrat. Anschließend ging alles ganz schnell.«

Zwischenspiel

XIII: Eros, Thanatos und des Adlers Sturzflug

Und es geschah am ZWEITEN Tag:

Fast auf die Minute genau vierundzwanzig Stunden nach dem ersten Treffen mit seinen Auftraggebern in Nürnberg sprach Nero Kaiser in Bamberg im Büro von Ingrid Straubner vor. Er war mit dem Zug von Erlangen nach Bamberg gefahren und dann vom Bahnhof aus eine halbe Ewigkeit zu Fuß unterwegs gewesen, um schließlich den Vertrag zu unterzeichnen, einen Vorschuss in Empfang zu nehmen und den Dienstwagen abzuholen, der ihm für die Dauer seiner Arbeit netterweise zur Verfügung gestellt wurde. Da er noch nicht so häufig in der Domstadt gewesen war, hatte er sicherheitshalber eine Bahnverbindung früher genommen, um dann, bewaffnet mit einem Stadtplan, Bamberg zuerst einmal zu Fuß zu erkunden. Er wusste, dass er ein ordentliches Stück Weg vor sich hatte, doch da er in Erlangen hauptsächlich mit dem Fahrrad unterwegs war, unterschätzte er die Entfernung trotzdem. Hinzu kam, dass er ausgerechnet in der weniger attraktiven Gegend um den Bahnhof gebummelt hatte, sodass er, als er schließlich die Altstadt erreichte, einen ordentlichen Schritt zulegen musste. Verschwitzt, aber einigermaßen pünktlich erreichte er schließlich Ingrid Straubners Büro.

Insgeheim hatte er gehofft, bei dieser Gelegenheit auch Astrid Arantaña wiederzusehen, die ihm bei ihrer ersten Begegnung so imponiert hatte, doch leider wurde er in dieser Hinsicht enttäuscht. Und auch seine Chefin erwies sich größtenteils als genauso unnahbar, abweisend und kühl wie schon tags zuvor.

Ganz anders wirkte allerdings die Umgebung, in welcher die heutige Begegnung stattfand. Hatte die erste Unterredung mit den Straubner-Geschwistern in einem eher sachlich-schlichten, um nicht zu sagen leicht schäbigen Besprechungsraum stattgefunden, über dessen Mangel an Ausstrahlung auch die schiere Größe des Zimmers nicht hinwegzutäuschen vermocht hatte, so wurde Nero jetzt erstmals mit den sichtbar zur Schau gestellten Zeichen von großem Reichtum konfrontiert.

Am Kaulberg, in unmittelbarer Nachbarschaft zum Ebracher Hof, dem Guttenberg'schen Freihaus und dem Aufseß-Palais gelegen, residierte Ingrid Straubner hinter einer hübsch herausgeputzten Rokokofassade in einer Stadtvilla, deren ganze Pracht sich Nero erst in ihrem Inneren offenbaren sollte. Kein Firmen- oder Namensschild verriet, wer hinter diesen Mauern wohnte. Nachdem er geläutet hatte, blickte Nero auffordernd in das schwarze Auge einer Überwachungskamera, die ein kleines Stück zur Seite geschwenkt war, um ihn vollständig zu erfassen.

Nach einer erwartungsvollen Pause ertönte eine Stimme aus der Gegensprechanlage und teilte ihm umstandslos den Zahlencode mit, den er in das Ziffernfeld unterhalb der Klingel eintippen musste. Unverkennbar war es die Hausherrin persönlich, die ihm geantwortet hatte.

Dann klackte es vernehmlich in einem der Flügel der Eingangstür, und er konnte eintreten. Innen empfing ihn ein fast kathedralenhoher Eingangsbereich, der nach oben hin den Blick durch alle Stockwerke hindurch freigab und in der Mitte auf etwa halber Höhe von einem rund fünf Meter hohen hängenden Gebilde beherrscht wurde, das wie ein Adler kurz davor zu sein schien, von der Decke herabzustürzen.

Ein angenehmer leichter Luftzug strich durch das Gebäude. Einige der aus Draht, Federn, Fächern, Röhren, Violinen und Stoff bestehenden Teile der Skulptur bewegten sich leise raschelnd im Wind. Das geflügelte Objekt stand in einem bemerkenswerten, aber nicht unangenehmen Kontrast zu den um einige Jahrhunderte älteren Fresken und Stuckarbeiten, mit denen die Wände ansonsten verziert waren.

»Rebecca Horn«, sagte Ingrid Straubner, die auf der breiten Treppe stehen geblieben war und Nero wie tags zuvor freundlich, aber durchdringend musterte. Dann winkte sie ihm zu, was Nero an die matte, herablassende Geste einer ältlichen Königin erinnerte. »Kommen Sie, Herr Kaiser!« Ohne weiter abzuwarten, drehte sie sich um und verschwand hinter einer der Türen im ersten Stock.

Immer zwei Stufen auf einmal nehmend eilte Nero ihr hinterher und sah gerade noch, als er die Tür hinter sich schloss, wie sie am anderen Ende eines langen Ganges in einem Raum verschwand, der sich als ihr Büro herausstellte. Er hatte noch nicht einmal Zeit, den Gemälden und Kleinplastiken, die an den Wänden des Flures hingen beziehungsweise auf säulenartigen Sockeln standen, mehr als nur einen kurzen Blick zu gönnen.

»Setzen Sie sich«, forderte Ingrid Straubner ihn wieder auf und wies auf eine zerbrechlich wirkende schmale Couch, die vor einem ähnlich filigranen ovalen Tischchen stand. Vorsichtig nahm Nero Platz und hoffte, dass das offensichtlich ebenso wertvolle wie betagte Möbel nicht unter seinem Gewicht zusammenbrechen würde. Seitlich zum Fenster, aus dem man einen Blick in einen parkähnlichen Garten hatte, befand sich ein Schreibtisch samt passenden Beistellschränken. Die kostbaren Antiquitäten, mit denen sich Ingrid Straubner in ihrem Arbeitszimmer umgab, bildeten wie das Flügelobjekt im Eingangsbereich einen scharfen Kontrast zum ultramodernen Equipment, das sie benutzte. Auf einem Schränkchen standen mehrere flache Monitore, auf denen Bilder der Überwachungskameras flimmerten. Das Beste an Sicherheitstechnik ist gerade gut genug für sie, dachte Nero und überlegte sich, wie viele Scheine die Härsching-Anlage wohl gekostet haben mochte.

Sie ging zu dem Schreibtisch, und Nero verrenkte sich fast den Hals, um ihr hinterherzuschauen. Er fürchtete schon, dass sie sich hinter dem Monstrum verschanzen würde, um ihn während ihres Gesprächs zu einer möglichst unbequemen Haltung zu zwingen, denn sonderlich gemütlich war es auf der erstaunlich harten Sitzfläche der Couch nicht. Doch Ingrid Straubner griff nur nach einigen Papieren und Klarsichthüllen, dann steuerte sie wieder auf Nero zu. Anscheinend hatte ihre Sekretärin Urlaub.

Sie trug ein einfach geschnittenes, fast leger anmutendes, kurzes, ärmelloses Sommerkleid in einem hellblauen Pastellton, der sie noch blasser wirken ließ, als sie es ohnehin schon war. Als sie Nero ihren Rücken zukehrte, sah er noch deutlicher, was er zuvor nur aus dem Augenwinkel wahrgenommen hatte: Das Kleid war hinten sehr viel tiefer ausgeschnitten als vorne. Und mit einem Prickeln im Bauch stellte er zudem fest, dass ihr Rücken sowie ihre Arme und Schultern über und über mit den zartrosa Sprenkeln von Sommersprossen übersät waren.

Als sie die Unterlagen vor ihm auf das Tischchen legte, war er fest davon überzeugt, dass sie auf einem der Stühle ihm gegenüber Platz nehmen würde, doch stattdessen setzte sie sich direkt neben ihn, sodass ihm der leicht fruchtige Hauch ihres Parfüms in die Nase stieg. Himmel!, dachte er mit einer Mischung aus Verwirrung und Erregung. *Was* soll das denn hier werden? Und: Hoffentlich stinke ich wegen meines strammen Marsches durch die Stadt jetzt nicht wie ein Ochse!

Bisher hatte er keinerlei Mitarbeiter, Familienangehörige oder Personal in dem beeindruckenden großen Haus zu Gesicht bekommen. Auch Geräusche, die auf die Anwesenheit anderer Menschen hingedeutet hätten, waren nicht zu hören gewesen. Nero beschloss, so lange wie es ging, so cool wie möglich zu bleiben, kam sich aber absurderweise irgendwie nackt vor, obwohl Ingrid Straubner doch die eindeutig luftigere Kleidung trug. Mit aller Macht schob er das Gefühl zur Seite. Ignorieren!, befahl er sich selbst, doch das war leichter gedacht als getan. Schließlich spürte er keine zwei Zentimeter von sich entfernt und obwohl er sich seines Jacketts nicht entledigt hatte, die Wärme von bloßer weiblicher Haut.

Sie zog den Vertrag aus der Hülle und erklärte einige Details, die an ihm vorbeirauschten wie barocke Tafelmusik. Eher unbewusst nahm er zur Kenntnis, dass sich sein Dienstwagen in der Tiefgarage befand, unterschrieb die Papiere, ohne wirklich eine Zeile gelesen zu haben, und steckte dann eine Kopie in seine schmale Aktentasche, die er an das geschwungene Tischbeinchen gelehnt hatte. Dabei flatterte ihm die Vorstellung durch sein leicht benebeltes Hirn, wie er sich über Ingrid Straubners weiche, weiße Schenkel beugen musste, um die Tasche hochzunehmen. Das Bild von Sommersprossen auf durchscheinender Haut konkurrierte dabei mit der Tatsache, dass sein Kopf dabei ganz nah an ihrem Schoß vorbeigleiten würde. Doch die Realität sah anders aus: Die Aktenmappe stand auf seiner Seite des Tisches.

Um sich abzulenken, streifte sein Blick wie nebenbei durch den sonnendurchfluteten Raum, an dessen Wänden natürlich ebenfalls ein buntes Sammelsurium an hochwertiger Kunst versammelt war, und blieb an einem Ensemble hängen, das aus einer Staffelei und einem marmornen Sockel bestand, die beide fast in die Mitte des

Raumes gerückt worden waren. Auf dem säulenähnlichen Letzteren thronte eine Bronzeplastik, die auf den ersten Blick selbst fast nur aus einem Sockel zu bestehen schien. Doch über dem wuchtigen eckigen Metallkubus schritt ein grotesk mageres Männchen aus, das sich durch einen unnatürlich in die Länge gestreckten Hals auszeichnete, auf dem eine winzige Verdickung saß, die wohl den Kopf darstellen sollte.

Auf der Staffelei daneben ruhte ein hochformatiges Gemälde, das in düsteren Farben das verzückt himmelwärts blickende Gesicht einer blassen Frau mit ebenmäßig schönen Zügen zeigte.

Ekstatisch, fiel Nero dazu ein, als er ihr Gesicht näher in Augenschein nahm. Sofort erkannte er die Parallele zur Besitzerin des Bildes. Dem Künstler war es gelungen, der von ihm gemalten Frau – obwohl ein eher dunklerer Typ – einen ähnlich durchscheinenden Hautton zu verleihen wie dem von Ingrid Straubner. Die leicht geöffneten Lippen und die nach oben verdrehten Pupillen der Porträtierten wirkten auf ihn intuitiv hocherotisch.

Orgiastisch, so als sinne sie der Erschütterung eines heftigen sexuellen Höhepunkts nach, der sie soeben durchbebt hatte, vermutete Nero. Erst danach erkannte er, was sie überhaupt in der Hand hielt, die vom Maler ins halbschattige Dunkel getaucht worden war: den abgetrennten Kopf eines Mannes.

Judith und Holofernes, Eros und Thanatos.

Endlich konnte er seinen Blick von dem Bild lösen und zur Seite schauen. Ingrid Straubner musterte ihn aus ihren blaugraugrünen Augen – so genau war die Farbe aus dieser Entfernung nicht auszumachen – und verzog ihren Mund zu einem spöttischen Grinsen. Schlagartig wurde ihm bewusst, dass die Lippen seiner Chefin gerade mal eine Unterarmlänge von ihm entfernt waren. Dann kam es ihm so vor, als flatterten für Sekundenbruchteile seine Augenlider.

»Welches Kunstwerk fesselt Ihre Aufmerksamkeit mehr?«, fragte sie. »Der Giacometti oder das Gemälde von Francesco Cairo?«

Er wusste sofort, was er hätte antworten müssen, trotzdem sagte er nicht: »Weder noch, das einzig Faszinierende in diesem Raum sind Sie!« Stattdessen murmelte er nur: »Finde ich in den Unterlagen auch alle notwendigen Kontaktdaten?«

Ihr Lächeln erlosch, und keinen Lidschlag später strahlte sie wieder die gewohnt strenge, geschäftsmäßige und betont sachliche Kühle aus, die ihm schon gestern an ihr aufgefallen war. Mit einem Mal schien sogar ihre sommerliche Körpertemperatur, die er eben noch zu spüren geglaubt hatte, um mehrere Grad gesunken zu sein.

»Ich stelle mir meine Neuerwerbungen immer erst einmal ins Büro«, erklärte sie. »So sie denn klein genug sind! Bei dem Objekt von Rebecca Horn war sowieso von Anfang an klar, dass es wie geschaffen ist für den Eingangsbereich.«

»Ah, ja.«

»Ich muss diese Dinge direkt hier vor meinen Augen haben, bis ich mir darüber im Klaren bin, wo ihr künftiger Platz sein wird«, fuhr sie fort und wandte sich wieder den Papieren zu.

»Schon klar«, murmelte Nero und fragte sich gleichzeitig, ob er gerade die Chance seines Lebens verpasst hatte. Unsinn, sagte er sich. Hätte er ausgesprochen, was ihm auf der Zunge lag, so hätte sie das als eine schmalzig-plumpe Anmache aufgefasst, die zu jedem Elvis-Imitator in Las Vegas besser gepasst hätte als zu ihm. Die Tatsache, dass ihn manche Leute auch ohne eine solche Anmache für eine derartige Figur hielten, lag weit außerhalb von Neros Selbstwahrnehmung.

»Wie ist denn das Prozedere mit Titus Helm?«, fragte er mit leicht belegter Stimme. Ingrid Straubner seufzte, streckte dann aber ihren Rücken durch und erklärte es ihm, während sie starr geradeaus durch ihr Büro blickte. Irgendwo an der Giacometti-Plastik und dem Bild des italienischen Manieristen vorbei ins Nirgendwo.

4.

Bukhara

Brachet 1508

Die Ereignisse im Zeidelschloss hielten Dürer noch lange in ihrem Bann gefangen. Eine finstere und böse Macht bewirkte in schöner Regelmäßigkeit, dass seine Zunge in den Momenten erstarrte, in denen er mit jemandem über das, was geschehen war, reden wollte. Es war, als hätte die neuerliche Begegnung mit Simon Angelus dafür gesorgt, dass ein unsichtbarer Knebel seinen Mund verschloss. Der Dominikaner schien von den Hexen, Zauberern und Ketzern, die er jagte, magische Fähigkeiten erlernt zu haben, die ihn nun dazu befähigten, seine Feinde zum Verstummen zu bringen, ohne ihnen gegenüberzustehen oder sie zu berühren. Selbst dann, wenn es ihnen gelungen war, sich seines Zugriffs zu entziehen. Wenigstens vorübergehend.

Obwohl Agnes und auch Pirckheimer Dürers Verstörtheit sofort bemerkt hatten, brachte er es nicht fertig, ihnen von dem Vorgefallenen zu erzählen. Etwas Unbegreifliches versiegelte seinen Mund, und die einzige Erklärung, die er dafür fand, war die Annahme, dass Simon Angelus und ein dunkler Zauber dahinterstecken mussten. Dabei hatte er keineswegs seine allgemeine Sprache verloren, aber die noch bestehende Möglichkeit, über ein staubiges Bord zu schimpfen oder die Faulheit eines Gesellen zu bemängeln, vermochte Dürer in diesem Zusammenhang kaum zu beruhigen. Ganz im Gegenteil, mit jedem Tag, der verging, verstärkte sich das ungute Gefühl in ihm.

Pirckheimer tat die Verstocktheit seines Freundes mit einem Scherz ab und war sich ausnahmsweise einmal mit Albrechts Frau einig, als er dessen Zustand damit zu erklären versuchte, dass er sich wie üblich mit seiner Arbeit wohl zu viel zugemutet habe und ihm deshalb nicht nur das Hirn im Schädel herumpoltere, sondern auch Winde in ihm entstünden, die er aus falscher Scham nicht entweichen lassen wollte. Zu der Sorge, dass er für seine Kunst wieder einmal mehr Zeit benötigte, als ihm die Auftraggeber zubilligen wollten, kam der tägliche Ärger mit den Bauleuten, die mit den Arbeiten an dem neuen Haus der Dürers am Fuße der Nürnberger Burg, in das sie längst hatten einziehen wollen, in Verzug geraten waren.

»Dann schone wenigstens du ihn«, riet Pirckheimer Agnes, die ihn im Grunde ebenso wenig mochte wie er sie. Doch die ungewohnte Einigkeit mit dem Freund ihres Mannes ließ sie seinen Rat annehmen. Da sie es sich zur Gewohnheit gemacht hatte, trotz ihrer ehelichen Pflichten dann und wann im Hause ihrer Eltern zu nächtigen, überraschte sie Albrecht damit, einen bereits geplanten Besuch vorzuziehen, damit er seine Ruhe habe.

So kam es, dass Dürer ein paar Nächte nach dem Überfall im Garten des Zeidelanwesens niemanden hatte, mit dem er Bett und Tisch hätte teilen können. Das Ausmaß des üblen Fluches, mit dem ihn der Inquisitor offensichtlich belegt hatte, war anscheinend auch schon auf das Verhalten seiner Freunde und Angehörigen übergegangen. Dürer fühlte sich den unbekannten Mächten gegenüber schutzlos ausgeliefert. Als Agnes ihm eröffnet hatte, diese Nacht nicht bei ihm zu verbringen, hatte er nur abwesend genickt, obwohl er sich am liebsten an sie geklammert hätte, um sie dazu zu bewegen, bei ihm zu bleiben. Genauso hatte ihn kurz zuvor Pirckheimer verlassen, den überraschend dringende Erledigungen forttrieben. Und alles ausgerechnet an einem Abend, da er eigentlich des Beistands und des Trostes, des Rates und der Fürsorge von Frau und Freund bedurft hätte. Zuwendungen, um die er am liebsten auch noch Johann Schöner und Lorenz Beheim, wären sie denn greifbar gewesen, gebeten hätte. Wahrscheinlich hätte er dann auch über alles reden können. Doch so war er allein, und irgendeine teuflische Kraft schnürte ihm die Kehle zu.

Schließlich begab er sich zu Bett, das ihm anfangs zu kalt und dann wiederum zu warm vorkam. Er war erfüllt von bleierner Müdigkeit, konnte aber kein Auge zutun, da der Druck, der auf seinem Hals lastete, der Umklammerung eines Würgeeisens glich. Innerlich war Dürer so aufgewühlt, dass nicht viel gefehlt hätte, und er wäre wie ein Dieb, hinter dem die Wachen her waren, durch die Gassen gerannt. Doch gleichzeitig hatte sich ein bleiernes Gefühl der Lähmung über ihn gelegt, sodass ihm die kleinste Bewegung eine ungeheuerliche Qual erzeugte.

Dann trieb ihn die Unruhe dermaßen an, dass er nicht anders konnte, als sich im Bett hin und her zu wälzen. Er ächzte und stöhnte, als wüte ein Fieber in seinen Adern, durch die nur noch kochend heißes Blut floss. Ich bin krank, dachte er voller Panik. Sollte ihn die Pest, vor der er wiederholt wie ein Hasenfuß Reißaus genommen hatte, nun etwa doch noch eingeholt haben?

Irgendwann schlief er dennoch ein. Unglücklicherweise setzten sich die Beklemmung und die Unruhe, die ihn im wachen Zustand gepeinigt hatten, auch in seinen Träumen fort. Natürlich war es die Gestalt des Dominikaners, die ihn bis in den Schlaf hinein verfolgte. Dann veränderte der Mann sein Aussehen und wurde statt von seinen Schergen von einer Handvoll grauenerregender Gestalten begleitet, die ihre dämonische Natur nicht zu leugnen vermochten. Zudem führte er einen Bluthund bei sich und verschmolz schließlich mit jenem Pikenträger, dem Dürer die Lanze entwunden hatte, um mit ihrer Hilfe über die Mauer zu fliehen. Im Traum wurde seine Flucht vom Inquisitor vereitelt, der ihm wieder und wieder die messerscharfe Waffe in den Leib stieß. Einem fernen Echo gleich spürte Albrecht die Wellen des Schmerzes, die seinen Körper durchfluteten, trotzdem schienen ihm die Wunden nur wenig anhaben zu können, woraufhin sein Feind immer wütender wurde, bis er schließlich schnaubend von ihm abließ.

Wenig später erkannte Albrecht, dass es gar nicht Simon Angelus war, der so heftig schnaubte, sondern das Ross, auf dem er saß. Der Dominikaner hatte jetzt nichts Mönchisches mehr an sich. Stattdessen war sein Kopf mit einem wuchtigen Helm bedeckt, und sein sehniger Körper steckte bis zu den Füßen in einer eisernen Rüstung. An der Seite hing ein mächtiges Schwert, während die Lanze nun auf seiner Schulter ruhte, so als ritte er zum Stechen eines Turniers. Seine Knappen schienen jedoch noch immer direkt aus der Hölle zu kommen.

Der stechende Blick des wie ein Ritter gerüsteten Inquisitors traf den Schläfer, der sich auf einmal inmitten einer felsigen, wilden Landschaft wiederfand, die er aus der Umgebung von Kirchehrenbach kannte. Ein kaum faustgroßer Schwarm von Bienen, die auf die Größe von Ameisen geschrumpft waren, umschwirrte die drei Gestalten. Kaum hatten sie von ihm Notiz genommen, zogen sie an Dürer vorbei, so als wollten sie sagen: »Warte hier, wir haben noch Wichtigeres zu erledigen, aber dann wollen wir uns gerne deiner annehmen.«

Obwohl die Bienen winzig waren, erzeugten sie mit ihrem Summen einen gewaltigen Lärm, gegen den kaum noch anzukommen war. Irgendwann setzten sie sich auf den Boden, und als Albrecht ihnen mit seinem Blick folgte, sah er, dass dort Totenschädel wie Kohlköpfe auf dem Acker wuchsen. Mit seinen Vorderhufen stieß das Pferd, auf dem der dominikanische Inquisitor in der Rüstung eines Raubritters saß, die Schädel zur Seite, als spielte es mit einer Schar unsichtbarer Kinder Ball. Um nicht ebenfalls von dem Tier getreten zu werden, zog sich der Bienenschwarm in die Länge und verdichtete sich, sodass es Dürer schien, als würden sich die Insekten in eine Schlange verwandeln, doch stattdessen nahmen sie die Form einer Eidechse an, die rasch ins Unterholz huschte.

Plötzlich war das dröhnende Summen verstummt, und ohne dass es ihm bewusst geworden oder er von diesem schrecklichen Ort geflohen wäre, befand sich Dürer von einem Lidschlag zum nächsten an einem anderen Ort. Obwohl der auf den ersten Blick wesentlich friedlicher wirkte, war er auf eine unbestimmte Weise noch unheimlicher als die Szenerie zuvor.

Als die Sonne die Wolken durchbrach, sah er in der Ferne einen Regenbogen. Vor sich entdeckte er schon wieder einen Hund, doch dieses Mal schlief das Tier inmitten einer Ansammlung wunderlicher und seltsamer Gegenstände. Unter ihnen war eine polierte Kugel mit glänzend glatter Oberfläche, weiter hinten ein vielseitiger, großer Polyeder aus schwerem Marmor, wuchtig wie ein Grabmal, und direkt daneben und fast genauso groß ein Würfel, dessen zwei Augen Dürer direkt anzustarren schienen. Hatte er darauf gewettet, dass diese Zahl oben zu liegen kommen würde, als die unbekannte Hand eines Riesen den Würfel warf? Die Zwei lag auf der ihm zugewandten Seite, doch wie zum Hohn verdeckte ein kleines Engelchen das tatsächliche Ergebnis des Wurfs, indem es in gebeugter Haltung auf dem Quader saß. Das Köpfchen hielt es gesenkt, als sei es tief in Gedanken versunken. Direkt neben dem Kleinen hockte ein großer Engel und sah nicht minder nachdenklich aus. Er überragte Albrecht nur um wenige Zentimeter, wirkte aber wegen seiner gewaltigen Schwingen viel wuchtiger. Aus der Ähnlichkeit der beiden Himmelsgeschöpfe in

Gestik und Haltung schloss Dürer, dass die Putte ihren großen Gefährten parodierte.

Dann lenkte etwas völlig Unmögliches seine Aufmerksamkeit von den beiden Gestalten ab. Hinter ihnen erhob sich plötzlich ein Haus, das mit seinen Butzenscheiben Agnes' Elternhaus ähnelte. Auch hier hing über dem Fenster das Gestell mit der Kupferglocke und daneben an der Wand eine allerdings winzige Sonnenuhr, die wie zum Hohn durch ein riesiges Stundenglas direkt darunter ergänzt wurde. Das war ihm vom Elternhaus seiner Frau unbekannt. Was ihn jedoch am stärksten in den Bann zog, war die Leiter, die gegen die hintere Ecke des Gebäudes lehnte. Natürlich wusste er um die zahllosen Geschichten, die von feurigen Liebhabern handelten, die nächtens in das Zimmer ihrer Angebeteten zu klettern versuchten, aber irgendetwas stimmte mit der Leiter nicht. Das Gestell berührte unten den Polyeder, der sich eigentlich viel weiter vorne neben dem Haus befand. Würde Albrecht auf der Leiter nach oben steigen, hinge er schon nach wenigen Sprossen auf ihrer rückwärtigen Seite. Er würde ganz normal beginnen, nach oben zu klettern, doch dann, auf halber Höhe, hätte er plötzlich Mühe, sich festzuhalten, da er sich, ohne die Seite gewechselt zu haben, an der Rückseite hängend wiederfinden würde.

Das hier ist etwas ganz und gar Unmögliches, dachte er träumend, das sich zwar unter Aufhebung der Perspektive auf einem Blatt Papier zeichnen, aber doch nicht in der räumlichen Wirklichkeit bauen lässt.

»Was wissen wir schon über die Wirklichkeit?«, kommentierte der große Engel plötzlich seinen Gedanken. Er sprach mit Giacomos Stimme und blickte Dürer direkt an. Der Freund hatte seine Franziskanerkutte abgelegt und trug jetzt ein weites, wallendes Gewand. Auch sein Haar war wieder lang, lockig und ordentlich frisiert und der Bart sorgfältig abrasiert, wodurch sein Gesicht wieder die ursprünglichen weichen und anmutigen Züge zeigte. Anmutiger als die, welche er in der frommen Maskerade zur Schau gestellt hatte, und weicher und jünger, als Dürer sie in Erinnerung hatte.

In dem Moment änderte sich das Gesicht der kleinen Putte, doch die Verwandlung hielt nur für einen Augenblick an, der so rasch vorüberging, dass Albrecht keinen Atemzug später mehr zu sagen wusste, ob er das, was er gerade erkannt hatte, tatsächlich gesehen oder sich nur eingebildet hatte. Doch wie ist es einem Träumenden möglich, während eines Traums zwischen Wirklichkeit und Einbildung zu unterscheiden? Eine müßige, ganz und gar abwegige Frage. Und so akzeptierte Dürer das, was er gesehen zu haben glaubte, als die reine Wahrheit, die im Traum größer, weiter und strahlender sein kann als im Wachzustand, umgekehrt aber auch unmöglicher und schrecklicher. Wohin auch immer dein Traum dich führen mag, so träumte der Schlafende seinen Gedankengang weiter, es ist niemals falsch! Also nahm er Pirckheimers eifersüchtigen Blick, mit dem dieser ihn für einen kurzen Augenblick in Gestalt der Putte gemustert hatte, als Mahnung, der er aber keine größere Bedeutung beimaß, bevor er wieder in andere Gefilde entschwand.

Albrecht hatte erwartet, dass die gewaltigen Engelsflügel, die aus dem Rücken Giacomos ragten, einen Moment nachdem sich das Gesicht gewandelt hatte, ebenfalls verschwinden würden. Doch nichts dergleichen geschah. Immerhin war Dürer es während seiner nächtlichen Ausflüge in die Landschaften der Träume gewohnt, dass seine Erwartungen zum Großteil unerfüllt blieben, und anders als im Wachzustand konnte er diese andauernde Missachtung seiner Erwartungshaltung akzeptieren. Irgendwie schien er die Tatsache, dass nichts entsprechend seinen Erwartungen geschah, sogar zu genießen. Das Gefühl, das ihn dabei überkam, glich der Freude eines Kindes, dem ein sorgfältig verpacktes Geschenk überreicht wird, von dessen Inhalt es nichts ahnt.

Ein leises, kratzendes Geräusch ertönte. Mit einem Griffel schrieb das kleine Engelchen, das längst nicht mehr wie Pirckheimer aussah, etwas auf eine Wachstafel.

»Mein treuer Tiro«, sagte jetzt Giacomo, und über sein verschattetes Gesicht huschte der Anflug eines traurigen Lächelns. Wieder kratzte der Griffel, und tatsächlich schien die Putte wie der Schreibsklave Ciceros jeden Satz seines Herrn zu protokollieren.

»Darf ich dich um einen Gefallen bitten, mein Freund?«, fragte der engelsgleiche Sujad, und Dürer, der noch immer nichts zu sagen vermochte, nickte stumm.

»Komm so schnell es geht nach Bamberg. In das Kloster der Dominikaner. Sie werden dir nichts antun, aber es wird dir gelingen, mich den Fängen des Inquisitors zu entreißen. In dem Kloster, in dem er zu Gast ist, hat er nicht nur Freunde.«

Der Engel bat also darum, ihn zu befreien! Albrecht wusste es, noch ehe das geflügelte Wesen es ausgesprochen hatte. In Wirklichkeit war er sich gar nicht sicher, diese Worte aus dem Mund seines Freundes vernommen zu haben. Allein das Kratzen des Griffels auf dem harten Wachs schien wirklich zu sein.

∗∗∗

Und es geschah am FÜNFZEHNTEN Tag:

Es war zweiundzwanzig Uhr siebzehn, als es an der Tür zu Neros Hinterhausbüro in der Erlanger Schiffstraße Sturm schellte. Nero konnte die Zeit exakt bestimmen, da er seit einigen Stunden recht angespannt auf den Monitor seines Rechners starrte und dabei die kleine Zeitangabe unten rechts in der Taskleiste nicht aus den Augen ließ. Widerwillig riss er sich von dem Bildschirm los und öffnete.

Ernst schoss herein und schüttelte sich wie ein Hund. Draußen regnete es, als wollte sich der gesamte Himmel entleeren. Das schöne Wetter war anscheinend fürs Erste vorbei. Wortlos warf ihm Nero ein Handtuch zu, das schon länger keine Waschmaschine mehr von innen gesehen hatte. Ernst beäugte das schmuddelige Stück Frottee misstrauisch, doch das unangenehme Gefühl der alles durchdringenden Nässe ließ seine Vorbehalte in den Hintergrund rücken. Da Nero in dem Raum, den er als zentral gelegenes Büro nutzte, vor noch nicht allzu langer Zeit auch gewohnt hatte, war noch vieles von dem vorhanden, das er neben der Arbeit zum Leben brauchte. Es gab einen Kühlschrank, eine Matratze, einen nur halb leer geräumten Kleiderschrank und eben auch noch einige Handtücher.

Nachdem Ernst sein Gesicht und die Haare so gut es ging abgetrocknet hatte, entledigte er sich seiner feuchten Klamotten, hängte sie über Stuhllehnen und Tischkanten und schlüpfte seufzend in einige der viel zu großen grellbunten Sachen, die Nero ihm herausgelegt hatte, der längst schon wieder vor dem Monitor saß.

»Was machst du denn da?«, fragte Ernst.

»Siehst du doch«, knurrte Nero und hob die Hand, um anzudeuten, dass er nicht gestört werden wollte.

»Um Himmels willen!«, rief Ernst, als er selbst einen Blick auf den Bildschirm geworfen hatte. »Bist du des Wahnsinns fette Beute?«

»Keineswegs«, erwiderte Nero. »Und letztlich ist es auch nicht mein Geld. Ich bin mir sicher, dass ich die Ausgabe als Spesen abrechnen kann.«

»Das will ich für dich hoffen«, sagte Ernst und zog sich einen Stuhl heran. »Ich glaub's ja nicht. 25.000 Euro! Das ist eine Menge Holz, wofür Mutti lange stricken muss.«

Sein Blick fiel auf die Restzeit der Versteigerung. Vier Minuten und dreiundfünfzig Sekunden.

Nero klickte auf den Aktualisierungs-Button. Vier Minuten einundvierzig Sekunden. Nachdem er sich von dem immensen Geldbetrag erholt hatte, blieben Ernsts Augen jetzt an der Titelleiste der eBay-Auktion hängen: *liber de rota veritatis*. Die kaum briefmarkengroße Abbildung gab keine weiteren Details preis.

»Hä?«, stieß Ernst verwundert aus. »Ich dachte, von diesem Buch gäbe es nur ein einziges Exemplar, das in der Handschriftensammlung der Stiftsbibliothek St. Gallen verwahrt wird?«

»Jaaa«, sagte Nero gedehnt. Er klang ziemlich genervt, doch auf solche Signale hatte Ernst noch nie Rücksicht genommen.

»Ja, und was? Worum handelt es sich bei diesem Teil? In einer eBay-Auktion ... Das darf doch nicht wahr sein? Was soll das denn? Ich blick es einfach nicht und bitte höflichst um Aufklärung, warum du dich hier und jetzt vor meinen Augen unbedingt finanziell ruinieren willst.«

»Aber das ist doch nicht das Original. Es ist ein Druck aus dem 19. Jahrhundert. Da, schau!« Erneut aktualisierte Nero die Restzeit der Auktion – nur noch drei Minuten und drei Sekunden –, bevor er nach unten scrollte.

»Du steigerst da tatsächlich mit?«, tat Ernst erstaunt, obwohl er das doch längst gewusst hatte, schließlich hatte er die ganze Zeit gebannt auf den Hinweis »Herzlichen Glückwunsch, Sie sind der Höchstbietende!« gestarrt, der jetzt erst vom Bildschirm verschwand.

So ein bescheuerter eBay-Nick, dachte er. Mike Hammer! Nero hatte ihm zwar schon ein paar Mal von seinen An- und Verkauf-sowie den unausweichlichen Misserfolgen erzählt, aber sein Alias, das er in diesem globalen virtuellen Marktplatz verwendete, hatte er ihm dabei nicht verraten. Wohl aus gutem Grund. Doch auch das Pseudonym, das Ernst auf der Auktionsplattform benutzte, war, wenn er ehrlich zu sich war, nicht wirklich viel besser und vor allem nicht einfallsreicher: Ernst Egon Kisch. Da war wohl seine Wunschvorstellung der Namensgeber gewesen.

Er überflog die ausführliche Beschreibung, die der Verkäufer zu dem Angebot verfasst hatte: »Einmalige Gelegenheit! Bei der überaus raren und in Sammlerkreisen äußerst gesuchten, aber so gut wie nie angebotenen Schrift handelt es sich um ein Exemplar aus der einzigen Auflage von 1892. Herausgeber ist Frater Kama, bei dem es sich um den berühmten Schriftsteller Gustav Meyrink (›Der Golem‹, ›Das grüne Gesicht‹) handeln soll. Dieser soll bekanntermaßen Mitglied vieler Geheimzirkel und Orden gewesen sein, so auch der mysteriösen SNL, der *Sodalitas numen lectisternium*, in deren Auftrag er die Aufzeichnungen des legendenumwobenen Dürer-Freundes Giacomo Sujad in einer nummerierten Stückzahl von lediglich 333 Exemplaren herausgab. Die Nummer des angebotenen Exemplars wird nur dem Höchstbietenden mitgeteilt, da es sich bei dieser Ausgabe um ein Werk für ausschließlich ordensinterne Verwendung handelt und über die Exemplarnummer möglicherweise auf den Vorbesitzer geschlossen werden kann. Bei der Zusammenstellung stützte sich Kama, wie er im Vorwort schreibt, auf die umfangreichen Notizen und Skizzen aus dem Nachlass des Freiherrn Christian von Oerthel aus Toepen, der 1798 die ausführlichsten Exzerpte der Sujad-Aufzeichnungen anfertigte. Das von ihm überlieferte Material ist rund fünfmal umfangreicher als die allgemein bekannten jüngeren Auszüge des Grafen Wenzel zu Dorneck, der Mitte des 19. Jahrhunderts in St. Gallen letztmalig die wertvolle Handschrift einsehen durfte und auf dessen Zusammenfassung sich Esoteriker und Tarot-Forscher seitdem in der Regel beziehen.«

Ernst wurde bei der Lektüre unterbrochen, da Nero wieder nach oben scrollte und auf Aktualisieren klickte.

»Nein! Nein! Nein!«, ächzte er und schlug mit der Faust wild auf den Tisch. Noch achtundfünfzig Sekunden.

»26.001 Euro. Das war mein Maximalgebot! Höher kann ich wirklich nicht mehr gehen, mehr hab ich nicht!«

Inzwischen stand das höchste Gebot bei 27.001 Euro.

»Erhöhe auf 55.000«, zischte Ernst, der auf einmal genauso besessen wie Nero war. Er klang so bestimmt, dass jeder Widerspruch zwecklos schien.

»Wie ... was?«, reagierte Nero dementsprechend verblüfft.

»Los! Jetzt mach halt schon! Ich schmeiß den Rest obendrauf!«

Während Nero verwundert den Kopf schüttelte, tippte er hektisch das neue Maximalgebot ein.

Noch vier Sekunden. »Sie sind Höchstbietender!«

»Ja!«, triumphierten sie. Jetzt stand die Auktion bei 44.001 Euro.

»Aktualisieren!«, rief Ernst.

Nero klickte auf den Button.

»Sie wurden leider in letzter Sekunde überboten!«, höhnte ihnen der Bildschirm entgegen.

»Schei...benkleister!«

Diesmal krachten vier wütende Fäuste gleichzeitig auf die Tischplatte. Das Bild auf dem Monitor flackerte.

»So eine gequirlte Scheiße!« Nero beendete das Programm, fuhr den Rechner runter und schaltete ihn aus. »Mist!« Er drehte seinen Stuhl, sodass er jetzt Ernst gegenübersaß. Als besonders ärgerlich empfanden beide, dass das Höchstgebot, das den Zuschlag schließlich erhalten hatte, nur fünfzig Euro höher als ihr zuletzt eingegebenes Maximalgebot lag.

»Willst du was zu trinken?« Der Frust, die Wut und die Enttäuschung waren Nero deutlich anzusehen. Er versuchte, tief Luft zu holen und sich langsam wieder zu beruhigen.

»Nichts dagegen«, sagte Ernst, der ebenfalls noch damit kämpfte, den plötzlichen Adrenalinschub wieder abzubauen.

»Wenn ich, das heißt natürlich wir die Auktion gewonnen hätten, würde ich jetzt einen Châteauneuf-du-Pape aufmachen. So gibt's nur einen Don Diego de Miranda aus La Mancha. Ist zwar kein schlechter Tropfen, aber auch nichts Außergewöhnliches, wie so oft, wenn sich ein Wein hinter einem besonders pompösen Namen versteckt«, sagte Nero.

»Trinken wir darauf, dass wir eine Menge Geld gespart haben«, sagte Ernst, aber er klang nicht sonderlich überzeugt. »Ist schon erstaunlich, wie viel Schotter manche Leute bereit sind, für ein schmales Bändchen bedrucktes Papier auszugeben, oder?« Er versuchte, Neros gelegentlich flapsige Ausdrucksweise zu kopieren, um seinen Freund wieder aufzumuntern.

Doch Nero nickte nur stumm, entkorkte die Flasche und schenkte jedem von ihnen ein. Da er die guten Weingläser inzwischen in seiner neuen Wohnung lagerte, gab es für Ernst nur ein mit einem Schlumpfmotiv verziertes Senfglas, während Nero seinen Kaffeebecher mit der hübschen Aufschrift »Nur gucken, nicht anfassen – Neros Cup« kurz unter kaltem Wasser ausspülte und dann den Wein hineingoss. Neben der Schrift war ein sexistischer Cartoon zu sehen: ein Siegertyp, der triumphierend einen Pokal hochhielt, der mit zwei üppigen Wülsten in Busenform dekoriert war. Offensichtlich gab es unter Neros Bekannten Leute, die auf Wet-T-Shirt-Wettbewerbe standen und jene Läden frequentierten, in denen man Baseballkappen, Kugelschreiber oder Tassen mit dem Namen desjenigen bedrucken lassen konnte, dem man ein besonders geschmackloses Geschenk aufnötigen wollte. Falls irgendwer jemals auf die Idee kommen sollte, mir so etwas zu verehren, dann würde dieser jemand im Gegenzug die chinesische Plastikimitation einer Hummelfigur bekommen, schwor sich Ernst, den es innerlich schon allein bei der Vorstellung schüttelte, aus so einem Behältnis zu trinken. Der Umstand, dass sich vorher Kaffee in der Tasse befunden hatte, spielte dabei keine Rolle.

»Für dieses Geld«, führte er laut seinen Gedanken weiter aus, »bekommt man doch locker ein Dutzend gut erhaltener Inkunabeln.«

»In… was für Nabel?«

»So nennt man die Bücher aus der Frühzeit der Druckkunst.«

»Ach so, Gutenberg und Co!«

Eine Zeitlang tranken sie beide schweigend. Als sie das Gespräch wieder aufnehmen wollten, platzten sie gleichzeitig in die Stille hinein. Da keiner verstand, was der andere sagen wollte, brachen sie in Lachen aus.

»Was sind wir doch für hysterische Glucken«, kicherte Nero. »Du zuerst.«

»Nein, du!«

»Meine Güte!«, stöhnte Nero und verdrehte übertrieben die Augen. »Also gut. Was hat dich geritten, mir in dieser schwindelerregenden Auktion, bei der es noch nicht einmal um eine In … Kuh … Nabel ging, unter die Arme zu greifen? Du hast doch überhaupt nichts mit diesem Kram zu tun, mit dem ich mich derzeit herumplage.« Auf äußerst angenehme Weise herumplage, fügte er in Gedanken hinzu, ließ ein Lächeln über seine Lippen gleiten, beschwor sich aber gleichzeitig, seinem Freund gegenüber eisern den Mund zu halten, was seine Fortschritte in puncto Astrid betraf. Vorläufig jedenfalls. Der Gentleman genießt und schweigt! Ein gleichermaßen altmodischer wie selten dämlicher Spruch, zu dem nur noch ein Glas »Racke rauchzart« in seiner Hand fehlte.

»Es war nur ein kleiner Hinweis, der mich allerdings ziemlich überzeugt hat«, antwortete Ernst.

»Und?«

»Dafür muss ich jetzt etwas ausholen. Ich habe es heute endlich geschafft, mit Frau Gannengießer zu sprechen.«

»Du meinst die Frau des ermordeten Stadtrats?«, fragte Nero.

Ernst nickte. »Solche Termine sind keineswegs einfach. Bei den Hinterbliebenen von bekannten Persönlichkeiten besteht immer die Gefahr, dass sie bereits irgendwelche Deals mit Boulevardblättern oder Illustrierten gemacht haben. Dann kannst du dir die investierte Zeit lieber gleich sparen. Wahrscheinlich werde ich es auch noch mit der Familie von Helmut Härsching und Alexander Richter versuchen, aber zuerst einmal war Frau Gannengießer dran. Ihr Mann ist immerhin das prominenteste Opfer.«

»Weiß man inzwischen eigentlich irgendetwas Neues von diesem Richter? Das war doch der Mensch, der in Bamberg etwas unfreiwillig in die Märtyrerrolle schlüpfen musste, oder nicht?«

Ernst zuckte mit den Schultern. »Nur wenig. Bisher ist noch nicht einmal sein voller Name in der Presse aufgetaucht. Von Beruf war er wohl Vermögensverwalter, wobei es sich bei dem verwalteten Vermögen in der Hauptsache um sein eigenes gehandelt hat. Damit teilt er zumindest eine Eigenschaft der beiden anderen Opfer.«

»Du meinst die Kohle? Sie waren also allesamt Goldesel?«

Ernst nickte. »Aber zurück zu Elvira Gannengießer.« Seine Augen bekamen einen trüben Glanz. Wahrscheinlich war der Grund einfach nur der Wein, aber Nero verstand die Situation prompt falsch. »Tja, ist immer wieder enorm schwierig, mit trauernden Angehörigen zu reden. Der Schmerz, die Tränen, das kannst du noch so oft miterleben, es wird nicht einfacher. Geht mir jedenfalls so. Ich kann mir nicht vorstellen, was für ein Fell man sich da etwa als Bestattungsunternehmer zulegen muss. Du sammelst also nach wie vor Material?« Lag es an der späten Stunde oder dem Kaffeebecher voller Wein? Obwohl Ernst schon manchmal die sanften Seiten an Nero kennengelernt hatte, überraschte es ihn doch immer wieder von Neuem, wenn hinter der harten Schale seines Freundes ein kleines Stück Mitgefühl oder Verletzlichkeit zum Vorschein kam.

»Mittlerweile ist der Fall jedenfalls groß genug, dass der BR Beiträge an die ARD weiterreichen kann.«

»Aha, das heißt also, du vollziehst endlich den Sprung vom Radio zum Fernsehen? Ich kann mich ja vage an jemanden erinnern, der zu den laufenden Bildern immer *njet*, *nada* und *never* gesagt hat!«

»Stimmt auch immer noch. Du wirst lange warten müssen, wenn du mich mit einem Mikro unter der Nase auf der Mattscheibe sehen willst. Nein, wenn überhaupt, dann liefere ich als Autor Texte und Material, aufbereiten muss das dann ein anderer.«

»Wow! So bescheiden! Aber jetzt komm mal wieder auf Frau Gannengießer zurück.«

»Sie machte auf mich einen ziemlich gefestigten Eindruck, als ich heute mit ihr sprach.«

»Also kein Deal mit ›Bild‹, ›Bunte‹, ›Spiegel‹ oder ›Stern‹?«

»Nein. Aber ich hab sie um Informationen über die ganzen Vereinigungen, Klubs und Gesellschaften gebeten, in denen ihr Mann Mitglied war. Um Hintergrundmaterial eben …«

***

»Die Informationen könnten mir helfen, die vielen Facetten der Persönlichkeit Ihres Gatten besser zu verstehen. Und was ich besser verstehe, kann ich auch in meinen Berichten besser darstellen«, erläuterte Ernst.

Elvira Gannengießers Reaktion auf das Ansinnen des Reporters war schlichtweg außergewöhnlich. Sie lachte. Und zwar lauthals. Als sie sich wieder beruhigt hatte, war ihr Gesichtsausdruck wesentlich lebhafter als noch zu Beginn des Gesprächs.

»Entschuldigen Sie, Herr Pier. Ich weiß, meine Reaktion muss Sie irritieren. Wissen Sie, gemeinhin halte ich mich für keine schlechte Menschenkennerin, wirklich nicht, aber ahnen Sie vielleicht, wer von allen Menschen, die mir nahestanden und stehen, mir auf immer und ewig ein Rätsel bleiben wird?«

Ernst runzelte die Stirn und wartete ab.

»Mein Mann. Manchmal glaube ich – und das tue ich nicht erst seit dieser schrecklichen Tat –, dass er eine multiple Persönlichkeit hatte. Tausend Gesichter. Ich kenne niemanden, der die Geheimnistuerei mehr liebte als er. Sie fragen nach Vereinen, Gesellschaften, Förderkreisen?«

»Genau.«

»Auf seiner Homepage finden Sie eine lange Liste samt Links! Von der Freiwilligen Feuerwehr in seinem Geburtsort bis hin zu Sportvereinen: Greuther Fürth, FCN et cetera … Als Politiker ist man naturgemäß in unendlich vielen solcher Vereine Mitglied.«

»Mich interessieren eher die Gruppierungen, die auf seiner Website nicht erwähnt werden«, sagte Ernst.

Elvira Gannengießer nickte und faltete die Hände.

»Wussten Sie, dass er sich für Tannhäuser interessierte?«, fragte sie unvermittelt.

Ernst schüttelte den Kopf.

»Er hatte unglaublich viele Interessen. Anders als die meisten Politiker, die ich kenne, war er durchaus in der Lage, sich sehr tiefgehend mit bestimmten Stoffen und Themen zu beschäftigen. Wenn ihn etwas wirklich interessierte, hat er seine Studien fast wissenschaftlich betrieben.«

Ernst machte sich im Kopf eine Notiz, seine zuvor gestellte Frage nicht aus dem Blick zu verlieren. Vorerst aber wollte er Frau Gannengießer nicht von ihrem Gedankengang abbringen. »Wofür hat er sich neben Tannhäuser denn noch interessiert?«

»Ach, Spiritualität, christliche Mystik, die Geschichte religiöser Gesellschaften«, zählte Frau Gannengießer auf. »Aber wie gesagt, oft wollte er die Dinge geheim halten.«

»Auch vor Ihnen?«

»Gerade vor mir!«

Sie starrte Ernst so durchdringend an, als wollte sie ihn hypnotisieren. Obwohl ihre Haare wahrscheinlich gefärbt sind, dachte er, sieht sie insgesamt mit den hellblauen Augen doch noch ziemlich gut aus. Verzweifelt überlegte er, wie er das schwulenfeindliche Motiv der Tat ansprechen konnte, ohne dass sich diese offensichtlich hochintelligente Frau gekränkt fühlen und das Gespräch abbrechen würde.

»Wissen Sie, Gregor ist regelmäßig zweimal im Jahr für ein paar Tage verschwunden. Niemand durfte wissen, wohin und was er in dieser Zeit trieb. Auszeit, Erholung oder Golfspielen: All diese Begründungen gab er im Rathaus oder gegenüber seinen Parteifreunden an. Auch mir hat er in regelmäßigen Abständen versucht, das weiszumachen.«

»Aber mit solchen Erklärungen haben Sie sich nicht zufrieden gegeben?«, vermutete Ernst.

»Natürlich nicht!«, schnaubte sie. »Was denken Sie denn? Welche Ehefrau gibt sich denn noch mit solchen Erklärungen zufrieden? Ich bin doch kein naives Muttchen. Sicherlich hätte er sich das manchmal gewünscht, aber sorry … Nicht mit mir! Trotzdem …« Sie machte eine Pause und zuckte mit den Schultern. »Trotzdem habe ich mich getäuscht.«

»Sie dachten, Ihr … Ihr Gatte würde …«, druckste Ernst betont verlegen herum.

»Natürlich. Das war doch die nahe liegendste Erklärung der Welt. Er macht während seiner Auszeiten einen drauf, trifft sich mit irgendwelchen Edelnutten zu Kokspartys in abgelegenen Hotels. Oder er hat eine feste Geliebte … oder sogar einen Geliebten! Ich hab mir alles nur Erdenkliche ausgemalt, aber die Wahrheit sah ganz anders aus!«

»Also keine heimliche Freundin«, sagte Ernst leise. Er fand es nur zu verständlich, dass Elvira Gannengießer bei dem Verschwinden ihres Gatten an Seitensprünge oder ähnliche Eskapaden gedacht hatte. Dass sie ihm das allerdings so offen eingestand, hielt er für ungewöhnlich genug, um sich eine weitere Notiz in seinem Schädel zu machen. Entweder lenkte sie mit dieser Offenheit von etwas anderem ab, oder sie vertraute ihm vorbehaltlos. An Letzteres mochte er indes nicht so recht glauben.

»Sie lagen damit schon ganz richtig, als Sie nach den eher informellen Gruppierungen und Vereinen fragten. Ich meine die, die nicht auf seiner Homepage stehen. Er war ja, wie ich wusste, in einer Reihe … wie soll ich sagen … Gesellschaften Mitglied … oder besser gesagt: Bruder …«

»Bruder?« Ernst konnte nicht verhindern, ziemlich skeptisch zu klingen.

»Bruder. Frater«, erläuterte Elvira Gannengießer bestimmt. »So nennen sich die Mitglieder der Freimaurer-Gruppen, christlichen Orden und anderen Vereinigungen untereinander. Meistens tragen sie während ihrer Treffen und Zeremonien Ordensnamen, die natürlich geheim sind.«

»Das heißt, Ihr Mann hat sich bei seinen Kurzurlauben, während alle dachten, er würde Golf spielen, mit … äh … befreundeten Sektenmitgliedern getroffen?« Ernst biss sich auf die Zunge, aber das Unwort »Sekte« war ihm schon rausgerutscht.

Elvira Gannengießer reagierte gelassen. »So kann man das natürlich auch nennen. Aber es war immer ein besonderer Klub, bei dem er zweimal im Jahr diese Tage verbrachte.«

»Und wissen Sie, um welche Vereinigung es sich dabei handelte?«

»Natürlich«, sagte sie.

***

»Himmel!«, schimpfte Nero. »Jetzt mach's, verdammt noch mal, nicht so spannend. Mit welchen Gurus und Heilsbringern hat sich dieser Gannengießer also abgegeben? Und was hat das alles mit unserer verfickten verlorenen Auktion zu tun?«

»SNL«, antwortete Ernst.

»Hä? Was soll denn das sein? Hab ich noch nie von gehört! Ich dachte, jetzt käme so was ähnlich Krasses wie Scientology oder die Mun-Sekte.«

»SNL«, wiederholte Ernst. »Ausformuliert: *Sodalitas numen lectisternium.*«

»Und? Was bedeutet das jetzt auf Deutsch?« In Neros Gesicht stand in großen Lettern geschrieben: »UNGEDULD« und »VERARSCH MICH NICHT!«.

»Beruhige dich«, sagte Ernst und lächelte. »Ich habe auch erst heute Nachmittag das erste Mal von diesem Verein gehört. Oder eher dieser Kirche, dieser Sekte, Loge oder was auch immer sich hinter dem Kürzel SNL verbirgt. Und mir ging es genauso wie dir. Zuerst habe ich auch gedacht, der Ermordete wäre Mitglied bei Scientology oder ein heimlicher Krishna-Jünger gewesen.«

»Mensch! Jetzt hat es bei mir geklickt!«, rief Nero plötzlich und schlug sich gegen die Stirn. »Himmel, Arsch und Zwirn! Die Auktion! Stand nicht bei diesem ›liber rota‹ Dingsbums, dass das Teil für diese … diese SNL herausgegeben wurde?«

»Exakt.«

Nero schaltete den Computer wieder ein.

»Jetzt würde mich aber wirklich brennend interessieren, und zwar noch viel brennender als schon zuvor, wer für dieses Buch so viel Geld auf den Tisch gelegt hat«, sagte er, während der Rechner hochfuhr.

»Mich auch«, sagte Ernst. »Aber wie willst du das rausbekommen? Bei eBay benutzt doch kein Mensch seinen richtigen Namen.«

»Das nicht, aber vielleicht kann uns der Einsteller des Buches ja mehr verraten.«

»Auch da wüsste ich auf Anhieb nicht, wie du das machen willst.«

»Abwarten«, brummte Nero, loggte sich als Mike Hammer ein und öffnete seinen persönlichen Bereich. »Das Buch wurde von einem gewerblichen Anbieter versteigert. Das bedeutet, dass er zumindest Name und Adresse angegeben haben muss.«

»Ich muss zugeben, dass ich mich mit Internetauktionen nie so intensiv befasst habe wie du«, sagte Ernst und tippte mit dem Zeigefinger auf die 377 Bewertungspunkte, die Neros Mike Hammer im Lauf der Jahre angesammelt hatte. »Beachtenswert! Hundert Prozent positiv. Damit wäre mal wieder gezeigt, dass eine virtuelle Scheinidentität nichts mit der Wirklichkeit zu tun haben muss.«

»Was soll das denn heißen?«, knurrte Nero, während er ein unbenutztes Tempo aus seiner Hosentasche fischte und vergeblich versuchte, den Fingertapser, den Ernst auf dem Monitor hinterlassen hatte, wegzuwischen. »Du weißt ganz genau, wie sehr ich es hasse, wenn du direkt auf den Bildschirm fasst!«

»Natürlich, deshalb mach ich's ja. Und um deine Frage zu beantworten, habe ich mich auf das literarische Vorbild, dem du dein Pseudonym entlehnt hast, bezogen. Soweit ich mich an die Mickey-Spillane-Romane noch erinnern kann, war dieser Mike Hammer alles andere als ein positiver Held.«

»Klar«, lachte Nero, »aus Sicht seiner Gegner.«

»Eben. Und das war auch schon alles, was ich eigentlich meinte. Ich wollte das jetzt bewusst nicht auf die Realperson ausdehnen, die sich hinter Micky Hämmerchen verbirgt.«

»Danke für die Blumen. Aber du bist ja nur neidisch. Wie viele positive Bewertungen hast du eigentlich?«

»Fünfzehn«, antwortete Ernst, worauf Nero laut lachte.

»Wusste ich's doch!«

»Mir fehlt die Zeit, und außerdem interessiert mich diese Kinderkacke nicht so wie dich.«

»Ich sag's ja: der pure Neid«, feixte Nero.

»Oh, Mann. Läuft das jetzt wieder mal auf einen Schwanzlängenvergleich hinaus?«

Inzwischen hatte Nero noch einmal die abgelaufene Auktion geöffnet und sich zu den anderen Angeboten des Anbieters durchgeklickt.

»Das gibt's doch nicht!«, staunte Ernst. »Antiquariat Jaeger, das – welch passende Adresse – in Fürth in der Jägermühle beheimatet ist!« Bei jedem Angebot gibt es zwar den Hinweis auf den Standort des Artikels, aber wie so oft war dort lediglich »Deutschland« angegeben. Erst aus der Widerrufsbelehrung wurde man schlauer.

»Die Welt ist wahrhaft klein«, sagte Nero.

»Schon. Aber das Beste ist, dass ich den Laden und die Inhaber kenne.«

»Wie praktisch, dann kostet es dich ja nur einen Anruf, um mehr über den Käufer herauszubekommen«, erwiderte Nero. »Und dabei kannst du, im Gegensatz zu mir, ganz höflich und freundlich bleiben.«

»Was willst du damit sagen?«

»Das liegt doch auf der Hand, mein Bester. Ich kenne die Leutchen nicht. Würde *ich* hinfahren, käme ich möglicherweise in die Verlegenheit, ihnen Daumenschrauben anzulegen und festzuziehen, um zu erfahren, was ich wissen will. Durch dich aber können wir uns ein zeitaufwendiges und im Notfall auch rüdes Vorgehen sparen.«

Ernst seufzte. Zusammen mit der resignierenden Feststellung, wie unmöglich dieser Kerl doch mit schöner Regelmäßigkeit war, tauchten vor seinem geistigen Auge Kathrin und Theo Jaeger auf, die in ihrem Antiquariat ab und an auch Lesungen oder kleine Ausstellungen für befreundete Künstler veranstalteten, woher auch er das Ehepaar kannte. Gelegentlich machte er neben seinen Alltagsreportagen oder den spektakulären Berichten über außergewöhnliche Todesfälle auch Beiträge über kulturelle Ereignisse und war seit seinem ersten Besuch im Antiquariat im Jaeger'schen Verteiler. Die Vorstellung, wie sein rotziger Freund mit seinem zweifelhaften Benehmen den beiden Feingeistern Kathrin und Theo auf den Pelz rücken würde, verursachte Ernst körperliches Unbehagen. Letztlich konnte es ihm persönlich zwar egal sein, wer sein Vermögen für dieses schmale Buch ausgegeben hatte, aber er verstand auch, dass Nero Interesse daran hatte.

»Warum willst du eigentlich wissen, wer der Käufer ist?«, fragte er dennoch.

»Du hast keine Ahnung, wie schwer die Arbeit für Astrid ist«, antwortete Nero. »Alles würde für sie wesentlich leichter sein, wenn sie Zugriff auf die kompletten Sujad-Aufzeichnungen hätte. Und nachdem niemand auch nur in die Nähe des Originals kommen darf, wäre ihr mit dem Reprint sicher sehr geholfen. Zudem geht es bei den Zeichnungen allein schon um Beträge, gegen welche die Auktionssumme für das Buch ein Klacks ist!«

»Das heißt also, du hoffst, dass ihr der künftige Besitzer Einblick in das Werk gewährt?«

»Du hast es erfasst.«

»Wie funktionieren eigentlich ihre Untersuchungen an den Zeichnungen?«, fragte Ernst.

»Nun ja, sie bezieht eine Reihe von Spezialisten mit ein, aber die dürfen voneinander nichts wissen, sich untereinander nicht austauschen und im Grunde noch nicht einmal eine Ahnung haben, worum es sich bei dem untersuchten Gegenstand letztlich handelt.«

»Also, ich bitte dich!«, rief Ernst empört. »Wie sollen diese

Leute unter diesen Voraussetzungen denn überhaupt zu einer vernünftigen Aussage oder zu einem wissenschaftlich soliden Ergebnis kommen?«

»Einer derjenigen, der Astrid zuarbeitet, ist beispielsweise Fachmann für historische Papierherstellung«, erklärte Nero. »Anhand kleinster Proben kann er feststellen, ob das Papier aus der Dürer-Zeit stammt oder nicht.«

»Und?«

»Hätte der Mann herausgefunden, dass das Papier später als am Anfang des 16. Jahrhunderts hergestellt wurde, wäre der Auftrag längst beendet. Dann wäre auch klar, dass es sich bei den Zeichnungen um Fälschungen handelt. Jedenfalls wäre nicht Dürer ihr Urheber.«

»Also stammt das bisher untersuchte Material aus der fraglichen Zeit?«

»So ist es. Und damit hast du bereits eine wesentliche Erschwernis beim ganzen Prozedere angesprochen«, fuhr Nero fort. »Nämlich das *bisher* untersuchte Material.«

»Was soll das heißen?«

»Die Straubners bekommen die Zeichnungen nur einzeln. Stück für Stück. Für jedes Blatt hinterlegen sie bei einem Schweizer Treuhänder einen Betrag X, unnötig zu sagen, dass es sich dabei um einen sehr hohen Betrag handelt, dann erst wird ihnen die Zeichnung für eine bestimmte Zeit ausgehändigt, und sie können sie untersuchen lassen. Da den Geschwistern gleichzeitig an höchster Diskretion gelegen ist, befinden sie sich in einem Dilemma, denn sie wollen natürlich so wenig Leute wie möglich in ihre Vermutung einweihen, worum es sich bei den Blättern überhaupt handelt.«

»Der Papiermensch bekommt die Zeichnung also selbst gar nicht zu sehen?«

Nero nickte.

»Du willst mir doch nicht etwa sagen, dass die Straubners so mir nichts, dir nichts eine Ecke von der Zeichnung abschnibbeln, um diesen Schnipsel dann untersuchen zu lassen?«

Neros Lippen verzogen sich zu einem schiefen Grinsen. »Für einen der Hochkultur verpflichteten Menschen wie dich hört sich das natürlich schlimmer an, als es tatsächlich ist. Die Größe der Proben und von welchem Rand sie entnommen werden, das alles wurde vorher genauestens mit dem Verkäufer Titus Helm festgelegt. Zum Glück ist Dürer bei seinen Entwürfen relativ großzügig mit dem Papier umgegangen, sodass man vom Rand etwas wegnehmen kann, ohne auch nur in die Nähe der eigentlichen Zeichnung zu kommen. Damit Titus Helm trotzdem für alle Eventualitäten abgesichert ist, müssen die Straubners jedes Mal ein stolzes Sümmchen an den Notar abdrücken, der als Treuhänder fungiert. Und glaub mir, unsereins könnte sich mit der Summe für ein einziges Blatt bequem zur Ruhe setzen.«

Ernst starrte ihn mit einer Mischung aus Unglauben und Verblüffung an.

»Ich habe mich aufklären lassen«, fuhr Nero fort. »Untersuchungen an alten Kunstwerken, egal ob es sich um Zeichnungen, Gemälde oder weiß der Henker was handelt, laufen fast immer so ab. Und wenn man Proben von der Farbe untersuchen will, sind die sogar noch viel kleiner, mikroskopisch klein.«

»Du willst doch nicht etwa andeuten, dass deine Astrid auch noch an den Zeichnungen herumkratzt?«

»Teils, teils«, antwortete Nero kryptisch und musterte Ernst mit schrägem Blick. Hatte die Radio-Plaudertasche gerade eben etwa »deine Astrid« gesagt? Hoffentlich war das einfach nur so dahingeplappert. »Einige der Blätter sind anscheinend nur Vorzeichnungen, andere sind mit Rohrfeder und Tinte fertig ausgeführt. Bei Letzteren muss die Zusammensetzung der Farbe analysiert werden.«

»Aber …«, wollte Ernst einwenden.

»Das ist nur ein minimalinvasiver Eingriff«, unterbrach ihn Nero. »Wenn sie untersucht werden, muss man den Werken Spuren der Farbe beziehungsweise der Rückstände des Silberstifts entnehmen. Das wird immer so gehandhabt. Denn auch hier gilt: Sollte sich herausstellen, dass es sich bei den verwendeten Pigmenten beispielsweise um ein Material auf Anilinbasis handelt, das von Bayer oder Hoechst fabriziert wurde, dann ist es leider ausgeschlossen, dass unser Freund aus der Renaissance der Urheber ist.«

Ernst schüttelte den Kopf. Er konnte nicht sagen, warum, schließlich war er kein Experte, aber irgendetwas an Neros Ausführung überzeugte ihn nicht. »Silberstift …«, griff er eines der Stichworte auf.

»Damals gab es noch keine Bleistifte. Wobei heutige Stifte ohnehin kein Blei mehr, sondern Graphit enthalten. Bei den Silberstiftzeichnungen haben die alten Meister speziell beschichtetes Papier verwendet.«

»Bist du jetzt etwa auf dem besten Weg zum Fachidioten?«, lästerte Ernst.

»Wenn du mich unbedingt hochnehmen willst, kann ich dir alles gerne noch ein bisschen genauer erklären«, erwiderte Nero.

Ernst zuckte mit den Schultern. »Warum nicht.«

»So eine Silbermine, die man übrigens noch heute kaufen kann, erzeugte einen dünnen, blassen Strich, der mit der Zeit nachdunkelte.«

»Was zweifellos an der besonderen Beschichtung des Papiers lag«, vermutete Ernst.

»Ja, aber nicht nur. Auf der rauen Papieroberfläche blieben Silberspuren hängen und bildeten mit der Zeit Silbersulfid. Um möglichst optimal auf ihm zu zeichnen, wurde das Papier zu Dürers Zeiten mit Bims aufgeraut und dann mit einer Mischung aus Gips, Tierknochen, Leim, Kreide und Eidotter beschichtet. Gips und Eidotter enthalten Schwefel, weshalb sich die Linien schnell dunkel verfärbten.« Mein Kurzzeitgedächtnis funktioniert überraschend gut, dachte Nero und war stolz auf sich, dass er Astrids Ausführungen vom Tag zuvor ohne Schwierigkeiten referieren konnte. »All diese Stoffe kann man heute chemisch nachweisen«, fuhr er fort. »Hätte man im Verlauf der Untersuchungen etwa Lithopone-Reste gefunden, dann wäre der Nachweis der Fälschung erbracht gewesen.«

»Lithopone«, echote Ernst und ärgerte sich, Neros Ansinnen nach genaueren Ausführungen nachgegeben zu haben, weil ihre Unterhaltung auf einmal unter umgekehrten Vorzeichen stattfand. Üblicherweise war es Ernsts Aufgabe, Nero gegenüber den Lehrmeister heraushängen zu lassen. Kein Klugscheißer wird gern von einem anderen Klugscheißer belehrt, gestand er sich zähneknirschend ein.

»Heutzutage wird das Papier für Silberstiftzeichnungen mit Lithopone beschichtet. Die wichtigste Arbeit der ganzen Untersuchungen aber bleibt an Astrid hängen. Sie bringt die Blätter in bestimmte Labore und überwacht dort ihre Durchleuchtung mit UV-Licht oder Röntgenstrahlen.«

»Das hört sich ja an wie eine quälende Odyssee von Leuten, die unter einer unspezifischen Krankheit leiden und von einem Spezialisten zum nächsten geschickt werden«, tat Ernst eine Bemerkung kund, die von Nero geflissentlich ignoriert wurde.

»Schließlich muss sie sich um die kunsthistorische Beurteilung kümmern. Und in der ist sie wirklich gut. Anhand winzigster Details in der Linienführung kann sie dir zeigen, ob hier der Meister selbst oder nur einer seiner Gesellen den Griffel geschwungen hat. Sie sieht Dinge, die würden mir auch nach Jahren, die ich auf ein Bild starre, nicht auffallen.«

»Schön und gut«, kürzte Ernst endgültig Neros Ausführungen ab. Er bewunderte also die junge Frau, und das war ihm auch von Herzen gegönnt. Schließlich schien sie ja nicht nur gut auszusehen, sondern auch wirklich etwas auf dem Kasten zu haben. »Ich werde dir den Gefallen tun und mich um die beiden Jaegers kümmern! Aber da das wirklich nette und seriöse Leute sind, verbiete ich dir schon jetzt mit allem Nachdruck, dass, sollte ich bei ihnen nicht weiterkommen, du dann auf deine unnachahmliche Art bei ihnen nachhakst. Ist das klar?«

Nero runzelte die Stirn, nickte aber.

»Schade«, sagte Ernst. »Früher konnte man bei eBay auch das Käuferprofil aufrufen. Heute werden die Käufer anonymisiert. Es wäre interessant zu wissen, was der sich sonst noch so zugelegt hat.«

»Mit etwas Glück geht das auch heute noch«, murmelte Nero.

»Und wie?«

»Ich habe mir kürzlich ein kleines Programm von einer tschechischen Site runtergeladen«, antwortete er.

»War das nicht leichtsinnig?«, erwiderte Ernst. Nero tat, als hätte er den Einwand nicht gehört.

»Wenn der Käufer in seiner eBay-Vergangenheit wenigstens ein Mal auch etwas verkauft hat, dann können wir seinem Profil auf den Leib rücken.« Er klickte mit der Maus auf einige Buttons, die sich in einem gesonderten Fenster geöffnet hatten. »Trotz der Anonymisierung der Käufer hinterlässt jede Transaktion ihre unverwechselbaren Spuren. Schließlich erhält jedes eingestellte Produkt eine eigene Nummer. Das Programm muss sich zwar durch einige Milliarden abgeschlossener Auktionen durcharbeiten, aber …

wir haben ja Zeit. Die Flasche ist noch nicht leer.« Stumm prosteten sie sich zu.

Ernst hatte noch nicht runtergeschluckt, als ein »Bing« erklang. »Das ging ja schneller als erwartet«, sagte Nero. Er öffnete das Profil eines eBay-Mitglieds mit dem klangvollen Namen »Pracht-und-Herrlichkeit-in-Ewigkeit«.

»Und das ist er?«

»Wenn unser kleiner Helfer korrekt arbeitet, müsste das der Käufer des ›liber rota‹ sein! Dann wollen wir doch mal schauen, welchen Esoterikkram sich dieser Mensch in der Vergangenheit noch so zugelegt hat.« Doch anstatt weiterzuarbeiten, genehmigte sich Nero erst einmal einen weiteren Schluck Wein.

Ernst griff nach der Maus. »Sieht mir gar nicht so nach okkulten Sammlerstücken aus«, murmelte er und öffnete den zuletzt bewerteten Kauf.

»Zurück, zurück!«, rief Nero und tippte jetzt selbst auf den Bildschirm. »Geh mal dahin.« Dank einer schnellen Übertragungsrate öffnete sich wunschgemäß und beinahe sofort wieder das Profil. »Dahin!«

Die Gewalt über die Maus ist wie die Gewalt über die Fernbedienung, wer sie hat, hat die Macht, philosophierte Ernst, und erneut umspielte ein Lächeln seine Lippen. Er hatte schon von Ehen gehört, die wegen des Streits ums Fernsehprogramm zerbrochen waren.

»Ja«, flüsterte Nero heiser, doch dem kurzen einsilbigen Laut war das implizite Gegenteil anzuhören. Genauer gesagt klang er eher wie eine gewisse Sprachlosigkeit – wie das Synonym für ein stumm ausgerufenes »Nein!«.

Das, was der Käufer mit dem schönen Alias »Pracht-und-Herrlichkeit-in-Ewigkeit« in der jüngeren Vergangenheit erworben hatte, waren gemäß seines sprechenden Namens teure und edle Luxusgüter, vor allem und in erster Linie jedoch Kunst. Und zwar Kunst quer durch die Jahrhunderte: ein Radierzyklus von Goya, eine Handzeichnung von A. Paul Weber, ein Multiple von Joseph Beuys, eine Lithographie von Daumier, signierte Siebdrucke, Holzschnitte, Bilder in Schabetechnik sowie ein Gemälde aus dem 17. Jahrhundert.

»Francesco Cairo?«, fragte Ernst. »Meintest du das?«

Nero bejahte mit einem stummen Kopfnicken. Er kannte den Käufer. Genauer gesagt die Käuferin, bei der er vor gut zwei Wochen genau dieses Bild gesehen hatte. Den Preis von mehr als 55.000 Euro für das dünne Sujad-Buch konnte sie sich leisten, ohne auch nur mit der Wimper zu zucken.

»Ein Unikat, ein Ölgemälde«, sagte Ernst. »Der Name des Künstlers sagt mir zwar nichts, aber selbst ein Laie wie ich sieht, dass es sich hierbei um ein qualitativ hochwertiges Bild handelt. Wenn es denn echt ist und wirklich aus dem 17. Jahrhundert stammt.« Er scrollte bis zu der Beschreibung nach unten. Beim Verkäufer handelte es sich um einen Kunsthändler aus Norditalien, der im englischen Begleittext zur Auktion auf eine Expertise verwies, durch welche die Echtheit und die Authentizität des Werkes bestätigt wurde. »Scheint sich dennoch um keinen allzu bekannten Künstler zu handeln. Unser Käufer bekam schon nach dem ersten Gebot von 4.999 Euro den Zuschlag. Selbst wenn sich jemand die Mühe gemacht haben sollte, das Bild samt Echtheitszertifikat zu fälschen, scheint mir das trotzdem noch ein echtes Schnäppchen zu sein – im Vergleich zu unserem Buch.«

»Das Bild ist echt. Und dergleichen zahlt sie einfach aus der Portokasse«, sagte Nero und empfand ein tiefes Gefühl des Bedauerns, so als stünde er mit Ingrid Straubner im Wettbewerb um die Gunst von Astrid Arantaña.

***

Brachet 1508

Es dämmerte bereits, als Dürer endlich in Bamberg eintraf. Er ritt über die Steinerne Brücke und stieß schon bald in einer engen Gasse, in der viele Menschen zu Fuß, im Sattel oder in Sänften unterwegs waren, nahe des Regnitzufers auf jenen Gebäudekomplex, der den Dominikanern als Kloster diente. An einer Ecke befand sich der Aufgang zu einer der zahllosen Kirchen der Stadt, die – wie es schien – über ebenso viele Gottes- wie Wohnhäuser verfügte.

Allein wegen ihrer Zahl spricht man wohl von Bamberg auch als Rom des Nordens, überlegte er zerstreut. Seit er Nürnberg verlassen hatte, kreisten seine Gedanken nur um ein einziges Thema. Wie sollte er es anstellen, Giacomo aus seiner schrecklichen Lage zu befreien? Er stand dem Inquisitor, seinen Schergen und einer ihm unbekannten Menge Verbündeter allein gegenüber. Dass ihm sein Freund im Traum die Wahrheit gesagt hatte und dringend seiner Hilfe bedurfte, daran zweifelte er keinen Augenblick. Was er im Schlaf erfahren hatte, war trotz der verstörenden Perspektiven zu echt und solide gewesen. Dürer musste es einfach genauso ernst wie die Wirklichkeit nehmen, welche die wache Welt für ihn bereithielt. Aber selbst die war schon so schwierig zu verstehen, sodass selbst ein Traum keine schärferen Brüche und keine härteren Gegensätze erzeugen konnte, als die, die sich in jenen kalten, aber sonnendurchfluteten Stunden abgespielt hatten, die er zusammen mit Giacomo im Garten des Zeidelschlosses verbracht hatte. Erst die Freude des Wiedersehens, die durch einen anregenden Gedankenaustausch noch gesteigert wurde, und schließlich die Gewalt, die wie aus heiterem Himmel über sie hereinbrach, als der Dominikaner und seine Schergen aufgetaucht waren.

Vielleicht rührte auch daher seine Verwirrung. Er war es nicht gewohnt, nur und ausschließlich auf sein Gefühl zu hören. Er liebte das Nachdenken so sehr, dass Agnes ihn schon manches Mal einen Grübler geschimpft hatte, der ihrer Ansicht nach seine kostbare Zeit mit etwas vergeudete, was nicht greifbar war und deshalb auch keinen Gewinn abwarf. »Wo doch dyn schen malen so laicht in hard Gvlden sich wandeln wvrde«, pflegte sie zu sagen.

Da er ohnehin nicht mehr weiterschlafen hatte können, war er bereits in der frühen Morgendämmerung aufgebrochen und hatte sich das Pferd seines Bruders Hans ausgeliehen, da das eigene Ross noch draußen beim Zeidelschloss im Stall stand. Während des langen Ritts hatte er blind darauf vertraut, dass ihm angesichts der Gewissheit, die ihn bezüglich des Traums erfüllte, schon irgendwann das richtige Vorgehen einfallen würde, um Giacomo erfolgreich aus den Klauen des Simon Angelus zu befreien. Spätestens dann, wenn er in Bamberg eintraf.

Doch als er jetzt am Tor des Klosters vorbeiging und das erschöpfte Tier hinter sich durch die enge Gasse zog, war ihm noch immer keine Idee gekommen, die ihm die passende Lösung des Problems geliefert hätte. Es mochte ja tatsächlich so sein, dass der schreckliche Pater innerhalb der Mauern der Stadt mehr Feinde als Freunde besaß, und es mochte ebenfalls so sein, dass sich einige seiner Gegner sogar im Kloster selbst aufhielten, doch wer waren diese Menschen, und wie konnte sich Dürer schnell und ohne große Umstände mit ihnen verbünden? Und was würden ihm alle Bündnisse nutzen, wenn ihm die Leute dann doch nicht weiterhelfen konnten?

Zudem war Simon Angelus ein durchtriebener und kluger Gegner, den man nicht unterschätzen durfte. Mit Sicherheit kannte er seine Feinde und wusste mit der Situation umzugehen.

Auf einmal hatte Dürer ein ungutes Gefühl. Vielleicht war es ja ein Fehler gewesen, nach Bamberg zu kommen? Was, wenn er an der nächsten Ecke dem Dominikaner über den Weg lief und dieser wie immer von einer Schar bewaffneter Schergen begleitet wurde?

Inzwischen hatte er das Kloster hinter sich gelassen. Er lief weiter zu Fuß durch die engen Straßen und führte das ermüdete Pferd am Zügel. Jetzt, gerade jetzt, da es um Leben und Tod ging, kochte der Zweifel wie aufschäumende Milch in ihm hoch. Der Zweifel, dessen bloße Existenz er sich die letzten Stunden geweigert hatte zu akzeptieren.

Wie um es nicht wahrhaben zu wollen, ging er einfach weiter, Schritt für müden Schritt zog er das zunehmend unwilligere Reittier hinter sich her und drängte sich durch die Straßen, ohne auf etwas um ihn herum achtzugeben, geschweige denn, ein Ziel vor Augen zu haben. Er spürte nicht, wie der Weg zum Domplatz hin anstieg, hatte keinen Blick für die vielen Menschen, die an ihm vorüberströmten. Selbst die neugierigen Blicke etlicher Frauen entgingen ihm, was sonst so gut wie nie vorkam.

Albrecht Dürer war eine auffällige Erscheinung. Er war schlank, hochgewachsen, vornehm gekleidet und hatte einnehmende Züge. Vor allem aber erregten seine langen lockigen Haare, wohin er auch kam, immer wieder gehöriges Aufsehen beim schönen Geschlecht, denn sie entsprachen dem damals gängigen Modeideal ganz und gar nicht.

»Albrecht!« Eine Hand hielt ihn am Ärmel. Wie ein beim Diebstahl ertappter Sünder zuckte Dürer zusammen. Für einen Moment breitete sich der Schrecken in seinem Innern wie ein Blitz aus, der ihm durchs Rückgrat bis in den Schädel schoss. Vom Licht geblendet schloss er die Augen. »Was führt dich in unsere heilige Stadt?«

Erst mit dem Erkennen des Fragestellers rieselte die plötzlich aufgeflammte Angst ähnlich feinkörnigem Sand, der durch ein Sieb geschüttet wurde, aus ihm hinaus.

»Lorenzo!«, antwortete er matt, aber erleichtert.

»Du schreitest hier über den Platz und siehst mit deinem Pferd so aus, als würdest du dich am liebsten sofort wieder in den Sattel schwingen, um es unserem heiligen Heinrich nachzutun und hoch zu Ross durch die Fürstenpforte in den Dom hineinzureiten. Aber gleichzeitig wirkst du wie ein heimatloser Pilger, der vergessen hat, seine Seele mit auf die Reise zu nehmen, und der nun am Ziel feststellen muss, dass er die Gnade des Ablasses gar nicht entgegennehmen kann! Schließlich ist dazu die rein körperliche Anwesenheit, die ohnehin vergänglich ist, nicht genug. Nur jener Hauch von Gottes unsterblichem Odem bedarf der Reinigung von den Sünden, mit welchen der Pilger das Geschenk seiner Seele besudelt hat.«

Beheim atmete tief ein. Während seiner vorgestoßenen Sentenz hatte er kaum Luft geholt. Dann fügte er breit grinsend hinzu: »Sag, das war gut, nicht wahr? Ich muss es aufschreiben und für meine nächste Predigt in sauberes Latein übersetzen.«

»Ja, mein Freund«, erwiderte Dürer kopfschüttelnd, der nur Bruchstücke von Beheims Rede verstanden hatte. Ungeachtet dessen fügte er hinzu: »Das solltest du tun.«

»Schön, dass wenigstens ganz allmählich auch der Engelsstaub deiner Seele den Weg hierher findet, nachdem dein Körper ja bereits angekommen ist. Und noch schöner, dass du deinen alten Freund wenigstens auf den zweiten Blick erkennst und mich nicht zornig zur Seite stößt und dabei knurrst: ›Geh mir aus den Augen, Alter! Was unterstehst du dich, mich anzureden und meine Zeit zu stehlen. Ich kenne dich nicht, kranker Mann!‹«

»Das … das würde … ich … niemals …«, stammelte Albrecht und riss die Augen so weit auf, als würde er geradewegs in den Abgrund der Hölle blicken.

Der Bamberger Chorherr schüttelte den Kopf. Inzwischen hatte er gemerkt, dass Albrecht zutiefst verstört war.

»Komm«, sagte er, fasste seinen Freund am Arm und führte ihn am Dom vorbei. »Wir übergeben das Tier erst einmal einem Stallknecht, damit es gut versorgt ist, und dann erlaubst du mir hoffentlich, auch *dich* gut zu versorgen. Dabei kannst du mir dann vom Grund deiner Anwesenheit erzählen.«

Albrecht nickte. Beheims Vorschlag war nicht nur nahe liegend, sondern dämmte auch die Flut der Zweifel wieder ein, die gedroht hatte, ihn mitzureißen, so wie die Wellen des Meeres mit einsetzender Flut den angespülten Schlick am Strand mit sich fortnehmen.

Wer Lorenzos Erzählungen aus seiner Zeit in Rom kannte, als er in seiner Funktion als Berater des Papstes an rauschenden Festen in riesigen Palästen teilgenommen hatte, konnte sich über die schlichten, kleinen Kammern, die er als Chorherr in Bamberg bewohnte, nur wundern. Dennoch verhielt er sich nach wie vor wie ein Fürst, der es gewohnt war, Heerscharen an Bediensteten und Lakaien herumzukommandieren, auch wenn er hier nur über einen Knecht namens Karl sowie eine Köchin und eine Zugehfrau verfügte. Trotzdem gelang es ihm dank der guten Verbindungen, über die Karl unter den Burschen, Dienern und Stadtknechten Bambergs verfügte, einen kleinen, aber schlagkräftigen Trupp von fünfzehn jungen Männern aufzubieten, während Albrecht mit großem Appetit seine Suppe löffelte.

Als Dürer sich über das kalte Bratenfleisch hermachte, das Lorenzos Köchin ihm aufgetischt hatte, fand er zwischen den Bissen gerade genug Zeit, um Beheim in alle Einzelheiten seines Abenteuers mit Giacomo einzuweihen.

»Da werden womöglich noch schlimmere Dinge auf uns zukommen«, befürchtete der Chorherr, der selbst nur wenig zu sich nahm. »Was alles an schlimmen Nachrichten zu uns dringt, lässt fürchten, dass dieser Simon Angelus nur der Vorbote einer Entwicklung ist, die unter dem Banner der heiligen Inquisition all die mit Folter und Scheiterhaufen bedroht, die es wagen, anders als sie zu denken. Und was, frage ich dich, wird erst geschehen, wenn die weltliche Macht in diesem Vorgehen der Kirche ein Vorbild erkennt? Sie wird ihrerseits beginnen, Prozesse gegen all jene anzuzetteln, die ihr ein Dorn im Auge sind.«

»Schon heute scheint der Vorwurf der Ketzerei auszureichen, sei er nun begründet oder nicht, um über jeden herzufallen, der einem im Wege steht«, erwiderte Dürer.

»Wenn das so weitergeht, kann es bald, ach, was sage ich, es wird bald vor allem diejenigen treffen, die zwar wehrlos, aber nicht gänzlich ohne Besitz sind«, beschloss Lorenzo seinen düsteren Blick in die Zukunft. Er sah Albrecht an, als würde er etwas abwägen. »Unser Herr, der Fürstbischof, ist zum Glück ein gottesfürchtiger, strenger, aber vor allem der Vernunft zugeneigter Mann. Schon allein deshalb wird es dieser Dominikaner nicht wagen, innerhalb der bischöflichen Gerichtshoheit kirchliches oder gar weltliches Recht in seine Hand zu nehmen.«

»Ich hoffe es«, erwiderte Albrecht mit vollem Mund.

»Vertraue nie allein auf die Hoffnung! Wer weiß, was dieser Mensch tut, ohne sich um Recht und Ordnung zu scheren. Wie ich hörte, sind die Keller unter dem Kloster feuchte, finstere Gewölbe, aus denen so selten ein Schrei nach außen dringt, wie umgekehrt je ein Sonnenstrahl in ihre Tiefen. Nie. Wir werden uns schon selbst davon überzeugen müssen, dass hier alles mit rechten Dingen zugeht.«

»Das ist sehr zuvorkommend von dir, Lorenzo, und ich bin mir auch sicher, dass der Pater es nicht wagen wird, seine Hand oder die seiner Schergen gegen dich zu erheben, aber was ist mit mir? Wäre ich nicht geflohen, säße auch ich jetzt in diesem Verlies, und kein Mensch wüsste davon. Wir sind ihnen unterlegen!«

Daraufhin öffnete Beheim eins der schmalen Fenster und wies mit der Hand auf den kleinen Vorplatz, wo mittlerweile der kleine Trupp versammelt stand, den Karl zusammengerufen hatte. Die Männer schwatzten miteinander und lachten lautstark. Zwei von ihnen hatten sich auf den Boden gehockt und würfelten. Unter den Versammelten kreisten mehrere Kannen Bier umher, und als sie den Chorherrn am Fenster entdeckten, prosteten sie ihm lachend zu.

»Wir sind nicht nur zu zweit. Diese Burschen da unten werden uns begleiten, und glaub mir, ich kenne so manchen von ihnen aus der Beichte. Neben einem eher losen Lebenswandel ist es vor allem die Sünde der Streitsucht und der Rauflust, von der ich sie wieder und wieder lossprechen muss. Wenn ich ihnen nun erlaube, dass sie frechen Mönchen eins auf die Nase geben dürfen und dafür noch nicht einmal ein Ave Maria beten müssen, sondern womöglich ganz und gar sündenfrei in den Himmel kommen werden, dann freuen sie sich auf den Händel wie kleine Kinder auf ein Stück Honigkuchen.«

»Aber die Männer, die Simon Angelus beschützen, sind gut gerüstet und bestens an ihren Waffen geschult«, widersprach Albrecht.

»Dann sollten wir uns beeilen«, antwortete Lorenz entschlossen und stand auf, »bevor die Burschen zu viel von meinem Bier gesoffen haben und es sich bis zum Kloster herumgesprochen hat, dass dessen Bewohner Besuch bekommen!« Im Nebenzimmer öffnete er einen wuchtigen Kleiderkasten und entnahm ihm ein prächtig verziertes Ornat. »Das habe ich seit Rom nicht mehr getragen, und bis ich dich heute sah, war ich der Überzeugung, dass es den Motten vorbehalten sei, sich daran zu erfreuen«, murmelte er nachdenklich, dann rollte er das Gewand zusammen, klemmte es sich unter den Arm und schnallte sich noch einen kurzen Degen um.

Als sie sich umringt von den jungen Männern auf den Weg machten, sah Albrecht, dass auch sie nicht gänzlich unvorbereitet waren. Einer von ihnen hatte einen Dreschflegel dabei, dessen Stiel auf Unterarmlänge abgesägt worden war, sodass er ihn in den Gürtel stecken konnte. Drei weitere trugen je eine Heugabel über der Schulter, als kämen sie direkt vom Feld. Wieder andere hatten mit Nägeln gespickte Keulen dabei, und einer, der ansonsten den Wachdienst beim Fürstbischof versah, war direkt mit Schwert, Harnisch, Helm und Pike gekommen. Angeführt wurde der bunte Trupp von Lorenzos Diener Karl, der allein vier Messer im Gürtel stecken hatte: eins an jeder Seite und zwei an seinem Rücken. Dazu sah Albrecht zwei weitere Griffe aus den Schäften seiner Stiefel herausragen, und an die Ärmel seines Wamses hatte er sich noch zusätzlich je eine Klinge geschnallt.

Aus der Hosentasche des jüngsten Burschen blitzte eine Steinschleuder, während er auf der anderen Seite am Bund des Beinkleides ein ledernes Säckchen befestigt hatte, dessen Inhalt bei jedem Schritt klackerte. Ein Geräusch, das erkennbar nicht von klingenden Münzen herrührte, sondern vielmehr von sorgfältig zusammengeklaubten Kieseln.

Nachdem Dürer dies alles mit einem rasch umherschweifenden Blick wahrgenommen hatte, schwand das beklemmende Gefühl aus seiner Brust und machte einer anderen Empfindung Platz, die er höchst verblüfft als eine Form heiterer Gelassenheit, ja sogar als eine Art unerwarteter Fröhlichkeit bezeichnen konnte. Wie sehr erstaunte es ihn, als er bemerkte, dass er sich sogar darauf freute, dem schrecklichen Pater erneut gegenüberzutreten und ihm so stark zuzusetzen, bis dieser Giacomo und alles, was er an vermeintlichen Beweismitteln hatte stehlen lassen, freiwillig wieder herausgeben würde. Dann streifte ihn einem Windhauch gleich die Erkenntnis, dass sich mit seiner Ankunft in Bamberg sehr wohl alles so zu fügen begann, wie es die Umstände erforderten.

Kurz bevor sie das Kloster erreichten, machten sie Halt. Die Dämmerung war inzwischen der Dunkelheit gewichen.

»Ich werde vorausgehen!«, sagte Lorenzo. Unter den erstaunten Blicken einiger vorübereilender Passanten, von denen jetzt nicht wenige mit Laternen unterwegs waren, zog er endlich das prachtvolle Ornat über. »Du bleibst dicht hinter mir«, wandte er sich an Albrecht, dann drehte er sich zu den Männern um, »und ihr haltet euch unauffällig in der Nähe bereit. Im Schatten.«

Er klopfte gegen das Tor. Wie auch an anderen Gebäuden, an denen sie vorbeigekommen waren, brannte über ihm eine Nachtlaterne. Eine Weile geschah überhaupt nichts. Erneut hämmerte Lorenzo gegen das Tor, diesmal lauter und energischer. Nach kurzer Zeit öffnete sich eine Klappe, und in einem fahlen Lichtkreis erschien ein blasses Gesicht. Die Augen des Mönchs, der den Tordienst versah, schossen verwirrt und unstet hin und her im Bestreben, die Dunkelheit zu durchdringen, die sich schon nach wenigen Metern wie schwarze Tinte in die Gasse ergoss.

»Aufmachen!«, befahl Lorenzo mit fester Stimme, woraufhin der unruhige Blick des Pfortenwächters an Beheim hängen blieb. Seine Augen weiteten sich angesichts des reich verzierten Ornats, das dieser trug.

Dürer bemerkte, wie dem Mann die Schweißperlen die Stirn hinabliefen. Der Mönch öffnete und schloss seinen Mund einige Male, ohne etwas hervorzubringen.

»Was ist? Bist du taub? Ich sagte, du sollst aufmachen!«, herrschte ihn Lorenzo noch einmal deutlich lauter an.

»Die ... die ... Brüder ... sind alle beim ... im ... Ma... Matu...«, stammelte er.

»Matutin?«, half ihm Lorenzo jetzt in aller Freundlichkeit.

»Jawohl, hoher Herr.« Er schien weder zu wissen, welche Funktion Beheim ausübte, noch welchen Rang er innerhalb der kirchlichen Hierarchie bekleidete. Offensichtlich hatte er das Gesicht des Chorherrn nicht erkannt.

»Du wirst trotzdem öffnen. Und zwar sofort!« Lorenzo sprach so energisch und laut, dass das Mönchsgesicht abrupt zurückwich. Gleichzeitig ertönte ein lautes Klacken, während sich die Klappe wieder schloss. Lorenzos Gesicht hatte sich dunkelrot verfärbt, als er sich halb umdrehte. Dürer sah ihn fragend an. Das würde ein hartes Stück Arbeit werden. Um das mit Eisenbändern beschlagene Tor aufzustemmen, bräuchten sie Werkzeug, am besten eine Brechstange. In der schmalen, ruhigen Gasse würde die Aktion viel Lärm machen und für unnötiges Aufsehen sorgen. Doch bevor Lorenzo noch etwas sagen konnte, knirschte es vernehmlich, und ein Flügel des schweren Holztors schwenkte langsam nach innen.

»Macht Licht!«, zischte Beheim, und Dürer hörte, wie der Befehl von den Burschen weitergegeben wurde. Schritte ertönten, und plötzlich flammte schwach eine Laterne auf, die wohl schon zuvor entzündet, aber abgeblendet mitgeführt worden war. Mit ihrem Feuer wurden nun einige Fackeln in Brand gesetzt.

»Kommt«, sagte Lorenzo. Er betrat den Innenhof des Klosters, der nur wenig erhellt wurde, und übersah dabei die dunkle Gestalt, die vor ihm auf die Knie gefallen war. Er stolperte, und nur da Dürer geistesgegenwärtig nach dem kostbaren Gewand griff, konnte er verhindern, dass der zu einer gewissen körperlichen Fülle neigende ältere Freund mit dem Schmutz im Klosterhof Bekanntschaft machte.

»Verzeiht!«, wimmerte es von unten. »Verzeiht, hoher Herr. Es ist alles so schrecklich. Bitte, rettet uns vor dem Übel!« Es war der Mönch, der ihnen geöffnet hatte.

Lorenzo tätschelte dankbar Albrechts Arm, der ihn vor dem Sturz bewahrt hatte. Hinter ihnen drängten die Burschen in den Klosterhof, sodass im flackernden Fackelschein allmählich mehr zu erkennen war.

»Was redest du für einen Unsinn?«, herrschte er den Mönch an. »Steh auf und bring uns zu Pater Simon Angelus. Nun mach schon!«

Der Angesprochene erhob sich unter Ächzen und Stöhnen. Im

hin und her zuckenden Licht konnte man deutlich erkennen, dass ihm Tränen wie Sturzbäche über die Wangen rannen.

»Es ist alles so schrecklich, hoher Herr! Bitte betet für uns und rettet unsere armen Seelen!«

»Sein Gesicht ist nass wie ein junger Hund, der aus Versehen in den Teich gefallen ist«, stellte Dürer fest. »Er schwitzt wie ein Sünder im Höllenfeuer, und was die Haut nicht herauszupressen vermag, das schießt aus seinen Augen.«

»Was ist geschehen?«, wollte Lorenzo wissen.

»Der Teufel! Der Teufel persönlich ist über uns gekommen!«

»Trägt er den Namen Simon Angelus?«, zischte Albrecht, doch der Chorherr hob beschwichtigend die Hand.

»Hier entlang. Bitte folgt mir«, jammerte der Mönch. Noch immer irrten seine Pupillen wild hin und her, als sähen sie in allen Ecken schreckliche Ungeheuer.

Beheim befahl vier Männern, ihnen zu folgen, der Rest sollte im Hof warten und erst eingreifen, wenn man nach ihnen rief. Eine kluge Entscheidung, denn in den engen Gängen und auf den steilen Treppen hätten sie sich nur gegenseitig behindert. Über eine schmale Stiege führte sie der Mönch in den ersten Stock. Als sie einem langen Flur folgten, befürchtete Dürer schon, dass der Mönch sie in die klostereigene Kirche führen wollte, wo – wie er gesagt hatte – gerade die Nachtandacht abgehalten wurde.

Manche Türen zu den Kammern der Brüder standen offen, aber nichts deutete darauf hin, dass sich die Mönche zum Matutin in ihre Kirche begeben hatten, stattdessen sahen die Besucher im Vorbeieilen die wunderlichsten Szenen. Ein Bruder kniete wie im Gebet versunken auf dem Boden, starrte aber mit unbewegtem Blick in die Flamme eines Lämpchens, das er vor sich stehen hatte. Unablässig bewegte er die Lippen, wobei er ab und an innehielt und sinnend mit dem Kopf nickte, als sei er in ein Gespräch vertieft – mit dem Feuer. Ein anderer hatte sich mit dem Rücken auf einen quadratischen Tisch gelegt, der eigentlich kaum groß genug war, um darauf zu sitzen, geschweige denn zu liegen. Die Arme nach hinten ausgestreckt und die Beine gespreizt hing er über dem Gestell, wobei er fast einen Halbkreis bildete. Aus den weit aufgerissenen Augen seines hinten überhängenden Kopfes verfolgte er die Männer, die den Gang entlangeilten, während aus der roten Höhle seines Mundes unverständliche gurrende Geräusche drangen.

Nur wenige Schritte später kamen sie an einer breiten Tür vorbei, die halb offen stand. Da der Pförtner weiter vorausging, ohne stehen zu bleiben, konnte Albrecht nur einen kurzen Blick hineinwerfen. Es handelte sich um den Eingang der weit über die Grenzen der Stadt hinaus bekannten, reich ausgestatteten Klosterbibliothek, die in einer prächtigen hohen Halle untergebracht war. Vom Erdgeschoss aus erstreckten sich mehrere Treppen, die zu den Galerien in Höhe der übrigen Stockwerke führten, welche allesamt mit dicht an dicht bestückten Regalen möbliert waren.

Eine Reihe von Kandelabern spendete warmes Licht, doch das, was Albrecht im Vorbeieilen sah, ließ ihn jäh erstarren. Der begrenzte Ausschnitt, der sich seinem Blick bot, offenbarte ein Bild der Verwüstung und des Grauens. Regale waren umgestürzt worden, die Bücher lagen wild verstreut auf dem Boden der Galerie, als würde es sich bei ihnen um Kehricht handeln. Doch was ihn am meisten erschreckte, war ein nackter Mönch, der jenseits von der Balustrade hing. Erkennbar war er in seiner Funktion nur noch an der typischen Tonsur. Jetzt schwebte er im Raum, während er sich langsam um seine eigene Achse drehte. Seine Augen quollen hervor, den Mund hatte er im letzten stumm-erstickten Ächzen weit geöffnet, und die fleischige Zunge hing heraus, als versuche er noch im Tod, den Vorüberhastenden seinen Hohn hinterherzuschicken. Um seinen Hals spannte sich ein Strick, der offensichtlich in einem der oberen Stockwerke angebracht worden war.

Albrecht wollte noch Lorenzo und den Pfortenbruder auf die skurrile Szene aufmerksam machen, doch die beiden waren bereits an der Tür zu einer Kammer, die direkt neben der Bibliothek lag – dem erhängten Mönch war ohnehin nicht mehr zu helfen.

»Da… das Stud… Studierzimmer, das der … Abt … Bru… Bruder Simon … hat ab… abtreten müssen«, stammelte der Mönch, dann presste er sich zitternd neben der Tür so flach an die Wand, als ob er mit ihr verschmelzen wollte.

Ohne anzuklopfen, stießen sie die Tür auf. In der Kammer herrschte, wenn das überhaupt möglich war, ein noch größeres Durcheinander als in der Bibliothek. Sie mussten über kniehohe Stapel zerfledderter und zerrissener Bücher hinwegsteigen. Der

Tisch war zur Seite gekippt, die schmale Bettstatt, die man dem Gast aus Rom in das Zimmer gebracht hatte, bestand nur noch aus zerborstenen Einzelteilen. Das Zimmer wirkte, als habe ein Berserker mit einer Axt in blinder Wut alles kurz und klein gehauen.

Ein fürchterlicher Gestank schlug ihnen entgegen, und schon bald erblickte Albrecht dessen Ursache. Ein zuvor offenbar bis zum Rand mit Exkrementen gefülltes Nachtgeschirr lag zerbrochen inmitten der Verwüstung. Zuvor hatte es wohl jemand mit voller Wucht an die Wand geschleudert. Der Fleck dort war jedenfalls unübersehbar.

»Wo ist er?«, keuchte Dürer und hielt sich die Hand vor Mund und Nase.

In diesem Moment vernahmen sie das Wimmern. Mit einem Satz sprang Albrecht zu dem umgestürzten Tisch, hinter dem eine zusammengekrümmte Gestalt auf dem Boden lag. Er packte sie an der Kutte und riss sie hoch.

»Das ist er nicht!« Alfred war enttäuscht, dann erkannte er den Dominikaner. Es handelte sich um jenen schmächtigen jungen Mann, den er als unauffällig sich im Hintergrund haltenden Begleiter des Paters bereits zweimal gesehen hatte. Jetzt jedoch trug er seine Mönchstracht und nicht mehr, wie bei ihren zwei vorherigen Begegnungen, den fein gearbeiteten Harnisch aus Leder und Eisen sowie den bis tief in die Stirn reichenden Helm, doch die schmalen, zu engen Schlitzen zusammengekniffenen, beinahe wimpernlosen Augen hatten sich Dürer tief ins Gedächtnis gebrannt.

Am liebsten hätte Albrecht die Gestalt direkt wieder fallen gelassen, so enttäuscht war er, dass es sich bei ihr nicht um den verhassten Pater handelte. Doch er entschied sich anders.

»Wo ist Simon Angelus?«, fragte er. Der junge Mann konnte sich kaum auf den Beinen halten und zitterte am ganzen Körper, als habe ihn ein schweres Fieber befallen. »Oh, Gott«, durchfuhr es Dürer, »ist hier etwa die Pest ausgebrochen?« Voller Panik stieß er den Mann von sich weg, der taumelte, schließlich gegen die Wand prallte und dann langsam zu Boden rutschte.

»Himmel! Ich hoffe, du hast unrecht, mein Freund!«, flüsterte Lorenzo, der direkt hinter ihm gestanden hatte und nun zur Seite trat. Er hielt sich ein Tuch, das er zuvor aus der Tasche gezogen hatte, vor Mund und Nase. »Stinken tut es hier allerdings eher wie in einem Schweinekoben«, fügte er hinzu, dann ging er zu dem Mönch und musterte ihn von Kopf bis Fuß. Schließlich berührte er dessen schweißnasse Stirn und schüttelte den Kopf. »Nein. Welche Dämonen diesen Mann auch immer befallen haben mögen, die Pest ist es jedenfalls nicht«, zischte er leise in Albrechts Richtung.

»Du hast gehört, was mein Freund von dir wissen will«, sagte er dann mit lauter, energischer Stimme zu der vor ihm am Boden kauernden Gestalt. »Wo ist Simon Angelus? Beziehungsweise wäre es noch besser, wenn du uns direkt zum ehrenwerten Giacomo Sujad führen könntest!«

Der Mann zuckte zweimal zusammen, als hätten ihn Peitschenhiebe getroffen. Das erste Mal beim Namen des Inquisitors, das zweite, als Giacomo erwähnt wurde, wobei sein völlig verwirrter Blick für einen Moment zur Seite flog. Albrechts Augen folgten ihm, und was er sah, entfachte seine Neugier.

»Ehrenwerten …?«, tönte in diesem Moment heiser und dunkel der Dominikaner. Es schien, als würde jemand Fremdes durch ihn hindurch sprechen, denn als er nach kurzer Pause weiterredete, klang seine Stimme viel leiser, flatternder und so, als würde er sich mit jeder Silbe abmühen. Dennoch geriet er nicht wie der Pförtner ins Stottern.

Der Mönch erhob sich langsam, wobei er die Augen gesenkt hielt. »Pater Simon Angelus mit Versucher kämpft.« Konnte er nur gebrochen Deutsch? Wurde er von etwas anderem so sehr bedrängt, dass es ihm Mühe bereitete, das, was er sagen wollte, in die für ihn fremde Sprache zu übersetzen?

»Wo! Ist! Er?« Wieder zuckte der junge Mann unter jedem Wort zusammen, als sei er ein an den Mast gefesselter Galeerensklave, den der Kapitän wegen einer Bagatelle zur Bestrafung durch die neunschwänzige Katze verurteilt hatte.

»Keller. Ich euch führe …« Wie ein Schlafwandler ging er voraus, doch Dürer blieb noch einen Moment in der Kammer zurück, lief zuerst zu der Wand, an welcher der Mönch gehockt hatte, und klaubte dann hastig ein dünnes Buch und einige Blätter vom Boden, die halb verdeckt von anderen Schriften inmitten eines Papierhaufens lagen.

Während er anschließend den anderen mit raschen Schritten folgte, flogen seine Finger über die Zeichnungen. Drei seiner Entwürfe fehlten, doch die meisten hielt er wieder in Händen. Auch Sujads Aufzeichnungen waren darunter. Schnell schob er das Konvolut in eine seiner Gürteltaschen.

Sie folgten jetzt einer anderen Treppe hinab ins Erdgeschoss, bevor es durch eine schmale Pforte hinunter in den Keller ging. Wo sie auch vorbeikamen, es schien, als herrsche im gesamten Kloster Entsetzen, Panik und ein Treiben, als wären unsichtbare Geister hinter den Mönchen her. Nichts wirkte auch nur einen Augenblick lang nach innerer Einkehr, Stille und Gebet, stattdessen hallten plötzliche Schreie durch die Gänge. Die Laute klangen zwar menschlich, aber sie schienen einer Sprache zu entstammen, die Dürer noch nie zuvor vernommen hatte.

Der stockdunkle, niedrige Gewölbegang wurde von ihren Laternen nur unzureichend erhellt, doch als sie um eine Ecke bogen, sahen sie einen Lichtschimmer aus dem engen Eingang eines Kellerraums dringen. Hier unten war es ruhiger. Im Grunde viel zu ruhig. Der Lärm des Klosters war nicht mehr zu vernehmen. Die plötzliche Stille, die nur von ihren eigenen Atemgeräuschen unterbrochen wurde, verschloss Albrechts Ohren wie zwei Pfropfen.

Während des Weges von der Besucherzelle im ersten Stock bis in das feuchte und muffig riechende unterirdische Gewölbe hatte Dürer befürchtet, dass der Dominikaner sie in die Irre führen oder möglicherweise sogar in eine Falle locken wollte. Als sie aber endlich den von zwei Fackeln erleuchteten Raum betraten, sahen sie, dass der unauffällige Begleiter des Inquisitors nicht gelogen hatte.

Die Kammer, die sie betraten, war im Gegensatz zu dem Gang, durch den sie gekommen waren, überraschend hoch. Von der Decke hingen schwere Ketten, die mittels einer Winde hinaufgezogen beziehungsweise herabgelassen werden konnten. In einer Ecke stand ein erkaltetes, eisernes Kohlebecken mit einigen Zangen und Brandeisen, die darauf warteten, von der Glut erhitzt zu werden. Auf einem Tisch an der Wand lag ein umfangreiches Arsenal an anderen Folterwerkzeugen ausgebreitet: Daumenschrauben, Trichter, um dem Opfer Wasser oder schlimmere Flüssigkeiten einzuflößen, Messer aller Größen und Formen, Meißel, Zangen, Schaber, Hämmer, Feilen, Sägen, kurz: Werkzeuge aller Art, die andernorts bei Weitem nicht den Schrecken auszulösen vermochten wie hier. Ergänzt wurde alles zu guter Letzt durch ein Arsenal an Ketten, Schellen, Stricken, Stöcken, Peitschen und Ruten.

Die Mitte des Raums beherrschte ein wuchtiger, massiver Holzstuhl, aus dessen Rückenlehne, Sitzfläche und Armlehnen mehr als fingerlange rostige Nägel ragten. An der dem Tisch mit den Folterinstrumenten gegenüberliegenden Wand war eine zweireihige Tribüne aufgebaut worden, deren vordere Bankreihe sich zu ebener Erde befand. Die dahinterliegende war in etwa einem Schritt Höhe angeordnet, sodass man sie über zwei seitliche Stufen erklimmen konnte. Vor der vorderen Reihe stand ein weiterer langer Tisch, feiner gearbeitet als jener mit den Werkzeugen des Schreckens und der Schmerzen, dessen Vertiefungen in der Oberfläche auf Schreibutensilien und Tintenfässer hinwiesen.

Doch all dies nahm Dürer kaum wahr, da er seinen Blick nicht von Pater Simon Angelus abwenden konnte, der ihm seinerseits mit glühenden, blutunterlaufenen Augen bis ins Innere seiner Seele zu starren schien.

»Kampf gegen Versucher verloren er hat«, sagte der Gehilfe des Inquisitors und musterte die Anwesenden mit glanzlosem Blick. Lorenzo war der Erste, der sich wieder fasste.

»Wer war das? Wie ist das geschehen?«, herrschte er ihn an.

»Kampf gegen Versucher verloren er hat«, wiederholte der Scherge trotzig.

»Willst du sagen, dass dies das Werk des Teufels ist?«

»Richtig. Werk des Teufels.«

»Und woher stammen die Blutspuren auf deiner Kutte?«

Albrecht war es gewohnt, dass sich seine Mitarbeiter oder er selbst die farbverschmierten Hände am Kittel abwischten, sodass er dem verschmutzten Kleidungsstück des Gehilfen keine besondere Aufmerksamkeit gewidmet hatte. Aber Lorenzo hatte recht. Die dunklen Streifen konnten sehr wohl von Blut herrühren. Vielleicht sogar vom Blut des Inquisitors.

Simon Angelus saß vor ihnen auf dem Nagelstuhl, der ursprünglich für seine Opfer vorgesehen gewesen war. Die gewaltige Lache, die sich um ihn herum auf dem Steinboden ausgebreitet hatte und dunkel im flackernden Licht der Fackeln glänzte, stammte von seinem Blut, das aus den zahllosen Wunden seines Körpers herausgeflossen war. Albrecht fiel auf, dass die zur Fesselung der Opfer vorgesehenen Bänder unbenutzt und unverknotet neben den Lehnen und Stuhlbeinen hingen.

»Es sieht so aus, als habe er sich aus freien Stücken auf dieses furchtbare Folterinstrument gesetzt«, flüsterte Albrecht fassungslos. Einer ihrer Burschen war beim Anblick des blutüberströmten Körpers direkt wieder auf den Gang hinausgestürzt, um sich zu übergeben.

»Vielleicht nicht ganz so freiwillig, wie es auf den ersten Blick scheint«, ergänzte Lorenzo mit einem Seitenblick auf den Gehilfen des Inquisitors, der aschfahl und mit kaltem Schweiß überströmt regungslos neben ihnen stand. Der Pförtner hatte sich, kaum dass sie in den Raum gekommen waren, wimmernd unter die obere Stuhlreihe auf der Tribüne verkrochen. Mit einer Handbewegung beschwichtigte Lorenzo einen ihrer Begleiter, der den Türwächter umgehend wieder aus seinem Versteck hervorzerren wollte. Also lag der zitternde Mönch noch immer dort oben und presste das Gesicht in seine Armbeuge, als könne er so alles Schreckliche um sich herum zum Verschwinden bringen.

»Glaubst du, Giacomo …?«, fragte Albrecht stockend. War es dem Freund gelungen, dem Inquisitor das zuzufügen, was dieser ihm hatte antun wollen, bevor er fliehen konnte?

»Nein, nicht Giacomo. Er!«, erwiderte Lorenz.

»Versucher ihn töten«, erklärte der Gehilfe dumpf.

»Und das hier? Wessen Blut ist das?«, wiederholte der Chorherr.

»Mit Versucher kämpfen. Aber ist sein Blut …« Er wies auf den toten Simon Angelus, der sie unverwandt anstarrte, als würde eine unheimliche Kraft in seinem leblosen Körper fortbestehen.

»Ich glaube eher, du warst derjenige, der deinen Herrn auf diesen Stuhl gepresst hat. Schließlich bist du ein starker und junger Mann. Du hast all deine Kraft aufgewandt, um dem Pater die Nägel in den Körper zu treiben, doch er hat sich wie von Sinnen gegen dich gewehrt, sodass du schließlich auch seine Arme an den Lehnen festgeheftet hast.«

Albrecht schüttelte den Kopf. Wie kam Lorenzo nur auf den Gedanken, dass sich ihre Feinde auf einmal gegenseitig an den Hals gingen? »Aber Lorenzo! Würde nicht jeder versuchen, selbst wenn er sich dabei das eigene Fleisch zerfetzte, sich sofort wieder loszureißen?«, rief er. Obwohl ihm der Gehilfe des Inquisitors wahrhaftig nicht sympathisch war, fühlte er sich dennoch verpflichtet, ihn gegen die Anschuldigungen des Chorherrn zu verteidigen.

»Ja«, sagte Beheim. »Unter normalen Umständen schon. In diesem Fall sollen die Bänder, mit denen man das Opfer an den Stuhl fesselt, den Delinquenten daran hindern, genau dies zu tun, nämlich sich mit aller Macht loszureißen, aufzuspringen und fortzulaufen. Aber das geschieht nur dann, wenn die Folterknechte das Opfer möglichst aufrecht, gerade und genau in die Mitte dieses furchtbaren Gestells platzieren.«

»Wie? Was meinst du damit?« Noch immer war Dürer wie vor den Kopf gestoßen und begriff das, was er sah, nur bruchstückhaft.

»Simon Angelus hat sich gewehrt. Natürlich! Welcher Dämon auch immer seinen Geist gerade befallen hatte, er konnte noch klar genug denken, um zu ahnen, was ihm hier bevorstand. Ich glaube nicht, dass es mehrere kräftige Männer gewesen sind, die ihn hielten und gleichzeitig auf die Nageloberfläche drückten. Der Inquisitor und er hier.« Beheim zeigte auf den Gehilfen. »Niemand sonst befand sich hier unten, als es geschah! Das stimmt doch, oder?« Der italienische Dominikaner nickte. »Er war also allein! Deshalb fehlte ihm auch die Kraft, Simon Angelus in die richtige Stellung zu hieven, wie das mehrerer Männer mit vereinten Kräften ohne viel Mühe geschafft hätten. Aus diesem Grund wurde der Inquisitor, wie klar erkennbar ist, seitlich auf den Stuhl gesetzt.«

In diesem Punkt musste Albrecht Lorenzo recht geben: Der Körper von Simon Angelus war nach rechts verdreht.

»Im Grunde wird bei dieser Folter nicht beabsichtigt, dass das Folteropfer sofort stirbt«, setzte Beheim seine Erklärung fort. »Infolge seiner Entkräftung sollen sich die Nägel wie von selbst in sein Fleisch bohren. Und wenn ihn der Folterknecht dann noch sanft gegen die Brust drückt, dringen die Spitzen auch rechts und links neben der Wirbelsäule ein.«

Albrecht begriff das abgründige finstere Kalkül, das den Erbauer bei der Konstruktion dieses bösartigen Instruments geleitet haben musste. Weil der Inquisitor leicht seitlich versetzt gegen den Folterstuhl gepresst worden war, hatte zumindest einer der Nägel direkt das Rückenmark getroffen, wodurch augenblicklich eine Lähmung hervorgerufen worden war.

»War es so?«, herrschte Lorenz den Gehilfen an.

»Versucher ... Versucher ...«

»Du warst der Versucher ... oder wer?«

»Versucher in uns allen ...«

»Schluss jetzt!«, rief Dürer. »Das muss warten! Ich will wissen, was mit Giacomo geschehen ist! Was habt ihr ihm angetan? Wo ist er?«

»Kabbalist und Teufelsjünger schon lange fort ist«, erwiderte der Dominikaner.

»Was soll das heißen? Wohin ist er gegangen?«, schrie Albrecht und schüttelte den Mann heftig.

»Sohn der Christusmörder fortgebracht. Er den Teufel zu uns geschickt, Rache nehmen!«

»Wie bitte? Was erzählst du uns da für einen Unsinn?«

Dürer schob den Dominikaner voller Zorn quer durch den Raum, bis dessen Rücken an die Tischkante stieß. Die eisernen Gerätschaften darauf klirrten. Dürer griff nach einem Hammer und wollte schon in blinder Wut zuschlagen, als ihm Lorenzo in letzter Sekunde in den Arm fiel. Mit einem hallenden Krachen fiel das Werkzeug zu Boden.

»Für die Inquisitoren ist Giacomo kein Christ«, versuchte Beheim zu erklären. »Er ist zwar getauft, aber da er als Abkömmling des Volkes Israel geboren wurde, bleibt er in ihren Augen immer ein Jude.«

»Lorenzo ... bitte!«, ächzte Dürer. »Dieses Gemäuer scheint wirklich verhext zu sein. Jetzt fängst auch du noch an, wirres Zeug zu reden!«

»Die Worte stammen nicht von mir, sondern von ihm und ihm!«, antwortete Beheim in aller Schärfe und deutete dabei auf Simon Angelus und seinen Gehilfen. »Aber wie jede verpestete Dogmatik, die der Vernunft, dem Denken und den Wissenschaften abschwört, beruht ihre Wirksamkeit nicht zuletzt darauf, dass einzelne Dinge, die behauptet werden, tatsächlich wahr sind. Freilich sind deshalb die Schlüsse, die daraus gezogen werden, nicht notgedrungen richtig. Du weißt, dass ich Giacomo schon länger kenne als du. Er wurde in der Nähe von Khokand geboren und wuchs als Kind bukharisch-jüdischer Eltern auf. Sein Vater war ein berühmter und gelehrter Rabbiner, von dem er viel über die jüdische Geheimlehre, die Kabbala, lernte. Wissen, das auch für uns Erkenntnishungrige von größtem Nutzen ist. Eine Ansicht, die von bestimmten Kreisen der Kirche leider nicht geteilt wird.«

Albrecht schüttelte den Kopf, als müsse er die letzten Reste des Alptraums der letzten Nacht fortschleudern. »Wo ist Giacomo? Wo habt ihr ihn hingebracht?«, wiederholte er seine Fragen.

»Dort... dorthin, wo Diener Leben gelassen ... für ihn.«

»Wie viele von euch haben ihn begleitet, um ihn dort zu ermorden?«, wollte er wissen. Die Antwort hatte endlich bewirkt, was das Kopfschütteln zuvor nicht vermocht hatte. Von einem Moment zum nächsten sah Albrecht alles wieder glasklar und nüchtern.

»Nicht ermorden«, wehrte der Dominikaner ab, »Seele befreien. Aber vorher gut vorbereiten, damit alles sagen, was sagen müssen. Er nachkommen wollen ...« Sein Finger wies auf Simon Angelus. »Aber dann Versucher zerstören alles.«

»Wie viele begleiten Giacomo?«

»Vier Mann.«

»Lorenzo«, rief Albrecht, »vielleicht lebt er noch! Ich muss sofort los!«

»Gut, aber geh nicht allein. Kommt mit.« Er winkte nach seinen Begleitern. »Du bleibst hier«, sagte er zu dem Gehilfen. »Mit dir bin ich noch nicht fertig.«

***

Und es geschah am SECHZEHNTEN Tag:

Als Ernst am kommenden Tag in der Jägermühle anrief, erreichte er Kathrin, die Inhaberin des Antiquariats. Obwohl sich Neros Frage nach dem Käufer mittlerweile quasi von selbst beantwortet hatte, war es seine persönliche Neugier, die Ernst zum Telefon greifen ließ.

»Sag mal«, fragte er, »wer von euch beiden ist eigentlich für die Onlineauktionen zuständig?«

»Das macht fast ausschließlich Theo«, erwiderte sie. »Wieso fragst du? Gibt es ein Prachtstück, das du haben willst, oder denkst du daran, selbst etwas zu versteigern?«

»Weder noch«, antwortete Ernst, »aber würdest du mir einen Gefallen tun und deinen Mann ans Telefon holen?«

»Tut mir leid, aber das geht nicht. Der ist heute in aller Früh vom Nürnberger Flughafen abgehoben und müsste sich mittlerweile irgendwo über dem Atlantik befinden. Wenn's beim Umsteigen in Frankfurt zu irgendwelchen Verzögerungen gekommen wäre, hätte er angerufen, also gehe ich davon aus, dass er sich jetzt auf dem direkten Weg nach New York befindet.«

»Oh«, erwiderte Ernst erstaunt.

»Ja, ein besonders wertvolles Stück liefert er auch gerne mal persönlich beim Kunden ab.«

»Darf man denn wissen, worum es sich handelt?«, fragte Ernst.

»Klar. Ist schließlich kein Geheimnis«, erwiderte Kathrin Jaeger. »Eines unserer wertvollsten Bücher. Eine Erstausgabe der ›Traumdeutung‹ von Sigmund Freud. Erschienen 1900. Ein solches Exemplar ist je nach Zustand manchem Sammler schon ein fünfstelliges Sümmchen wert.«

»Das kann ich mir vorstellen«, sagte Ernst, der sich im Grunde noch immer über das Auktionsergebnis des Sujad-Büchleins wunderte.

»Unsere Ausgabe ist allerdings etwas ganz Besonderes. Sie trägt einen Besitzervermerk samt einer Reihe von Anstreichungen und Randnotizen, die zeigen, dass der gute Mann dieses Werk gründlich durchgearbeitet hat. Normalerweise wäre so etwas eine Wertminderung, aber in unserem Fall verhält es sich umgekehrt.«

»Muss wohl eine Berühmtheit gewesen sein«, vermutete Ernst.

»Ganz richtig. Zusätzlich hat Sigmund Freud das Buch auch noch mit einer handschriftlichen Widmung versehen.«

»Ich bin zutiefst beeindruckt«, gab Ernst pflichtgemäß zu Protokoll. »Also, jetzt spann mich nicht länger auf die Folter. Sag schon, wer das kostbare Werk mit seinen Anmerkungen verunstaltet hat.«

»Na, na!«, rügte ihn Kathrin lachend. »Aber okay, es war niemand Geringeres als Wilhelm Reich. Übrigens haben wir auch einige sehr seltene Erstausgaben seiner Schriften auf Lager – zu wirklich fairen Preisen. Falls dich zufällig die ›Funktion des Orgasmus‹ von 1929 interessiert?«

»Äh. Nein!«, wehrte Ernst ab. »Doch, natürlich. Aber nicht theoretisch.« Oh, Gott, dachte er peinlich berührt, ich schwätze mich noch um Kopf und Kragen.

Kathrins glockenhelles Gelächter drang durch den Hörer.

»Mich interessiert ein anderes, zugegeben ziemlich teures Buch von euch«, versuchte er wieder den Faden aufzunehmen.

»Ich höre ...«

»Vielleicht weißt du ja darüber Bescheid«, drookste er weiter herum. »Die Auktion lief auf eBay aus, und es ging für sage und schreibe mehr als 55.000 Euro weg.«

»Ach, du meinst das ›liber rota‹«, warf sie rasch ein. »Ja, natürlich weiß ich darüber Bescheid, schließlich verkaufen wir nicht jeden Tag Werke in solchen Preisdimensionen.« Ernst nickte, als säße sie ihm direkt gegenüber, während sie erneut abschweifte: »Hast du überhaupt eine Vorstellung davon, wie lange wir dieses außergewöhnliche Exemplar der ›Traumdeutung‹ schon angeboten haben?«

»Äh, nein. Woher auch?«

»Wir haben das Exemplar vor genau achtzehn Jahren angekauft. Zusammen mit einem kleinen Konvolut von Werken aus dem Reich'schen Nachlass. Das meiste, das Exil und Krieg überstanden hat, befindet sich ja seit Jahrzehnten im Besitz von Stiftungen, Bibliotheken und Museen, sodass es sich bei unseren Büchern um die letzten Gegenstände aus dem Besitz des berühmten Sexualforschers handelt, die weltweit überhaupt noch angeboten werden.«

Ernst zog eine Grimasse, ging aber auf Kathrins Spiel ein. »Also gibt es eine dementsprechende Nachfrage?«

»Ganz im Gegenteil«, erwiderte sie. »Der New Yorker Sammler, der das Buch jetzt letztendlich erworben hat, interessierte sich seit ganzen fünf Jahren dafür. Damals, Anfang der Neunziger, als wir die ›Traumdeutung‹ mit der Freudwidmung zum ersten Mal über unsere Listen angeboten haben, hätte man sie noch ziemlich preiswert kaufen können. Wenn ich mich recht erinnere, hatte Theo den Preis seinerzeit auf fünf- oder sechstausend festgesetzt. Mark, wohlgemerkt. Gute, alte, deutsche Mark. Es gab ein paar Anfragen, aber niemand hat zugegriffen.«

»Tja, so geht's.«

»Ja, so geht's. Aber was macht mein Schatz in so einem Fall?«

»Nicht aufgeben?«, vermutete Ernst.

»Mehr als das. Jahr für Jahr hat er bei jeder neuen Liste den Preis erhöht.«

»Interessant.«

»Du wirst es nicht glauben, aber je höher der Preis, desto mehr Sammler haben sich für den Band interessiert. Natürlich zögert man – je teurer etwas wird – umso länger mit dem Kauf. Man muss überlegen, wo man die Kohle herbekommt, ob man das Buch überhaupt will, ob man es braucht oder es unabdingbar für das seelische Gleichgewicht ist.«

»Verstehe. Ist ja auch Freud.«

»Auf jeden Fall ist es falsch, immer alles billiger zu machen, nur weil man es auf Anhieb nicht loswird«, resümierte Kathrin. »Insbesondere, wenn es sich um keinen Massenartikel handelt. Irgendwann schlägt dann doch jemand zu.«

»Und dann ist es auch egal, ob gerade eine Finanzkrise wie ein Tornado über den gesamten Planeten tobt.«

»Wie reizend pathetisch du dich ausdrückst! Aber recht hast du natürlich. Gerade jetzt schmeißen die Leute viel lieber ihr Geld für etwas aus dem Fenster, das sie in den Händen halten können, und letztlich ist so ein Buch eine grundsolide Wertanlage.«

»Du musst das ja so sehen«, erwiderte Ernst. »Aber um noch mal auf das ›liber rota‹ zurückzukommen …«

»Ja, schrecklich, nicht wahr. Eine ganz furchtbare Geschichte.« Ernst wurde hellhörig. »Natürlich darf ich dir nicht sagen, wer das Buch ersteigert hat. Diskretion, Datenschutz, eBay-Richtlinien, du verstehst schon.«

Das ist auch nicht mehr nötig, dachte er. Das haben wir inzwischen auch allein herausgefunden. »Klar«, sagte er laut.

»Ich weiß schon, warum du dich so für das Buch interessierst«, fuhr Kathrin fort. Ernst konnte hören, wie sie sich Kaffee oder Tee eingoss. »Fällt ja gewissermaßen in dein neues Ressort beim BR. Schließlich bist du ja mittlerweile Spezialist für Mord und Totschlag, nicht wahr?« Ernst knurrte etwas Unverständliches.

»Da hast du natürlich auch längst spitzgekriegt, von wem wir das gute Stück bekommen haben.« Erneut grummelte er ein paar undefinierbare Laute ins Telefon.

»Liegt ja auch auf der Hand. Du hast sie sicher mal bei einer unserer Veranstaltungen kennengelernt.«

Wen denn?, wollte Ernst am liebsten in die Leitung brüllen. Von wem, zum Teufel, sprichst du? Trotzdem hielt er sich mit aller gebotenen und disziplinierenden Macht, über die er verfügte, zurück und schwieg.

»Ach, die arme Monika. Ist wirklich unvorstellbar, seinen Mann auf solch eine Weise zu verlieren. Kanntest du den Helmut eigentlich? Im Gegensatz zu ihr hat er uns ja nur selten besucht. Als Monika seine Sachen gesichtet hat, ist ihr bei den Büchern natürlich sofort unser Antiquariat eingefallen. Ich kann das so gut nachvollziehen, schließlich kommt es bei unseren Einlieferungen nicht gerade selten vor, dass es sich bei den Büchern um Nachlässe handelt. Nach so einem Verlust wollen die Hinterbliebenen meist selbst noch einmal eine Grenze ziehen. Einen radikalen Schnitt machen, um nicht durch irgendwelche Sachen belastet zu werden, durch die man ständig an den schmerzlichen Verlust erinnert wird. Es bleibt ihnen ja nichts anderes übrig, als in die Zukunft zu blicken.«

»Ja, ja«, warf Ernst gezielt ein, während seine Gedanken die Frage umkreisten, um wen es sich bei dieser Monika handelte, die er angeblich kannte, und wer der offensichtlich auf besonders tragische Weise verstorbene Helmut war? Kathrin gehörte zu der Sorte von Frau, die extrem schnell sprechen konnte, das auch gerne tat, und der deshalb das Herz auf der Zunge lag. Ein Wesenszug, für den Ernst im Moment sehr dankbar war.

»Die beiden wohnen in Vach«, setzte sie ihren Redeschwall fort. »Beziehungsweise wohnten, so muss man jetzt ja sagen. Was hatte der Helmut da mitten in der Nacht eigentlich in diesem Uehl… Uehldorf verloren?« Ernst konnte regelrecht sehen, wie sie mit ihren schmalen, knochigen Schultern zuckte.

»In Uehlfeld«, verbesserte er.

»Richtig, Uehlfeld. Na ja, man kann ja nicht jedes fränkische Kaff kennen.«

Helmut. Natürlich! Jetzt war bei Ernst endlich der Groschen gefallen. Helmut Härsching! Er hatte keine Ahnung, ob er dessen Gattin in der Jägermühle tatsächlich schon einmal begegnet war, und falls dem so sein sollte, ob er sie bei einem erneuten Treffen wiedererkennen würde, trotzdem beschloss er, nach Vach zu fahren und mit ihr zu sprechen. Vielleicht würde er ja ein paar neue

Details herausfinden. Etwa zu dieser seltsamen Geheimgesellschaft, die sich hinter dem Namen *Sodalitas numen lectisternium* verbarg. Nachdem das Buch von Giacomo Sujad im Auftrag dieser Loge herausgegeben worden und für den – wie es hieß – internen Gebrauch innerhalb des Ordens bestimmt war, konnte es wohl kaum ein Zufall sein, wenn mit Härsching und Gannengießer zwei der Mordopfer mit der SNL in Verbindung standen.

Er war gespannt, ob auch Betty Schuckert schon auf diese Gemeinsamkeit gestoßen war. Natürlich würde er ihr das Detail nicht vorenthalten, aber zuerst wollte er unbedingt mit Monika Härsching reden. Wie Kathrin gesagt hatte, kannten sie sich ja bereits aus der Jägermühle. Ein guter Anknüpfungspunkt für ein Gespräch in einer schwierigen Situation.

Aber was Ernst neben dieser Verbindung, die allem Anschein nach zwischen den beiden, vielleicht sogar zwischen allen vier Morden existierte, noch viel mehr erschreckte und nachdenklich machte, war eine andere Vermutung, die er einfach nicht mehr ignorieren konnte. Auf irgendeine Weise, die er nur noch nicht benennen konnte, schien zumindest einer der Morde etwas mit jenem lukrativen Großauftrag zu tun zu haben, dessen sich sein Freund Nero im Moment erfreute. Sollte sich der Verdacht, der in ihm wegen des Geheimbundes der Sodalitas aufkeimte, bestätigen, dann wäre der nächste Schritt offensichtlich. Wenn *ein* Mord auf irgendeine Weise mit dem Erwerb der Dürer-Zeichnungen in Verbindung stand, dann konnte es doch genauso gut sein, dass auch die anderen Verbrechen etwas damit zu tun hatten.

Oder übertreibe ich mit meinen Schlussfolgerungen?, begannen sich Zweifel in ihm zu regen. Vielleicht, beantwortete er selbst seine Frage, trotzdem wäre es grob fahrlässig, den Verdacht zu ignorieren.

Was er damit konkret meinte, waren die unbestreitbaren Tatsachen, dass eines der Opfer ein Reprint des Sujad-Werkes besessen hatte, dass ein zweites Opfer Mitglied beim herausgebenden Verein gewesen war, und nicht zuletzt, dass die Straubner-Familie ihr massives Interesse an diesem Buch gerade erst unter Beweis gestellt hatte. Immerhin bildete die Arbeit Sujads von vor rund fünfhundert Jahren das Ausgangsmaterial des Dürer-Tarots.

Ernst dankte Kathrin für das Gespräch, dessen letztes Viertel an ihm vorbeigerauscht war, ohne dass er sich noch an ein einziges Wort erinnern konnte. In Gedanken versunken legte er auf.

***

Und es geschah am ELFTEN Tag:

XVII: Mit einer sanften Geste strich sich der Mörder über das Handgelenk. Das Instrument in seinen Fingern blitzte silbern in den verirrten Lichtern der Nacht auf, die mit den an- und abschwellenden Geräuschen vorbeirauschender Fahrzeuge einhergingen. Fasziniert sah der Adept, wie das dickflüssige Blut, das unmittelbar nach dem Schnitt mit dem Rasiermesser austrat, erst in den silbernen und dann in den goldenen Kelch zu tropfen begann.

»Im Abyss meiner Haare verfangen sich die Zweige der Unendlichkeit«, flüsterte der Mörder. »Und nun du, mein Bruder.«

Die Nacht war sternenklar. Er reichte die Klinge dem Adepten, der sie mit zitternder Hand entgegennahm. »Aber Vorsicht«, sagte der Mörder, »du sollst dir schließlich nicht die Pulsadern aufschneiden. Nur ein paar Tropfen sollen fließen – die heilige Milch der Sterne, transformiert durch das Fleisch … und die Lust!«

»Und die Lust«, wiederholte der Adept mit belegter Stimme, gab aber dann dem Mörder das Messer zurück. »Ich schaffe es nicht … Tut Ihr es, Ipsissi –« Mitten im Wort brach er ab, als würde ihn etwas daran hindern, den vollen Titel auszusprechen.

Der Angesprochene klappte die vor ihm auf dem Boden stehende Holzschatulle auf. »Wir tun es im Namen der Kunst«, sagte der Mörder, während er mit einem kleinen Schnitt eine venöse Ader am Handgelenk des Adepten öffnete. Einige Tropfen Blut flossen in die Kelche. »Und nun das Werk, Bruder.« Damit erhoben sich die beiden hockenden Gestalten. Schon vorher hatte der Adept die Schraube herausgedreht, mit der das Gitter, das die Öffnung verschloss, gesichert war. Jetzt stemmte er das schwere Eisengitter nach oben, bis es gegen einen der beiden Pfeiler lehnte, die das kleine Dach über der Öffnung stützten. Der Zugang zum Alten Brunnen stand offen.

Als die Tür zum nahe gelegenen Gasthaus aufgestoßen wurde, sanken die beiden Gestalten ohne ein Wort wieder in die Hocke.

Erst ertönten Stimmen, dann hörte man das Geräusch der sich wieder schließenden Tür. Für einen Augenblick war alles totenstill. Selbst die Autos fahren immer nur in Herden, dachte der Mörder versonnen.

Dann wurde ein Schlüssel zweimal in einem Schloss umgedreht. Schritte näherten sich – sie hielten den Atem an – und wurden dann wieder leiser. Die beiden Gestalten blieben im Nachtschatten des Brunnens hocken. Ihre dunklen Kutten mit der feinen golden und silbern ausgeführten Stickerei auf der Brust verschmolzen mit dem Schwarz der Nacht. Das Zuschlagen zweier Autotüren und schließlich das Geräusch eines startenden Motors waren ebenso deutlich zu hören wie die immer leiser werdende Unterhaltung des Mannes und der Frau, die den Gasthof hinter sich abgeschlossen hatten.

Dann entfernte sich der Wagen und reihte sich in den plötzlich wiedererwachten Verkehr auf der bergab führenden Straße ein, die nur wenige Schritte von ihnen entfernt verlief.

»Und nun das Werk«, wiederholte der Mörder. Er half dem Adepten beim Anlegen des Tragegurts, den er ihm am Rücken festschnallte. Zwei Lederschlaufen führten über die Schultern, kreuzten sich über der Brust und zerschnitten die schön ausgeführte Stickerei des Gewandes in mehrere Teile. Weitere Bänder führten direkt unter den Achseln hindurch, während mehrere schmalere knapp unterhalb der Rippen mit einem Gürtel verbunden waren, den der Adept jetzt stramm zusammenzog. Er fühlte sich eingeengt, musste aber die Unbequemlichkeit ertragen, wollte er nicht aus der Haltevorrichtung hinausrutschen.

Der Mörder begann seinen leisen Gesang in der Sprache der Verfluchten. Eifrig fiel der Adept in die geflüsterten Laute ein und ergänzte sie, wenn der Mörder Pausen ließ.

»Der Stern von Babylon«, fuhr er später in Deutsch fort. »Der Himmel selbst ist der Schleier vor ihrem Angesicht. Und wie Zoroaster sprach, ist der falkenköpfige Gott, der durch sie geborene, zum Herrscher über die Zeitalter bestimmt, denn seine Kraft mündet in der Ellipse. Die Milch, Nepenthe, Ambrosia, Alkahest ...«

Der Adept schwang ein Bein über den Brunnenrand, sodass er jetzt rittlings auf der Mauer saß.

»Langsam«, zischte der Mörder. »Erst absichern.«

Der Adept reichte ihm das Seil mit dem Karabinerhaken, das der Mörder in das Gegenstück am Rückenteil der Haltevorrichtung zwischen den Schulterblättern einklinkte.

»Und jetzt die Kappe.«

Er reichte dem Mann, der schon einen der Kelche in der Hand hielt, einen zusammengefalteten silbernen Stoff.

»Warte, ich helfe dir«, sagte der Mörder und entfaltete das steife, schimmernde Gewebe. »Beuge dein Haupt, Bruder.« Er zog dem Adepten die eng anliegende Haube über den Kopf. »Bekommst du genug Luft?«, erkundigte er sich besorgt. Der Adept nickte. »Du kannst mich noch hören?«

»Wenig«, klang es dumpf durch die Kappe, die den Kopf bis zum Halsansatz bedeckte.

»Gut. Das Material deiner Kopfbedeckung wird ausschließlich die Milch in dich hineinlenken. Das Licht unseres Sterns liebt das Silber. Es kann sich darin spiegeln, so wie es jeder schönen Frau schmeichelt, wenn sie ihr eigenes Antlitz bewundert.« Der Adept konnte nicht sehen, wie sich die Lippen des Mörders zu einem spöttischen Grinsen verzogen.

»Die Milch«, wiederholte der Mann unter der Maske.

»Langsam, jetzt. Und keine Sorge, das Seil wird dich halten.«

Der Adept schwang das zweite Bein über den Brunnenrand. In der linken Hand hielt er den goldenen Kelch, mit der rechten klammerte er sich an die Mauer. Ein leichtes Zittern verriet seine Unsicherheit.

»Jetzt«, befahl der Mörder. Die Rolle unter dem Dach des Brunnens knarrte, und einen Augenblick später schwebte der Adept bereits in der Mitte der Öffnung. Es war nicht schwer, den Angeseilten in dieser Höhe zu halten.

»Nun nimm auch das silberne Gefäß, auf dass die unterirdischen Fluten gezähmt werden. Nach diesem Zauber wird der Magus übers Wasser wandeln. Nichts anderes tat der Herr einst am See Genezareth. Wer die Kraft des Sterns durch das Fleisch wandelt, hält wie ein Puppenspieler die Schattenfäden in der Hand und kann die Seelen wie auch die Körper zum Tanzen bringen.«

»Die Milch«, antwortete ebenso dumpf wie gepresst der Adept. Obwohl er die Stimme, die zu ihm sprach, nur noch gedämpft hören konnte, vermochte ihr Klang noch immer Schauer über seinen

Rücken zu jagen. Selbst beim leisesten Ton löste dieser sanft vibrierende, fordernde Laut, der in allen Reden mitschwang, ungeachtet des Inhalts ein Gefühl absoluter Geborgenheit in ihm aus. Urvertrauen, ja, das war der richtige Begriff! Seit Jahr und Tag empfand er jedes Mal von Neuem Urvertrauen, wenn er dieser Stimme lauschte. Mochten die Begleitumstände, unter denen sie erklang, auch noch so wunderlich oder, im Gegensatz dazu, noch so alltäglich sein, er hatte sich noch nie an ihr satt hören können. Ihrer Faszination war er schon vor Jahren während der ersten Exerzitien erlegen. Seitdem hatte die Stimme, die auch jetzt an seine Ohren drang, nichts von ihrem schmeichelnden, melodiösen Charakter verloren, nichts von ihrer Überzeugungskraft und jener tiefen, im unergründlichen Meer der Wahrheit fußenden Macht spiritueller Erkenntnis, sodass jede einzelne von ihr ausgesprochene Silbe im Gleichklang mit dem Universum vibrierte. Dem Adepten war bewusst, dass Worte zur Beschreibung der Wirkung nur unzulänglich sein konnten. Wäre es nicht blasphemisch gewesen, so hätte er sie in seiner Begeisterung als Stimme Gottes bezeichnet – voller Liebe und der unendlichen Kraft, die der Schöpfung innewohnte.

Der Mörder hatte ihm nun auch den zweiten, diesmal silbernen Kelch in die freie Hand gedrückt. Sichtlich aufgeregt presste der Adept beide Gefäße gegen seine Brust, bevor ihn der Mörder Zentimeter um Zentimeter im Schacht versinken ließ. Nach einer Weile befestigte er das Seil an einem der Pfeiler.

»Spürst du schon, wie sich die Kraft der Strahlen aus den heiligen Brüsten der Jungfrau in dir bündelt?«, rief er in den Schacht hinab. Aus der Tiefe antwortete ihm ein unverständlicher Laut.

»Sehr gut!«, lobte er. Seine Stimme hallte den engen Schacht hinab, dann nahm er die Schnur, die lose über dem Brunnenrand hing und bis zur Haube des Adepten reichte, wo sie in dessen Nacken durch eine Schlaufe führte. Der Mörder bückte sich und stellte die geöffnete Schatulle auf den Brunnenrand. Anschließend stieg er auf die Ummauerung des Brunnens und führte die Schnur über die Rolle, bevor er wieder zu Boden sprang. Vorsichtig zog er an der Schnur, bis diese stramm gespannt war. Dann, ohne zu zögern, verstärkte er mit einem plötzlichen Ruck den Zug und zerrte mit all seiner Kraft an dem dünnen Strick.

Aus den Tiefen des Brunnens kamen dumpfe, polternde Geräusche, der Adept schien sich zu winden, während der Mörder weiterhin den Zug zu verstärken suchte. Er ächzte unter der Anstrengung, nur dann und wann unterbrach er sich selbst mit dem dunklen Singsang in der Sprache der Verfluchten.

Irgendwann wurde die Gegenwehr aus den Tiefen des Brunnens schwächer, bis sie schließlich ganz erstarb. Hastig riss sich der Mörder die Kutte vom Leib, schloss die Schatulle, wickelte sie in das Kleidungsstück und verstaute beides in einer Sporttasche. Seine nackten Arme waren vor Anstrengung schweißnass.

Er griff in eine zweite Tasche, die er neben dem Brunnen abgestellt hatte, und entnahm ihr ein sorgfältig zusammengerolltes Nylonseil, wie man es gemeinhin zum Klettern benutzt. Das eine Ende befestigte er mit einem Karabinerhaken an einem der Pfeiler des Brunnens und ließ es dann in den Schacht hinab. Mit einem eleganten Schwung setzte er über den Brunnenrand und verschwand in dessen Inneren. Wenig später, als er wieder auftauchte, hingen an seinem Gürtel die beiden schlammverschmierten Kelche, die der Adept in seinem Todeskampf fallen gelassen hatte.

✳✳✳

Und es geschah am ZWÖLFTEN Tag:

»Unsere Begegnungen scheinen zu einem traurigen Ritual zu werden«, sagte Ernst, als Betty ihn an seinem Tisch entdeckte und das Tablett mit ihrem Schweinsbraten und einem Glas Cola abstellte.

»Ich hätte nichts dagegen«, erwiderte sie, »wenn wir uns auch mal ohne einen derartigen Anlass treffen würden. Irgendwann, irgendwo ...«

»Auf neutralem Boden?«, lästerte er.

»Aber schön ist es hier schon«, sagte sie und ließ den Blick umherschweifen, bevor sie ihren Kloß zerteilte.

»Das Schloss kannst du mieten«, erwiderte Ernst, während er mit ausholender Geste zu dem Gebäude weiter hinten zwischen den Bäumen wies.

»Warum? Sind da Wohnungen frei?«, fragte sie schmatzend.

»Nein, ich meinte eher für Familienfeiern, Geburtstage und Jubiläen. Falls du mal heiratest. Wenn das Wetter schön ist, kann die ganze Gesellschaft draußen feiern, wenn's regnet, findet alles innen drinnen statt.« Er war versucht gewesen, ins Fränkische zu verfallen und »inna drinna« zu sagen.

»Nett«, erwiderte Betty. »Und wie heißt es noch mal?«

»Schloss Atzelsberg. Von Erlangen fährt man am besten über Spardorf nach Marloffstein und dann ... aber du kennst ja den Weg, hast ja anscheinend ohne Probleme hergefunden.«

»Erlangen ist wirklich nah«, pflichtete sie ihm bei, »aber von Ansbach aus ...« Sie hörte sich so an, als habe sie einen Moment lang den Vorschlag, den er gemacht hatte, ernsthaft erwogen.

»Willst du erst fertig essen, oder verhagelt es dir sonst den Appetit?« Betty sah Ernst über den Teller gebeugt stirnrunzelnd an, aber der Reporter hatte nicht bemerkt, dass er eine ziemlich unsinnig formulierte Frage gestellt hatte.

Dann zuckte sie mit den Schultern. »Kein Problem«, schmatzte sie. Im Gegensatz zu ihrem Treffen in Bamberg war der Biergarten von Schloss Atzelsberg zu dieser Zeit fast leer, obwohl die Sonne schien und man einen herrlichen Blick über die Wiesen genießen konnte. Sie hatten einen Tisch für sich, und auch in ihrer näheren Nachbarschaft befanden sich keine weiteren Gäste, was sich aber im Laufe des Tages noch ändern würde. In etwa zwanzig Metern Entfernung saßen einige junge Mütter, die in lebhafte Gespräche vertieft waren, während ihr Nachwuchs über den benachbarten Spielplatz tobte. Alle paar Minuten sah man in der Ferne ein Auto über die Landstraße fahren, und nur gelegentlich bog eins nach Bräuningshof ab. Wenn man seine Ruhe haben und sich trotzdem in keine menschenleere Einöde verziehen wollte, dann war das genau der richtige Ort. Beispielsweise konnte man sich hier ungestört über einen Mord unterhalten, der sich in der Nacht zuvor nur einen Katzensprung entfernt in Marloffstein ereignet hatte.

»Das Muster der Tat unterscheidet sich von den anderen Morden«, begann Ernst.

»Nun ja, im Grunde weisen alle Gewalttaten mehr Unterschiede als Gemeinsamkeiten auf«, sagte Betty und wischte sich den Mund mit der Papierserviette ab. »Normalerweise bevorzugen Serienmörder eine bestimmte Methode, mit der sie ihre Opfer töten. Das fängt an mit der Waffe, die sie benutzen, Pistole, Messer, Revolver, ein bestimmtes Kaliber, und hört mit der Körperstelle, in die sie schießen oder stechen, noch nicht auf.«

Ernst nickte und nuschelte: »Eine Handschrift ...« Dann tunkte er die letzten beiden Pommes frites auf seinem Teller in die Soße, bevor er sie in den Mund steckte.

»Der Mann, den wir suchen, erfindet seine Rituale mit jedem Mal neu«, fuhr sie fort. »Einmal schmeißt er sein Opfer einfach nur vom Kirchturm, das zweite Mal pfählt und verstümmelt er es, beim dritten Mord benutzt er eine Armbrust und Pfeile, und diesmal hat er sein Opfer stranguliert. Ganz zu schweigen von den Begleitumständen seiner Taten, die ebenfalls jedes Mal variieren.«

»Sieht so aus, als versuche er, eine Art Grammatik des Tötens zu entwickeln. Er hat eindeutig eine künstlerische Ader«, sagte Ernst.

»Eine fast schon zynische Interpretation«, erwiderte Betty, »aber nicht unwichtig. Erinnert mich irgendwie an diesen alten englischen Dichter, der opiumsüchtig war. Wie heißt sein Buch noch mal? Du weißt schon, der, der Mord als schöne Kunst betrachtet?«

»Das war Thomas de Quincey«, antwortete Ernst. »Aber ich finde es noch zynischer, wenn Leute, ohne rot zu werden, etwa von Kriegs*kunst* und dergleichen reden.«

»Einigen wir uns also darauf, moralische Überlegungen fürs Erste beiseitezulassen. Die werden uns nicht weiterbringen.«

»Einverstanden«, sagte Ernst. »Diesmal fand der Mord also nicht in einer Kirche statt?«

Betty nickte nachdenklich. »Das hier ist der Alte Brunnen.« Sie rückte ihr Glas vor sich auf die linke Seite. »Das ist das Feuerwehrhaus.« Einen Bierdeckel rechts daneben. »Und hier steht die Kirche. Nur wenige Schritte entfernt und in Sichtweite.« Sie berührte die leere Fläche neben dem Bierdeckel.

»Und natürlich ist auch sie Jakobus dem Älteren geweiht.«

»Jedenfalls liegt sie an einer Nebenroute des fränkischen Jakobsweges. Wenn der Mörder vorhat, jede Station auf seine besondere Art mit einem Toten zu weihen«, sie malte mit Zeige- und Mittelfinger Anführungszeichen in die Luft, »ich meine, allmählich zwingt sich dieser Gedanke ja regelrecht auf, dann ... dann ...«
Sie zuckte hilflos mit den Schultern. Seit dem Mord in Bamberg bezeichnete die regionale Presse den Täter sowieso schon als »Jakobs-Mörder«.

»Ich vermute mal«, sagte Ernst, »dann wird es für die Polizei in Ober- und Mittelfranken einen fast nicht zu bewältigenden Aufwand darstellen, alle Jakobs-Kirchen zu bewachen.«

Betty stieß ein verächtliches Lachen aus. »Das würde sich Otto Normalverbraucher so wünschen, aber selbst wenn wir das stemmen könnten, würde der Kerl ganz einfach nach Unterfranken ausweichen oder rüber nach Baden-Württemberg wechseln oder in die Oberpfalz oder ...« Sie wedelte so heftig mit der Hand, dass Ernst schon befürchtete, im nächsten Moment Gläser und Geschirr zu Bruch gehen zu sehen. »So wie der drauf ist, müsste man jedes Gotteshaus von Uppsala bis Santiago de Compostela bewachen! Hast du überhaupt eine Ahnung, wie viele Jakobs-Kirchen es allein hier in Franken gibt?«

»Offen gesagt: nein. Aber ich vermute, es sind nicht wenige«, erwiderte er. »Das wirklich Fatale aber ist, dass sich der Mörder mittlerweile nicht mehr darauf konzentriert, seine Opfer direkt in einer Kirche abzuschlachten. Jetzt reicht es ihm bereits aus, wenn nur eine in der Nähe ist.«

»Vielleicht liegt das aber auch daran«, wandte Betty ein, »dass es sich bei der Marloffsteiner Kirche um die Nebenstelle einer anderen Pfarrei handelt und das Gebäude nicht so leicht zugänglich ist wie die anderen Kirchen.«

»Aber in Uehlfeld und in Nürnberg hat den Mörder doch auch keine abgeschlossene Tür abgeschreckt«, meinte Ernst.

»Du hast recht. Das heißt dann aber, dass es von vornherein der Brunnen gewesen ist, der es ihm angetan und den er sich deshalb als Tatort ausgesucht hat. Vor einem Mord muss er ja den Ort sorgfältig auskundschaften, um sich auszukennen. Leider gibt es bei den Zeugenbefragungen noch kein erkennbares Muster.«

»Was für Befragungen? Und an was für ein Muster denkst du?«

»Wir haben bei den Leuten nachgehakt, die in der unmittelbaren Nachbarschaft wohnen oder arbeiten. Natürlich hat irgendwer nach jedem der Morde im Vorfeld einen oder mehrere angeblich Verdächtige gesehen, die den künftigen Tatort besonders auffällig inspiziert haben sollen.«

»Ich vermute mal, dass es selbst in einem etwas abseits gelegenen Kaff wie Uehlfeld Touristen gibt, die sich gerne Kirchen anschauen. Und zwar nicht, um darin später jemanden um die Ecke zu bringen, sondern weil sie an Kunst und Architektur interessiert sind«, warf Ernst ein.

»Du sagst es. Außerdem sollte man bei den Motiven, eine Kirche zu besuchen, vielleicht auch noch religiöse Bedürfnisse miteinbeziehen, oder was meinst du?«, spottete Betty milde. »Aber um auf den Täter zurückzukommen: Dass die Straße, die an der Kirche, dem Feuerwehrhaus und dem Alten Brunnen vorbeiführt, auch nachts noch befahren ist, hat ihn offensichtlich einen Dreck gekümmert.«

»Es muss sich also um jemand handeln, der von sich und seinem Tun felsenfest überzeugt ist. Aber die Straße liegt ja auch ein ganzes Stück tiefer.«

»Trotzdem. Und in Sichtweite sind zwei Gasthöfe!«

»Was sagt uns das?«

»Bisher nur, dass er seine Taten mit einer Kaltblütigkeit begeht, die mich einfach nur erstaunt.«

»Und dass er sich dabei alle Zeit der Welt nimmt«, sagte Ernst.

»Wie kommst du denn darauf?«

»Er begeht sorgfältig vorbereitete und geplante Rituale. Die Opfer machen scheinbar freiwillig mit, weil sie nichts von dem ahnen, was auf sie zukommt.«

»Deine Vermutung würde ich für die beiden ersten Opfer unterschreiben, aber ab Alexander Richters Ermordung in Bamberg ist das Thema in der Presse so gründlich durchgekaut worden, dass eigentlich jeder weit und breit davon gehört oder gelesen haben muss. Wer jetzt eine Jakobs-Kirche betritt, tut dies in dem Bewusstsein, dass ähnliche Örtlichkeiten seit Kurzem zu den bevorzugten Tatorten eines Serienkillers gehören. Niemand würde mehr völlig unbefangen dorthin gehen, erst recht nicht nachts.«

»Du überschätzt die Macht der Presse«, erwiderte Ernst. »Zum einen bin ich mir sicher, dass noch längst nicht jeder diese Mordserie wirklich auf dem Schirm hat, zum anderen reagieren nur die Vernünftigen so, wie du annimmst. Und die stellen hier – wie übrigens überall auf der Welt – eine kleine radikale Minderheit dar.«

Betty grinste und seufzte zugleich. »Vielleicht hast du ja recht.«

»Außerdem solltest du all jene mit in deine Überlegungen einbeziehen, die den Kitzel der Gefahr lieben. Ich würde mich nicht wundern, wenn es gerade jetzt bei irgendwelchen Horrorjunkies schick ist, sich in oder bei einem potenziellen Tatort zu verabreden. Möglicherweise sogar mit Unbekannten und zu Zeiten, zu denen es Otto Normalverbraucher, wie du ihn so schön bezeichnet hast, nicht mehr wagen würde.«

»Aber wer sagt denn, dass sich Mörder und Opfer nicht kannten«, widersprach Betty. »Ich bin davon überzeugt, dass das Gegenteil der Fall ist: Die beiden mussten sich kennen. Und zwar ziemlich gut. Schließlich verband sie ein Geheimnis. Denk an die ganze Maskerade!«

»Ja«, maulte Ernst. »Stimmt schon. Nur der Richter in Bamberg braucht den Mörder nicht unbedingt vorher gekannt zu haben. Der war einfach so in der Kirche. Bei ihm könnte es sich um ein Opfer handeln, das es zufällig erwischt hat. Bei dem Mann, der im Alten Brunnen zu Tode kam, sollte man hingegen tatsächlich davon ausgehen, dass sich Mörder und Opfer kannten.«

»Wahrscheinlich hat das Opfer seinen Henker nicht nur gekannt, sondern ihm sogar, im wahrsten Sinne des Wortes, blindlings vertraut!«

»Habt ihr eigentlich irgendwelche Besonderheiten am Tatort oder bei dem Ermordeten selbst gefunden?«

»Momentan wissen wir noch nicht einmal, um wen es sich bei ihm handelt. Aber ein paar Auffälligkeiten gibt es schon. Das Opfer trug eine mit silbernen und goldenen Sternen bestickte Kutte, und am Grund des Brunnens haben wir im Schlamm einen frischen halben Fußabdruck gefunden, neben anderen, eventuell älteren Abdrücken, von denen wir aber noch nicht wissen, was sie bedeuten und ob sie überhaupt mit der Tat in Zusammenhang stehen.«

»Einen Fußabdruck?«, fragte Ernst und schüttelte ungläubig den Kopf. »Aber das bedeutet ja …«

»Genauer gesagt einen Schuhabdruck. Von der vorderen Hälfte.«

»Rechts oder links?«

»Links«, erwiderte Betty. »Offensichtlich irgendein Sportschuh oder Sneaker. Scheint kein besonders großer Fuß gewesen zu sein. Das heißt aber, dass, sollte der Abdruck tatsächlich im Zusammenhang mit der Tat entstanden sein, der Mörder ebenfalls in den Schacht hinuntergeklettert sein muss. Aber nicht, um sein Opfer zu erdrosseln, das hat er ja bereits von oben gemacht. Und zwar mit einem dünnen Strick, den er, nachdem das Opfer die silberne Haube über den Kopf gestülpt bekam, durch drei Schlaufen am unteren Rand der Maske gefädelt hat.«

»Das Opfer hat also nichts davon mitbekommen, dass ihm eine Würgeschnur um den Hals gelegt wurde?«

Betty zuckte mit den Schultern. »Davon ist wohl auszugehen. Sonst hätte der Mann sich mit Sicherheit schon vorher gewehrt. Anfangs, bevor er in den Schacht hinabgelassen wurde, hing die Schnur wahrscheinlich noch ganz locker. Erst als er die vorgesehene Tiefe im Brunnen erreicht hatte und sein Halteseil an dem Pfeiler festgebunden worden war, hat der Mörder den Strick zugezogen.«

Ernst schüttelte sich bei der Vorstellung.

»An den Schachtwänden des Brunnens sind deutliche Spuren zu sehen«, fuhr Betty unerbittlich fort. »Das Opfer hat um sich geschlagen und getreten, es war ja nicht gefesselt. Trotzdem ging es zu schnell, als dass es etwas bewirken konnte. Der Mann muss noch versucht haben, seine Finger zwischen Hals und Strick zu schieben, aber da saß die Schlinge bereits viel zu eng.«

»Warum hat er das bloß nicht ganz am Anfang gemacht?«, überlegte Ernst schaudernd.

»Die Gurte, an denen er hing, schnürten ihm in die Achseln und quetschten seine Rippen. Vielleicht hatte er unbewusst Angst, aus dem Haltegestell herauszurutschen? Wer weiß das schon? Vielleicht wusste er gar nicht, dass der Brunnen nicht allzu tief ist. Es war ja mitten in der Nacht. Dazu trug er die Maske, konnte also nichts sehen, obwohl er kaum einen halben Meter über dem Grund hing.«

»Du sagst also, dieser Schuhabdruck war kein besonders großer? Das würde doch auf einen eher untersetzten Täter hindeuten, was wiederum mit eurer Skizze von dem Imker in Bamberg korrespondiert … oder?«

»Nicht wirklich. Hier hat eine Zeugin eine eher schmächtige Gestalt beschrieben. Was hast du eigentlich für eine Schuhgröße?«

Ernst verdrehte die Augen. »Einundvierzig oder zweiundvierzig, je nachdem, wie die Latschen ausfallen«, antwortete er trotzdem.

Betty grinste frech.

»Und? Was tust du jetzt mit dieser Information?«, fragte er.

»Passt …«, erwiderte sie, »… nicht.«

»Willst du dich nicht vielleicht persönlich davon überzeugen, was für Schuhe ich besitze? Ich meine, nur zur Sicherheit.«

»Jetzt sei nicht albern«, sagte sie, packte ihr Geschirr auf das Tablett und stand auf. »Sorry, ich muss zurück.«

»Schon okay. Danke, dass du dich überhaupt losgeeist hast.«

»Dann genieß mal noch den Tag. Im Wetterbericht haben sie gesagt, dass sich ein Tief nähern soll – Anfang nächster Woche.«

Ernst schlug die Arme um Brust und Bauch und begann schon mal vorsichtshalber zu bibbern. Betty verzog ihre Lippen zu einem schiefen Grinsen und nickte einen letzten Gruß in seine Richtung, bevor sie ging.

Zwischenspiel

XII: Dreieck, Kreuz und Wasser

Brachet 1508

Oben im Klosterhof wählte Beheim einige Männer aus, die Dürer auf seinem nächtlichen Ritt in die Nähe Forchheims zur Reifenberg'schen Burgruine und den Überresten der dortigen Kapelle begleiten sollten, und gab Karl Anweisungen für die Stadtwache wie auch für die Stallburschen mit, ihnen die besten und kräftigsten Tiere auszuhändigen.

Alles in die Wege zu leiten, Wegzehrung zu packen und nicht zuletzt zusätzliche Waffen, Laternen und Fackeln mitzunehmen, kostete viel Zeit. Mehr jedenfalls, als Albrecht lieb war. Und je länger sich die Vorbereitungen hinzogen, umso unruhiger und unglücklicher wurde er. Auch wenn er sich ein ums andere Mal sagte, dass er sich in Geduld üben müsse, da es sinnlos sei, mutterseelenallein durch die Dunkelheit zu reiten, konnte er doch die Gedanken nicht verjagen, die ihm – je später die Nacht, desto häufiger – teuflische Bilder vorgaukelten. Eins war schrecklicher als das andere, das nächste grausamer als das vorhergehende, aber alle zeichneten sich durch eine Gemeinsamkeit aus: In jedem von ihnen sah er Giacomo auf furchtbare Art zu Tode gebracht.

Als sie endlich aufbrachen, blieb ein Teil seiner Gedanken in Bamberg bei Lorenzo Beheim zurück, den er mit den unerklärlichen Wirren, dem nur als höllisch zu bezeichnenden Treiben im Kloster der Dominikaner, allein ließ, und der zusehen musste, wie er damit fertig wurde. Zudem ging ihm die Vorstellung von dem ebenso verwinkelten wie großen Gebäude nicht aus dem Sinn. Zuerst war Albrecht überhaupt nicht richtig in Bamberg angekommen, wie der resolute Chorherr treffend bemerkt hatte, und nun, da er die Stadt so schnell wie möglich wieder verlassen wollte, blieb ein Teil von ihm in ihr zurück.

Erst im Nachhinein wurde ihm bewusst, dass er über die Dinge, die er dort gesehen und miterlebt hatte, nur verständnislos den

Kopf schütteln konnte. Das meiste, das sich dort ereignet hatte, konnte er nicht begreifen. Er konnte keine andere Erklärung für die Geschehnisse finden, als die, dass sie von dämonisch-satanischen Mächten gesteuert worden waren.

Doch etwas in ihm wehrte sich gegen diese logische Schlussfolgerung, sodass die Gedanken an diesen Ort ihn nur noch stärker peinigten. Es kam ihm vor, als würde tatsächlich ein teuflischer Fluch auf dem Kloster liegen, der bewirkt hatte, dass aus ihm, aus seiner Seele, ein Stück herausgerissen und zurückbehalten wurde, das jetzt anstelle vom toten Simon Angelus auf dem Folterstuhl Platz genommen hatte. Nichts von dem, was der namenlose Gehilfe des Inquisitors in seinem bruchstückhaften Deutsch von sich gegeben hatte, konnte auch nur ansatzweise eine Erklärung für die außer Rand und Band geratenen Vorgänge im Kloster sein.

Warum habe ich nur nicht in seiner Muttersprache oder in Latein mit ihm geredet?, warf Dürer sich vor. Sicher hätte er dann mehr und Verständlicheres gesagt!

Inzwischen war die Sonne aufgegangen. Da der Weg wieder gut zu erkennen war, hatte der kleine Trupp sein Tempo deutlich erhöhen können. Doch als die Mauerreste der Ruine in der Ferne auftauchten, wurden sie wieder langsamer und hielten schließlich an. Sie sprangen aus den Sätteln und ließen die Tiere unter Obhut des jüngsten Burschen zurück, von dem Albrecht inzwischen erfahren hatte, dass er Martin hieß. Schon in Bamberg hatte er sich standhaft geweigert, für den Fall, dass er sich und die Tiere verteidigen würde müssen, eine andere Waffe als seine Steinschleuder zu benutzen. So auch jetzt.

»Geht nur«, sagte er in gedämpftem Tonfall. »Ich habe gute Ohren, und sollte sich jemand anschleichen, dann trifft ein Kiesel seinen Kopf, bevor er auch nur einen Laut von sich geben kann … egal, ob der aus dem Mund oder seinem Arsch kommen sollte.«

»Dann achte aber darauf, dass es nicht einem von uns die Fürze verschlägt, du Rotznase«, erwiderte Karl leise.

»Es wird ja wohl keinem von euch einfallen, sich hinterrücks an mich heranzupirschen«, zischte der Junge und drehte seinen Oberkörper geschickt zur Seite, um der Kopfnuss auszuweichen, die ihm Karl verabreichen wollte.

»Immer muss dieser Bengel das letzte Wort führen. Keinen Respekt vor dem Alter. Auf geht's, Männer!« Er teilte sie in zwei Gruppen, die sich von rechts und links der Ruine nähern sollten, doch als sie inmitten der Steinreste vor der halb zusammengestürzten Kapelle wieder aufeinandertrafen, hatten sie keine Spur von Giacomo oder den Schergen gefunden. Waren für deren finsteres Vorhaben vielleicht zu viele Menschen auf dem nahen Höhenweg unterwegs? Und waren sie deshalb weitergezogen, oder hatte der Gehilfe des Inquisitors sie schlichtweg belogen? Schon vor der augenscheinlichen Verwirrung, die ihn mitsamt der anderen Brüder im Kloster befiel, hatte er seltsam einfältig gewirkt. Hatte sich Albrecht von seinem kranken Gemütszustand täuschen lassen und deshalb nicht bemerkt, dass der Kerl sie kaltschnäuzig an der Nase herumführte?

Erst flüsternd, dann zunehmend lauter beratschlagten sie, was zu tun sei, als aus der Ferne ein schriller Schrei die frühmorgendliche Stille durchbrach.

»Verdammt! Das war Martin!«, rief Karl.

Sie rannten los.

Auf halbem Weg kam ihnen der Junge bereits keuchend entgegen. »Hier entlang. Es ist nicht weit«, ächzte er atemlos, drehte sich um und verschwand wieder zwischen den Bäumen. Albrecht schloss auf, blieb aber nach kaum hundert Schritten abrupt stehen, als sei er gegen eine unsichtbare Mauer gerannt. Nicht die ihm ins Gesicht schnellenden Zweige hatten ihn plötzlich stehen bleiben lassen, sondern der Anblick, der sich ihm und seinen Begleitern auf der mit Gras bewachsenen Lichtung bot, in deren Mitte sich ein nur wenige Meter hoher Hügel erhob. An seiner höchsten Erhebung wuchs ein einzelner Baum, eine knorrige, alte Buche.

»Wie hast du sie gefunden?«, fragte Karl. Martin tippte nur bedeutungsvoll gegen seine Nase. Der leichte Wind drehte sich, und jetzt rochen sie es ebenfalls. Neben dem Baum schwelten noch die Reste eines Feuers.

Nicht weit davon entfernt lagen zwei blutdurchtränkte Kleiderbündel auf dem Boden. Und fast genau oberhalb der Reste der Feuerstelle hing ein Mensch am Baum und drehte sich in der Morgenbrise. Er war an einem Seil aufgeknüpft worden, das an einem einzelnen starken, nahezu waagerecht wachsenden Ast befestigt worden war. Das andere Ende hatten die Henker um den rechten

Knöchel des Opfers geschlungen, sodass es kopfüber über dem Boden baumelte.

»Giacomo!«, rief Albrecht, und seine Stimme überschlug sich.

Sein anderes Bein war im Knie abgeknickt. Der linke Fußspann ruhte in der Kniekehle des am Ast befestigten Beines. Seine Hände hatten die Schergen auf dem Rücken gefesselt.

Was sie mit ihm gemacht hatten, war offensichtlich. Anscheinend war er über dem Feuer hängend immer wieder, wenn die Folterknechte es für sinnvoll erachteten, zu den Flammen hinabgelassen und dann wieder hochgezogen worden. Neben dem Feuer stand noch ein Holzeimer, der, wie Dürer jetzt bemerkte, bis zum Rand mit Wasser gefüllt war, das sie offensichtlich aus einem Bach oder Brunnen in der Nähe geschöpft hatten. Wollten sie ihr Opfer löschen, sobald es Feuer fing, oder hatte das Wasser nicht vielmehr dazu gedient, die Folter noch zu verstärken, indem Giacomo abwechselnd versengt und dann ertränkt worden war?

Ein eiskaltes Gefühl unbändigen Hasses bemächtigte sich Albrechts, an dem auch der ausgesprochen friedliche, entspannte, ja regelrecht gelöste Gesichtsausdruck Giacomos nichts ändern konnte.

Irgendwo in der Nähe wieherten Pferde.

»Was ist mit unseren Tieren?«, fragte Karl.

»Alle angeseilt«, erwiderte Martin.

Als sie sich dem Ort des grausamen Geschehens näherten, rannte Albrecht plötzlich los. »Schnell!«, schrie er. »Helft mir!« Er packte den Gehängten an dessen Schultern und hob ihn ein Stück in die Höhe. »Beeilt euch! Schneidet ihn los. Er lebt noch!«

»Dein Messer!«, rief Martin. Ohne abzuwarten, entriss er es Karl, dann kletterte der Junge einem Eichhörnchen gleich in rasender Schnelligkeit den Baum hinauf. Ein Zittern ging durch Giacomo, als die Klinge durch das Seil schnitt. Inzwischen waren auch die anderen herbeigeeilt und halfen Dürer, das Gewicht des bewusstlosen Freundes aufzufangen. Behutsam ließen sie Giacomo ins Gras gleiten, dann richteten sie ihn langsam auf, sodass er saß.

»Er atmet«, sagte Albrecht. Karl fingerte aus seiner Hosentasche ein flaches, metallenes Fläschchen heraus und reichte es ihm. Dürer entkorkte es, roch den scharfen, hochprozentigen Branntwein und rieb einige Tropfen auf Giacomos Stirn.

»Nicht so«, knurrte Karl, nahm ihm das Fläschchen weg, öffnete die Lippen des Ohnmächtigen und ließ ein reichliches Quantum des Destillats in dessen Mund fließen. Fast augenblicklich beugte sich Giacomo nach vorn, hustete, spuckte und rang um Luft wie ein Ertrinkender, der im allerletzten Moment aus dem Wasser gezogen wurde. Dann sank er wieder ins Gras zurück, bis er irgendwann seinen Mund öffnete und etwas Unverständliches sagte.

»Was ist, Giacomo?«, fragte Dürer. Erneut kamen einige Worte in der Albrecht unbekannten Sprache über Giacomos Lippen. »Ich verstehe dich nicht!«

Die Augenlider des Angesprochenen flatterten. »Mutter, Wasser«, presste er hervor. Karl winkte einem der Männer, rief: »Wasser!«, doch Giacomo hob kaum merklich die Hand.

»Nicht … für mich …«, flüsterte er. »Mutter, sie hat mich … zur Welt gebracht. Ich schwamm wie ein Fisch aus dem Amu Darya … gefangen in der blauen Kuppel des Mir-i Arab madrasah …«

Es dauerte noch eine Weile, bis der grausam Gefolterte wieder so weit bei Sinnen und ansprechbar war, dass er in klaren Worten antworten konnte.

»Giacomo! Was, um Himmels willen, ist geschehen? Was haben sie mit dir gemacht? Und vor allem, wo sind die Kerle, die dir das angetan haben?«, brach es aus Dürer heraus, als der Freund endlich die Augen öffnete und ihn mit blutunterlaufenem, aber klarem Blick ansah. Albrecht hoffte, dass Giacomo ihn erkannte.

»Zwei von ihnen«, erwiderte er und zeigte mit zittrigem Arm zu den Kleiderbündeln, »sind dort …«

Albrecht seufzte erleichtert. Zumindest eine seiner Fragen hatte Giacomo verstanden. Erst jetzt, da er seinen Freund in Sicherheit und einigermaßen unversehrt wusste, fand er Zeit, sich genauer umzusehen. Rings um den Baum und das erloschene Feuer, dessen letzte Glut einer seiner Männer ausgetreten hatte, herrschte ein heilloses Durcheinander, das ihn unwillkürlich an die Szenerie im Dominikanerkloster in Bamberg erinnerte. Dann sah er, dass die beiden blutgetränkten Kleiderbündel zwei leblose Körper bedeckten.

»Sie waren die Ersten, die irrsinnig wurden«, erzählte Giacomo stockend. »Sie hängten mich auf, waren aber dann irgendwann zu hungrig, um mit den Fragen und der Folter fortzufahren. Später, als sie ihr Handwerk wieder aufnehmen wollten, rissen sie sich auf einmal die Kleider vom Leib. Sie begannen herumzubrüllen und zu tanzen, als wären Dämonen in sie gefahren. Dann stritten sie sich, schrien sich an, schlugen sich gegenseitig die Fäuste ins Gesicht, bis sie schließlich nach ihren Schwertern griffen und sich gegenseitig regelrecht in Stücke schlugen. Seltsamerweise sah es so aus, als würden sie dabei keinerlei Schmerz empfinden.«

»Und die anderen?«

»Auch sie rissen sich ihre Kleider vom Leib und warfen sie über die immer noch stark blutenden Toten. Dabei redeten und brüllten sie auf die verstümmelten Körper ein, als seien ihre Kameraden noch am Leben. Irgendwann begann endlich der große Jammer, und sie brachen zusammen und weinten wie kleine Kinder. Dann rannten sie nackt und schreiend und ohne sich noch einmal nach mir umzusehen in den Wald. Ich hörte bald darauf auf zu existieren. Für sie und auch für mich. Einen der Kerle habe ich später noch einmal aus dem Augenwinkel gesehen … dort drüben …«

Dürer blickte in die angegebene Richtung. Über den Baumwipfeln konnte er die Spitze des höchsten noch verbliebenen Mauerrests der Burg sehen. Die Steine hatten einst zum Westturm der Veste gehört.

»Dort … oben?«, fragte Albrecht ungläubig.

»Ja, aber er war zu weit entfernt, und ich konnte mich nicht rühren, um zu erkennen, wen von den beiden ich gesehen habe«, antwortete Giacomo. »Aber er hatte eine Fackel dabei, die er zwischen die Steine steckte und die ihren Lichtschein auf ihn warf.«

»Was hat er dort oben gemacht?«, wollte Karl kopfschüttelnd wissen.

»Er hat mit seinen Armen gewedelt, als seien sie Windmühlenräder oder Flügel. Und dann war er auf einmal verschwunden. Seine Fackel brannte noch lange weiter, bis auch sie irgendwann erlosch. Entweder ist er wieder heruntergeklettert, oder er muss herabgestürzt sein.«

»Aber wir waren vorhin bei der Ruine und haben nichts Auffälliges entdeckt«, sagte Karl.

»Schaut euch noch einmal um. Und diesmal genauer«, befahl Dürer. Karl nickte und stand auf, um zwei der Männer loszuschicken. Als sie wenig später auf die Lichtung zurückkamen, hatten sie tatsächlich etwas gefunden. Sie schleppten einen nackten, zerschundenen Körper mit sich.

»Er lag nur wenige Schritte von der Mauer entfernt, mitten in einem Gebüsch«, berichteten sie.

»Und wenn wir den Vierten der Gruppe, der blank, wie ihn der Herr erschuf, durch die Wälder irrt, auch noch stellen können, weiß dieser uns vielleicht zu erzählen, welch höllische Geisterschar in sie alle gefahren ist«, sagte Dürer, der zwar froh war, dass Giacomo die Tortur überlebt hatte, aber sich immer noch keinen Reim darauf machen konnte, was die Besessenheit im Bamberger Kloster wie auch hier auf der Lichtung ausgelöst hatte.

»Ich denke, die Erklärung liegt hierin verborgen«, erwiderte Giacomo.

Er versuchte, sich zu erheben, aber in dem Unterschenkel, an dem die Schergen ihn aufgeknüpft hatten, gab die Muskulatur nach. Hätten ihn nicht Albrecht und Karl aufgefangen, wäre er sofort wieder zu Boden gestürzt. Mit ihrer Hilfe ging er drei, vier vorsichtige Schritte, bis sie zu einigen im Gras verstreuten Körben und Beuteln kamen.

»Vorsicht!«, sagte Karl. Zwischen ihren Füßen lagen Scherben der zerbrochenen Krüge, in denen sie, wie noch deutlich am Geruch zu erkennen war, ihr Bier aufbewahrt hatten. Direkt daneben befand sich der Rest eines mit Gras und Erde beschmutzten Brotlaibes, den ein Korb halb bedeckte.

»Ich würde niemandem empfehlen, davon zu essen«, sagte Giacomo leise.

Angewidert verzog Karl das Gesicht. »Wir haben selber Proviant dabei. Doch wieso warnst du uns?«

»Ich bin mir sicher, dass das Getreide nicht sorgfältig verarbeitet wurde«, antwortete Giacomo. »Wahrscheinlich enthielt es noch jede Menge jener schwarz verfärbten Körner, die man hierzulande zu Recht zu den Früchten des Wahnsinns zählt.«

»Mutterkorn«, sagte Dürer. »Hast du ebenfalls davon gegessen?«[*]

---

[*] Mutterkorn, das auch Hunger- oder Tollkorn genannt wird, ist ein Pilz (Claviceps purpurea), der Getreide wie Weizen oder Roggen befällt. Dieser Pilz enthält eine Reihe von Lysergsäurederivaten. Zu den bekanntesten künstlich gewonnenen Lysergsäure-Verbindungen zählt das von Albert Hofmann synthetisierte LSD 25. Der Befall mit Mutterkorn löste im Mittelalter epidemieartige Vergiftungen ganzer Bevölkerungsgruppen aus, die entsprechend verseuchtes Getreide zu sich genommen hatten.

Ein schauerlich-heiseres Krächzen entrang sich Giacomos Kehle. Wahrscheinlich sollte das eine Art Lachen sein. »Nein. Was stellst du dir denn vor? Natürlich dachten sie nicht im Traum daran, mir etwas zu essen zu geben!«

***

Da Albrecht Giacomo keinen langen und anstrengenden Weg zumuten wollte, wurde er zu Johann Schöner nach Kirchehrenbach gebracht, der sich bereit erklärte, den Geschwächten so lange bei sich aufzunehmen und gesund zu pflegen, wie dieser der Fürsorge bedurfte. Dürer kehrte anschließend nach Nürnberg zurück, während sich Karl und seine Leute wieder auf den Heimweg nach Bamberg machten, um nicht zuletzt Lorenz Beheim über das Vorgefallene Bericht zu erstatten.

Wie schon zu Silvester fand sich die Runde der Freunde eine Woche später erneut in dem bescheidenen Haus des verbannten Astronomen ein und konnte sich von den gesundheitlichen Fortschritten von Giacomo überzeugen. Auch Pirckheimer war von Albrecht währenddessen über die Ereignisse in Kenntnis gesetzt worden.

An diesem Tag zog Giacomo Dürer irgendwann zur Seite, um ihm die Notizen zu zeigen, die er im Verlauf der vergangenen Tage in die letzten Seiten seines Schreibbüchleins gekritzelt hatte. Das Büchlein war dasselbe, das Albrecht im Kloster der Dominikaner zu Bamberg wieder an sich genommen und anschließend Giacomo zurückgegeben hatte.

Obwohl er noch immer hinkte, schienen ihn keine nennenswerten Schmerzen mehr zu plagen. Nur noch sein zufriedenes Lächeln erinnerte Dürer an den seltsam entspannten Gesichtsausdruck, als sie ihn, kopfüber am Ast der Buche hängend, gefunden hatten.

»Wie geht es deinem Bein?«, fragte er ihn, wohl wissend, dass die Folterknechte ihn an jenem Schenkel aufgeknüpft hatten, der schon die Narben einer früheren Verletzung trug.

»Es geht … immer besser«, antwortete Giacomo, bevor er nach einer kurzen Pause mit einem Grinsen hinzufügte: »Sagt man nicht, dass der Teufel hinkt?«

»Ja, so sagt man«, erwiderte Dürer. »Aber vielleicht verdanken wir solche Geschichten und Gerüchte auch nur dem Neid der Menschen.«

»Beginnst du jetzt, in Rätseln zu sprechen, wie ich es gerne tue?« Albrecht schüttelte den Kopf. »Nein, in diesem Fall ist die Lösung ganz einfach«, sagte er. »Der Neid gilt dem Teufel, weil er zu denen gehört, die nicht totzukriegen sind.«

Giacomo lachte, doch dann wurde er schlagartig ernst. »Ich habe mein Schicksal mehr als nur einmal herausgefordert. Ich fürchte, das Guthaben, das der Allmächtige mir an Glück zugestanden hat, dürfte inzwischen aufgebraucht sein.« Er schlug das Notizbuch auf. »Hier. Das musst du dir ansehen. Die letzte Karte. Ich spürte schon die ganze Zeit, dass dem System noch eine fehlte. Im Nachhinein erscheint es so, als hätte es genau dieses Geschehens bedurft, um sie entwerfen zu können. Man musste mich dazu zwingen, die Welt kopfüber in Augenschein zu nehmen, um endlich all jenen Reichtum zu entdecken, den sie für unsereins bereithält. Die größten Schätze hat der Schöpfer aus gutem Grund vor unserem Blick versteckt, aber manchmal bedarf es nur eines Perspektivwechsels, um das Verborgene sichtbar werden zu lassen.«

Dürer wusste nicht recht, ob er sich freuen oder seinen Freund bedauern sollte, als er Giacomos Worte hörte. Wahrscheinlich empfand er beide Gefühle zur gleichen Zeit. Freude darüber, dass Giacomo ungebrochen weiter an seiner verrätselten Philosophie arbeitete, und Bedauern, weil er befürchten musste, dass er sich damit aufs Neue in Gefahr begab. Er würde nicht aufhören, den Zorn, das Misstrauen und die Rachlust all jener Mächtigen heraufzubeschwören, denen das freie Denken jenseits der vorgeschriebenen Bahnen von jeher ein Dorn im Auge gewesen war.

»Andererseits«, fuhr Giacomo fort, als habe er Dürers Gedanken erraten, »naht die Zeit, da ich diese viel zu herausfordernde Beschäftigung ein für alle Mal beenden werde! Aber diese letzte Karte, die musste ich noch entwerfen. Und hiermit will ich dich jetzt ausdrücklich von deinem Auftrag entbinden!«

»Aber wieso denn?«, fragte Albrecht verblüfft.

»Du brauchst dich nicht um deinen vereinbarten Lohn zu sorgen, mein Freund. Du wirst dein Geld bekommen.«

»Wie kannst du so etwas nur sagen!« Dürer war empört. »Du

weißt doch, dass es mir bei diesem Auftrag von Beginn an nicht ums Geld gegangen ist!«

»Natürlich weiß ich das«, erwiderte Giacomo lächelnd. »Und deine Haltung ehrt dich. Dennoch wirst du dein Geld erhalten, und dennoch muss ich dich eindringlich bitten, die Arbeit mit sofortiger Wirkung einzustellen. Sie ist zu gefährlich geworden! Viel zu gefährlich! Ich würde es mir niemals verzeihen, käme mir irgendwann zu Ohren, dass dir wegen dieses in vielen Augen teuflisch-ketzerischen Spiels Ähnliches oder gar Schlimmeres zugestoßen ist als mir. Vielleicht werden die Kinder unserer Kinder eines Tages unbefangener mit Gedankenspielen wie dem Kartenrad umgehen können.«

Albrecht sah ihn an, als könne er Giacomos Worten nicht glauben.

»Außerdem«, fuhr dieser fort, »werde ich schon bald dieses Land verlassen.«

»Wohin wirst du gehen?«

»Zurück nach Venedig, und nachdem ich dort meine Angelegenheiten geregelt habe, werde ich ein Schiff besteigen und nach Osten segeln. Früher hat es mich nie in die Heimat gezogen, die ich seit so vielen Jahren nicht mehr gesehen habe, aber auf einmal spüre ich das unwiderstehliche Bedürfnis, nach Bukhara zurückzukehren.«

»Leben dort noch Verwandte von dir?«

»Nein. Es ist etwas anderes, das mich dort hinzieht. Im Verborgenen wirken dort noch Gruppen weiser Männer, die dem Glauben Mohammeds angehören. Sie praktizieren uralte Riten, haben Zugang zu Wissen, das sonst keinem Sterblichen bekannt ist, und verfügen über eine einzigartige Geheimlehre. Diesen Männern will ich mich in Demut anschließen.«

»Aber das heißt, dass wir uns nie wiedersehen werden.« Dürer blieben die Worte fast in der Kehle stecken, doch an Giacomos Miene war abzulesen, dass sein Entschluss feststand.

»Nutzen wir lieber die Zeit, die ich noch hier bin. Obwohl ich nach dem letzten Kapitel«, er klopfte auf sein Notizbuch, »meine Arbeit aufgebe, will ich es nicht versäumen, meine Gedanken mit dir zu teilen.«

Er schlug das Buch auf. In seiner winzigen, gestochenen Schrift hatte er die Elemente der Karte beschrieben und das erläutert, wofür sie standen. Daneben befand sich eine einfache Skizze, mit der er all die Symbole, ihre Zusammenhänge und die ihnen innewohnenden Erkenntnisse verdichtete.

»Der Gehängte!« Dürer starrte auf die Skizze.

»Betrachte die Form des Baumes, an dem der Mann hängt.«

»Mir fällt nichts Außergewöhnliches auf«, gab er zu. Tatsächlich waren Stamm und Ast auf das Wesentliche reduziert worden.

»Der Baum bildet die Senkrechte, der Ast die Horizontale. Beide begrenzen den rechten und den oberen Bildrand und ergeben zusammen den hebräischen Buchstaben ›Daleth‹. Falls man irgendwann diese Karte koloriert, muss der Wams des Gehängten blau eingefärbt werden.«

»Daleth? Und warum blau?«, fragte Albrecht. Inzwischen herrschte wieder die alte Rollenverteilung zwischen ihnen. Er, der Künstler, wollte um die Bedeutung jeder Einzelheit wissen, und Giacomo lieferte in stetem Fluss eine nach der anderen, die sich jede aus den vielfältigen Quellen seines Wissens speiste. »Daleth …«, begann Sujad, doch Dürer unterbrach ihn. Ihm war noch ein anderes, möglicherweise unwichtiges Detail eingefallen, das er dennoch verstehen wollte.

»Als uns die Männer von Pater Simon Angelus im Zeidelschloss überfielen und wir getrennt wurden«, sagte er, »da trugst du die perfekte Maske eines Mönchs. Kutte, Tonsur und Bart. Doch als wir dich an der Buche hängend wiederfanden, da …«

»In diesem Fall ist die Antwort ähnlich einfach wie die, mit der du den Neid auf den Gehörnten erklärtest«, antwortete Giacomo. »Für den Inquisitor war es eine meiner zahllosen unverzeihlichen Sünden, dass ich es, wie er sagte, gewagt hatte, in das Gewand Christi zu schlüpfen, um mich so vor ihm, Angelus, zu verstecken. Er dachte anscheinend wirklich, dass er selbst ein Engel sei. Und zwar einer mit flammendem Schwert und dem Auftrag, blutige Rache zu nehmen, zu strafen und das, was er für die Wahrheit hält, in die Köpfe seiner Feinde hineinzumeißeln. Nachdem sie mich gefasst hatten, gaben sie mir Kleider, die zuvor ein anderer Sünder getragen hatte. Dann schoren sie mir die restlichen Haare vom Schädel. Wie Angelus erklärte, sollte ich dem Herrn in jener Gestalt vor das Angesicht treten, die allein einem Fehlgeleiteten wie mir zustünde!

Nämlich unverhüllt und all der äußerlichen Merkmale beraubt, mit denen ich das zutiefst Verdorbene in meinem Inneren vor aller Welt zu verstecken suchte. Aber wie du siehst«, er hob das Barett und strich sich über die dunklen Stoppeln, »hat sich die Maßnahme letztlich als ebenso wirkungslos und sinnentleert erwiesen wie alles andere, was dieser schreckliche Mann anderen und mir antun wollte.«

»Du bist zu milde mit ihm«, widersprach Dürer. »Schließlich hat er einem Unschuldigen ohne das geringste Mitgefühl das Leben genommen. Und mit dir hätte er das Gleiche getan, wenn nicht eine göttliche Macht über dich gewacht hätte.«

»Tatsächlich danke ich dem Schöpfer jeden Tag für die Gnade, die er mir erwiesen hat, indem er mir eine zweite Geburt schenkte. Vor allem aber stehe ich in seiner Schuld, da er deine Schritte so zielsicher zu mir geführt hat. Dennoch urteile ich weder zu milde noch zu hart über Angelus, denn zu urteilen ist etwas, was mir nicht zusteht. Ist er nicht, wie der gute Beheim mir erzählte, auf wahrhaft grausame Weise ums Leben gekommen?«

Es war nur eine rhetorische Frage. Dürer nickte stumm.

»All das geschah, nachdem er seinen Männern befohlen hatte, mich an jenen Ort zu bringen, an dem Silvio erschlagen wurde. Diesmal sollten sie nicht einfach nur kurzen Prozess mit mir machen, wie damals geplant, sondern alles für eine besonders detaillierte Befragung vorbereiten. Er und sein Schreiber wollten nachkommen, um dann persönlich die Antworten zu hören und zu protokollieren. Offensichtlich begann das Gift des schwarzen Korns zu diesem Zeitpunkt bereits in ihm zu wirken, denn er war davon überzeugt, dass auf der Lichtung noch immer Silvios unerlöste Seele umherirrte und sein armer, verdammter Geist mich dazu veranlassen könnte, endlich jene Geständnisse preiszugeben, die der Inquisitor von mir hören wollte. Danach, und daran hege ich keinen Zweifel, hätten sie mich ebenso umgebracht wie meinen treuen Diener.«

»Aber weshalb sind sie nicht alle zusammen aufgebrochen?«

»Angelus suchte noch nach etwas. Etwas, das er für enorm wichtig und unverzichtbar hielt, um die richtigen Fragen zu stellen.« Giacomo klopfte auf das Notizbuch. »Wie gesagt, wahrscheinlich hatten zu dieser Zeit bereits die wahrhaft finsteren Mächte des Mutterkorns angefangen, in ihm und seinem Geist zu wüten. Seine Schergen aßen erst sehr viel später von dem vergifteten Brot.«

»Nachdem sie dich auf der Lichtung an den Ast gehängt hatten?«, fragte Albrecht.

»So war es. Aber heute weiß ich, dass nicht ich ihr Opfer war, auch wenn sie das dachten. Nein, im Gegenteil: Sie waren meine Werkzeuge.«

»Wie bitte?«, hakte Dürer nach. Er schaute Giacomo an, als zweifele er an dessen Verstand. Hatten die Schmerzen vielleicht doch bleibende Schäden hinterlassen?

»Ich bin nicht so vermessen, alles, was geschah, als Folge geheimer Kräfte und Mächte, über die ich gebiete, zu erklären. Wäre es so, hätte ich mir die Hände mit unheilvoller Zauberei schmutzig gemacht und wäre am Tod von drei, vielleicht sogar vier Männern schuld.«

Dürers Gedanken waren schon längst wieder zur Lichtung in der Nähe der Reifenberg'schen Ruine gewandert. Zwei von Angelus' Schergen hatten sich also in ihrem tollwütigen Wahn gegenseitig erschlagen, einer war von den Resten des Turms gesprungen, den vierten hatte man bis heute nicht gefunden. Vielleicht hatte er die normalerweise todbringende Verwirrung seines Geistes überlebt und bei Verwandten oder Freunden Unterschlupf gefunden? Wie Beheim berichtete, war der Mann allerdings bisher weder im Kloster noch bei seinen Geschwistern in Bamberg aufgetaucht. Vielleicht würde ja irgendwann ein Köhler oder Holzfäller in einem abgelegenen Waldstück eine skelettierte Leiche finden, ohne zu ahnen, welches Schicksal diesem Menschen als Lebendem widerfahren war.

»Neben der letzten Karte habe ich eine Reihe der früheren Entwürfe überarbeitet«, sagte Giacomo und blätterte in seinem Buch ein paar Seiten zurück. »Zum Beispiel den Turm. Die Fackel, die einer der armen Verwirrten auf die Ruine hinaufgebracht hat, zeigte mir, dass man viel stärker betonen muss, dass diese Karte dem Kriegsgott Mars gewidmet ist. Der Turm wird zerstört! Bei meinem Erlebnis war er bereits nur noch eine Ruine, und die Fackel war nur ein letztes Aufflackern jenes alles vernichtenden Blitzes, der in das Bollwerk gefahren ist. Nichts zeigt uns die Hybris unseres Handelns besser als die plötzliche, willkürliche Zerstörung, die aus heiterem Himmel über uns hereinbricht und vernichtet, was unsereins erschaffen hat. In dieser Karte steckt mehr Tod und Transformation als in jeder anderen des Spiels!«

»Du hast den Mann gezeichnet, wie er vom Turm stürzt«, sagte Albrecht.

»Ich habe seinen Sturz nicht gesehen, aber genau diese Botschaft war doch eins der Elemente jener verhängnisvollen Nacht! Er hatte sich schon vorher aus seiner fleischlichen Hülle gelöst, war aus sich heraus ins Nichts getreten.«

Er machte eine weit ausholende Geste. »Im Osten, noch viele Tagesreisen von dem Ort entfernt, an dem ich aufwuchs, huldigen die Menschen noch immer einer schrecklichen Göttin, die auf den Leibern ihrer Opfer tanzt. Für uns klingt das verwerflich und abstoßend, obwohl darin eine große Weisheit steckt. Nichts ist für die Dauer gemacht – mit der Ausnahme Gottes. Die Völker, die dieser Göttin dienen, verehren das Nichts. Für sie gibt es wahrhaftig nichts, das vollkommener ist als eben dieses Nichts. Doch daneben existiert im Nichts noch eine weitere, gut verborgene Bedeutung, die das Nichts überwindet.«

Er hielt inne. Dürer wartete darauf, dass Giacomo ihm den geheimen Hintersinn offenbarte, doch sein Freund schien mit seinen Gedanken abzuschweifen oder hatte vielleicht auch gar nicht die Absicht gehabt, mehr dazu zu sagen, jedenfalls kam er als Nächstes wieder auf seinen letzten Entwurf zurück.

»Der Gehängte fungiert im Spiel des Lebens als die unmissverständliche Aufforderung, sich in den Reigen des Rades einzureihen. Teilzunehmen am Sakrament, mitzuwirken am Großen Werk. Es geht um das Elixier des Lebens, den Stein vom berühmten Albertus, letztlich den Gral. Denn nichts anderes bedeutet das Wort Gral: Gefäß, Schale, *gradale*, von den Römern *cratera* genannt, die …

An dieser Stelle brechen die Aufzeichnungen ab.

5.

Das letzte Blatt

Und es geschah am VIERZEHNTEN Tag:

An den Geruch, das wusste Nero, würde er sich noch erinnern können, wenn er schon längst als alter Tattergreis aus einem Fenster mit einem Kissen unter seinen spitzen Ellenbogen in den grau verhangenen Tag schauen würde. Schon immer hatte er sich das Alter so vorgestellt: regnerisch. Er würde von Rheuma geplagt werden und angefüllt sein mit Erinnerungen an Jahrzehnte zurückliegende Ereignisse, die ihn mit Sehnsucht und Bitterkeit überschwemmten, da sie alle nur seinen einzigen Wunsch verstärkten, die Uhr zurückdrehen zu können.

So stellte sich ein Mann, der die Mitte dreißig entschlossen überschritten hatte, das Altsein halt vor. Irgendwo am Horizont tauchte die böse Vierzig auf und wurde so lange verdrängt, bis sich ihr Näherrücken nicht mehr leugnen ließ. Schon mit fünfunddreißig hatte Nero Momente erlebt, die ihn deutlich spüren ließen, alt zu sein. Etwa als ihm aufgefallen war, dass er sich nicht mehr so unbefangen wie noch vor wenigen Jahren dem weiblichen Frischfleisch der Erlanger Erstsemester nähern konnte. Da waren Mädels dabei, so jung und schlank und glatt und prall und doof, dass er sich an ihrer statt für die Jugend schämte und sich in diesem Moment steinalt vorkam. In seinen Augen manifestierten sich in ihnen alle Vorurteile und Klischees, die über kichernde, oberflächliche und pubertierende Rotzgören in Umlauf waren. Diese Konzentration solcher geistlosen Girlies erschien ihm ähnlich stark wie hochprozentige Schwefelsäure, sodass er sich kaum vorstellen konnte, dass sie rein körperlich bereits ausgewachsen waren. Viel näher lag doch die Vermutung, dass sie sich noch in jener Phase befanden, in der die Brustwarzen erst zu knospen und weiter unten die ersten Schamhaare zu sprießen begannen. Dachte er. Und mit dieser Überlegung nahm er ziemlich abrupt Abstand von der schönen Regelmäßigkeit, sich in die abendliche Fleischbeschau jener Clubs zu mischen, die überwiegend von akademischem Jungvolk heimgesucht wurden, was bei einer Stadt wie Erlangen ganz ernüchternd für Nero zur Folge hatte, dass sich sein Aktionsradius plötzlich und erheblich einschränkte. Schließlich stellen Studenten in Erlangen etwa ein Drittel der Bevölkerung, Siemens-Mitarbeiter und Zulieferer grob geschätzt ein weiteres Drittel, sodass die kleinste Großstadt Deutschlands auf nahezu dörfliche Ausmaße schrumpfen würde, nähme man ihr diese beiden sozialen Gruppen einfach weg. Rein theoretisch könnte es sich bei diesem »man« beispielsweise um einen zornigen jungen Gott handeln, der sich immer wieder über die exorbitanten Mieten und das bornierte Gehabe der Siemensianer-Ehefrauen ärgert, deren Ernährer ab dem mittleren Management bis unters Dach des Konzerns sich abrackerten, nur um den maßlosen Ansprüchen ihrer Angetrauten gerecht zu werden – ganz zu schweigen von den überaus »sinnvollen« Tätigkeiten, mit denen diese Armee der elaboriert Werktätigen ihren Arbeitstag so einfach verschleudert. Als Beispiel sei nur der Aufbau von Schein-Gewerkschaften genannt, die einem einzigen Zweck dienen sollten: nämlich die Beschlüsse der Unternehmensleitung in Bezug auf Lohn und Brot dankend abzunicken.

Aber zurück zur Geschichte: Es gab also nur wenige Gerüche, die es schafften, sich auf dauerhafte Weise in Neros Erinnerung festzusetzen. Dazu gehörte beispielsweise der ganz typische und unverwechselbare Geruch von altem, billigem Papier und den zarten Ausdünstungen von Druckfarbe, die, noch Jahrzehnte nachdem die Hefte gedruckt worden waren, aus den Seiten der antiken, wie eBay-Verkäufer es formulieren würden, Comic-Serien »Tibor, Held des Dschungels« oder »Nick, der Weltraumfahrer« stiegen, die Nero als kleiner Junge von Onkel Basti, eigentlich einem Cousin, bei seltenen Gelegenheiten geschenkt bekommen hatte. Damals, als er in der Grundschule in die Geheimnisse des entzifferbaren und einigermaßen fehlerfreien Schreibens und des Lesens eingeweiht wurde, war Onkel Basti bereits ein junger Mann, Mitte, Ende Zwanzig gewesen, der sich die Hefte in seiner eigenen Jugend während der späten fünfziger Jahre zugelegt hatte.

Seitdem verband Nero den Geruch nicht nur untrennbar mit den schmalen, kleinen Heftchen, für ihn war er auch zu einem olfaktorischen Synonym für Spannung und Abenteuer geworden. Der Geruch war ihm noch wichtiger als jenes ungewöhnliche Streifenformat, das die Hefte früher besaßen, weshalb sie auch Piccolos genannt wurden. Schon damals hatte er geahnt, dass sich der Duft des alten Papiers für immer in sein Gedächtnis brennen würde.

Bis jetzt hatte sich an seinen Empfindungen, die dieser Duft in ihm auslöste, nichts geändert. Und heute schien er einem neuen Duft mit den gleichen Anklängen von Spannung und Abenteuer auf der Spur zu sein, nur bezogen sich seine Gefühle diesmal auf jene unglaubliche Verheißungen versprechende Landschaft von Astrid Arantañas Körper. Es galt, die Weiten des Weltalls gemeinsam zu erforschen, indem sie sich gegenseitig Lusteruptionen wahrhaft kosmischen Ausmaßes hingaben.

Fasziniert war er vor ihr auf die Knie gesunken, nachdem er ihren Oberkörper von dem dünnen Blüschen befreit und mit seinen Lippen abgetastet, -geleckt, -gesaugt und geschmeckt hatte. Jetzt grub er seine Nase in den oberen Schamhaaransatz und fräste sich langsam weiter nach unten.*

Als Nero eine ganze Weile später endlich erfuhr, was seine Geliebte unter einem Schmetterlingsorgasmus verstand, wurde er gleichzeitig in das Wunder vollkommener körperlicher und geistiger Selbstauflösung eingeführt. Zuvor hatten sie bereits einen ersten gemeinsamen und in der Herbeiführung eher konventionellen Höhepunkt erlebt, der allerdings – und da waren sie sich, ohne ein weiteres Wort darüber verlieren zu müssen, einig – nur so etwas wie ein erster Hauptgang des ausschweifenden Liebesmenüs darstellen konnte.

Beim nun rein dem Genuss und nicht mehr der Sättigung dienenden zweiten Hauptgang, der von einer überaus anregenden Zwischenmahlzeit eingeleitet worden war, nahmen sie sich alle

---

* Nachdem der Roman-Autor Dirk Kruse, siehe »Tod im Augustinerhof«, Cadolzburg, 2007, S. 57, auf seinen Lesungen gerne postuliert, dass man als Autor männlichen Geschlechts wenigstens ein Mal in seinem Leben in zumindest einem Buch das Wort »Schamhaaransatz« verwenden müsse, hat es nicht lang gedauert, bis sich an dieser Stelle die passende Gelegenheit ergab, dem Kollegenwunsch nachzukommen.

Zeit der Welt. Es war weder der Hunger, der sie trieb, noch die nackte Gier, sich besinnungslos einzuverleiben, was der andere zu bieten hatte, nein, es war die reine Verfeinerung, die Steigerung der Empfindungsfähigkeit und damit einhergehend die Steigerung der Lust mittels sorgfältig aufeinander abgestimmter Tempi, die – da überließ Nero gerne Astrid das Feld – von ihr meisterlich arrangiert wurden.

In Sachen körperlicher Liebe war sie ohne Frage so erfahren und geschickt wie ein Dirigent, der es gewohnt ist, die berühmtesten Orchester der Welt durch die schwierigsten musikalischen Passagen mit einer Mühelosigkeit zu leiten, sodass der Eindruck entsteht, als würden die Takt- und Harmoniewechsel, das Springen von einer Tonart in die nächste und das harmonische Aneinanderreiben verschiedener Instrumentengruppen eine der leichtesten Fingerübungen der Musiker sein. Doch was war ein Dirigent ohne ein brillantes Orchester? Eben. Und deshalb gefiel sich Nero sehr gut in seiner Rolle.

Immer wieder trieb sie ihn bis kurz vor den Höhepunkt, ohne ihm die Erlösung zu gönnen. Beiden war klar: Je länger sie den Orgasmus hinauszögerten, umso gewaltiger und überwältigender würde er sein.

Schließlich war aus seinem lustgepeitschten Körper eine Art amorphes, nur noch aus Sinneseindrücken bestehendes Nervenknäuel geworden, das nach Befreiung schrie und gleichzeitig um die Verlängerung der sinnbetörenden Ekstase winselte. Ohne es zu bemerken, hatte Nero jedes Selbstbewusstsein verloren. In diesen zeitlosen Momenten bestand er nicht mehr aus jenen Elementen, die im nüchternen Zustand sein Ich bildeten.

Es brauchte nur noch eine einzige winzige Berührung, dann würde die ersehnte Erlösung über ihn hereinbrechen. Und als Astrid ihm diese Berührung schenkte, tat sie das mit dem Hauch eines Wimpernschlags, der sanft über seine Eichel glitt.

Tatsächlich hatte der nun einsetzende Orgasmus eine Dimensionen sprengende Kraft, die in einer ungeheuren kataklysmischen Flut alle Mauern einriss und Nero als japsendes Etwas schwebend in einem Meer von kristallin-strahlend weißem Licht zurückließ. Später würde er nur unzulängliche Beschreibungen für dieses außergewöhnliche Erlebnis finden. Dann sprach er von der Auflösung von Raum und Zeit und davon, in eine andere Welt geschleudert worden zu sein, in der er nicht mehr als Mensch, sondern nur noch als gottähnliches, rein seelisches Wesen existiert habe. Lichtjahre von seinem Leben und dem Alltag auf diesem Planeten entfernt.

Ohne Frage war dieser Orgasmus etwas, das er in einer derartigen Intensität noch nie erlebt hatte, was ihn über die Maßen glücklich machte. Zugleich schien ein solcher Eye-Opener unwiederholbar zu sein, ein Gedanke, der Nero gleich darauf zutiefst betrübte.

In dieser zwiespältigen Stimmung landete nach einer nicht messbaren Dauer – die Zeit hatte ja aufgehört zu existieren – das aus purer Energie bestehende Raumschiff ihrer ineinanderverkeilten Seelen wieder auf der Erde und speiste seine Fracht zurück in jene aus Fleisch und Blut bestehenden Menschen, die auf die Namen Astrid Arantaña und Nero Kaiser hörten.

***

Und es geschah am SECHZEHNTEN Tag:

»Nicht jedes der Blätter weist ein Wasserzeichen auf«, fasste Astrid die Untersuchungsergebnisse zusammen. »Damals war das aber auch nicht üblich. Dürer hat sich die ursprünglich größeren Bögen auf die Formate zusammengeschnitten, die er brauchte. Nur in jenen Eckstücken, wo der Papiermüller sein Symbol aus Draht befestigt hatte, entstand das Wasserzeichen.«

»Es handelt sich also um handgeschöpftes Hadernpapier?«, fragte Gisbert Straubner, der als Letzter zu der Versammlung der Geschwister in die Bamberger Stadtvilla ihrer Schwester gekommen war. Er gähnte ungeniert, was ihm niemand übel nehmen konnte, da er gerade erst einen viele Stunden dauernden Flug hinter sich hatte.

»Natürlich«, antwortete Astrid. »Papiere aus Zellstoff wurden erst Jahrhunderte später hergestellt. Die mikroskopische wie auch die chemische Analyse des Materials ist absolut eindeutig. Das Papier stammt vom Beginn des 16. Jahrhunderts.«

»Und woran kann man so etwas feststellen?«, fragte er ungeachtet der Tatsache, dass er kaum noch die Augen offen halten konnte.

»Nun, zum Beispiel an der sogenannten Laufrichtung des Papiers. Genauer gesagt, daran, dass es eine solche Laufrichtung bei handgeschöpften Papieren eben nicht gibt«, erwiderte Astrid geduldig. »Sie müssen sich das so vorstellen: Der Papierhersteller taucht sein Sieb horizontal in einen großen Bottich voll von klein gemahlenen, in Wasser aufgelösten Lumpenresten und Pflanzenfasern. Unter Umständen wird dem Ganzzeug, wie man diesen Brei auch bezeichnet, noch Leim zugemischt. Beim Herausnehmen bleiben die Schwebeteilchen auf dem engmaschigen Gitter liegen. Um das restliche Wasser aus dem Papierbrei zu entfernen, wird das Sieb in mehreren Richtungen leicht hin und her geschüttelt, wodurch sich die Fasern des Handpapiers unregelmäßig verteilen, während bei maschinell hergestelltem Papier die feuchte Bahn in eine Richtung gezogen wird, in der sich die Bestandteile dann auch ausrichten. Anschließend wird die dünne, klebrige Breifläche vom Sieb auf eine Filzplatte gestürzt. Den Vorgang bezeichnet man auch als Gautschen. Nachdem das Sieb abgehoben worden ist, wird eine zweite Filzmatte auf die dünne Breifläche gelegt. Das leere Sieb wird dann wieder in den Bottich getaucht, und der Vorgang wiederholt sich. Schließlich muss man den Stapel aus Filz und Papier noch pressen, bevor die Bögen zum Trocknen aufgehängt werden können.«

»Das heißt also, es handelt sich um handgeschöpftes Büttenpapier«, warf Nero ein.

»Im wortwörtlichen Sinne. Bottich gleich Bütte.«

»Solches Papier wird aber, wenn Sie den Einwand eines Laien verzeihen, doch auch heute noch hergestellt, nicht wahr?« Auf Astrids Wunsch hin und um den Schein zu wahren, hatten sie verabredet, sich während offizieller Treffen mit ihren Auftraggebern weiterhin zu siezen.

»Sicher«, sagte Astrid. »Aber niemand kann den Alterungsprozess, den ein Papier im Lauf der Jahrhunderte durchmacht, exakt nachahmen. Natürlich gab es findige Fälscher, die das beispielsweise sehr kunstvoll mit Substanzen wie Kaffee versucht haben.« Sie schnippte mit dem sorgfältig manikürten Fingernagel des Mittelfingers gegen die vor ihr stehende Kaffeetasse. »Dummerweise nur haben die Menschen im frühen 16. Jahrhundert hierzulande noch keinen Kaffee getrunken. Aber zu Ihrer Beruhigung, Herr Kaiser, die Papieralterung der angebotenen Zeichnungen ist absolut authentisch. Das heißt, das Material stammt definitiv aus dem frühen 16. Jahrhundert.«

»Schön und gut«, sagte Ingrid Straubner, »aber selbst wenn das Papier aus dieser Zeit stammt, heißt das noch lange nicht, dass auch die Zeichnungen bereits damals angefertigt wurden.« Während sie sprach, glitt Neros Blick unwillkürlich zu der leeren Staffelei, auf der während seines ersten Besuches in der Bamberger Villa noch das Francesco-Cairo-Gemälde gestanden hatte. Auch die Säule mit der Giacometti-Plastik war entfernt worden. Noch immer war er sich unklar darüber, wie er die Tatsache bewerten sollte, dass seine Auftraggeberin das »*liber rota*« für eine exorbitante Summe erworben hatte. Bisher hatte sie den Kauf mit keinem Wort erwähnt. War es taktisch klug, sie darauf anzusprechen? Oder sollte er lieber bei nächster Gelegenheit erst einmal Astrid davon unterrichten? Wenn jemand etwas mit dem Werk anfangen konnte, dann mit Sicherheit sie. Zudem lag es nahe, dass Ingrid Straubner Astrid als ihre Expertin über die Neuerwerbung informiert hatte.

»Wir haben es hier mit zwei Arten von Zeichnungen zu tun«, fuhr Astrid fort. »Zum einen Skizzen in Silberstiftausführung, zum anderen Tuschezeichnungen. Kohlezeichnungen, in denen es Dürer – nebenbei gesagt – zu einer unübertroffenen Meisterschaft brachte, sind jedoch nicht darunter. Für seine Silberstiftskizzen benutzte er eigens für diesen Zweck beschichtete Papiere. Was wir nicht wissen, ist, ob er sie so geliefert bekam oder in seiner Werkstatt eigenhändig nach seinen Wünschen bearbeitet hat. Wahrscheinlicher war Letzteres der Fall.«

»Warum beschichtetes Papier?«, fragte Gisbert Straubner erschöpft.

»Auf unbehandeltem Papier hinterlässt ein Silberstift eine nur kaum sichtbare Linie, die erst mit der Zeit nachdunkelt. Wird das Papier dagegen mit einer speziellen Mischung, etwa aus Knochenmehl, Leim und Bleiweiß, beschichtet, beschleunigt das die Oxidierung. Der Künstler muss also nicht erst warten, bis der Strich sichtbar wird.«

»Beschäftigen wir uns doch jetzt bitte mit den Zeichnungen selbst«, warf Ingrid Straubner ein.

Astrid nickte. »Als Kunsthistorikerin muss ich Ihnen sagen, dass ich für jede noch so kleine Beschädigung, die eine der Zeichnungen im Lauf der Zeit erlitten hat, in gewisser Weise dankbar bin.«

»Das müssen Sie uns näher erläutern«, sagte Hilmar kopfschüttelnd, obwohl Astrid in weiser Vorausahnung schon die Hand gehoben hatte.

»Ich weiß, dass diese Einstellung den Wünschen von Sammlern widerspricht. Aber was ich meine, sind keine großen und die Zeichnung massiv beeinträchtigenden Beschädigungen, sondern nur die kleinen, unscheinbaren Spuren, welche die Zeit auf einem so empfindlichen Werkstoff, wie es Papier nun einmal einer ist, unweigerlich hinterlassen hat. Wurmlöcher zum Beispiel. Unter einem Mikroskop betrachtet sind sie überaus aufschlussreich. In meiner Laufbahn habe ich schon wunderschöne Zeichnungen zu Gesicht bekommen, die etwa von Rembrandt stammen sollten, bei denen sich in der Vergrößerung dann deutlich zeigte, dass die Tusche in die kleinen Löcher hineingelaufen war. Mit anderen Worten: Die Innenseite des Lochs war mit Farbe getränkt, was mit bloßem Auge natürlich nicht zu erkennen ist. So etwas ist ein eindeutiges Indiz für eine Fälschung. Schließlich kann man mit Fug und Recht davon ausgehen, dass ein Künstler wie Rembrandt niemals wurmstichiges Papier verwendet hat! Irgendwer hat also erst sehr später die Zeichnung auf entsprechend gealtertem Papier im Stil des alten Meisters angefertigt.«

»Und das bedeutet konkret für uns?«, fragte Ingrid Straubner.

»Nun, auf keinem von den von Titus Helm angebotenen Blättern finden sich solche Hinweise. Bei einer Nachahmung von Silberstiftzeichnungen hätte es ein potenzieller Fälscher unter anderem mit dem Problem zu tun, dass sich in dieser Technik keine Fehler korrigieren lassen. Anders als bei einem Bleistift kann eine einmal gezogene Linie nicht wieder wegradiert werden.«

Sie stand auf, ging hinter den wuchtigen Schreibtisch, bückte sich und öffnete, als wäre es ihr Arbeitsplatz und nicht der ihrer Auftraggeberin, eine Schublade. Die Selbstverständlichkeit, mit der sie es tat, verblüffte Nero, der sich seine Gefühlsregung nicht anmerken ließ. Aus dem Schub holte Astrid eine flache Mappe hervor, aus der einige fotografische Vergrößerungen ein Stück weit herausragten. »Ich kann Ihnen das gerne an einem Beispiel zeigen.«

»Schon gut, Astrid«, winkte Ingrid Straubner ab. »Das ist nicht nötig.«

Schulterzuckend legte die Kunsthistorikerin die Mappe auf den Schreibtisch und kam mit einem, wie Nero fand, extrem aufreizenden Hüftschwung zu ihnen zurück. Dann begriff er, was eigentlich die ganze Zeit über offensichtlich gewesen war. Der Raum der Straubner'schen Stadtvilla, in dem sie sich versammelt hatten, war Astrids Arbeitszimmer. Das Büro, das ihr die Hausherrin für die Dauer ihrer Zusammenarbeit zur Verfügung gestellt hatte.

Eigentlich logisch, dachte Nero. Andererseits ist die Villa wohl zu klein, um die Beschäftigten während des Jobs auch dort wohnen zu lassen. Angesichts der Größe des Gebäudes war das natürlich die blanke Ironie, aber wegen der zwischenmenschlichen Entwicklungen empfand er die Tatsache, dass Astrid in Bamberg ein Apartment bewohnte, als überaus vorteilhaft. Wer weiß, ob er sich in einem von Astrid in der Villa bewohnten Zimmer so hätte entspannen und fallen lassen können, wie ihm dies in ihrer kleinen Wohnung möglich gewesen war.

Die Erinnerung an jene besondere Nacht, die sie dort verbracht hatten, war dazu angetan, seine Gedanken in wohlig-warme Gefilde abdriften zu lassen. Und so plätscherte ein Großteil von Astrids Ausführungen sowie der Nachfragen der Straubner-Geschwister an Nero vorbei, ohne dass er auch nur ein einziges Wort davon mitbekam. Erst als seine Liebhaberin sich dem Schluss näherte, wandte er seine Aufmerksamkeit wieder der Runde zu. Mit einem verstohlenen Blick überzeugte er sich davon, dass die Erektion, die sich in den letzten Minuten entwickelt hatte, von der auf seinem Schoß liegenden Aktenmappe sorgfältig kaschiert wurde.

»Im Fall der Tuscheblätter«, sagte Astrid gerade, »ergab die Untersuchung, dass bei ihnen eine bestimmte Eisengallustinte verwendet wurde, deren Zusammensetzung für die Dürer-Zeit zum alltäglichen Standard gehörte. Aber nicht nur deshalb gehe ich davon aus – und das unterschreibe ich Ihnen gerne –, dass die Werke echt sind. Nicht zuletzt wird meine Expertise durch die Stilanalyse, die chemische Analyse und den Röntgenbefund gestützt.«

In der kurzen Pause des Schweigens, die nach dieser Aussage einsetzte, bot sich Nero ein Lehrbuchbeispiel für nonverbale Kommunikation. Während seine unerwünschte Erregung wieder zusammenschrumpfte, bemühten sich alle drei Geschwister, möglichst ausdruckslose Mienen zur Schau zu stellen. Gleichzeitig eilten ihre Blicke blitzschnell von einem zum anderen. Mal verzog sich hier kaum merklich eine Augenbraue, mal zuckte da ein Mundwinkel. Obwohl äußerlich alles ruhig blieb, war nicht nur Erleichterung zu spüren, sondern auch etwas, das lautlosem Jubel glich.

»In Ordnung«, ergriff schließlich Gisbert Straubner das Wort und nickte in Astrids Richtung. »Aber bevor wir nun das weitere Vorgehen besprechen, würde ich gerne noch eine kurze Zusammenfassung von Ihnen erhalten, Herr Kaiser. Was haben Sie uns zu Titus Helm zu sagen?«

Für einen Moment legte Nero seinen Kopf zur Seite. »Ich bin davon überzeugt«, begann er, »dass Sie Herrn Helm im Grunde besser kennen als ich. Immerhin ist es nicht das erste Geschäft, das Sie mit ihm abwickeln. Ich erinnere mich da nur an das Arche-Noah-Gemälde aus der Werkstatt von Jacopo und Francesco Bassano, dessen Herkunftsgeschichte – sagen wir mal so – nicht ganz lückenlos ist.«

Sofort wurde er von Ingrid Straubner unterbrochen. »Was aber hier und jetzt nicht zur Debatte steht.« Egal, dachte er, ihr sollt ruhig wissen, dass ich bei meinen Recherchen auch auf eure eigenen Geschäfte mit Titus Helm gestoßen bin.

»Dann fasse ich das Ergebnis meiner Recherchen mal so zusammen«, fuhr Nero schulterzuckend fort. »Titus Helm ist ein international geachteter Kunsthändler, der schon manchem Sammler und manchem Museum zu einem bemerkenswerten Ankauf verholfen hat. Es ist unbestreitbar, dass er sich einerseits der Kunst verpflichtet fühlt, andererseits aber auch ein Mann ist, der kaum Skrupel kennt. Wenn sich erfolgreich vertuschen lässt, dass die Herkunft eines Werkes zweifelhaft ist, etwa weil das Stück irgendwann irgendwem, der keine Handhabe mehr hat, entwendet wurde, dann schreckt Titus Helm auch nicht davor zurück, das Kunstwerk an den Mann zu bringen. Im Gegenteil. Denn neben der Kunst gibt es noch etwas, das er mindestens genauso sehr liebt, und das ist das Geld. Das er übrigens – und das finde ich bemerkenswert – nicht etwa in eine eigene Sammlung investiert hat, sondern in Immobilien sowie in eine luxuriöse Segelyacht und eine Cessna. Zum Beispiel.«

»Aber ich weiß, dass er auch eine ansehnliche Sammlung an Meisterzeichnungen aus dem 16. bis 19. Jahrhundert besitzt«, unterbrach Ingrid Straubner, während sie skeptisch ihre Stirn runzelte.

»In der Tat«, bestätigte Nero. »Aber dabei handelt es sich nicht um eine Wertanlage, wie es bei Ihrer Sammlung ohne Frage der Fall ist, sondern um eine berufsbedingte Liebhaberei. Ich bin kein Kunstexperte, wie ich anfangs erwähnte, aber im Verlauf meiner Recherchen habe ich genug gelernt, um zu wissen, dass es meisterhafte alte Zeichnungen gibt, die aber dennoch nicht viel wert sind, da die Künstler einfach nicht zur ersten Liga gehören.« Ich denke da auch an ein gewisses Gemälde von Francesco Cairo, fügte er noch in Gedanken hinzu.

»In Helms Sammlung«, fuhr er stattdessen fort, »befindet sich meines Wissens kein einziges Blatt, das es auf einer Auktion zu mehr als einem vierstelligen Betrag bringen würde. Alles zusammen dürfte, wenn es zu Geld gemacht werden würde, noch nicht einmal so viel einbringen, dass er sich davon eine zweite Cessna leisten könnte.« Noch nicht einmal eine gebrauchte. Er wartete, doch diesmal blieben seine Ausführungen unkommentiert.

»Eine Vermögensaufstellung Helms, soweit sich die entsprechenden Angaben bei einem Schweizer Staatsbürger ermitteln lassen, finden Sie in meinem Bericht, den jeder von Ihnen bereits vorliegen hat.« Demonstrativ klopfte er auf die Aktenmappe, die noch immer auf seinen Oberschenkeln lag. »Was die Blätter des Dürer-Tarots anbelangt, so bewegen wir uns, besser gesagt bewegen Sie sich natürlich in einer ganz anderen Kategorie.«

»Ihr Resümee?«, forderte Hilmar Straubner.

»Nun, ich würde mich nicht wundern, wenn Titus Helm bei der endgültigen Abwicklung des Geschäfts noch eine Überraschung für Sie bereithielte.«

Alle schienen zu stutzen.

»Wie meinen Sie das?«, fragte Gisbert.

»Ich bin natürlich kein Prophet«, antwortete Nero, »aber nachdem es ihm nichts auszumachen schien, unter der Hand mit geplünderten Antiken aus Bagdader Museen oder aus bulgarischen Raubgrabungen zu handeln, ist es im Bereich des Vorstellbaren, dass der Herkunftsnachweis der Blätter, den er Ihnen verspricht, nicht wirklich so lückenlos wie angekündigt ist.« Er blickte in die Runde. »Was ja eigentlich auch kein Wunder ist«, fügte er noch hinzu, »schließlich ist seit Anfang 1500 eine Menge Zeit vergangen.« Er grinste. »Mehr als ein halbes Jahrtausend, um genau zu sein.«

»Danke, Herr Kaiser. Wir werden Ihren Hinweis im Auge behalten und uns mit der Herkunftsgeschichte der Blätter noch einmal intensiver beschäftigen«, sagte Gisbert schmallippig.

Netter Versuch, aber bedeutungslos, dachte Nero, während er brav nickte. Schließlich galten die meisten Tarot-Zeichnungen Dürers seit rund zweihundert Jahren als verschollen. Was man allein zu wissen glaubte, war, dass der berühmte Sohn Nürnbergs sie einst angefertigt hatte. Bereits seine frühesten Biographen erwähnten sie, selbst solche, die den Meister noch persönlich gekannt hatten. Und auch Pirckheimer hatte in seinen Aufzeichnungen Hinweise auf die Blätter hinterlassen, als er in einem Abschnitt über die kurze Freundschaft Dürers mit Sujad schrieb. Drei des ohnehin unvollständigen Sets von insgesamt neunzehn Blättern befanden sich im British Museum, während sich die Spur der übrigen sechzehn Karten Ende des 18., Anfang des 19. Jahrhunderts verlor. Ihre letzten bekannten Besitzer waren die Erben des berühmten, 1774 verstorbenen Sammlers Pierre-Jean Mariette aus Paris gewesen, der alle Zeichnungen mit einer Sammlermarke gekennzeichnet hatte, die aus einem Kreis mit einem M bestand. Ein winziger, kaum drei Millimeter großer Stempel, den er je nach Art der Zeichnung auf den Rand oder die Rückseite eines Blattes geprägt hatte. Alle Zeichnungen, sowohl die von Titus Helm vorgelegten als auch die aus dem British Museum, verfügten über genau diese Sammlermarke, aber selbst das musste natürlich noch gar nichts besagen, wie Astrid erklärt hatte. Sollte jemand in der Lage sein, eine Zeichnung Dürers zu fälschen, so wäre es für ihn ein Kinderspiel, die dazugehörige Sammlermarke anzufertigen.

Zu dem berühmten französischen Grafiksammler hatte Astrid eingangs Folgendes angemerkt: »Normalerweise bewahrte Mariette die Zeichnungen in Alben auf, was den Vorteil hatte, dass sie so einigermaßen geschützt waren. Allerdings natürlich nur, bis ebenso findige wie skrupellose Händler die Bände im wahrsten Sinne des Wortes auseinandernahmen, um mit dem Verkauf der Einzelblätter einen größeren Profit zu erzielen, als sie ihn mit der Veräußerung der Sammlung erzielt hätten. Die meisten Grafiken seiner Kollektion, die man heute unter anderem im Louvre bewundern kann, kleben deshalb noch immer auf den blauen Papierbögen, aus denen einst seine Alben waren.«

»Beim Dürer-Tarot ist das nicht der Fall. Warum?«, fragte Ingrid Straubner.

»Vielleicht ist Ihnen aufgefallen, dass die Entwürfe ohne Ausnahme, und zwar ungeachtet der künstlerischen Technik, auf relativ kleinformatigen Blättern ausgeführt wurden. Allesamt im Format von ungefähr dreizehn mal achtzehn Zentimeter, also immer zwischen Postkartengröße und DIN A5. Daraus ergibt sich, dass Dürer von Anfang an ihre Funktion als Karte, dabei meine ich Spielkarte, im Auge hatte, die ja relativ klein und handhabbar sein musste. Wie Sie wissen, vermuten die Kunsthistoriker, dass es das eigentliche Ziel der Arbeit war, die Motive als Holzstiche umzusetzen und somit ein komplettes Karten-Set drucken zu können. Daher liegt der Schluss nahe, dass bereits die Zeichnungen in einer Schachtel aufbewahrt wurden. Falls sie irgendwann einmal in ein Album geklebt oder hinter Passepartouts in Rahmen gesteckt werden, würde dies den Sinn, den die Karten einmal hatten, ad absurdum führen. Deshalb bin ich mir in diesem Punkt mit meinen Kollegen vom British Museum einig, die davon ausgehen, dass Mariette die Tarot-Karten in der Schachtel belassen hat. Vielleicht hat er sogar eigenhändig noch mit den Blättern gespielt, sie gemischt und sie dann in der gezogenen Reihenfolge vor sich ausgebreitet und aufgedeckt.«

»Wie gesagt«, fuhr Nero jetzt mit seinem Bericht über den Kunsthändler fort, »gibt es einige dunkle Flecken auf der zuerst so weiß wirkenden Weste des ehrenwerten Herrn Helm, deren Einzelheiten Sie in meinem Bericht nachlesen können. Trotzdem konnte ihm auf juristischem Wege bis heute noch niemand tatsächlich etwas nachweisen, sodass seine Reputation im Grunde makellos ist. Beschäftigt man sich aber genauer mit ihm, dann erscheint er zumindest moralisch angreifbar. Doch auch das hat bisher anscheinend weder ihn noch seine Geschäftspartner sonderlich gestört ...« Nero schüttelte den Kopf, als sei er persönlich gezwungen, stellvertretend für alle die moralischen Verfehlungen von Titus Helm zu be- oder gar verurteilen, an denen sich niemand zu stören schien.

»Was man ihm aber beim besten Willen *nicht* nachsagen kann, ist, dass er mit Werken handeln würde, die sich im Nachhinein als Fälschungen herausgestellt haben. Antiken aus Raubgrabungen, ja. Exponate, die nach dem Sturz Saddam Husseins auf ungeklärte Weise aus Bagdader Museen verschwanden, ja. Gemälde, die in den Wirren der Oktoberrevolution in Sankt Petersburg verschachert wurden, ohne dass ihre Eigentümer etwas davon wussten, ja. Bilder, die sich irgendwelche Schergen in den dreißiger Jahren während der stalinistischen Säuberungswellen unrechtmäßig aneigneten, schon wieder lautet die Antwort: ja. Angeblich schreckte Titus Helm früher noch nicht einmal davor zurück, Kunstwerke zu verschachern, die sich ursprünglich in jüdischem Besitz befanden und den Eigentümern von den Nazis geraubt worden waren. Aber das ist nur ein Gerücht und nicht bewiesen. Da Helm nicht nur Freunde hat, könnte es sich auch um üble Nachrede handeln. Sollte es sich allerdings als Wahrheit herausstellen, würde es ihm wahrscheinlich das Genick brechen. Im Verlauf meiner Nachforschungen habe ich den Eindruck gewonnen, dass es den einen oder anderen in der internationalen Kunstszene gibt, der darüber nicht wirklich traurig wäre. Immerhin sind für alle anderen genannten Bereiche deutliche Hinweise vorhanden, die einen Anfangsverdacht begründen könnten, so sich denn ein Strafverfolger finden ließe, ihnen nachzugehen. Aber – und das wissen Sie so gut wie ich – im Moment kann davon keine Rede sein. Kurz gesagt: Titus Helm hat sich mit großer Wahrscheinlichkeit in seinem Geschäft mehr als einmal die Hände schmutzig gemacht, jedoch nie mit der Herstellung oder Verbreitung von Falsifikaten.«

»Danke«, sagte Hilmar Straubner knapp.

Ich weiß schon, dachte Nero, das war doch genau das, was ihr

hören wolltet. Irgendwie tat es ihm leid, dass er seinen Auftraggebern kein anderes Ergebnis seiner Nachforschungen präsentieren
konnte.

****

Und es geschah am ACHTZEHNTEN Tag:

»Ja!«, raunzte Ernst schlecht gelaunt in die Freisprechanlage seines
Handys. Die Dinge schienen sich zu wiederholen. Auf dem Stück
der A73 zwischen Erlangen-Bruck und dem Autobahnkreuz Er-
langen-Nürnberg lenkte er seine Rostlaube gerade in Richtung
Nürnberg. Es war ziemlich genau die gleiche Stelle, an der er sich
befunden hatte, als ihn vor zweieinhalb Wochen Manfred Siebenhaar angerufen und zu einem Spontanabstecher nach Uehlfeld
genötigt hatte. Hier begannen sich denn auch die Ereignisse zu unterscheiden, denn diesmal war es Betty Schuckert, die ihn aus seinem morgendlichen Tran riss.

»Tut mir leid«, sagte sie.

»Nicht schon wieder«, stöhnte er, fügte dann aber hinzu: »Wo?«

»Nein … ja …«, stammelte sie. Offensichtlich war auch die
Ansbacher Kriminalhauptkommissarin noch nicht richtig wach.
»Kein neuer Mord, falls du das meinst.«

»Dann ist ja alles bestens«, knurrte Ernst. Er hörte sich überhaupt nicht erfreut an.

»Ich wollte dir nur … nun ja.« Es schien ihr nicht gerade leicht
zu fallen, das zu sagen, was sie sagen wollte.

»Jetzt noch mal von Anfang«, sagte er eine Spur freundlicher.

»Ich wollte dir nur vorher Bescheid geben«, startete sie einen
neuen Versuch. »Ich meine, bevor du in die Redaktion kommst.«

»Häh?«

»Du wirst eine Einladung zu einer PK bekommen.«

»Na gut«, erwiderte er, »also eine Pressekonferenz unserer Freunde und Helfer in Grün. Wo wird sie stattfinden, und weshalb sollte
ich dort sein?«

»In Bamberg. Du hast es also wirklich noch nicht gehört?«

»Jetzt spuck es schon aus«, rief er und spürte aufkeimende Wut,
die ihn nun endgültig wach werden ließ.

»Unsere Kollegen haben heute früh den mutmaßlichen Jakobs-Mörder verhaftet. Genauer gesagt: *die* mutmaßliche Jakobs-Mörder*in*.«

»Wie bitte?« Auf einmal klang seine Stimme so belegt, als hätte er nächtelang durchgefeiert, geraucht, gesoffen und in allem das Gegenteil jenes soliden Lebenswandels praktiziert, den er in seiner manchmal öden und langweiligen Routine als wahren Alltag kannte.

»Du hast schon richtig verstanden«, antwortete Betty matt. »Ich weiß, wir hatten eine Abmachung. Enge Zusammenarbeit und dafür exklusive Berichterstattung, aber ...«

»Aber was?« Sehr wohl, diese Absprache hatten sie gehabt! Natürlich nur inoffiziell.

»Mir waren die Hände gebunden.«

»Hm?«

»Die haben sie in Bamberg festgenommen, in Oberfranken. Nicht hier in Mittelfranken, in meinem Gebiet. Darauf habe ich einfach keinen Einfluss.«

»Wer ist es?«, bellte er in das winzige Mikrofon, das sich neben seinem Ohr befand, welches wiederum durch den Stöpsel, durch den er Bettys Stimme hörte, inzwischen juckend verstopft wurde.

»Ich persönlich fand die Maßnahme sowieso verfrüht«, sagte sie. »Aber wie schon erwähnt: Ich habe nur begrenzten Einfluss auf die Aktionen der Kollegen in Bamberg.«

»WEHEER, will ich wissen!«

»Eine gewisse Ingrid Straubner.«

»WAHAAS?«

»Bitte hör auf zu schreien! Das hat doch keinen Zweck.«

»Ich schreie nicht«, sagte er heiser. »Wie viel Zeit habe ich noch?«

»Eine halbe Stunde, vielleicht auch noch vierzig Minuten.«

»Vergiss es. Ich fahre gerade Richtung Nürnberg. Bin schon längst aus Erlangen raus. Ich müsste die nächste Ausfahrt runter und dann in der Gegenrichtung wieder rauf. Wenn keine Schleicher unterwegs sind, könnte ich es zwar mit viel Glück noch gerade so schaffen, aber weißt du was?«

»Sag es mir!«

»Ich habe keine Lust! Außerdem macht es meine Mühle sowieso nicht mehr lange. Wie ich mein Pech kenne, verreckt mir die Karre irgendwo zwischen Buttenheim und Hirschaid. Hörst du das?«

»Äh – nein?«

Ernst röchelte erst leise, dann etwas lauter und ließ zwischendurch die Zunge gegen den Gaumen schnalzen, als springe ein öltriefendes Lager aus seiner Aufhängung. Ungerührt sah er zu, wie Speicheltropfen gegen die Windschutzscheibe flogen und sich auf dem Lenkrad ein Feuchtigkeitsfilm bildete. Schließlich röhrte er so tief in seiner Kehle, dass er das Kratzen bis zum Magenpförtner spürte.

»Der Motor!«, krächzte er. »Wahrscheinlich komme ich noch nicht einmal mehr bis nach Nürnberg.«

»Jetzt hör schon auf mit dem Unsinn! Verarschen kann ich mich auch selbst!«, rief Betty lachend.

»Ich finde das NICHT lustig«, erwiderte Ernst. »Ganz im Gegenteil. Ich bin stinksauer!«

»Verstehe ich ja auch.« Augenblicklich schaltete Betty auf kleinlaut um, während Ernst bereits zum wiederholten Mal hörte, dass andere Anrufer versuchten, ihn zu erreichen. Genervt drückte er die eingehenden Telefonate auf die Mailbox.

»Habt ihr denn überhaupt eindeutige Beweise?«, fragte er.

»Wo denkst du hin!«

»Aber die Frau, die ihr verdächtigt, eine Serienkillerin zu sein, hat mehr Geld im Kreuz als manches Schwellenland als Staatshaushalt. Ist euch eigentlich klar, mit wem ihr euch da eingelassen habt?«

»Das … also das ist wirklich das dümmste Argument, das du in diesem Zusammenhang bringen konntest. Und das ausgerechnet von dir!«, schnaubte Betty. »Es ist doch völlig egal, wie reich die Straubner ist. Wenn sie die Morde begangen hat, wird sie auch ihr Vermögen nicht davor retten können, angemessen bestraft zu werden!«

Gut zu wissen, dass es im Staatsdienst doch noch Leute gibt, die von ihrer eigenen Unbestechlichkeit überzeugt sind, dachte Ernst. »Ich wollte damit einzig und allein nur dezent darauf hinweisen, dass sich Ingrid Straubner die erste Riege der weltbesten Anwälte leisten kann. Abgesehen von noch anderen Leuten mit hervorragenden Beziehungen. Mit anderen Worten: Bei einer Frau wie ihr reicht kein vager Anfangsverdacht, der euresgleichen sonst bei jedem anderen Normalbürger veranlassen würde, dessen Tür einzutreten und ihn erst mal ins Loch zu werfen. Und alles in der Hoffnung, dass er unter dem Eindruck einer gekachelten Einzelzelle, grellem Licht, einer harten Liege und einem vollgekotzten Klo so schnell wie chinesische Fädchennudeln in kochender Brühe weich gekocht wird. Und dann natürlich das sagt, was ihr hören wollt.« Er holte tief Luft.

»Ups«, hörte er Betty leise in seinem Ohr sagen. »So denkst du also über uns?«

»Klar. Dann und wann eben«, grollte Ernst. »Wenn ihr mal wieder einen entsprechenden Anlass dazu liefert, aber in dieser Hinsicht kann man sich ja wenigstens auf euch verlassen. Gerade wenn man den Mist, der in der Vergangenheit vorgefallen ist, vergessen hat, produziert ihr mit erstaunlicher Verlässlichkeit den nächsten Skandal. Eingekerkerte Asylbewerber, die in der Zelle an ihr Bett gefesselt dank wundersamer Selbstentzündung verbrennen. Drogendealer, die am Brechmittel, das ihnen von euch eingeflößt wurde, ersticken. Ein Rentner, der zufällig zur falschen Zeit am falschen Ort ist und deshalb – peng! – mit einem gesuchten Schwerverbrecher verwechselt wird! Ein Zeitungsverkäufer, der das Pech hat, am Rand einer Demo von einem übereifrigen Kollegen so herumgeschubst zu werden, dass er plötzlich stirbt. Soll ich weitermachen?«

»Jetzt reiß dich mal zusammen! Das letzte Beispiel war außerdem ein Fall aus England!«

»Ach, und da herrscht im Gegensatz zu hier ein diktatorisches Regime, unter dem Recht und Gesetz nur aus Willkür bestehen, oder was?«, ätzte Ernst zurück.

»Du kannst mich nicht für jeden Scheiß verantwortlich machen, den irgendwelche bescheuerten Kollegen im Ausland verbocken«, zischte Betty nur mühsam beherrscht zurück.

»Natürlich nicht.« Zerknirscht bemerkte er, dass er übers Ziel hinausgeschossen war.

»Aber auch bei uns gibt's Arschlöcher, und zwar jede Menge … so wie überall auf der Welt auch!«

»Okay, meine Schimpferei entstand aus dem Keim der Ungerechtigkeit«, sagte er blumig. »Lass uns also über die Beweise reden.«

»Weißt du was, du kannst mich mal!« Es ertönte ein Klicken, dann war die Verbindung unterbrochen.

Später erfuhr Ernst – wie jeder andere Bürger auch – aus der Presse weitere Einzelheiten zur Verhaftung der milliardenschweren Verdächtigen. Vorher aber musste er noch die Anrufer abarbeiten, die versucht hatten, ihn zu erreichen, während er auf eine, wie er im Nachhinein fand, selten dämliche Art mit seiner besten Informantin in Streit geraten war. Der Erste, der mehrere Nachrichten auf seine Mailbox gesprochen hatte, war – wie Ernst erwartet hatte – Manfred Siebenhaar. Der zweite Anrufer hatte insgesamt drei kurze Nachrichten hinterlassen, die sich von Mal zu Mal in ihrer Aufgeregtheit und Dringlichkeit steigerten.

»Die Letzten werden die Ersten sein«, nuschelte Ernst und stellte via Kurzwahl die Verbindung zu Neros Handy her.

»Das … das ist einfach unglaublich!«, antwortete die Stimme des Privatdetektivs in hellem Aufruhr. »Endlich rufst du zurück! Hast du schon gehört?«

»Hab ich«, sagte Ernst kurz angebunden. Auf einmal wurde er von einem Schwall des schlechten Gewissens überflutet. Die unerwartete Verhaftung Ingrid Straubners würde Nero aller Wahrscheinlichkeit nach seinen lukrativen Job kosten. Falls der Verdacht andererseits stimmte und sich hinter der Maske der gut aussehenden Milliardärin tatsächlich der gesuchte Mörder, genauer die Mörderin verbarg, dann war es nie zu früh, sondern im Gegenteil allerhöchste Zeit, die Frau aus dem Verkehr zu ziehen, bevor sie mit einem kalten Lächeln ihr nächstes Opfer abschlachtete.

Es war unglaublich, da hatte Nero vollkommen recht, und in Ernsts schlechtes Gewissen mischte sich der Zorn darüber, Betty durch sein Gequassel derart verärgert zu haben, dass er die Einzelheiten nicht mehr aus erster Hand erfuhr. Einzelheiten, die ihn brennend interessierten und die auf einer Pressekonferenz ohnehin verschwiegen werden würden. Beispielsweise, wie es einer nicht besonders kräftig wirkenden Frau möglich gewesen war, ihre männlichen Opfer zu überwältigen. Schließlich waren sie alle auf eine Weise ums Leben gekommen, der man eine perfide Kreativität gepaart mit einer unfassbar kaltschnäuzigen Brutalität nicht absprechen konnte. Dabei war es sicher leichter zu realisieren gewesen, jemanden von einem Glockenturm zu stoßen, als Gannengießer in Nürnberg auf magenumstülpende Art hinzumetzeln. Und auch der Mord in Bamberg mittels einer Hightech-Armbrust war zweifellos einfacher zu bewerkstelligen gewesen, als das Opfer in einen Brunnenschacht zu versenken, wo man es mithilfe einer geschickt angebrachten Schnur erdrosselte. Was wiederum die Frage aufwarf, welche Gründe die mutmaßliche Mörderin dazu bewogen hatte, jede Tat aufs Neue durchzukomponieren und dabei immer wieder andere Inszenierungen und Methoden zu wählen. Das musste doch irgendetwas zu bedeuten haben! Das konnte sie doch nicht nur aus purem Übermut und der Lust an Neuem getan haben? Welchen verborgenen Hintersinn besaßen also die Taten? Sie waren eindeutig zu komplex konstruiert worden, um sich mit niederen Instinkten wie purer Mordlust erklären zu lassen. Erst recht konnten sie nicht im Affekt begangen worden sein. Und wie war es der Täterin überhaupt gelungen, die Männer in ihre Opferrolle hineinzumanövrieren? Fragen über Fragen, die noch unbeantwortet waren. Die vermeintlichen oder tatsächlichen Beweise berührten daneben einen anderen, für Ernst noch völlig ungeklärten Bereich. Nicht zuletzt interessierte ihn natürlich, inwieweit die Informationen, die er an Betty weitergegeben hatte, bei der ganzen Angelegenheit zum Tragen gekommen waren. Auf jeden Fall musste die Polizei noch mehr – und zwar wesentlich mehr als er – in der Hinterhand haben. Zu keiner Zeit der vergangenen Tage und Wochen hatte sich Ernst so sehr als Außenstehender gefühlt, dem jeder Zugang versperrt war, wie in diesem Moment.

Und dann auch noch das quälende Stichwort »Gequassel«. Genau das war der Quell, aus dem sich sein schlechtes Gewissen am stärksten speiste. Ohne mit der Wimper zu zucken, hatte er Betty gegenüber Dinge bereitwillig ausgeplaudert, die Nero ihn eindringlich gebeten hatte, für sich zu behalten.

»Bist du gerade unterwegs?«, fragte Nero, der die Verkehrsgeräusche hörte. »Nach Bamberg?«

»Zweimal nein«, erwiderte Ernst. »Ich bin gerade auf einen Parkplatz gefahren, um in Ruhe telefonieren zu können, und ich befand mich auf dem Weg nach Nürnberg – wie sonst auch.« Und überhaupt kann ich mich im Moment einfach nicht dazu aufraffen, auch nur irgendwohin zu fahren! Ernst war heilfroh, das Gespräch mit Nero mit etwas Unverfänglichem beginnen zu können.

Sein Freund schien die Unsicherheit nicht zu bemerken, da er viel zu sehr mit seinen eigenen Problemen beschäftigt war. »Das alles hat die Pläne der Straubner-Geschwister ganz schön durcheinandergewirbelt. Natürlich glaubt keiner der Brüder, dass ihre Schwester eine kaltblütige Mörderin ist. Jeder geht davon aus, dass sie schon in Kürze wieder auf freiem Fuß ist, weil sich das Ganze als riesiges Missverständnis herausstellt.«

»Und was denkst du?«

Nero senkte seine Stimme zu einem Flüstern. »Ich finde eine dunkle, eine sehr dunkle Seite an Ingrid Straubner durchaus vorstellbar. Aber meine persönliche Meinung ist in diesem Fall vollkommen irrelevant. Es kommt einzig und allein darauf an, ob sie es war und ob die Kripo das beweisen kann.« Seine Stimme wurde wieder lauter. »Hier geht jedenfalls alles drunter und drüber. Und auf eine ganz bestimmte Weise ist es völlig egal, ob sie die Männer nun umgebracht hat oder nicht.«

»Aber das ... das kapiere ich nicht«, warf Ernst ein.

Wieder begann Nero, unwillkürlich zu flüstern. »So oder so ist es schon ein Skandal. *Wenn* sie für die Ermordung von vier Männern verantwortlich ist, wird das die Presse und Öffentlichkeit natürlich sehr beschäftigen. Aber die Krux ist, dass es das genauso tun wird, falls sie unschuldig ist. So oder so: Die ganze Geschichte ist das Letzte, was die Straubner-Familie momentan brauchen kann, weshalb die endgültige Abwicklung des Geschäfts jetzt so schnell wie möglich über die Bühne gehen soll.«

»Wäre es nicht vernünftiger, noch etwas zu warten und zu schauen, in welche Richtung sich die ganze Sache entwickelt?«

»Das könnte man meinen«, antwortete Nero, »wenn man denn in der Lage wäre, vernünftig darüber nachzudenken. Aber Vernunft ist in der derzeitigen Situation ziemlich rar gesät. Du kannst dir ja gar nicht vorstellen, was hier in Bamberg los ist!«

»Du bist in Bamberg?«

»Klar, aber nicht mehr lange. Andererseits kann ich die Gründe für die Eile des Deals auch ganz gut nachvollziehen.«

»Wie meinen?« Ernst bemühte sich vergeblich um einen entkrampften, flapsigen Tonfall und erreichte in seiner überkritischen

Selbstwahrnehmung das genaue Gegenteil. Aber auch davon schien Nero nichts mitzubekommen.

»Mit jeder Stunde, die vergeht, wird die Gefahr größer, dass etwas über die Dürer-Zeichnungen nach außen sickert.«

Zischend sog Ernst die Luft durch die aufeinandergepressten Zähne. Die Gefahr ist tatsächlich nicht von der Hand zu weisen, dachte er, während er mühsam mit den höher werdenden Wogen seines schlechten Gewissens kämpfte. Angenommen, es würden jetzt irgendwelche Details über das Geschäft an die Öffentlichkeit dringen, wäre die Aufmerksamkeit um ein Vielfaches größer als unter normalen Umständen.

»Du wirst es zwar nicht glauben«, fuhr Nero fort, und Ernst war froh, dass ihn sein Freund nicht sehen konnte, »aber die Sorge um das Zustandekommen des Deals ist bei den Straubner-Brüdern erkennbar größer als die Ungewissheit, ob es sich bei ihrem geliebten Schwesterherz um eine *serial sister* handelt.«

»Um eine *serial* ... was?«, fragte er matt, obwohl er Nero genau verstanden hatte.

»Dummer Scherz. Ich meine natürlich Serienkillerin. Vielleicht hängt ihre Reaktion aber auch einfach mit dem Schock zusammen, den die Verhaftung ausgelöst hat, oder sie sind felsenfest von ihrer Unschuld überzeugt.«

»Wahrscheinlich leiden sie eher unter Varianten der Verdrängung«, kommentierte Ernst. »Und wo soll sich jetzt der endgültige Verkauf der Zeichnungen abspielen?«

»Im romantischen Rothenburg ob der Tauber«, sagte Nero.

»Hä? Wieso denn da?«

»Ursprünglich wollte Titus Helm, dass die finale Übergabe, sozusagen der Schlussakkord der langwierigen Verhandlungen, in der Schweiz stattfindet. Aber wie mir Hilmar vorhin mitteilte, scheint er ein sehr verständnisvoller Mensch zu sein und begreift, dass sich keiner der Brüder jetzt allzu weit von Ingrid entfernen will. Noch dazu, wo sich Gisbert gerade in Deutschland aufhält. Kommt ja selten genug vor. Also hat Helm eingewilligt, zusammen mit dem Notar, der wechselseitig Geld und Zeichnungen als Treuhänder verwaltet hat, nach Deutschland, genauer gesagt nach Rothenburg zu kommen.«

»Äh, schön. Weit weg ist das ja nicht, aber trotzdem verstehe ich die Wahl nicht. Warum denn ausgerechnet in einem von Japanern überfluteten Puppenhausstädtchen?«

»Höre ich da etwa rassistische Anklänge?«, fragte Nero mit ironischem Unterton zurück. »Hast du vielleicht etwas gegen unsere asiatischen Freunde?« Die Tatsache, dass sich Ernst nicht nur abfällig über japanische Touristen geäußert, sondern im gleichen Atemzug auch noch einen der touristischen Höhepunkte der Romantischen Straße wenig freundlich charakterisiert hatte, war zum Glück durch Neros Wahrnehmungsraster gerutscht.

»Natürlich nicht«, seufzte Ernst. »Aber ich begreife es einfach nicht.«

»Ich weiß auch nicht genau, warum und weshalb. Der Vorschlag kam von Titus Helm. Vielleicht will er sich noch ein touristisches Rahmenprogramm gönnen, wenn er schon mal in Franken ist? Keine Ahnung. Und eigentlich ist Rothenburg ja auch wirklich sehenswert.«

»Und wann wollen die sich treffen?«

»Morgen.«

»Oha! Die drücken aber kräftig auf die Tube!«

»Astrid ist inzwischen zur Chefsekretärin mutiert und hat schon Suiten im ›Eisenhut‹ reserviert.« Ernst schüttelte erstaunt den Kopf. Nero hatte die Reaktion anscheinend geahnt, jedenfalls fügte er erklärend hinzu: »Der ›Eisenhut‹ ist das beste Hotel in Rothenburg. Klar, wenn ein Titus Helm mit millionenschwerer Ware im Gepäck anreist, dann tut es auch kein schäbiger Besprechungsraum in einem gesichtslosen Verwaltungsgebäude. So wie bei *unserem* ersten Treffen.«

***

Und es geschah am NEUNZEHNTEN Tag:

XIV: »Stell den Wagen genau hierhin«, sagte sie. »Jetzt! Halt!«

Er spürte schon gar nicht mehr, dass sie ihm ins Lenkrad griff, um das Fahrzeug exakt dorthin zu steuern, wo sie es haben wollte. Seine Füße bedienten Kupplung und Bremse gewissermaßen vollautomatisch. Während sie mit der linken Hand das Lenkrad umklammerte, schob sie vom Beifahrersitz aus mit der rechten den

Schaltknüppel in den Leerlauf, zog die Handbremse an und drückte schließlich auf den Knopf, mit dem sich, anders als bei anderen Automarken, der Motor starten und ausschalten ließ. Dann zog sie den Schlüssel, der daneben steckte, aus der Öffnung.

»Noch nicht aussteigen«, sagte sie lächelnd, als er in einer weiteren intuitiven Geste den Gurt lösen und die Tür öffnen wollte. »Warte noch einen Moment.«

***

Die Informationen, die Ernst aus den Nachrichten erfuhr, waren kaum dazu geeignet, seine vielen Fragen zu beantworten. Als es ihm endlich gelang, Betty zu erreichen, schien sie versöhnlich gestimmt zu sein. Offenbar gehörte sie zu den nicht allzu nachtragenden Charakteren, außerdem bedauerte sie es noch immer aufrichtig, dass es ihr nicht gelungen war, Ernst die versprochene Exklusivstory zuzuspielen. Somit hatten beide Seiten etwas gutzumachen, und nachdem Ernst seine ehrliche Entschuldigung losgeworden war und damit den ersten Schritt in Richtung Versöhnung unternommen hatte, lud Betty ihn kurzerhand für den Abend nach Ansbach zum Abendessen ein.

»Zu dir? Ich meine … privat?«, fragte er. Betty lachte leise, da Ernst seine Verblüffung ebenso schlecht verbergen konnte wie ansonsten auch seine Verlegenheit oder Überraschung.

»Natürlich, zu uns privat«, sagte sie. »Sylvie will dich schon lange näher kennenlernen. Die Begegnung beim CSD in Köln zählt in ihren Augen nicht.«

»Damit hat sie natürlich recht.«

»Außerdem ist sie eine hervorragende Köchin. Ich übrigens auch, wenn ich denn mal die Zeit finde, etwas zu brutzeln. Falls es irgendetwas gibt, das du partout nicht magst oder verträgst, dann hast du jetzt die Chance …«

»Nein, nein!«, wehrte er hektisch armwedelnd ab. Selbst im Büro telefonierte er mittlerweile am liebsten mit der Freisprecheinrichtung seines Handys, weshalb ihn die Kollegen hinter seinem Rücken schon seit Längerem als rosa Steiff-Bären bezeichneten: die Schwuchtel mit dem Knopf im Ohr. Sie einigten sich auf eine Zeit, und er ließ sich den Weg erklären.

Mit einer guten Flasche Wein in der einen und einem Blumenstrauß in der anderen Hand stand er schließlich ein paar Stunden später nur wenige Minuten nach der verabredeten Zeit vor ihrer Wohnungstür. Es gab Lachs-Carpaccio, eine raffiniert improvisierte Seefisch-Lasagne mit einem bunten Salat und zur Krönung ein durch und durch selbst gemachtes Panna cotta, das Ernst begeisterte.

»Sylvie hatte heute Nachmittag frei und Zeit für solche kulinarischen Köstlichkeiten«, sagte Betty kauend. Während des Essens erfuhr Ernst, dass Bettys Freundin in der Stadtbücherei arbeitete und liebend gern in die Staatliche Bibliothek nach Ansbach wechseln würde, deren Ursprünge bis ins 16. Jahrhundert zurückreichten. Tatsächlich hatten sie es geschafft, mit Ausnahme der Bemerkungen zu Sylvies Job, während des Essens kein einziges Wort über die Arbeit zu verlieren. Doch kaum war der letzte Bissen vertilgt, kam die Sprache unweigerlich auf Mord und Totschlag und vor allem auf die prominente Inhaftierte.

»Seit Nürnberg wussten wir, dass es eine Frau sein könnte«, sagte Betty. Sie betonte den Konjunktiv. »Beim Opfer haben wir fremde DNA-Spuren sichergestellt, die von einer Frau stammen. Aber seit den Kollegen diese Sache mit dem Phantom passiert ist … Du erinnerst dich doch, oder? Dutzende Verbrechen quer über die Republik verteilt, mal brutale Morde, dann wieder dilettantische Einbrüche und immer war laut DNA-Analyse diese eine mysteriöse Frau beteiligt, von der sich schließlich rausstellte, dass es sich um eine Mitarbeiterin jener Firma handelte, von der so gut wie jedes Dezernat – außer uns – die Wattestäbchen bezieht, mit denen solche Spuren vom Tatort getupft werden. Seitdem sind wir gegenüber öffentlichen Vermutungen etwas zurückhaltender geworden, wenn's dabei um genetische Spuren geht. Auch intern gab es die Sprachregelung, vom Mörder oder den Mördern zu sprechen und bloß nicht plötzlich etwas von einer Mörderin zu erzählen.«

»Postfeministische Ermittlungstaktik«, warf Sylvie ein und schmunzelte. »Aber wie seid ihr eigentlich auf Ingrid Straubner gekommen? Ihr hattet doch ihre DNA bestimmt nicht per Zufall in eurer Kartei?«

»Das bleibt aber alles unter uns«, erwiderte Betty mit Blick auf Ernst. »Dank einiger Hinweise von diesem werten Herrn hier, die scheinbar zuerst einmal überhaupt nichts mit den Morden zu tun hatten, rückte Frau Straubner ins Zentrum unserer Aufmerksamkeit.« Mit einer fast barocken Handbewegung deutete Betty auf ihren Gast. »Die erste Verbindung ergab sich, als Ernst mir steckte, dass sie ein seltenes Buch für eine Menge Geld ersteigert hatte, das vorher einem der Mordopfer gehörte.«

Ernst nickte.

»Daraus entwickelten sich zwei weitere Hinweise. Nummer eins: Dieser Tote war Mitglied einer ebenso alten wie obskuren Geheimgesellschaft, zu der, wie wir später erfuhren, auch ein zweites der Opfer gehörte.«

»*Sodalitas numen lectisternium*«, warf Ernst ein.

»Korrekt. Um eine lange Geschichte abzukürzen: Unsere Ermittlungen ergaben letztlich, dass auch Norbert Kramp, der Mann, der in Marloffstein ermordet wurde, dem Orden angehörte.«

»Moment mal! Das bedeutet also, beim Richter in Bamberg war das nicht der Fall?«, rief Ernst. Betty bejahte. »Dann haben wir es doch mit zwei Tätern zu tun«, schlussfolgerte er.

»Möglicherweise. Vielleicht ist es aber auch so, dass es für die Mörderin einfach nicht zwingend war, sich immer nur Opfer auszusuchen, die Mitglieder der Sodalitas waren. Vielleicht kam es ihr bei diesen Männern auf ganz andere Eigenschaften an.«

»Du könntest recht haben«, gab Ernst zu. »In allen vier Fällen war es für die Täterin zwingend, das Opfer gut zu kennen. Und irgendwie auch umgekehrt, denn die Männer haben ihr blindlings vertraut. Selbst dann noch, als längst die ersten Morde Schlagzeilen machten. Da müssen doch gerade den Sodalitas-Mitgliedern die Ohren geklingelt haben.«

»Langsam, langsam«, beschwichtigte Betty den Reporter, der sichtlich in Fahrt gekommen war. »Lass uns lieber wieder zu den bekannten Fakten zurückkommen. Alle vier Opfer von Härsching bis Kramp stammten aus wohlsituierten Verhältnissen.«

»Stimmt. Und sie waren entweder sehr mächtig oder reich und in dem, was sie taten, auch immer erfolgreich«, brachte es Ernst auf den Punkt. Norbert Kramp, dem Jüngsten unter den Ermordeten, war sogar die steilste Karriere gelungen. Als Rundum-Anbieter im Leasingbereich hatte sich sein Unternehmen einen guten Namen gemacht. Bei Kramp bekam man so gut wie alles, was man für einen bestimmten Zeitraum brauchte, sich aber nicht auf Dauer anschaffen wollte. Von Maschinen über Fahrzeuge bis hin zu Lagerhallen.

»Fakt ist außerdem«, fuhr Betty fort, »dass Ingrid Straubner für eine ebenfalls bedeutende Summe das gleiche Buch von Giacomo Sujad, den Sodalitas-Reprint, nur Stunden vor der eBay-Auktion noch einmal erworben hat. Und zwar von einem Online-Antiquariat, das sie über das ZVAB kontaktiert hatte.«

»Endlich mal was, das mir auch etwas sagt«, warf Sylvie ein, als sie sah, dass Ernst die Stirn runzelte. »Zentrales Verzeichnis antiquarischer Bücher. Das ist eine ähnliche Plattform wie Abebooks oder Booklooker.«

»Ist schließlich nicht verboten«, fuhr Betty fort, »sich das gleiche Buch mehrfach zuzulegen. Machen ja viele, wenn sie beispielsweise einen Titel, der ihnen gefallen hat, jemand anderem schenken wollen. In diesem Fall allerdings war interessant, dass auch das zweite Buch aus dem Nachlass eines der Opfer stammte.«

»Von Gannengießer?«, fragte Ernst. Damit erzählte Betty ihm tatsächlich mal etwas Neues. Das mit der Gen-Spur hatte er bereits von den Kollegen gehört.

»Genau. Gregor Gannengießer«, bestätigte Betty.

»Und warum willst du, dass das unter uns bleibt?«, fragte Ernst.

»Quatsch. Das doch nicht«, wiegelte Betty ab. »Die Bemerkung bezog sich nur auf den genetischen Fingerabdruck. Bei der Beschaffung von Vergleichsmaterial von Ingrid Straubner ist ein Bamberger Ermittler nicht ganz korrekt vorgegangen.«

»Ach, wirklich? Erzähl!«, sagten Ernst und Sylvie wie aus einem Mund.

»Na ja, es gab Schwierigkeiten, in ihr Haus zu gelangen. Das Ganze musste ja möglichst unauffällig geschehen. Sie durfte nicht mitbekommen, dass man sie überwachte und in den Kreis der Verdächtigen einbezogen hatte. Der Kollege wartete also ab, bis sie mit ihrem Wagen fortfuhr, dann folgte er ihr. Als er sah, dass Ingrid Straubner bei einer Boutique hielt und den Laden betrat, hoffte er, dass sie lange genug in dem Geschäft bleiben würde, damit er ihr Fahrzeug öffnen konnte, wobei sie es ihm zugegebenermaßen sehr einfach machte. Eins der Seitenfenster stand einen Spalt weit offen.«

»Am helllichten Tag?«, staunte Sylvie.

»Am helllichten Tag, mitten in Bamberg. Trotzdem ist es niemandem aufgefallen. Aber was ist schon das Knacken eines Autos gegen einen Mord am helllichten Tag?«

»Die könnten den Beamten doch als Attraktion vermarkten«, schlug Ernst vor. »Zum Beispiel am Tag der offenen Tür. Da könnte er den braven Bürgern zeigen, wie schnell ein Profi ein Auto knacken kann. Natürlich nur als Abschreckung.«

»Ich werd den Kollegen in Bamberg deinen Vorschlag ans Herz legen. Jedenfalls förderte eine kurze Durchsuchung des Wagens ein benutztes Tempo zutage, das unter den Fahrersitz gerutscht war. Mehr als genug Material für eine Vergleichsprobe.«

»Igitt, Rotz!«, ekelte sich Sylvie.

»Die Popel spielten eher eine untergeordnete Rolle. Viel interessanter war, dass die Dame anscheinend unter Nasenbluten gelitten hatte, und siehe da, die Analyse lieferte einen Treffer!«, schloss Betty. »Die Spur in Nürnberg stimmte mit der DNA, die in dem Taschentuch von Frau Straubner gefunden wurde, überein. Jetzt, wo sie sitzt, wird das Prozedere natürlich noch einmal offiziell wiederholt: Abgabe einer Speichelprobe, Analyse, Vergleich, und schon ergibt sich ein gerichtsverwertbares Indiz.«

»Gratuliere!«, sagte Ernst.

»Aber das ist noch nicht alles«, meinte Betty. »Hinzu kommt die Tatsache, dass Ingrid Straubner inzwischen zugegeben hat, ebenfalls Mitglied der Sodalitas zu sein und zwar auf einer ziemlich hohen Ebene. Ich nehme an, es wird sich von nun an ein Puzzlesteinchen ans nächste fügen, bis sich alles zu einem vollständigen Bild zusammengesetzt hat.«

»Das Eleganteste wäre wohl ein umfassendes Geständnis«, sagte Ernst.

»Sicher«, stimmte ihm Betty zu. »Aber auch das bekommen wir noch.«

»Bisher hat sie also noch nicht …?«

»Nein. Derzeit streitet sie kategorisch ab, auch nur irgendetwas mit den Morden zu tun gehabt zu haben. Aber das ist vollkommen normal. Die meisten Tatverdächtigen verhalten sich so.«

***

Wie paralysiert blieb er im Fahrzeug sitzen, den Blick hatte er starr geradeaus gerichtet.

»Schau her, damit du weißt, worum es geht«, befahl sie. Mechanisch drehte sich sein Kopf zur Seite. Sie öffnete eine hölzerne Schatulle, dessen Inneres mit rotem Samt ausgeschlagen war. Wie ein offenes heiliges Buch lagen in der Schachtel zwei Blätter Seite an Seite.

»Wir werden uns heute mit zwei Karten beschäftigen. Mit der Nummer sieben, dem Wagen, und der Nummer vierzehn, die meistens als ›Mäßigung‹ bezeichnet wird, manchmal und viel zutreffender aber auch als ›Kunst‹. Doch dazu später. Erst einmal zum Wagen, womit natürlich kein so profanes Fortbewegungsmittel wie ein Auto gemeint ist.« Sie klopfte auf das Armaturenbrett.

»Wichtig sind, wie so oft, die auf den ersten Blick eher nebensächlichen Details. Etwa die vier Säulen, die das Dach des Wagens tragen. Eliphas Levi hat ihre Bedeutung basierend auf älteren, uns wohlbekannten Überlieferungen herausgearbeitet. Die Säulen tragen symbolisch den Himmel. Alles, was sich unter diesem Dach befindet, steht für das Universum, so wie es sich dem menschlichen Geist erschließt. Obwohl die Karte die Nummer sieben trägt, ist für sie die Zahl vier bestimmend. Das Tetragramm findet sich auch in den Rädern und den Zugtieren, allerdings nicht in allen Entwürfen. Vier Sphinxe oder Cherubim – der Stier, der Löwe, der Adler und der Mensch. Die Elemente spiegeln sich ineinander und werden dann gedoppelt, vier mal vier, sodass wir es mit sechzehn Sub-Elementen zu tun haben.«

Während sie sprach, hatte sie ihren unverwandten Blick auf ihn gerichtet. Ihre Augen riefen eine ferne Erinnerung in ihm hervor. Entschlossenheit? Es schien, als würden sich ihre Lider kein einziges Mal bewegen.

»Der Wagenlenker wurde oft als König oder Kaiser gesehen«, fuhr sie fort. »In vielen Darstellungen trägt er deshalb auch eine Krone. Aber jedem, der sich mit der Materie beschäftigt, ist natürlich klar, dass der Lenker niemand anderes als derjenige ist, der mal sichtbar, mal unsichtbar durch alle Karten wandert. Weißt du, wen ich meine?«

»Der Narr, der Magier, der Einsiedler«, antwortete er mit einem fragenden Unterton. Seine Worte kamen abgehackt und stumpf.

»In vielen Darstellungen trägt unser Held wie ein Abzeichen die Leitfarbe Blau. Es geht hierbei um nichts Geringeres als den Heiligen Gral. Der Wagenlenker hat keine andere Aufgabe, als das Gefäß zu transportieren. So wie du.«

»Wie ich?«

»Ja. Das Ziel liegt direkt vor uns. Lass uns jetzt aussteigen.«

***

»Ich hoffe sehr, dass sich die Mordserie nicht nur mittels Indizien aufklären lässt«, sagte Ernst.

»Dich interessieren also die Motive der Täterin?«, fragte Betty, während sie ihren Espresso schlürfte.

»Klar. Dich etwa nicht?«

»Erst einmal nur insofern, als dass sie uns dabei helfen, weitere Morde zu verhindern und den Täter festzunehmen.«

»Für mich als Journalisten ist ein Fall damit aber noch lange nicht geklärt«, sagte Ernst. »Ich finde es zwingend herauszufinden, warum jemand so etwas tut.«

»In einem Punkt gebe ich dir recht«, erwiderte Betty. »Die Morde sind auf eine verwirrende Weise miteinander verknüpft. In meiner bisherigen Berufspraxis ist mir ein derartiges Muster noch niemals begegnet. Meistens sind die Motive der Täter ja sehr durchsichtig und liegen offen auf der Hand. Eifersucht, Rache, wirtschaftliche Interessen oder, will man es pathetischer ausdrücken, Gier. Hinzu kommen noch sexuelle Gründe. Im Großen und Ganzen ergibt sich daraus der Vierklang, auf den sich die meisten Gewalttaten mit tödlichem Ausgang zurückführen lassen.«

Als Ernst sich räusperte, sahen ihn die beiden Frauen fragend an. »Nein, nein«, wehrte er ab, »ich wollte dich nicht unterbrechen.«

»Na gut. Um die psychologischen Hintergründe der Tatserie herauszuarbeiten«, fuhr Betty fort, »müssen sich unsere Spezialisten jedenfalls intensiv mit Ingrid Straubner beschäftigen und nicht ich. Ich bin weder Polizeipsychologe noch Profiler. So viel zu meinem Verständnis von Professionalität.«

»Eine Haltung, die dich ehrt«, sagte Ernst. »Trotzdem. Bis ich nicht zumindest eine Ahnung davon habe, was die Milliardärin dazu bewogen hat, drei oder vier Menschen um die Ecke zu bringen, werde ich in einer Art Frustrationsstarre verharren.«

»Oft bleibt es selbst bei den vermeintlich einfach zu erklärenden Motiven letzten Endes immer noch schwer, einen Täter wirklich zu verstehen«, erwiderte Betty. »Auch für mich ist das schwierig. Beispielsweise wenn Eltern ihre Kinder verhungern lassen. Die Motive dafür sind rasch aufgezählt: Verwahrlosung, Drogenabhängigkeit, Geldprobleme, mangelnde Bildung, ungewollte Schwangerschaft, eine zutiefst gestörte soziale Kompetenz und nicht zuletzt die Empfindung, dass das eigene Kind nur lästig ist, einem ständig im Weg steht, einen nervt und einem das Gefühl vermittelt, gefangen zu sein, da man sich nicht so bewegen und entfalten kann, wie man will. Die Liste ließe sich noch lange fortführen, und nicht selten treten all diese Gründe zusammen auf. Was unterm Strich für mich trotz meiner jahrelangen und berufsbedingten Beschäftigung mit solchen Tätern bleibt, ist eins: Ich kapiere sie nicht. Kann nicht verstehen, was sie dazu treibt, das zu tun, was sie tun. Und ich fürchte, dass sich das auch nie ändern wird.« Irgendwie klang Betty resigniert.

»Aber darum geht es ja auch nicht«, erwiderte Ernst. »Das ist bestenfalls – und jetzt Obacht, Ironie! – die Aufgabe eines Geistlichen. So etwas zu verstehen, für eine solche Tat Verständnis aufzubringen. Nein, letztendlich geht es lediglich ums Begreifen und weniger um die emotionale Seite, sich so weit wie möglich in einen Mörder hineinzufühlen und wie der Täter zu denken – das wäre tatsächlich das Anforderungsprofil eines Profilers. Was ich vorhin gemeint habe, ist vielmehr eine verstandesmäßige Aufarbeitung. Warum hat die Straubner die Morde begangen? Bereicherung als Motiv kommt bei ihrer Vermögenslage wohl kaum in Frage. Vielleicht eine dekadente Form der Bekämpfung von Langeweile? Weil ich als Ingrid Straubner alles habe, was ich mir wünsche, begehre ich etwas, das man für Geld normalerweise nicht kaufen kann. Ich will andere Menschen besitzen, Macht über sie haben und sogar über deren Leben und Tod entscheiden. Ich will es in meiner Hand haben, wann und wie sie sterben. Ich will dabei zusehen, wie sie ihren letzten Atemzug tun, weil mir das allein das Gefühl gibt, wirklich alles zu beherrschen.«

»Und prompt versetzt du dich so weit in die Täterin hinein, dass du von ihr in der ersten Person und nicht in der dritten redest«, bemerkte Betty mit einem schiefen Grinsen.

»Natürlich«, gab Ernst zu. »Aber ich versuche mich in sie hineinzu*denken*, nicht unbedingt hineinzu*fühlen*. Egal, das wird zu akademisch. Praktisch gesehen ist die gewünschte scharfe Trennung zwischen Denken und Fühlen wohl nicht zu erreichen.«

»Ich denke auch, dass es letzten Endes bei der Straubner auf eine Machtfrage hinausläuft«, sagte Sylvie.

»Aber selbst wenn wir mit der Vermutung richtigliegen, wovon ich ausgehe«, erwiderte Ernst, »zieht diese Frage mehrere andere hinterher! Warum in diesem Rahmen? Immer mit religiösen Anspielungen, immer in Jakobs-Kirchen und immer in Form einer zeremoniellen Inszenierung, die etwas Mythisches an sich hat.«

»Das hängt sicher mit der Sodalitas zusammen«, meinte Betty.

»Bisher habe ich erschreckend wenig über diesen Orden herausgefunden. Normalerweise umgeben sich derartige Gesellschaften und Logen ja gerne mit dem Nimbus des Geheimnisvollen, und wenn man dann Näheres über sie erfährt, löst sich der Mythos rasch in Luft auf. Oft sind sie nicht mehr als Debattierclubs mit einem philanthropischen Anspruch. Zirkel, in denen man Beziehungen pflegen und Verbindungen auf- und ausbauen kann. Nach außen gibt man sich gerne sozial und veranstaltet sogar Wohltätigkeitsbasare. Man pflegt bestimmte Riten, verleiht entsprechende Grade. Wer in der Hierarchie nach oben will, muss bestimmte Werke vorweisen, die er erarbeitet hat. Je nach Ausrichtung der Loge können diese Arbeiten spiritueller, religiöser oder auch sozialer Natur sein.«

»Das klingt ja verdammt nach Freimaurerei«, warf Sylvie ein.

»Stimmt. Aber ich habe keine Ahnung, wie und ob die SNL in diesem Umfeld einzuordnen ist, was ihre Ziele sind, was sie zusammenhält, wann sie entstand und wie sie letztlich funktioniert.«

»In Bezug auf diese Fragen hat sich unsere Tatverdächtige erstaunlich auskunftsfreudig gezeigt. Man konnte fast den Eindruck gewinnen, als sei bei ihr ein Damm gebrochen. Als wäre sie froh, endlich mal mit Außenstehenden darüber reden zu können und sich dabei nicht mehr an die strengen Regeln halten zu müssen«, sagte Betty.

»Erstaunlich«, erwiderte Ernst.

»Sie wirkte beinahe missionarisch.«

»Da hätten bei mir aber längst die Alarmglocken geläutet«, sagte Ernst.

Betty zuckte mit den Schultern. »Ach was. Zuerst einmal ist es wichtig, dass ein Tatverdächtiger überhaupt redet. Und nach allem, was die Straubner angedeutet hat, nimmt die Sodalitas in jeglicher Hinsicht im Vergleich mit anderen Gesellschaften dieser Art eine Ausnahmestellung ein.«

»Und inwiefern?«, fragte Ernst, der nun endgültig misstrauisch geworden war.

»Du brauchst dir nur einmal das Alter des Ordens anzuschauen. Angeblich existiert er seit mehreren tausend Jahren.«

Der Reporter lachte. »Natürlich. Das behaupten viele Logen von sich, und wenn man dann genauer nachforscht, stellt sich in den meisten Fällen heraus, dass sie frühestens Ende des 18. Jahrhunderts entstanden sind. Im Zuge der Aufklärung. Kurz vor, während oder nach der Französischen Revolution. Etliche, insbesondere spirituell ausgerichtete und dem Okkulten verpflichtete Gesellschaften sind nicht selten noch um einiges jünger und wurden erst in der zweiten Hälfte des 19. Jahrhunderts ins Leben gerufen. Damals gierten die Menschen als Gegengewicht zur Industrialisierung nach Geschichten von übernatürlichen Fähigkeiten und jenen Wundern, die indischen Yogis und Gurus nachgesagt wurden. Mit dem Erstarken, dem Fortschreiten und der zunehmenden Erkenntnissammlung der Naturwissenschaften, die das Mysterium Leben Schritt für Schritt zu entzaubern schienen, wuchs auch das Bedürfnis nach dem Unerklärlichen, nach jenseitigen Kräften. Je lauter die einen schrien: ›Gott ist tot!‹, desto intensiver suchten die anderen nach ihm. Und zwar nicht nur innerhalb des limitierten, starren Angebots, das ihnen von den etablierten Kirchen nahegelegt wurde.« Ernst atmete tief durch. »Entschuldigung! Ich neige dazu, weiter auszuholen, als es dem Thema guttut.«

»Was die Straubner ansonsten noch zur SNL gesagt hat, war aber auch nicht uninteressant«, nahm Betty den Faden wieder auf. »Etwa über die rigide hierarchische Struktur. In der SNL wird seit eh und je strikt darauf geachtet, dass die einzelnen Mitglieder nur in ihrer Hülle als Brüder und Schwestern Kontakt zueinander pflegen.«

»Hülle?«

»Straubner verwendete dafür den lateinischen Begriff ›velamen sacrum‹.«

»Klar! Lateinisch!«, rief Ernst. »Damit grenzt man sich ab, gibt sich elitär und verbreitet nebenbei auch noch die Illusion uralten Wissens.«

»Die Mitglieder schlüpfen in ihre Hülle oder ihre *vela*, damit das bürgerliche Ego während des Dienstes im Orden verborgen bleibt. Natürlich kommt es vor, dass sich einzelne Mitglieder untereinander kennen, aber es wird nicht gerne gesehen, wenn Alltagsdinge wie Karriere oder geschäftliche oder private Fragen während der Exerzitien angesprochen werden. Solange sich das Mitglied innerhalb des Ordens befindet, wozu es zu bestimmten Zeiten im Laufe des Jahres verpflichtet ist, muss all das, was sonst für diese Person ihr Leben bestimmt, außen vor bleiben«, erklärte Betty.

»So etwas würde ich mir auch manchmal wünschen«, sagte Sylvie. »An sich ist es doch nichts Schlechtes, dann und wann mal dem Alltag und seinen Sorgen komplett zu entfliehen.«

»Natürlich nicht, aber nur, solange das Individuum in letzter Instanz die Kontrolle über sich behält«, warf Ernst ein.

»Und genau da scheint das Problem der Sodalitas zu liegen«, sagte Betty. »Für unseren Sektenexperten sieht es so aus, als ob dieser Kontrollverlust in dem Orden ganz bewusst herbeigeführt wird. Das gemeine Fußvolk – und wir wissen, aus welch einflussreichen Kreisen sich bereits diese unterste Schicht der SNL zusammensetzt –, dieses Fußvolk hat jedenfalls keine Ahnung davon, wer sich in Wahrheit hinter den wenigen Figuren verbirgt, die eine oder mehrere Stufen über ihnen stehen und denen es schlicht und ergreifend zu gehorchen hat. Diejenigen, die es auf ein – salopp gesagt – höheres Level geschafft haben, wissen dagegen ganz genau über die Stärken und Schwächen und natürlich auch über die Identität der ihnen untergeordneten Brüder und Schwestern Bescheid.«

»Brüder *und* Schwestern«, murmelte Ernst. »Die meisten Logen und Orden sind reine Männerbünde. Das hier beide Geschlechter aufgenommen werden, hebt die SNL tatsächlich aus der Fülle vergleichbarer Vereine heraus.«

Betty nickte.

»Manche Menschen, die im Beruf und Alltag erfolgreich sind, brauchen als Ausgleich genau das Gegenteil, nämlich die Unterordnung und die Abhängigkeit«, überlegte Ernst laut. »Was wiederum als Erklärung dafür dienen könnte, warum eine Frau einen so hierarchisch hohen Status erreichen konnte. Vor ihr lässt sich Demut besonders eindrucksvoll zelebrieren.«

»Andere gehen mit solchen Bedürfnissen auch zu einer Domina«, sagte Sylvie und lachte. Betty runzelte die Stirn.

»Das heißt aber«, fuhr Ernst fort, »dass Ingrid Straubner die Abhängigkeit der ihr anvertrauten Mitglieder aus einem religiösen Wahn heraus missbraucht hat. So könnte man erklären, warum sie sich ihre Opfer überwiegend in diesem Kreis gesucht hat. Aber ...« Ernst schüttelte abwägend den Kopf.

»Ich glaube so wenig wie du, dass darin der einzige Grund für ihre Taten zu suchen ist«, sagte Betty. »Ich könnte mir auch vorstellen, dass letzten Endes die Dürer-Zeichnungen dabei eine nicht zu unterschätzende Rolle spielen, aber ich weiß noch nicht welche. In diesem Punkt habe ich jetzt einfach mal spekuliert – sozusagen aus dem hohlen Bauch heraus.«

»Ein hohler Bauch? Das fasse ich jetzt aber schon als Beleidigung auf!«, rief Sylvie. Sie lachten.

Anschließend begann Ernst, von seinem gestrigen Gespräch mit Nero zu erzählen, aber noch bevor er zum Ende kam, ertönte aus Bettys Handtasche, die sie hinter sich auf das Büfett gelegt hatte, jenes kurze, charakteristische Geräusch, mit dem der Eingang einer SMS signalisiert wurde. Hastig wühlte sie nach dem Handy und blickte dann mit deutlich zwischen Ernst und der Nachricht geteilter Aufmerksamkeit auf das Display.

»Mist! Verdammte Scheiße!« Mit aschfahlem Gesicht sprang sie auf.

»Was gibt's denn?«, fragte Ernst, während sich Sylvies Miene schlagartig verfinsterte. Anscheinend wusste sie, was derartige Reaktionen zu bedeuten hatten.

»Wo, sagtest du noch mal, sollte dieser Deal mit den Dürer-Blättern stattfinden?«, antwortete Betty mit einer Gegenfrage.

»In Rothenburg. Soweit ich weiß im ›Eisenhut‹.«

»Okay, alles Weitere erzähl ich dir im Wagen. Komm! Tut mir leid, Schatz, aber ...«

»Schon gut«, knurrte Sylvie, doch die tiefen Falten auf ihrer Stirn sagten etwas anderes.

***

»Siehst du nun, weshalb wir die Nacht abwarten mussten?«, fragte sie und zeigte zum Fenster, durch das ein undeutlicher, heller Schimmer hineinfiel.

»Diana, die Vielbrüstige! Mutter und Jungfrau zugleich, Jägerin und Fruchtbarkeitsgöttin. Isis entschleiert. Luna. Ihr Pfeil durchbohrt den Regenbogen. Und der Pfad, den er zurücklegt, führt vom Mond Yesods zu Tipharets Sonne. Heute Nacht vereinen sich der schwarze und der weiße Weg. Der Geist, der daraus entsteht, wird einen neuen Menschen formen, jenseits von Mann und Frau. Ein androgynes, übergeschlechtliches Wesen, das die Kräfte vom Sexus in einer chymischen Hochzeit in sich vereint und sich dank dieser machtvollen Konzentration über sich selbst herauszuheben vermag.« Während sie redete, wies sie mal hierhin, mal dorthin. Immer wieder zeigte sie auf Dinge, die sie anscheinend deutlich vor sich sah, seinem Blick aber verschlossen blieben, so sehr er sich auch bemühte, sie für sich sichtbar zu machen.

»Hier! Der rote Löwe des Wagens verliert seine Bedeutung. Seine Farbe verblasst, während der weiße Adler das Blut in sich aufnimmt und sich erhebt. Feuer und Wasser werden sich harmonisch mischen.« Schon zuvor hatte sie ihm erklärt, dass ein alchemistischer Prozess stattfinden würde, bei dem das Licht des Mondes eine Rolle spielte.

»In den alten Darstellungen wird der Bogen sorgfältig verborgen. Ebenso Pfeil und Regenbogen, obwohl es sich bei ihnen um die wesentlichen Elemente handelt. Natürlich sieht der Adept ihre Schatten, die sie in den Bildern hinterlassen. Auch die Mäßigung, wie diese Karte hier häufig genannt wird, ist selber nichts anderes als der Schatten großer Ereignisse, den diese auf unseren Weg werfen. Unseren gemeinsamen Weg.«

***

Die Fahrt verlief in großer Hektik. Sie hatten Bettys Dienstwagen genommen, und Ernst fand sich auf einmal nicht nur auf dem Beifahrersitz, sondern auch in der Rolle des Hilfspolizisten wieder. Nicht nur ein Mal erforderte es die Verkehrslage, dass er das abnehmbare Blaulicht auf das Dach setzen musste, und wann immer das rotierende Licht ansprang und die Sirene losheulte, wurde er von dem Gefühl überwältigt, dass ein lang gehegter Kindheitstraum endlich in Erfüllung ging. Angesichts der Eile, zu der Betty drängte, war ihm dieser retardierende Moment jedes Mal furchtbar peinlich und erschien ihm der Lage unangemessen.

»Ein Kollege vom Nürnberger Kommissariat 33 hat mir die Ergebnisse der Gen-Analyse durchgegeben«, sagte Betty.

»Du meinst, vom offiziellen Abgleich der Straubner'schen Speichelprobe?«

»Klar. Um was anderes geht es doch momentan nicht«, erwiderte sie kratzig.

»Und?«

»Negativ. Keine Übereinstimmung.«

»Uff. Das heißt also, die Spur, die ihr am Nürnberger Tatort entdeckt habt –«

»– stimmt nicht mit Ingrid Straubners DNA überein. Ja.«

»Aber das Taschentuch?«

»Stimmt überein.«

»Ich … Tut mir leid. Ich bin vollgefressen und stecke zudem noch im Feierabend-Modus fest. Da kann ich nicht mehr im erforderlichen Tempo denken«, nuschelte Ernst.

»Das Taschentuch stammt von der mutmaßlichen Täterin. Betonung auf ›-in‹, also weibliche DNA«, knurrte Betty. »Diese Spur weist die gleichen genetischen Merkmale auf, die auch in der Jakobs-Kirche bei Gannengießer gefunden wurden. Nur stammt das Blut in dem Taschentuch ganz offensichtlich nicht von der Straubner.«

»Sie ist also unschuldig?«

Betty lachte kurz und freudlos. »Soweit würde ich nicht gehen. Immerhin müssen sie und die eigentliche Mörderin sich kennen. Und zwar ziemlich gut. Sie hat der Täterin schließlich ihr Auto zur Verfügung gestellt. Weil das Taschentuch unter dem Fahrersitz lag, ist davon auszugehen, dass die Person, die das Tempo benutzt hat, auch mit dem Wagen gefahren ist.«

»Na… natürlich«, stammelte Ernst. »Aber jemandem ein Auto auszuleihen, das heißt doch nicht notgedrungen …?«

»Nein! Natürlich nicht«, giftete Betty zurück. Es war unübersehbar, dass sie eine Stinklaune hatte. Wahrscheinlich wäre sie auch lieber zu Hause geblieben und hätte den Abend feucht-fröhlich und heiter-entspannt ausklingen lassen. »Aber wenn du jemandem deine Karre leihst, dann doch nur einem Menschen, den du gut kennst, oder?«

»Ja, ja«, sagte Ernst eine Spur zu beflissen.

»Und deshalb stellt sich für mich die Frage, ob Frau Straubner über die fragliche Person nicht noch mehr weiß.«

»Oder ob sie eine Mitwisserin ist.«

»Zumindest ahnt oder verschweigt sie uns etwas. Deshalb werde ich alles daransetzen, damit sie uns nicht so schnell vom Haken springt!« Sie erreichten Rothenburg. »Und ab sofort bleibt das Blaulicht drin. Ich hab genau gesehen, wie viel Spaß es dir macht, den Sheriff zu spielen.«

Langsam fuhren sie am ehemaligen Juden-Kirchhof vorbei, wo sich heute der Schrannen-Parkplatz befand. In der Dunkelheit war kaum etwas zu erkennen, nur wenige Fahrzeuge wurden kurz von den Scheinwerfern von Bettys Wagen gestreift.

»Halt!«, rief Ernst. »Fahr mal auf den Parkplatz.« Betty bog ab.

»Das … das ist doch Neros Wagen!«, sagte er und deutete auf den schicken Audi. Direkt daneben stand mit dem 7er BMW eine wuchtige Luxuskarosse. Beide hatten Bamberger Kennzeichen.

»Dann parken wir halt auch hier«, murmelte Betty. Sie stiegen aus.

»Gehen wir zum ›Eisenhut‹?«, fragte Ernst.

»Wenn's denn nötig ist«, erwiderte Betty. Als er sie fragend anblickte, sah er, dass sie die Jacke, die sie in Ansbach noch lässig auf den Rücksitz geworfen hatte, überzog, obwohl die sommerliche Wärme keinen Deut nachgelassen hatte. Dann bemerkte er die Ausbeulung unter ihrer linken Schulter und begriff, dass das schicke Kleidungsstück lediglich das Schulterholster ihrer Pistole kaschieren sollte. Weil über ihrer rechten Schulter an dünnen Trägern eine zur Jacke passende Handtasche hing, sah ihr niemand die Polizistin an. Jedenfalls nicht auf den ersten Blick.

Ernst überlegte, wie sie wohl in Uniform aussehen mochte, die sie im Verlauf ihrer Karriere sicherlich mehrere Jahre lang getragen hatte. Bisher hatte er Betty immer nur in Zivil gesehen.

»Was soll das heißen: Wenn's nötig ist?«, fragte er.

»Ich kenne mich in Rothenburg nicht sonderlich gut aus«, wich Betty seiner Frage aus, »aber wenn mich meine Erinnerung nicht täuscht, dann kommen wir auf dem Weg zum ›Eisenhut‹ auch an der hiesigen St.-Jakobs-Kirche vorbei.«

Tatsächlich brauchten sie nicht sonderlich weit zu gehen. Vor der Kirche erwartete sie bereits ein stumm rotierendes Blaulicht, die Straßen ringsum waren mit Polizeifahrzeugen abgesperrt. Betty zückte ihren Ausweis, und auch Ernst wollte schon vorsorglich seinen Presseausweis hervorkramen, doch der Beamte, der Betty erkannt hatte, winkte sie sofort durch.

»Kriminalhauptkommissarin Schuckert und Kollege«, informierte er mit einem Walkie-Talkie den Einsatzleiter, der keine fünfzig Meter entfernt stand, über ihr Eintreffen.

»Driddbreddfahrer«, begrüßte sie der Einsatzleiter in schönstem Nürnbergisch, womit bewiesen war, dass auch viele Dienstjahre nahe der Grenze zum Schwäbischen die Spuren der ursprünglichen Herkunft nicht tilgen konnten. Auch ohne seine Uniform war der Beamte das, was man sich gemeinhin unter einem stattlichen Mannsbild vorstellt. Groß, breit, schwer, mit dichtem, lockigem silbergrauem Haar und offensichtlich nicht besonders böse oder gar genervt über die unerwartete Störung der feierabendlichen Ruhe.

Wahrscheinlich genießt er die Abwechslung und Aufregung, bevor er aufs Altenteil gesetzt wird, dachte Ernst.

»Ich würde nicht unbedingt davon ausgehen, dass es sich hier um einen Trittbrettfahrer handelt«, erwiderte Betty.

»Wieso? Ihr habt die Straubner'sche doch nicht etwa endwischn lassn?«

»Nein, das nicht«, wiegelte Betty ab. »Aber sie war's definitiv nicht.«

»Wie?« Das Ergebnis der Gen-Analyse schien noch nicht bis in die äußersten Winkel Mittelfrankens durchgedrungen zu sein.

»Seit wann läuft denn der Einsatz schon … und weshalb?«

»Die Marchared hat uns alarmiert, als ihr Schorsch um zehn Uhr immer noch ned dähamm war«, antwortete er.

»Äh – welcher Schorsch?«

»Der Schumann Schorsch. Er sitzt im Jakob im Kasten und kassiert den Eindridd von die Durisddn. Normalerweise, sachd sei Marchared, kommt er nach Dienstschluss immer pünktlich hamm. Und wenn er mal in den ›Reichsküchenmeister‹ geht, dann sachd er vorher Bescheid.« Er wedelte mit den Händen wie ein Verkehrspolizist herum, der er möglicherweise vor Jahrzehnten auch einmal gewesen war. Ernst begriff, dass er mit seiner Gestik unter anderem das nahe gelegene Lokal mit dem schönen Namen »Reichsküchenmeister« miteinbeziehen wollte.

»Zwaa Mol hinderernander hat sie ihm das Essen wieder aufgwärmd«, fuhr er passend dazu fort.

Ernst staunte nicht schlecht, dass selbst der ranghöchste Beamte der Rothenburger Polizei sich bei seinen Erklärungen ebenso in Nebensächlichkeiten verlor wie der Normalbürger, wenn er denn in einen ungewöhnlichen Kriminal- oder Unfall verwickelt wurde. Wahrscheinlich war das für ihn alles total aufregend.

»Und was ist da drin passiert?«, dirigierte Betty ihn sachte wieder zum Wesentlichen zurück. Der Einsatzleiter zuckte unschlüssig mit dem Kopf.

»Die Kerng ist abgesperrd. Aber da drin sinn Leut. Mer sichd Lichda. Besonders da oben beim Heilichblut. Es besteht der dringende Verdacht, dass auch der Schorsch da drinnen eingesperrt ist.« Auf einmal bemühte er sich hörbar um einen dezidiert amtlichen Ton.

Jetzt bemerkte Ernst, dass das Kirchengebäude über eine Straße hinweg gebaut war. Unwillkürlich fiel ihm das Torhaus von Uehlfeld wieder ein. Auch unter dem Sakralbau wurde der Verkehr von alters her hindurchgeleitet. Erst im Nachhinein erfuhr er, dass es sich hierbei im Grunde um zwei Gebäude handelte, die eigentliche St.-Jakobs-Kirche und eine im 15. Jahrhundert mit ihr verbundene Heiligblut-Kapelle, die seitdem integraler Bestandteil der Kirche war und über zwei Treppen im Innern erreicht werden konnte.

»Wir vermuten, dass die Täter den Schorsch als Geisel festhalten«, schloss der Einsatzleiter seinen Lagebericht.

»*Die* Täter?«, warf Ernst ein.

»Sie sind zu zweit. Die Rita, was die Frau Doktor ist, hat noch kurz, bevor die Kerng schließt, einen Mann und eine Frau neigehn sehng. Wenn man ihrer Beschreibung glaubt, sieht der Mann aus wie ein Papagei. Die beiden sind ihr deshalb aufgefallen, weil sie mit allem möglichen Graffel beladen waren.«

Nero!, schoss es Ernst durch den Kopf, während der Einsatzleiter mit seinem breiten Kinn auf eine verschmitzt wirkende ältere Dame wies, die neben einem der Polizeiwagen stand und sich mit einem der Beamten unterhielt.

»Durch welchen Eingang haben die verdächtigen Personen die Kirche betreten?«, fragte Betty.

»Links, wo alle neigehen«, sagte der Einsatzleiter. »Das Eheportal rechts ist eigentlich immer verschlossen.«

Inzwischen hatten sich auch zwei jüngere Polizisten zu der kleinen Gruppe gesellt und die Ausführungen ihres Chefs pflichtschuldig abgenickt. »Sie kommen mit!«, gab Betty knappe Anweisung und winkte die beiden Jungspunde zu sich. Im Vorbeigehen zischte sie Ernst zu: »Und du bleibst hier.«

Doch der dachte natürlich nicht im Entferntesten daran, sich mit der Rolle des Zaungasts zufriedenzugeben. Er beobachtete noch, wie Betty etwas aus ihrer Handtasche zog und sich dann konzentriert mit dem Schloss der Kirchentür beschäftigte, dann versank er von einem Moment zum nächsten in einem Meer der Unauffälligkeit: ein Kniff aus dem Standardrepertoire des Reporters. Ohne dass jemand Notiz von ihm nahm, rückte er immer näher zum Eingang hin. Er sah, wie sich das Tor öffnete, Betty und die beiden Beamten in das Innere schlüpften, und keinen Atemzug später befand er sich ebenfalls im Fastdunkel des wuchtigen Kirchenschiffs.

»Frau Schuckert!«, hörte er kurz darauf die Stimme des einen Polizisten. Eine Taschenlampe flammte auf. »Hier! Beim Toppler-Grab!« Der Lichtstrahl fiel auf eine in einer Nische zusammengesunkene Gestalt. »Schorsch! Schorsch! Jetzt sag doch was!«

»Idiot! Wie soll er denn etwas sagen können, wenn er gefesselt und geknebelt ist.« Das war der andere Polizist.

»Binden Sie ihn los und dann bringen Sie ihn raus!«, zischte Betty. Ernst hatte längst die Treppe entdeckt, die zur höher gelegenen Heiligblut-Kapelle führte. Auf Zehenspitzen machte er sich daran, sie zu erklimmen, während von oben flackernder Kerzenschein über die Stufen tanzte, der Ernst mehr irritierte als dass er ihm den Weg erhellte. Hinzu kamen die unaufhörlichen Lichtechos des Blaulichts, das rhythmisch aufblitzend durch die hohen, teilweise mit kunstvollen Glasmalereien verzierten Fenster drang.

Lautlos stieg Ernst höher und höher. Je näher er dem Treppenende kam, desto intensiver wurde der Geruch. Neben ihm versperrte ein gewaltiger Orgelaufbau die Sicht, doch wenig später entdeckte er den prächtigen Altar Tilman Riemenschneiders, in dessen himmelwärts strebender Krone eine hier seit dem Mittelalter verehrte Reliquie aufbewahrt wurde: einige Tropfen vom Blute Christi waren sorgfältig in einem Bergkristall verschlossen worden, der seinerseits in das Zentrum eines Kreuzes eingefügt worden war.*

Doch im Moment war Ernst nicht gerade danach, die außergewöhnliche Bildschnitzerei Riemenschneiders zu bewundern. Stattdessen gellte aus seiner Kehle plötzlich ein schriller, spitzer, nachgerade hysterischer Schrei.

»Verdammt! Ich hatte doch gesagt, du solltest drauß…«, mischte sich Bettys Stimme dazwischen. Anfangs hatte sie den Tonfall tiefster Verärgerung angeschlagen, der sich aber in Entsetzen wandelte, bevor ihre Worte gänzlich abbrachen. Sie hatte die gegenüberliegende Treppe auf der anderen Seite der Orgel erstiegen, sodass sich jetzt ihre Blicke trafen, sich kreuzten und an einer zutiefst verstörenden Inszenierung hängen blieben.

---

* Und bevor ein falsches Bild entsteht: Bei der in Rothenburg angebeteten Reliquie handelt es sich nicht um die Überreste einiger Blutstropfen, von denen die Gläubigen annehmen, dass sie während der Kreuzigung aufgefangen wurden, sondern um Messwein, von dem während der Eucharistie bei der Anhebung des Kelchs ein paar Spritzer das darunter gehaltene Tuch getroffen haben. In genau dem Augenblick, in dem sich in der christlichen Glaubensvorstellung die Wandlung von Wein zu Blut vollzieht. Es ist anzunehmen, dass auch heutzutage ein solches Verschütten von Messwein nicht gerade selten vorkommt, wenn man bedenkt, wie oft ein möglicherweise betagter oder nicht mehr ganz nüchterner Priester an hohen Feiertagen diese rituelle Geste vollführen muss. Wichtig und die Bedeutung einer solchen Reliquie enorm steigernd ist, was anschließend damit geschieht. Ereignen sich etwa kurz darauf einige spektakuläre Wunderheilungen siecher Pilger, die sich schnell herumsprechen, dann können die Betreiber der Wallfahrtskapelle eigentlich kaum noch etwas falsch machen. Der Strom der Gläubigen wird anschwellen, das Spendenaufkommen ebenso, das Kapital zum Ausbau der Kirche wird sich auf wundersame Weise mehren, und die schöne und reiche Ausstattung, die man sich nun leisten kann, wird ihrerseits wieder neue Besucher anziehen et cetera pp.

Sie sahen sich der perfiden Travestie einer Kreuzigung gegenüber. Der nur noch mit einer knapp sitzenden Unterhose bekleidete Nero erinnerte stark an den gekreuzigten Heiland, obwohl der Privatdetektiv mit breit gespreizten Beinen und nach oben abgewinkelten Armen die Form von einem X hatte. Mit einer Reihe von Stricken war er in der Höhe des Mittelteils an den Altar gefesselt worden, dann sah Ernst, dass Neros Arme gar nicht an die filigranen Schnitzereien des viele Meter hoch aufragenden Altars gebunden waren, sondern an zwei Teleskopstangen, die hinter dem Kunstwerk befestigt worden waren.

Die Assoziationen mit dem Gekreuzigten wurden zum einen durch das sakrale Umfeld ausgelöst, den Kirchenraum wie dem Altar, zum anderen aber auch dadurch, dass Neros Kopf wie aus unzähligen Darstellungen des Heilands bekannt, leicht seitlich in Agonie nach unten gesunken war.

Ernst verfluchte sich für seine Gedanken, trotzdem konnte er die Bilderflut, die ihm durch den Kopf rauschte, nicht stoppen: Nero fehlte nur noch die Dornenkrone!

Die beiden Teleskopstangen dienten wohl der Stabilisierung des bizarren Ensembles. An ihnen wiesen Neros ausgestreckte Arme parallel zum Altaraufbau himmelwärts, während seine Knöchel rechts und links mit den unteren Stützen des Altars verbunden waren. Direkt über seinem Kopf prangte das Kreuz mit der Reliquie.

Doch damit nicht genug. Zusätzlich befanden sich an den Armbeugen, den Handgelenken, knapp oberhalb des Slips und an mehreren Stellen seiner Beine seltsame schmale, an die jeweiligen Körperstellen geklebte Vorrichtungen, deren Sinn sich Ernst nicht sofort erschloss. Erst bei näherer Betrachtung sah er, dass auch an Neros Hals eine solche Vorrichtung befestigt worden war. An den dunkelblauen, leicht nach vorne gestülpten Plastikmanschetten hingen durchsichtige Schläuche, jeder kaum so dick wie ein kleiner Finger, die schließlich als dickes Bündel in einem runden Gefäß mündeten.

Direkt oberhalb der Manschetten saßen metallene Klammern, an denen wiederum – wie Ernst jetzt voller Panik erkannte – sichelförmige, je kaum zwei Zentimeter messende Skalpellklingen befestigt waren. Die oberen Enden der rasiermesserscharfen Schneiden waren jeweils mit Angelschnüren verbunden, die eine am Boden kauernde Gestalt in der Hand hielt. Sie wirkte wie der Puppenspieler aus einem obskuren und makabren Stück, war in eine dunkle Kapuzenkutte gehüllt und hockte im Schneidersitz knapp zwei Meter vor dem Altar. Um sie herum waren einige Kerzen aufgestellt worden, in einer Schale glimmte Räucherwerk. Vor ihr befand sich eine geöffnete Schatulle aus Holz, neben der eine aus Holz geschnitzte Figur stand, die direkt aus dem Altar herausgekrochen zu sein schien.

Trotz der flackernden, dämmrigen Beleuchtung und den nur schlecht zu erkennenden Details des gesamten Aufbaus begriff Ernst schnell den Sinn des aufwendigen Arrangements. Ein beherzter Zug an dem Schnurbündel würde reichen, um die messerscharfen Klingen in Neros Fleisch schneiden zu lassen, und es bedurfte keiner besonderen Anatomiekenntnisse, um zu erahnen, dass in dessen Folge eine ganze Reihe lebenswichtiger Adern geöffnet werden würden. Die unmittelbar unter den Schneiden befindlichen Manschetten hatten offensichtlich nur einen Grund: Sie sollten das herausspritzende Blut zumindest teilweise auffangen und durch die Schläuche in das Gefäß leiten. Ernst spürte, wie ihm das Entsetzen die Kehle zuschnürte.

»Es ist aus!«, schrie Betty. Ihre Stimme hallte unheimlich durch das Kirchenschiff. »Sie kommen hier nicht mehr raus. Geben Sie auf!«

Mit abgestütztem Arm richtete sie ihre Waffe auf die vor dem Altar kauernde Person. »Ernst!«, zischte sie dann. »Geh in Deckung! Sofort!«

»Nein!«, rief er halb erstickt. »Sobald du schießt, wird sie an den Schnüren ziehen. So schnell können die Sanitäter gar nicht ...«

Eine sanfte Stimme unterbrach ihn. »Gute Frau, schießen Sie ruhig oder lassen Sie es bleiben. So oder so, das Opfer wird vollbracht!« Auf einmal wechselte die Stimme in eine fremdartige, guttural klingende Sprache.

»Hören Sie auf!«, schrie Betty. »Das ist doch Wahnsinn. Laden Sie nicht noch einen Mord auf Ihr Gewissen! Wenn Sie jetzt aufgeben, werden die Richter das als Zeichen der Reue werten!«

Red weiter, bitte!, flehte Ernst in Gedanken, dann ließ er sich zu Boden gleiten und schlängelte sich wie eine Schlange über den kalten Boden. Stück für Stück robbte er näher an die Kuttenträgerin heran, als Betty verstummte. Offenbar wusste sie nicht mehr weiter, da sich die Frau von dem Gesagten nicht beeindrucken ließ. Die fremdartigen Töne wurden immer lauter und hallten in dem hohen Raum wie der Gesang einer archaischen, vorzeitlichen Priesterin wider, die ihre Götter beschwor, das Opfer, das sie ihnen zu Ehren darbringen wollte, gnädig anzunehmen.

Dann geschahen mehrere Dinge nahezu zeitgleich. Die Kuttenträgerin entdeckte den durch die Dunkelheit kriechenden Reporter und sprang mit einem Satz auf. Voller Panik schnellte Ernst ebenfalls in die Höhe. Sie durfte nicht an den Schnüren ziehen! Als ein Schuss krachte, brach sich der Lärm in einem ohrenbetäubenden Echo an den Wänden des Kirchenschiffs. Ernst spürte, wie etwas, das ihm vorkam wie der Flügelschlag eines Dämons, ihn mit ungeheurer Wucht zur Seite schob. Der alles durchdringende Gesang der Hohepriesterin war abrupt verstummt, als sie sich erhoben hatte, jetzt zuckte die Frau erschrocken zusammen und taumelte seitwärts. Obwohl er sich kaum noch auf den Beinen halten konnte, bekam Ernst das Schnurbündel zu fassen, das der Frau aus der Hand geglitten war. Wankend hielt er es hoch über seinem Kopf in die Luft, um ja keinen Zug auf die tödlichen Klingen auszuüben. Immer hielt er sich vor Augen, nur keinen Ruck zu tun. Schon bei der kleinsten Bewegung würde Nero, dessen Kopf angesichts des Lärms wie schlaftrunken von einer Seite auf die andere rollte, tödlich aufgeschlitzt werden.

Während der letzten Augenblicke hatte sich Betty auf die Frau in der Kutte geworfen, und im nächsten Moment wimmelte es um sie herum auch schon von Polizisten. Ein Beamter wollte Ernst die Schnüre aus der Hand nehmen, doch der wehrte sich.

»Bitte«, sagte der Uniformierte. »Ein Sani muss Sie sich anschauen.« Erst jetzt sah Ernst, dass der rote Fleck auf dem Hemd nahe seiner linken Schulter immer größer wurde.

»Bloß nicht … nicht dran … ziehen«, stammelte er, »sonst schlitzen … Sie ihn auf.«

»Das sehe ich«, erwiderte der Polizist und griff nach den Schnüren. »Keine Sorge. Ich achte darauf.« Er winkte einen anderen Beamten heran. »Bring ihn zum Sani!«

»Und bindet ihn endlich los!«, schrie Ernst noch, als er von dem Polizisten aus der Kirche geführt wurde.

Nachspiel

XXI: Der Blick von oben

»Nachdem Astrid Arantaña es geschafft hatte, Nero diese Mixtur aus Rohypnol und Opiumderivaten zu verabreichen, war er ein willenloses und vor allem willfähriges Opfer«, sagte Betty. »Es war die gleiche Mischung, die die Rechtsmedizin in Gannengießers Körper gefunden hat. Offensichtlich macht sie das Opfer nicht nur willenlos und in gewisser Hinsicht schmerzunempfindlich, sondern lässt es zugleich noch bei Bewusstsein.«

»Ja, er erzählte mir, dass er vieles von dem, was um ihn herum geschah, mitbekommen hat«, murmelte Ernst. »Erst als sie ihm in der Kirche eine zweite Dosis injizierte, wurde er ohnmächtig.«

Sie schwebten in der Gondel eines Heißluftballons über den Wäldern, Bergen, Felsen und Dörfern der fränkischen Schweiz. »Warum ist Nero eigentlich nicht mitgekommen?«, fragte sie.

Ernst runzelte die Stirn. Es war wirklich schwierig, diese Fahrt zu genießen, obwohl eigentlich seit langer Zeit wieder einmal alles stimmte. Das Wetter, der leichte, kaum auffrischende Wind, die mittlere Höhe, die sie problemlos einhalten konnten, die Ruhe, nur selten unterbrochen von den knackenden Meldungen, die aus dem Funkgerät drangen, oder dem gelegentlich notwendigen Aufzischen des Brenners über ihren Köpfen. Wie oft war er zusammen mit Nero aufgestiegen – im Aischtal, der Frankenhöhe, im Altmühltal, der fränkischen Schweiz, im Seenland – und hatte diese ausschließlich ihrem gemeinsamen Hobby gewidmeten Stunden und Tage genossen?

Doch seit jenen Ereignissen, die in der Rothenburger Jakobs-Kirche ihren Höhepunkt gefunden hatten, war etwas in Nero zerbrochen. Etwas, das schlechter heilte, als der Streifschuss aus Bettys Waffe, den Ernst abbekommen hatte, obwohl er davon ein dauerhaftes Andenken in Form einer unschönen Narbe zurückbehielt. Der gleiche Schuss, der ungeachtet der unglücklichen Tatsache, dass Ernst der Kugel im Weg gestanden hatte, noch über genügend Durchschlagskraft verfügte, um Astrid Arantaña außer

Gefecht zu setzen, deren Verletzung ebenfalls längst wieder verheilt war. Ernst war zumindest froh, seinen Arm wieder uneingeschränkt bewegen zu können und sich nicht mehr die Spötteleien der Kollegen anhören zu müssen, angesichts der filmreifen Schlinge, mit der Schulter und Arm ruhig gestellt worden waren.

»Ballonfahren ist nicht mehr seins«, sagte Ernst. »Er macht zur Zeit den UL-Schein. Da hat er kaum noch Zeit.«

»UL-Schein?«, fragte Betty.

»Pilotenschein für Ultraleichtflugzeuge. Nicht weit von hier in Ebermannstadt …« Vage wies Ernst in westliche Richtung.

Es war schon komisch, dachte er, kaum hatte er Betty erzählt, dass seine und Neros gemeinsame Leidenschaft dem Ballonfahren galt, hatte sie ihn gefragt, ob sie mal mitkommen dürfe. »Klar, warum nicht? Ist allerdings kein ganz billiges Hobby«, hatte er geantwortet.

»Egal«, erwiderte Betty und erzählte ihm, dass es schon seit einer halben Ewigkeit ihr Traum sei, mit einem Ballon über die Lande zu gleiten. Doch bevor er überhaupt dazu gekommen war, Nero von ihrem Wunsch zu erzählen, hatte der ihm eröffnet, dass er sich künftig lieber in winzige Fluggeräte hocken wolle.

»Himmel«, rief Ernst. »Bist du von Sinnen? Diese Dinger fliegen mit Rasenmähermotoren!« Er dachte an jene lästigen, lauten Gleitschirmflieger, die sich nicht allein den Aufwinden überließen, sondern unter ihrem Schirm in einem motorisierten Trike saßen.

»Nein, das sind schon richtige kleine Flugzeuge. Mit Gestellen, die an Fallschirmseide hängen, will ich mich nicht abgeben. Die Geräte, die es mir angetan haben, kosten zwar einiges mehr, aber die Ausbildung ist durchaus erschwinglich. Und wenn ich erst mal den Schein habe, sehen wir weiter.«

Kein Wunder also, dass er sich nicht richtig entspannen konnte, wenn er noch dauernd an die Verwicklungen denken musste, die Nero beinahe das Leben gekostet hatten. Doch sein Freund hatte andere Dinge verloren, einige davon unwiederbringlich. Seit Rothenburg fehlte ihm ein gutes Stück seines Selbstvertrauens, das Ernst an seinem Freund immer für unerschütterlich gehalten hatte.

Zumindest Betty schien die Ballonfahrt zu genießen. »Und du konntest umgekehrt Sylvie nicht überreden?«, fragte er.

»Niemals!«, antwortete sie lachend. »Mit ihrer Höhenangst bekomme ich sie ja kaum in einen Airbus, geschweige denn in eine Gondel aus Korbgeflecht.«

»Gibt es eigentlich etwas Neues von Titus Helm?« Er gab es auf. Das Thema ließ ihn doch nicht los.

»Nein«, sagte Betty. »Ist nach wie vor abgetaucht. Na ja, mit fünfzehn Millionen Euro kann er sich ein luxuriöses Leben irgendwo in der Welt leisten. Dort, wo es einfach ist, sich unter falschem Namen eine neue Existenz aufzubauen, so man denn über das nötige Kleingeld verfügt.« Und dieses Kleingeld war eigentlich nur die Anzahlung gewesen. Der restliche Betrag sollte erst dann vom Treuhänderkonto an ihn ausgezahlt werden, wenn auch die letzten Zeichnungen untersucht und mit einer Expertise versehen worden waren.

»Dann gibt es in dieser Geschichte doch einen Gewinner«, grummelte Ernst. »Aber ich denke mal, das Straubner-Trio wird nicht locker lassen und einiges investieren, um ihn aufzuspüren.«

Betty zuckte mit den Schultern. »Sollen sie. Kann mir nur recht sein«, sagte sie. Dann schüttelte sie den Kopf. »Im Grunde kann ich es immer noch nicht fassen, dass es diesem Kerl gelungen ist, nicht nur die Straubner-Geschwister, die ja selber durchaus über Sachverstand verfügen, sondern sogar eine Top-Spezialistin hinters Licht zu führen.«

»Eine ziemlich durchgeknallte Expertin«, ergänzte Ernst.

»Klar. Mit ihrem okkult-religiösen Wahn hat sie sich natürlich das Hirn zugenebelt. Autosuggestion. Aber dennoch bleibt das, was sie sich an Wissen und Kenntnissen erarbeitet hat, ja bestehen. Das kann man nicht einfach ausradieren.«

»Im Nachhinein ist man bei solchen Fälschungen immer schlauer«, gab Ernst zu bedenken. »Ich habe mich ja mittlerweile näher mit dem Thema beschäftigt und die angeblichen Dürer-Zeichnungen gehören zu den absoluten Meisterwerken der Fälscherkunst. Auf seinem Gebiet befindet sich Helm jetzt auf Augenhöhe mit legendären Figuren wie Hebborn, Keating, Kujau, Turner oder Michelangelo.«

»Turner, William Turner? Und Michelangelo? Beides Fälscher?«

»Ja!«, lachte Ernst. »Viele große Meister haben ihre Vorbilder kopiert. Aber der junge Michelangelo ist noch einen Schritt weiter gegangen. Er hat sich von Mäzenen und Sammlern berühmte Zeichnungen der von ihm verehrten Künstler ausgeliehen, um sie genauer studieren zu können. Dann hat er sie mit einer Präzision kopiert, dass sie vom Original kaum zu unterscheiden waren. Daraufhin gab er den Besitzern die Falsifikate zurück, um die Originalzeichnungen behalten zu können.«

»Und das haben die Leute nicht gemerkt?«

»Offensichtlich nicht. Und wenn doch irgendwann, dann hat sich niemand beschwert. Schließlich haben sie stattdessen ja einen echten Michelangelo bekommen.«

Betty lachte, während Ernst den Brenner betätigte, um dem Ballon nach einem Blick auf den Höhenmesser wieder mehr Auftrieb zu verleihen. Das Fauchen der Flamme schien Bettys Lachen zu verstärken.

»Aber was ich noch sagen wollte. Beim Fälschen sind immer mindestens zwei Seiten beteiligt: der Betrüger und derjenige, der betrogen werden *will*.«

»In diesem Fall mindestens vier Personen.«

»Richtig«, bestätigte Ernst. »Und die Kette derjenigen, die betrogen werden wollten, fängt mit der Expertin an.«

»Astrid Arantaña war die Geliebte Helms«, sagte Betty. »Auch das dürfte ihren Blick getrübt haben.«

Und wie bei einer Kettenreaktion auch den von Nero, ergänzte Ernst in Gedanken. Der Detektiv schien ihm das beste Beispiel für das reichhaltige Repertoire zu sein, über das die geblendete Blenderin verfügte, um ihrerseits die Leute um den Finger zu wickeln und sie sich hörig zu machen. Für sie war es tatsächlich nicht notwendig gewesen, dass ihre Opfer der Sodalitas angehörten. Ihr charismatischer Charme wirkte auf viele Männer, weil sie in kürzester Zeit erkannte, an welcher besonderen Stelle sie bei ihnen den Hebel ansetzen musste, um sie von sich abhängig und gefügig zu machen. Nur in Titus Helm hatte sie ganz offensichtlich ihren Meister gefunden.

»Man sollte nicht vergessen, sie alle – also Helm, Arantaña und nicht zuletzt Ingrid Straubner – waren Mitglieder desselben Klubs«, fuhr Betty fort.

»Der Sodalitas …«, sagte Ernst.

»Und wie wir wissen, gehörte Sujads Buch über das Tarot, das

Dürer als Vorlage diente, zu den grundlegenden okkulten Texten dieser Geheimgesellschaft. Und so mancher dürfte bei sich gedacht haben, wie sehr sich der Einfluss und die Macht über die Mitglieder ausbauen lassen müsste, wenn es noch mehr als nur die bekannten Tarot-Zeichnungen Dürers gäbe!«

»Und zwar dort, wo der Orden auch Zugriff auf die Karten hätte!«, ergänzte Ernst.

»Hmm«, machte Betty zustimmend und ließ ihren Blick gedankenverloren über die Landschaft bis zum Horizont schweifen.

»Das dürfte aber vor allem ein Motiv für Ingrid Straubner gewesen sein!«, fuhr Ernst fort. »Und natürlich wusste sie, dass sie damit auch ihre Brüder packen konnte. Bei der gemeinsamen Sammlung. Bei dem von ihnen angestrebten Straubner-Museum. Aber was die Angelegenheit für mich endgültig völlig undurchsichtig macht, ist die Tatsache, dass Helm die Zeichnungen nicht nur ein-, sondern sogar zweimal gefälscht hat.«

»Keineswegs«, widersprach Betty. »Das war die Nagelprobe. Zum einen natürlich für ihn selbst, für seine eigenen Ansprüche. Dann aber vor allem auch in Bezug auf die Frage, ob es ihm gelingen würde, seine Expertin und langjährige Geliebte Astrid Arantaña davon zu überzeugen, dass der erste Satz der Zeichnungen echt war? Sollte ihm das nämlich gelingen, wäre es für ihn ein Leichtes, auch die Käufer von der Echtheit zu überzeugen. Darüber hinaus glaube ich, dass es Astrid Arantaña selbst war, die Helm dazu gedrängt hat, ein weiteres Set anzufertigen. Ein zweiter Satz, von dem auch sie wusste, dass er falsch sein würde. Denn für ihre eigenen okkulten Experimente waren nur die vermeintlich wirklich echten Karten gut genug!«

»Dafür mussten sie aber erst magisch aufgeladen werden«, sagte Ernst.

»Und an diesem Punkt setzt der eigentliche Wahnsinn erst richtig ein.«

»Ein Wahnsinn, der vier Menschen – beinahe sogar fünf – das Leben gekostet hat! Letztlich unverständlich …«

»Ganz und gar nicht«, widersprach Betty. »Die Menschen glauben an so viel und wissen so wenig.«

»Du meinst, man muss das wie ein Ethnologe sehen?«

»Guter Vergleich. Ob es sich nun um wundertätige Blut-, respektive Weintropfen, heilige, genauer gesagt heilende Wässerchen oder mit magischen Kräften aufgeladene Tarotkarten handelt, ist im Grunde genommen völlig egal, in jedem Fall gehen die Gläubigen von einer übersinnlichen, okkulten oder göttlichen Macht aus, die hier wirkt, beziehungsweise von der sie überzeugt sind, dass sie wirkt.«

»Moment mal«, wandte Ernst ein. »Du kannst christliche Volksfrömmigkeit doch nicht mit den Taten einer Mörderin vergleichen, die ungleich –«

»Wo bleibt der Ethnologe?«, unterbrach sie ihn. »Und was ist, um das nur am Rande anzumerken, mit den zigtausenden Toten, die im Namen des christlichen Glaubens ihr Leben lassen mussten? Was ist mit den sogenannten Ketzern, Hexen, Andersgläubigen, die von christlichen Fanatikern ermordet wurden?«

»Das wird mir jetzt zu ausufernd«, versuchte Ernst auszuweichen. »Bleiben wir lieber bei den Tarot-Karten.«

»In Ordnung. Tarot-Karten, und zwar egal, um welche Entwürfe es sich dabei handelt, werden seit vielen hundert Jahren als Orakel genutzt. Aber stell dir mal vor, um wie viel machtvoller und treffsicherer sie die Zukunft verraten können, wenn es sich dabei um ganz besondere Karten handelt …«

»Unbezahlbare Originalzeichnungen, geschaffen von einem der größten Genies, das an der Schwelle vom Mittelalter zur Neuzeit lebte.«

»Nicht nur das. Jede einzelne Karte sollte mit einem ganz besonderen Opfer – einem Menschenopfer – noch mächtiger, noch stärker gemacht werden.«

»Eine ganz neue Interpretation jener Aura, die man großen Kunstwerken so gerne zuspricht«, sagte Ernst und schluckte. »Da schnürt es mir immer noch die Kehle zu.«

»Du hast mich damals bei uns in Ansbach nach den Motiven für die Morde gefragt.«

Ernst nickte.

»Nun – so auskunftsfreudig wie sich seinerzeit Ingrid Straubner zu den Hintergründen der SNL ausgelassen hat, so bereitwillig plaudert Astrid Arantaña jetzt über die Beweggründe ihrer tödlichen Inszenierungen.«

Ernst seufzte. Eigentlich wollte er es gar nicht hören. Viel lieber wollte er die sanfte Fahrt unter dem mal strahlend blauen, mal leicht bewölkten Himmel genießen. Aber so schwer er sich manchmal stoppen ließ, wenn er auf einem Thema, das ihn beschäftigte, wieder und wieder herumritt, so wenig hielt sich Betty mit ihren Ausführungen zurück.

»In jedem Mord griff sie mal mehr, mal weniger verborgene Motive bestimmter Tarot-Karten auf.«

»Am durchsichtigsten war das wohl beim ersten Mord in Uehlfeld«, warf Ernst ein. »Ich glaube, inzwischen kennt jeder die Karte mit der Darstellung des Turms, aus dem eine oder mehrere Personen in die Tiefe stürzen, weil ein Blitz einschlägt.«

»Der Mord in Bamberg hat nach ihren Aussagen mit dem heiligen Sebastian kaum etwas zu tun, vielmehr mit einer Karte, die ausgerechnet ›Die Liebenden‹ heißt. Die Arantaña hat seitenlange Erklärungen darüber verfasst. Auf ihrem Laptop, den wir beschlagnahmt haben, fanden wir eine umfangreiche Abhandlung zu Giacomo Sujad und Albrecht Dürer.« Sie schnaubte. »Eine literarische Mischung aus Roman und wissenschaftlichem Essay.«

»Vielleicht will sie irgendwann ihre zweifelhafte Berühmtheit als Serienmörderin ausnutzen und das Ganze veröffentlichen«, vermutete Ernst.

»Das halte ich nicht für ausgeschlossen. Man kann ihr jedenfalls nicht einen gewissen perfiden Sinn für Ironie absprechen. Für ihre Inszenierung in Rothenburg jedenfalls hatte sie sich ausgerechnet eine Karte, die ›Mäßigung‹ heißt, zur Vorlage genommen. Darin geht es nach ihren Worten um ein christliches Motiv: Wir sprachen schon darüber. Die Wandlung. Wasser oder Blut wird zu Wein und zwar während die Flüssigkeit von einem Gefäß in ein anderes gegossen wird.«

»Mit anderen Worten, der arme Nero war für sie einfach ein Gefäß! Und wenn es ihr gelungen wäre, sein Blut abzuzapfen, dann … dann …« Betty spürte, dass es unklug wäre, diesen Aspekt des Falles weiter zu vertiefen. Andererseits fand sie es unangemessen, das Thema einfach auf sich beruhen zu lassen und sich unvermittelt anderen Dingen zuzuwenden. »Im Grunde wollte jeder jeden betrügen«, sagte sie. »Astrid die Straubner-Geschwister, indem sie dafür sorgte, dass falsche Dürer-Zeichnungen in deren Sammlung gelangten, damit sie selber die vermeintlich echten Originale für ihre eigenen schwarz-magischen Zwecke behalten konnte. Und Helm hat seinerseits seine Geliebte Astrid vorgeführt, die an die Echtheit des ersten Kartensatzes glaubte.«

»Glauben wollte!«, warf Ernst ein.

»Unsere Experten für Kunstfälschungen bescheinigen den Zeichnungen ein sehr hohes Niveau. Sie hätten nach allgemeiner Ansicht jahrelang selbst in den renommiertesten Museen der Welt hängen können, ohne dass ihr wahrer Charakter aufgefallen wäre. Insofern hat er sich schon ziemlich viel Mühe gegeben, alle Beteiligten zu täuschen.«

»Nero hat irgendwann erzählt«, sagte Ernst, »mit welch ausgeklügelten Methoden Experten solche Zeichnungen untersuchen, um herauszufinden, ob sie echt oder falsch sind.«

»Es kommt immer darauf an, wie der Fälscher vorgeht«, erwiderte Betty. »Helm hat beispielsweise Papier aus der Dürer-Zeit benutzt. Als renommierter Kunsthändler hatte er Zugang zu den bedeutendsten Galerien und Auktionshäusern der Welt, besorgt hat er sich das Material aber in Stadtarchiven, in denen alte Handschriften und Bücher aufbewahrt werden. Dort hat er leere Blätter und Vorsatzpapiere aus Inkunabeln und Aufzeichnungen der Dürer-Zeit herausgetrennt.«

»Die Sachverständigen prüfen aber nicht nur das Alter des Papiers, sondern zum Beispiel auch, ob die Tusche einer Zeichnung in Wurmlöcher hineingelaufen ist, was dann als Nachweis einer Fälschung gilt. Schließlich kann man davon ausgehen, dass ein Künstler wie Dürer kein wurmstichiges Papier verwendet hat, sondern dass sich die Würmer erst viel später an die Arbeit gemacht haben.«

»Ja, davon habe ich auch gehört. Interessanterweise hat uns Frau Arantaña selbst darauf gebracht, wie Helm mit diesem Problem umgegangen ist.«

Ernst blickte sie fragend an.

»Er hat die Löcher mit einer weichgekauten Paste aus Papier und Milch vorübergehend gestopft. Dann erst hat er sich an die Zeichnungen gemacht, um anschließend den winzigen Pfropfen wieder aus dem Papier herauszupulen.«

»Nicht zu fassen«, er schüttelte den Kopf. »Übrigens – ich sehe unser Verfolgerfahrzeug nicht mehr. Jetzt darfst du auch mal was tun. Bestimme mal mit dem GPS unsere genaue Position. Dann funkst du Sylvie an und gibst ihr die Daten durch. Da hinten ist nämlich eine Wiese, die sich hervorragend zum Landen eignen würde.« Er wies mit einer fahrigen Geste auf die Geräte, die an einem der vier oberarmdicken Taue befestigt waren, die den Korb mit dem Gestell verbanden, in dem der Brenner über ihren Köpfen hing. Von dort verzweigte sich die Aufhängung zu jenem Geflecht, das mit der Ballonhülle verbunden war. Angestrengt beobachtete Ernst das Zielgebiet durch einen Feldstecher.

»Oh, jetzt schon?«, erwiderte Betty und klang enttäuscht.

Ernst blickte auf die Armbanduhr. »Nur ein Zwischenstopp«, sagte er. »Leere Gasflaschen ausladen, volle an Bord nehmen, dann kann es noch eine Weile weitergehen. Falls du noch nicht genug hast. Wir haben einen außergewöhnlichen Tag erwischt.« Damit meinte er die Thermik. Sie verstand das viel allgemeiner.

»Genug? Wo denkst du hin?« Es war mitten in der Woche, und sie waren schon sehr früh aufgestiegen. Im Verein hatte es keine Vormerkung anderer Mitglieder für den Ballon gegeben.

»Die Landung ist immer das Schwierigste«, fuhr er fort, »vor allem, wenn keine Bodenmannschaft zur Stelle ist. Ein Windstoß, und der Korb schleift Hunderte von Metern über den Grund. Das kann sehr unangenehm werden.«

»Du willst mir ja nur Angst machen«, erwiderte Betty.

»Was denkst du von mir? Ich will dich nur darauf vorbereiten, dass es gleich etwas holperig werden könnte. Aber du kannst ganz beruhigt sein, ich werde mir alle erdenkliche Mühe geben, dass es nicht zu Knochenbrüchen und ernsthaften Verletzungen kommt. Trotzdem solltest du mit ein paar blaue Flecken rechnen!«

Doch alles lief wie am Schnürchen. Genau im richtigen Moment zog Ernst an der Leine, mit der sich oben ein Teil der Ballonhülle öffnen ließ, durch den die heiße Luft entwich. Der Korb setzte sanft auf und hoppelte keinen Meter über das Gras. Im gleichen Augenblick kam bereits das Verfolgerfahrzeug mit Sylvie hinter dem Lenkrad über einen Feldweg auf sie zu.

Später, als sie wieder in der Luft waren, lenkte Ernst, obwohl er ja eigentlich und endgültig nicht mehr über den Fall reden wollte, das Gespräch doch noch einmal auf die Ereignisse in Rothenburg. »Es ist schon erstaunlich, dass ausgerechnet eine ausgewiesene Kunstliebhaberin und Expertin wie Astrid Arantaña in Kauf nimmt, ein derart einmaliges Werk wie den Riemenschneider-Altar zu zerstören.«

»In ihren Augen hat sie es nicht zerstört, sondern etwas Neues geschaffen!«

»Ja – und dabei eine der Figuren aus dem Altar herausgebrochen! Das ist das Gleiche, als würde sie Säure auf ein Gemälde von Rembrandt schütten!« Ernst klang empört.

»Man kann ihr ja wirklich viele Schlechtigkeiten unterstellen, aber die nicht«, widersprach Betty. »Sie hat den Judas aus dem Altar nicht herausgebrochen. Riemenschneider hat diese Figur sowieso schon lose in das Werk eingesetzt, sodass man sie nach Bedarf herausnehmen kann!«

»Das war mir neu«, sagte Ernst. »Nun ja, aber ich bin ja auch nur ein Provinzreporter und kein Experte.«

Betty lächelte.

»Weißt du, du bist der erste Mann, den ich kennengelernt habe, von dem ich mir vorstellen kann, dass er der Vater unserer Kinder wird.«

»Häh! Wie bitte?« Ernst blickte sie mit dem Ausdruck blanken Entsetzens an. Die ganze Zeit über hatte er sich einen Themenwechsel gewünscht, doch dieser verunsicherte ihn über alle Maßen. Bettys Lächeln verwandelte sich in ein breites Grinsen.

»Sylvie und ich überlegen uns schon lange, dass es schön wäre, ein Kind zu bekommen.«

»Ja, aber ...«

»Sorry, ich wollte dich damit eigentlich nicht überfallen. Es ist mir plötzlich so rausgerutscht. Natürlich nicht auf die konventionelle Weise. So weit geht die Liebe zu dir dann doch nicht.«

»Ah ja ...«

»Wir dachten eher an die Bechermethode.«

»Was anderes käme auch nicht in Frage«, knurrte Ernst. »Nicht mehr.« Er dachte an seine Tochter in München und daran, dass er mit ihr noch nie Ballon gefahren war. Etwas, was ihm wesentlich dringlicher erschien, als noch einmal Vater zu werden.

»Denk drüber nach.«

Er nickte.

***

Zur gleichen Zeit parkte Nero Kaiser den Audi vor dem versteckt gelegenen kleinen Flughafen in der Nähe der Burg Feuerstein. Noch hatte ihn keiner aus der Straubner-Sippe aufgefordert, den Wagen zurückzugeben. Als er hörte, dass sein Handy eine SMS empfangen hatte, fischte er es aus der Jackentasche.

»Astrid?«, murmelte er verblüfft, während er auf den Absender starrte. Astrid Arantaña war doch im Gefängnis? Die Polizei hatte ihr Mobiltelefon ebenso beschlagnahmt wie alle anderen wichtigen Beweisstücke! Wer also, in drei Teufels Namen, schickte von ihrem Handy aus eine SMS? Nervös rief er die Nachricht ab.

»Die Saat ist längs des Schwarzen Weges aufgegangen, der den Spuren Jakobs folgt. A.∴.A«

Die Buchstaben wurden unscharf. Neros Hände begannen zu zittern.

ENDE

Anhang

Im Verlauf des Romans wurden folgende Karten aus dem Großen Arcanum ausgespielt:

XVIII:	Der Mond	VI:	Die Liebenden
XVI:	Der Turm	XIII:	Der Tod
0:	Der Narr	XVII:	Der Stern
III:	Die Herrscherin	XII:	Der Gehängte
X:	Das Rad des Schicksals	XIV:	Die Mäßigung
I:	Der Magier	XXI:	Die Welt

Anders als bei herkömmlichen Kartenspielen, deren Bilder meistens in der Mitte spiegelbildlich geteilt sind, damit man sie – je nachdem, wie herum man sie ausspielt – auch immer sofort erkennt, besitzen Tarot-Karten eindeutige Kopf- beziehungsweise Fußseiten. Beim divinatorischen Einsatz wird der Fragesteller deshalb oft aufgefordert, einige der Karten, wenn er sie verdeckt mischt, umzudrehen. Wird eine auf dem Kopf stehende Karte ausgespielt, so kehrt sich in der Regel auch die Bedeutung um, die der Karte zugeschrieben wird, und zwar nicht selten ins Negative.

Deshalb liegen auch mit einer Ausnahme alle mit den im Roman beschriebenen Ritualmorden verbundenen Karten verkehrt herum. Einzig die Nummer XVI, »Der Turm«, tanzt aus der Reihe, eine Karte, die ohnehin von vielen Tarot-Interpreten wie etwa Arthur Edward Waite als ultimativer Ausdruck für Unglück, Untergang, Vernichtung und Ruin gedeutet wird. Damit werden ihr mehr negative Eigenschaften als den Karten »Tod« und »Teufel« zugeschrieben.

Ähnlich der zufälligen Weise, mit der die Spielkarten ausgeteilt werden, habe ich versucht, die chronologische Abfolge der Romanhandlung, die in der Gegenwart angesiedelt ist, aufzubrechen, indem ich das Geschehen, wo es möglich war, willkürlich angeordnet habe.

Die Tarot-Abbildungen in diesem Anhang stammen aus dem »Tarot de Marseille«, das zu einem der ältesten heute bekannten Tarot-Sets gehört und seit Ende des 15. Jahrhunderts verbreitet wird. Dieses Kartenspiel besteht wie fast alle seitdem entstandenen Varianten aus insgesamt 78 Karten. 22 davon bilden das sogenannte Große Arcanum, aus dem die oben angegebene Auswahl für den Roman verwendet wurde.

XVIII

LA·LVNE

XVI

LA·MAISON·DIEV

LE·MAT

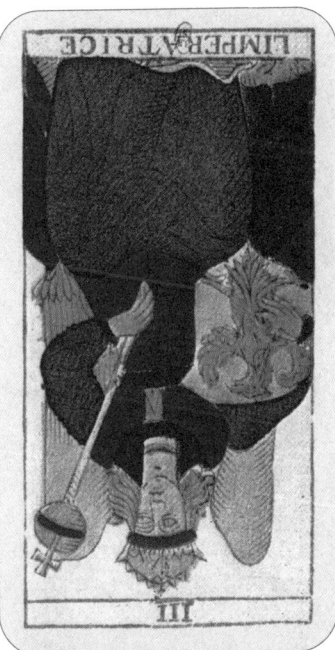

LIMPERATRICE

III

LA·ROVE·DE·FORTVNE

LE·BATELEUR

LA·MOITE·VX

VI

XIII

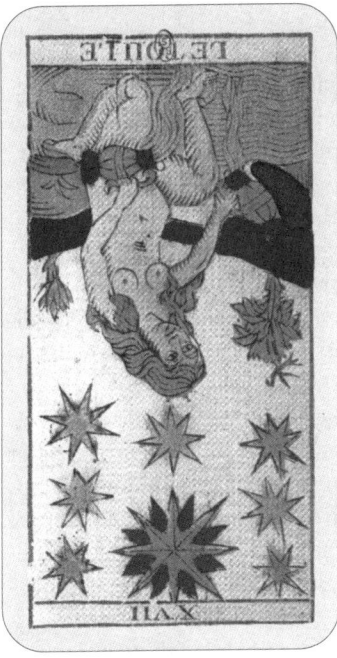

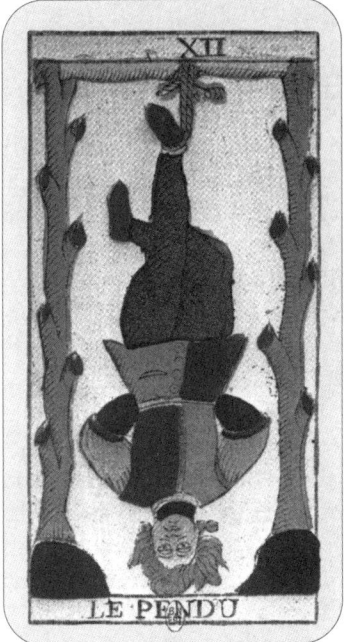

Dichtung und Wahrheit

Es geschah auf seinen Italienreisen, dass Albrecht Dürer einige Tarot-Vorläufer kennenlernte. Die von ihm angefertigten Zeichnungen, die heute vom British Museum in London gehütet werden, orientieren sich wahrscheinlich am sogenannten »Tarocchi di Mantegna«, einer Serie von 50 Drucken, die allesamt von Andrea Mantegna aus der Schule von Padua hergestellt wurden und um 1470 entstanden. Auch wenn die von Mantegna geschaffenen Darstellungen mit den späteren Tarot-Motiven nur partielle Überschneidungen aufweisen, ist ihr Einfluss auf die Entwicklung des Tarots doch nicht zu leugnen.

Eine Reihe der 21 Tarot-Blätter, die Dürer beziehungsweise seiner Werkstatt zugeschrieben werden, wurde nicht vom Meister selbst, sondern von seinen Mitarbeitern und Gehilfen angefertigt, wobei es gut vorstellbar ist, dass Dürer die astrologischen Motive der Mantegna-Zeichnungen als Übungsmaterial für seine Schüler einsetzte. So viel zur Entmystifizierung der von mir im »Jakobs-Tarot« entwickelten Fiktion.

Laut Sylvia Mann gab es neben Dürer noch einen weiteren bedeutenden Renaissancekünstler, der zu den zahllosen Erfindern des Tarots gehörte. Das Florentiner Germini- oder Minchiate-Spiel, das ursprünglich mit 96 Karten gespielt wurde, soll von niemand anderem als von Michelangelo Buonarroti geschaffen worden sein. Alejo Carpentier beschreibt das Spiel, das sich der Maler ausgedacht hat, als ein Hilfsmittel, um Kindern das Rechnen beizubringen – allerdings nicht mit Hilfe von Zahlen, sondern mittels Goldstab, Münze, Kelch und Schwert, also mit Symbolen, die mit den heute üblichen Karten des Kleinen Arcanums korrelieren. Auch Figuren wie Teufel, Stern, Mond, Papst, Tod sowie ein Gehängter, ein Verrückter und die Posaunen des Jüngsten Gerichts tauchen in dem frühen Spiel von Michelangelo auf.

Wer sich näher mit Tarot, seiner Geschichte und der Deutung der Karten beschäftigen will, hat die Qual der Wahl. Aus der Unzahl von Sekundärliteratur zu diesem Thema möchte ich drei Werke empfehlen, die meiner Ansicht nach einen guten und vielschichtigen Einblick fern aller oberflächlichen, esoterisch-trivialen Beschäftigung mit Tarot bieten:

- Aleister Crowley, »The Book of Thoth« von 1944, das auch in deutscher Übersetzung erschienen ist. In seinem »ägyptischen Tarot« liefert »The Master Therion« Interpretationen, die sich verschiedenster Quellen und Grundlagen bedienen. Mitunter auf postmoderne Weise beleuchtet er die Bedeutung der Karten unter Einbeziehung von Kabbala, Astrologie, Animismus und den Lehren verschiedener Geheimgesellschaften und Orden. Allerdings sind seine Ausführungen zu den Ursprüngen des Tarots nur bedingt brauchbar.
- Stuart R. Kaplan, »The Encyclopedia of Tarot« von 1980. Eine der umfassendsten Darstellungen zur Kulturgeschichte und den Erscheinungsformen dieses Spiels.
- Ralph Tegtmeier, »Tarot – Geschichte eines Schicksalsspiels« von 1986. Ein Buch, das auf 180 Seiten eine nicht nur komprimierte, sondern auch fundierte Einführung liefert, bestens geeignet, um als kurz gefasster, seriöser Einstieg in das Thema zu dienen.

Darüber hinaus möchte ich noch auf zwei speziellere Publikationen hinweisen, deren Lektüre sich ebenfalls lohnt: Akron / H.R. Giger, »Baphomet – Tarot der Unterwelt« und Sergius Golowin, »Die Welt des Tarot. Geheimnisse und Lehre der 78 Karten der Zigeuner«.

Neben den fiktiven Figuren wie Giacomo Sujad oder Simon Angelus treten im historischen Handlungsstrang des Romans auch Personen aus der Zeit und dem Umfeld Dürers auf, die es tatsächlich gegeben hat. Aus nachvollziehbaren dramaturgischen Gründen habe ich mir hierbei jedoch einige Freiheiten erlaubt. Beispielsweise habe ich die Strafversetzung Schöners nach Kirchehrenbach um einige Jahre vorverlegt.

Auch der große Albrecht Dürer mutierte im Verlauf der Arbeit am »Jakobs-Tarot« zu einer typischen Romanfigur, der ich eine Reihe fiktiver Vorfälle und Eigenschaften andichtete. Dort aber, wo sich meine Beschreibungen mit historisch belegten Fakten aus dem Leben Dürers decken, habe ich diese Details einer Fülle von Werken zu verdanken, die vollständig aufzuzählen, den Rahmen dieses Anhangs sprengen würde. Stellvertretend sei deshalb nur ein einziges Buch genannt, das ich jedem, der sich näher mit Leben und Werk Albrecht Dürers auseinandersetzen will, ans Herz legen kann: Anja Grebe zeichnet in »Albrecht Dürer – Künstler, Werk und Zeit« aus dem Jahr 2006 ein lebendiges Porträt der Person Dürers vor dem Hintergrund der Übergangszeit zwischen Mittelalter und Neuzeit, wobei sie auch Ansätze zur Interpretation seiner wichtigsten Werke liefert.

Ein Vorfall wie die im Roman beschriebene Mutterkornvergiftung ist zwar für das Dominikanerkloster in Bamberg historisch nicht verbürgt, stützt sich aber auf die Schilderung vergleichbarer Vorfälle jener Zeit, in denen beschrieben wird, wie ganze Dorfgemeinschaften vom sogenannten Veitstanz befallen wurden.

Sollte sich ein Leser in Bamberg auf die Suche nach der im Roman beschriebenen Straubner-Villa machen, wird diese Unternehmung wohl oder übel erfolglos enden. Auch jede Ähnlichkeit der Unternehmergeschwister mit lebenden oder toten Personen wäre rein zufällig. Was, nebenbei gesagt, auch auf die meisten anderen Figuren, Institutionen und Unternehmen in diesem Roman zutrifft. Selbst die eBay-Pseudonyme waren, als ich den Roman schrieb, noch nicht in Gebrauch. Sollte sich das in der nächsten Zeit ändern, so kann der Autor nur noch bedauernd mit den Schultern zucken und auf den traditionellen Standardsatz zu Beginn des Buches verweisen. Die Mehrzahl der ansonsten im Roman erwähnten Orte und Lokalitäten laden dagegen auch in der Realität zu einem Besuch ein.

Waffennarren könnten bei der Suche nach einer halbautomatischen Armbrust Probleme bekommen, es sei denn, irgendjemand hat parallel zu mir diese Idee entwickelt – oder greift sie auf – und konstruiert ein solches Sport-/Mordinstrument. Über ein Belegexemplar (bitte schicken Sie es an die Adresse des Verlages) würde ich mich sehr freuen.

An einer Stelle des Buches wird ein gewisser Frater Kama erwähnt. Hinter diesem Logennamen verbirgt sich tatsächlich niemand anderes als der Schriftsteller Gustav Meyrink, Verfasser von Werken wie »Der Golem« und »Das grüne Gesicht«. Die ihm unterstellte Herausgabe des fiktiven okkulten Schlüsselwerks einer ebenfalls fiktiven Figur ist im Grunde nichts anderes als eine Demonstration schriftstellerischer Unverfrorenheit, die – sicher nicht von allen gebilligt – zum Handwerkszeug unserer Zunft gehört.

Da sich ein wesentlicher Teil der Handlung mit dem Thema

Kunstfälschung beschäftigt, sei an dieser Stelle auf ein grundlegendes Werk verwiesen, das mir auf amüsante und spannende Weise einige Anregungen geliefert hat: Eric Hebborns »The Art Forger's Handbook« von 1997, das unter verschiedenen Titeln auch in deutscher Übersetzung erschienen ist. Hebborn, der 1996 unter mysteriösen Umständen starb, gehörte neben Tom Keating, Wolfgang Lämmle, Edgar Mrugalla und dem sattsam bekannten Konrad Kujau zur Oberliga der internationalen Kunstfälscherszene und hat in seinem Buch mit viel Humor und in einer auch für Laien nachvollziehbaren Weise Schritt für Schritt das Handwerk des Fälschens alter Meisterwerke beschrieben. Im Grunde ein Standardwerk, das, wie ich meine, nicht nur in die Hand angehender Krimineller, sondern auch eines jeden Kunststudenten gehört, egal ob das Studium der Vorbereitung einer Karriere als Künstler oder als Kunstexperte dient.

Neben den bereits genannten Autoren und ihren Werken möchte ich folgenden Personen für ihre Unterstützung danken:

Meinem Vater Gottfried Schnurrer, der mich wie schon bei früheren Romanen mit einer Reihe hilfreicher Bücher versorgt hat. Seiner Leidenschaft für Kunst und Kultur verdanke ich viel. Und um in der Familie zu bleiben, möchte ich Rita und Dr. Ludwig Schnurrer für ihre geduldige Rothenburg-Führung und all jene Informationen danken, die sie mir über die oberdeutsche Reichsstadt im Allgemeinen und die dortige Jakobs-Kirche im Besonderen haben zukommen lassen.

Nachhilfe in Latein erhielt ich von Friedhelm Sikora, während Gerd Bauer auf bewährte Weise bei den fränkischen Passagen half.

Susanne Bartel stand nicht nur am Anfang dieses Projekts – wir diskutierten bereits darüber, noch bevor ich die erste Romanzeile geschrieben hatte –, sie lieferte als Außenlektorin auch gewissermaßen den Schlussakkord. Wobei noch hinzuzufügen ist, dass die geneigten Leserinnen und Leser sie nicht mit jener rein fiktiven Lektorin verwechseln mögen, die durch einige der Anmerkungen geistert.

Nicht vergessen will ich die Mitarbeiterinnen und Mitarbeiter des Emons-Verlages, die das ihrige dazu beigetragen haben, dass aus diesem Manuskript nicht nur ein Buch geworden ist, sondern dass es auch den Weg zu den Leserinnen und Lesern findet. Und wie immer gebührt ein besonderer Dank Sabine Stoll, Erstleserin und Co-Autorin, die erneut die Verwandlung eines Menschen in einen Schriftsteller ertrug; ein Prozess, den Robert Louis Stevenson bereits im Jahr 1885 eindringlich beschrieben hat.